Patricia Kay Parker,
der Stille des Nordlichts

Patricia Kay Parker

In der Stille des Nordlichts

Thriller

konkursbuch
Verlag Claudia Gehrke

Teil I

Kapitel 1

Mit unbewegtem Gesicht starrte ich auf die bis auf den Grund niedergebrannten, rauchenden Reste, die noch bis vor wenigen Stunden mein Elternhaus gewesen waren. Ein riesiger schwarzer Fleck in der weißen, sonst so friedlichen Schneelandschaft im hohen Norden von Finnland.

Ohnmächtige Fassungslosigkeit lähmte mich, schnürte mir die Kehle zu, verhinderte es, mich von diesem schaurigen Bild der Zerstörung abzuwenden.

Übelkeitserregender Geruch von Verbranntem hing in der Luft. Umhüllte mich wie eine Decke. Der Druck in meiner Brust nahm stetig zu, und ich rang keuchend nach Atem. Meine Beine verloren die Kraft, und ich schwankte gefährlich. Halt suchend krallte sich meine Hand reflexartig in die nächststehende Birke, um die das Absperrband der Polizei geschlungen war. Ich war unfähig, mich zu bewegen. Unfähig zu weinen oder zu schreien. Mein Körper wollte nicht aufhören zu zittern. Einerseits vor Entsetzen, aber auch vor klirrender Winterkälte. Ich fühlte die raue Baumrinde unter meinen eisigen Fingern nicht. Handschuhe und Jacke waren im Auto geblieben, als ich bei dem schrecklichen Anblick, der sich mir bot, ins Freie gestürzt war. Jetzt schien ich alles, was um mich herum geschah, wie in Zeitlupe wahrzunehmen. Einige Feuerwehrmänner rollten die Löschschläuche ein, andere packten diverse Gerätschaften zusammen, und der Einsatzleiter fertigte ein Protokoll an. Niemand beachtete mich. Keiner sprach mich an, während ich um meine Fassung kämpfte.

Ein Polizeiwagen des Ermittlungsbeamten aus Kittilä stand im abgesperrten Hof meiner elterlichen Rentierfarm neben dem rußgeschwärzten Stall, in dem mein Vater das Futter für die winterliche Zufütterung aufbewahrte. Ich erkannte den Kommissar, der Fotos von diesem grausigen Ort machte. Er hatte mit mir die Schule besucht, aber sein Name fiel mir nicht ein.

Abrupt hielt er in seiner Bewegung inne, als er mich durch den Sucher der Kamera erblickte. Es schien eine Ewigkeit zu dauern, bis er die wenigen Schritte zu mir herübergekommen war.

Seine Worte nahm ich kaum wahr.

»Noora, es tut mir sehr leid, dass wir uns unter diesen Umständen wiedersehen.« Seine Stimme war leise, beinahe zaghaft.

Ich fühlte mich elend und schwach. Als ich nicht antwortete, sprach er unbeholfen weiter.

»Es ist noch ungeklärt, wodurch das Feuer ausgelöst wurde. Das wird durch die Brandexperten noch ermittelt werden müssen. Brandstiftung kann nicht ganz ausgeschlossen werden. Deine Eltern …«, er stockte, als ob es eine Qual wäre weiterzusprechen. »Sie waren noch im Haus, das wohl innerhalb kürzester Zeit komplett in Flammen stand. Es wird davon ausgegangen, dass sie wahrscheinlich im Schlaf überrascht worden sind. Vielleicht waren sie aber auch aus anderen Gründen nicht in der Lage, sich ins Freie zu retten. Das Bestattungsinstitut hat ihre Leichen nach Rovaniemi gebracht. Die Obduktion findet morgen früh in der Gerichtsmedizin der Universität statt.«

Seine Worte gingen fast gänzlich im Nebel unter, der mich immer enger umschloss.

Meine Knie wurden weich, als plötzlich die Übelkeit in mir hochkam. Gerade noch rechtzeitig drehte ich mich weg und erbrach mich würgend neben dem Baumstamm in den Schnee.

Noch nie hatte ich mich so schwach und hilflos gefühlt. Ich sank in die Hocke und stützte mich mit einer Hand ab. Die Situation hätte mir peinlich sein können, aber sie war es nicht. Diese Empfindung drang nicht zu mir durch. Alles, was ich in mir fühlte, war eine bodenlose, alles verschlingende Leere.

Der Kommissar – sein Name war Aku, fiel mir plötzlich wieder ein, und ich erinnerte mich, dass er in der Schule immer gehänselt wurde und seit der ersten Klasse nur noch Aku Ankka hieß, wie der finnische

Donald Duck –, er fasste mich am Arm und zog mich wieder hoch.

»Es ist zu kalt im Schnee. Ich will nicht noch einen Menschen verlieren.« Der Blick aus seinen scheuen Augen bohrte sich in mich, durchdrang für einen Moment mit seiner Intensität den dichten, erstickenden Nebel, obwohl ich taub und blind für alles war. Seltsam, welche Gedanken gerade in Situationen mit extremem emotionalem Stress in Menschen aufkommen. Mein Verstand versuchte, gegen die verzweifelte Hilflosigkeit anzukämpfen, die mein Inneres immer tiefer einzusaugen drohte und mir jeden sinnvollen Gedanken unmöglich machte. In mir wütete es, brodelte es.

»Komm, ich fahr dich zu einem Hotel. Hier kannst du nicht bleiben. Hast du schon ein Zimmer?«

Ich schüttelte abwesend den Kopf. Mit sanfter Gewalt zog Aku mich vom Ort der Zerstörung weg. Willenlos ließ ich es geschehen, froh darüber, dass er die Führung übernahm.

Schweigend saß ich neben ihm im Polizeiauto, das sich langsam seinen Weg über die schneebedeckten Straßen bahnte.

Sonst kam kaum jemand hier raus zur Farm, aber jetzt hatten die Fahrzeuge der Einsatzkräfte deutlich ihre Spuren hinterlassen wie eine tiefe Wunde in der sonst unberührten Schneelandschaft. Obgleich es erst Nachmittag war, war die Sonne bereits gänzlich untergegangen, sodass lediglich ein schmaler Streifen am

Horizont sanft beleuchtet war. Am wolkenlosen Himmel glitzerten unzählige Sterne, und der volle Mond warf ein gespenstisches Licht auf die stille Einsamkeit.

»Noora.« Aku hatte mehrfach meinen Namen genannt, bis seine Stimme endlich durch die Mauer in mein Bewusstsein drang.

Erst jetzt fiel mir auf, dass er das Autoradio ausgeschaltet hatte. Wie lange hatte ich neben ihm gesessen, ohne mich zu bewegen? Am Straßenschild erkannte ich, dass wir fast schon in Kittilä waren. »Noora, wir konnten deinen Bruder noch nicht informieren. Er ist in keinem Melderegister verzeichnet.«

Jari wusste noch nicht, was geschehen war, stellte ich erschrocken fest. Ich hatte nicht daran gedacht, ihn anzurufen, als die Polizei heute zu Beginn meines Dienstes im Krankenhaus erschienen war, um mich von dem Unglück in Kenntnis zu setzen. Vielleicht hatte ich unbewusst gehofft, er wäre ebenso informiert worden, weil ich Angst davor hatte, die Überbringerin dieser Nachricht zu sein.

»Er lebt seit Jahren in Schweden. Ich werde mit ihm telefonieren.« Meine Stimme, leise, kratzig, brach. Es waren die ersten Worte, die ich seit Stunden sprach. Sie bewirkten, dass der Polizist kurz seinen Blick vom Straßenverlauf wandte und mich von der Seite ansah.

»Was ist mit dem Hund? Ist Joke auch im Feuer umgekommen?«

Irritiert starrte er mich an. Versuchte, den Zusammenhang meiner Worte zu ergründen.

»Joke, der Hund meiner Eltern. War er auch im Haus?« Warum hatte er nicht angeschlagen? Der alte Rüde folgte meinem Vater für gewöhnlich wie ein Schatten. Warum hatte er ihn nicht vor dem Feuer gewarnt?

»Die Tatortarbeit ist noch nicht abgeschlossen. Wir haben den Hund noch nicht gefunden. Aber vielleicht liegt er irgendwo unter den Trümmern.«

Ernst blickte er mich an.

»Ich würde dir gerne morgen einige Fragen stellen.« Seine Stimme brach ab, als hätte er noch etwas sagen oder fragen wollen, als ob ihm noch etwas auf der Zunge läge. In jedem schlechten Krimi würde der Kommissar jetzt nach Personen fragen, mit denen meine Eltern im Streit waren, oder aber nach Anhaltspunkten für einen Selbstmord suchen, dachte ich bitter. Ich rechnete es Aku hoch an, es nicht zu tun. Zumindest jetzt noch nicht.

»Bitte komm morgen früh auf die Polizeistation, okay?« Forschend sah er mich an, wartete auf ein Zeichen, dass ich ihn gehört hatte.

Ich nickte. Es kostete mich zu viel Kraft, gegen das überwältigende Gefühl des Entsetzens und der Hilflosigkeit anzukämpfen und bei Verstand zu bleiben, als dass ich meine Antwort hätte in Worte fassen können.

Am Ortseingang bog Aku plötzlich nach links zum Einkaufszentrum von Kittilä ab und steuerte das Fahrzeug direkt vor den Alko, der Ladenkette, in der es neben Bier, Wein und Sekt auch Hochprozentiges zu kaufen gab.

»Ich bin gleich wieder da«, erklärte er knapp. Eisige Luft strömte ins Wageninnere, als er ausstieg und durch den Schnee zum Eingang stapfte. Mich fröstelte. Erst jetzt stellte ich fest, dass die Heizung im Fahrzeug auf Hochtouren lief.

Ich starrte auf das rot leuchtende Logo der finnischen Alkohol-Kette, einem Schriftzug, der mit seiner leichten Aufwärtsbewegung handgeschrieben wirkte. Da ich selbst kaum Alkohol trank, besuchte ich nur selten einen solchen Laden.

Ich realisierte Akus Rückkehr erst, als er sich auf den Fahrersitz setzte und mir eine schwere Papiertüte auf den Schoß legte.

»Das wird dir helfen loszulassen.« Warmes Mitgefühl klang in seiner Stimme mit. Ich hatte den Eindruck, dass er genau nachempfinden konnte, wie es mir ging, doch wagte ich nicht, nach dem Verlust in seinem Leben zu fragen.

Nachdem sein Kollege meinen Mietwagen auf dem Hotelparkplatz abgestellt und mir den Schlüssel übergeben hatte, kümmerte sich Aku um das Hotelzimmer und begleitete mich zum Aufzug. Ich war dankbar für seine Hilfe, auch wenn ich nicht in der Lage war, es ihm zu zeigen.

»Bis morgen«, verabschiedete sich mein Schulfreund und reichte mir seine Visitenkarte. Es schien, als wollte er mich zum Abschied umarmen, und irgendetwas in mir wünschte sich, er würde es tun, doch es blieb bei einem unsicheren Zögern, bevor er sich zum Gehen wandte.

Leise surrend fuhr der Aufzug in die zweite Etage des zweigeschossigen Gebäudes. Ich war allein. Wie in Trance betrat ich mein Hotelzimmer, schloss die Tür hinter mir und lehnte mich kraftlos gegen sie. Ich fand mein Handy in meiner Jackentasche und wählte Jaris Nummer. Es klingelte, bis die Mailbox anging.

»Jari, ich bin's. Es ist etwas Schreckliches passiert. Bitte ruf mich zurück.«

Ich legte auf und starrte für Minuten die gegenüberliegende Wand an, ohne etwas wahrzunehmen. Es war jetzt zehn Stunden her, seit man es mir mitgeteilt hatte. Die Polizisten hatten an der Krankenhausrezeption auf mich gewartet, nachdem ich ausgerufen worden war, und ich hatte bereits beim Anblick ihrer ernsten Gesichter erkannt, dass etwas Furchtbares vorgefallen sein musste. Erst in der Abgeschiedenheit meines Büros teilte mir die junge Polizistin mit, dass die Farm seit der Nacht brenne und meine Eltern wahrscheinlich dem Feuer zum Opfer gefallen seien. Sie versuchte, einen sachlichen Ton zu treffen, doch ihre Stimme brach mehrfach, weil ihr die Überbringung der Todesnachricht schwerfiel. Sie schien noch keine Erfahrung damit zu haben. Es gab auch Menschen, die sich nie daran gewöhnen konnten. Als Ärztin kannte ich dieses Gefühl, Angehörigen eine schlimme Nachricht überbringen zu müssen. Die Worte der Polizistin rissen mir den Boden unter den Füßen weg.

Telefonisch hatte ich mir sofort einen Platz im nächsten Flugzeug nach Kittilä gebucht und einen Mietwagen reserviert. Ich hatte funktioniert, ohne meine Emotionen zuzulassen, bis ich auf der Farm angekommen war und der Realität ins Gesicht blicken musste. Und auch jetzt fühlte ich mich unfähig zu weinen, zu trauern. Ich war erstarrt.

Mir fiel mit einem Mal die Papiertüte wieder ein, die Aku mir im Auto in die Hand gedrückt und die ich seitdem nicht wieder losgelassen hatte. Langsam zog ich eine Flasche Finlandia Wodka heraus.

Meine Hände begannen zu zittern, während ich auf das Etikett mit den Rentieren starrte, die vor einer blutroten Mitternachtssonne über die Tundra fegten. Bilder unserer Rentierherden, Bilder meines Vaters, der die Tiere fütterte, suchten sich ihren Weg in meine Gedanken. Ganz sicher hatte Aku beim Einkauf nicht meine emotionale Reaktion auf das Etikett bedacht. Halt suchend stolperte ich ein paar Schritte vorwärts und setzte mich auf das Bett, bevor meine Beine unter mir nachgaben.

Alkohol ist keine Lösung, redete mein Verstand zum wiederholten Male auf mich ein. Der Stimme in meinem Kopf zum Trotz schraubte ich den Verschluss der Wodkaflasche auf.

Ich suchte nicht nach einer Lösung, denn die lag ganz sicher nicht auf dem Grund dieser Flasche. Was ich finden wollte, war ein Moment des Vergessens. Einige Stunden Flucht aus der grausamen Realität. Der Schluck brannte in meiner Kehle, und ich schüttelte mich angewidert. Und doch setzte ich die Flasche erneut an die Lippen und nahm einen weiteren Schluck der klaren Flüssigkeit.

»Warum?« Ich hustete. Verzog mein Gesicht.

»Warum?« Tränen füllten meine Augen. Tränen der Trauer oder des Ekels. Aber was machte es für einen Unterschied? Ich zwang mich weiterzutrinken. Wollte den Schmerz ertränken, der immer stärker in meiner Brust tobte und endlich ausbrechen wollte. Irgendwann ließ ich schließlich los, löste mich aus der schweigsamen Lähmung, ließ den Tränen freien Lauf, während der gequälte Schrei aus meiner Kehle drang. Weinend presste ich die Hände auf mein Gesicht, mein Körper wurde von Krämpfen geschüttelt, blicklos saß ich in der schwärzesten Nacht meines Lebens zusammengekauert in einem anonymen Hotelzimmer. Schließlich siegten die Erschöpfung der langen Reise in den finnischen Norden und der steigende Alkoholpegel und ließen mich in einen traumlosen Schlaf sinken.

Kapitel 2

Ich war fünf Jahre alt, als ich das erste Mal meinen Vater zur Rentierscheidung, dem alljährlichen Zusammentreiben der großen, weitläufig verstreuten Herden, begleiten durfte.

Mein Vater war Rentierzüchter, ein Beruf, der traditionell innerhalb der Familie Generation für Generation auf den ältesten Sohn überging.

Jari und ich sind Zwillinge. Mein Bruder hatte im Gegensatz zu mir das dunkle Haar unseres samischen Vaters geerbt, während ich eher unserer typisch skandinavischen Mutter mit ihren hohen Wangenknochen und den blonden glatten Haaren ähnelte, die ich meist zu einem geflochtenen Zopf zusammengebunden trug. Er war einen ganzen Kopf größer als ich, obgleich ich mich für eine Frau nicht als klein bezeichnen würde, und war zudem mit einer knappen Stunde Vorsprung der Erstgeborene.

Aber wir waren nicht nur optisch unterschiedlich. Manchmal war ich sogar der Überzeugung, mein Bruder sei im Krankenhaus vertauscht worden.

Jari vergrub seine Nase viel lieber in Büchern mit Worten und Zahlen, während ich es liebte, meinem Vater bei der Bewirtschaftung der Farm zur Hand zu gehen. So wurde ich von klein auf sein ständiger Schatten und träumte davon, eines Tages in seine

Fußstapfen zu treten und die Familientradition fortzuführen.

Es war ein eisiger Morgen Ende November. In der Nacht war Neuschnee gefallen, und der Himmel war noch vor Sonnenaufgang in ein geisterhaftes blaues Licht getaucht.

Aufgeregt saß ich in einen grünen Thermoanzug gepackt neben meinem Vater im altersschwachen Toyota-Kastenwagen, der schwerfällig über die rutschige Piste holperte.

Meine Eltern teilten sich mit zwanzig Rentierzüchtern aus der Region ein riesiges Zuchtgebiet mit einer Größe von ungefähr 15.000 Quadratkilometern, in dem die Herden frei umherwanderten und in jedem Winter zur Rentierscheidung gemeinsam zusammengetrieben wurden, um die Jungtiere den Müttern und so den Besitzern zuzuordnen. Außerdem galt es, die Tiere, die für den Fleischhandel geschlachtet werden sollten, auszuwählen und zu markieren.

Erwartungsvoll folgte ich meinem Vater zum Lagerplatz der Arbeiter. Meine Hand lag schützend auf dem *lapin puukko*, einem Outdoor-Messer, das in einer wunderschön verzierten Scheide aus Leder steckte. Mutter hatte es mir, bevor wir fuhren, an den Hosenbund gehängt und damit ein stolzes Strahlen in meine Augen gezaubert.

»Hej«, begrüßte uns Pertti Lehtonen, dem die benachbarte Farm gehörte, sofern man bei diesen Entfernungen von Nachbarn sprechen konnte, und klopfte meinem Vater freundschaftlich auf den Rücken, während ich mich mit großen Augen umsah. Viele der Züchter waren in Vaters Alter oder sogar noch viel älter. Unter den zwanzig bärtigen Gestalten in Thermoanzügen war nur eine einzige Frau.

Die meisten von ihnen kannte ich vom Sehen, wenn man sich bei Einkäufen in Äkäs, der nächstgelegenen kleinen Ansammlung von Häusern, oder in Kittilä über den Weg lief.

Am Rande des Lagerplatzes dröhnten die Maschinen auf, als ein Teil der Männer auf ihren Motorschlitten in die Wälder ausschwärmte.

Für die Zurückgebliebenen gab es bis zur Rückkehr der Treiber viel Arbeit. Zuerst sammelten wir zusammen mit Pertti und seinem Sohn Tero in der Umgebung Holz, das wir über einem Baumstumpf aufschichteten. Schon bald loderte ein wärmendes Feuer in der Schneelandschaft. Anschließend half ich, die Korrale für die zusammengetriebenen Rentiere aufzubauen. Pertti, an dessen wuchernden dunklen Barthaaren sich Eiskristalle gebildet hatten, lächelte mir zu und lobte mich, indem er mir während der Arbeit anerkennend auf die Schulter klopfte. Ich war glücklich darüber, dass ich schon so gut mit anpacken konnte. Es gab mir das Gefühl, zu ihnen zu gehören. Zu der kleinen Rentierzüchtergemeinschaft, diesen rauen Gesellen mit dem härtesten Job in ganz Finnland, wie Vater zu sagen pflegte.

Bald würde die eigentliche Arbeit beginnen, und ich durfte das erste Mal dabei sein. Meine Aufregung stieg, doch ich musste noch lange warten, bis ich die

Motorschlitten in der Ferne hörte. Die Männer hatten schließlich eine der großen Herden im Zuchtgebiet aufgespürt und zusammengetrieben.

Ich schaute fasziniert zu, wie die großen, halbwilden Tiere in ein Gehege getrieben wurden, um sie dort zu sortieren. Viele süße Kälber waren in der Gruppe. Sie wurden ihren Müttern zugeordnet und mit dem Zeichen des jeweiligen Züchters versehen, einer Messerkerbe im Ohr.

Ich konnte die Augen nicht von einem jungen Kalb mit einem sehr eigenen silberfarbenen Fell abwenden. So gern hätte ich ihm durch das weiche Tierhaar gestreichelt.

Mein Vater zog mich in seine Arme.

»Sie gefällt dir, oder?« Es war mehr eine Feststellung als eine Frage. Ich nickte. »Sie ist aus unserer Herde. Wir beide werden sie jetzt markieren, und dann soll sie dein eigenes Rentier sein. So ein wunderschönes Tier muss einfach meinem wunderbaren Mädchen gehören.« Vater lachte über das glückliche Strahlen in meinem Gesicht.

Meine Wangen glühten, als ich mit ihm in den Korral stieg. Er umschloss meine kleine zittrige Kinderhand und führte mit mir gemeinsam den Markierungsschnitt am Ohr des Kalbes aus.

Mein erstes eigenes Rentier. Ich war mir sicher, ich würde jetzt die Familientradition fortführen und Züchterin werden. Ich wollte werden wie mein Vater.

Während die Herden nach Tieren getrennt wurden, die weiter zur Zucht vorgesehen waren, und solchen, die noch an Ort und Stelle auf dem verschneiten Waldboden geschlachtet wurden, blieb ich bei meiner kleinen *Vahtsa*, die ich nach einer samischen Bezeichnung für zehn bis zwanzig Zentimeter gefallenen Neu- auf alten Schnee benannt hatte. Verträumt beobachtete ich, wie sie von ihrer Mutter gesäugt wurde, und vergaß die Welt um mich herum.

Das permanente Klingeln meines Handys, das ich extra laut gestellt hatte, um Jaris Anruf nicht zu verpassen, weckte mich. Mein Kopf drohte zu platzen, als ich die Augen öffnete. Ein Presslufthammer bohrte sich quälend in meine Stirn. Ich fühlte mich jämmerlich.

»Noora?« Ich vernahm die besorgte Stimme meines Bruders am Telefon und versuchte eine Antwort zu formen, während das Zimmer um mein Bett herum nicht aufhören wollte zu schaukeln.

»Noora? Bist du dran? Hörst du mich?«

»Ja. Ich ...« Meine Worte erstickten im Schluchzen.

»Was ist passiert? Rede mit mir.« Seine Stimme klang jetzt höchst alarmiert.

»Sie sind tot. Beide tot.« Ein gequältes Wimmern entrang sich mir.

»Wer?« Hörbare Panik stieg in Jari auf. Ich spürte es deutlich. Er schien es zu wissen und wollte es dennoch von mir hören. Als Bestätigung seiner furchtbaren Vorahnung. Mein Kopf dröhnte, und ich brauchte einige Augenblicke, bis ich mich etwas gefasst hatte.

»Mama und Papa. Es hat einen Brand gegeben auf der Farm.«

Entsetztes Schweigen am anderen Ende der Leitung. Ich keuchte, als der imaginäre Dolch sich ruckartig in meine Augenhöhle bohrte. Das Zimmer um mich herum drehte sich und ließ eine Woge der Übelkeit in mir aufwallen.

»Noora, bist du noch da?« Ich konzentrierte mich auf Jaris beherrschte Stimme, die hohl durch den Hörer klang. »Noora, ich muss noch etwas umorganisieren. Ich nehme die nächstmögliche Flugverbindung nach Kittilä. Und dann werden wir uns um alles Weitere gemeinsam kümmern, okay? Ich komme so schnell ich kann zu dir.«

»Aber was ist mit deiner Familie?« Ich schloss die Augen, um dem sich drehenden Zimmer zu entgehen. Atmete tief durch, um das Gefühl, mich übergeben zu müssen, zu unterdrücken. Warum hatte ich so viel Wodka getrunken? Ich war den Alkohol nicht gewohnt.

»Bei dir werde ich jetzt sicher dringender gebraucht.«

Es beruhigte mich etwas, dass er bald bei mir sein würde, und ich fühlte mich weniger allein.

Aber musste ich mich so einsam fühlen? Auf dem erleuchteten Display erkannte ich neben Jaris noch vierzehn weitere unbeantwortete Anrufe fast ausschließlich von einer Nummer. Pia. Irgendwo zwischen der Ungewissheit am Flughafen und den schrecklichen Eindrücken seit meiner Ankunft auf der Farm hatte ich sie komplett in den Hintergrund verdrängt.

Ich setzte mich auf und stellte fest, dass ich mich abends nicht einmal mehr entkleidet hatte. Der Wodka hatte ganze Arbeit geleistet, und ich hatte den dringend benötigten Schlaf bekommen, damit mein Körper, aber was noch wichtiger war, mein Kopf, Ruhe finden konnten. Ein paar Stunden hatte ich Erleichterung gefunden, doch jetzt, völlig verkatert, fühlte ich mich genauso elend wie zuvor.

Es tat noch immer entsetzlich weh, und der Schmerz, die Wut und das Unverständnis für das, was geschehen war, trieben mir Tränen in die Augen, wenn Bilder von der zerstörten Farm und meinen Eltern in mir hochkamen. Wie lange würde es wohl dauern, bis mir nicht mehr alles so hoffnungslos vorkam? Wann wäre ich wieder in der Lage, einen klaren Gedanken zu fassen? Der Schock saß bleischwer auf meiner Brust und lähmte mich, sodass mir das Atmen schwerfiel.

Ich blickte an die Decke, zögerte den Rückruf noch etwas hinaus, obwohl mir bewusst war, dass ich jetzt nicht länger damit warten sollte.

Ich tippte auf den Anrufbutton auf meinem Display und wartete, das Handy krampfhaft ans Ohr gepresst. Am anderen Ende klingelte es einige Male. Beinahe erleichtert wollte ich schon auflegen, als plötzlich Pias merklich beherrschte Stimme ein »Hej, Noora!« durch die Leitung schickte. »Hast du vergessen, dass wir verabredet waren? Ich versuche seit gestern Abend, dich zu erreichen. Ich habe sogar im Krankenhaus nach dir gefragt und dort endlich erfahren, dass du kurzfristig verreisen musstest.«

»Pia, es ...«, begann ich, doch sie war noch nicht bereit, mir zuzuhören.

»Erst war ich sauer. Dann habe ich mir Sorgen um dich gemacht, als ich dich nicht erreichen konnte. Wo zum Teufel steckst du eigentlich?« Ihre Stimme verlor etwas von der Beherrschung. Es schwang eine gewisse Portion Zorn mit, aber auch etwas Undefinierbares, beinahe Ängstliches. Ich versuchte, ihre Stimmung durch die Leitung zu ergründen, und stellte wieder einmal fest, wie wenig ich diese Frau kannte und wie wenig ich ihre Reaktionen einzuschätzen wusste. Aber das war typisch für mich. Meine Spezialität waren wohl komplizierte Beziehungen ohne Zukunft. Aber darüber sollte ich mir jetzt keine Gedanken machen. Wer wusste schon, ob diese Beziehung überhaupt für die Ewigkeit bestimmt war. Schließlich waren wir ja erst vor wenigen Monaten zusammengekommen.

»Pia, es tut mir leid, dass ich mich jetzt erst melden kann«, setzte ich schwach an. Es hörte sich selbst für mich nicht sehr überzeugend an.

»Wo bist du?« Sie hatte meine Verletzlichkeit sofort erfasst. Der Zorn war so schnell verschwunden, wie er gekommen war, und machte Besorgnis Platz. »Noora, geht es dir gut?«

»Nein.« Ein unterdrücktes Schluchzen entrang sich mir, und ich kämpfte sekundenlang um meine Fassung, um Pia meine momentane Schwäche nicht zu zeigen. »Es tut mir leid. Ich bin nicht ganz bei mir.«

Sie sagte nichts. Nur ihr gleichmäßiger Atem war zu vernehmen, während sie mir geduldig die Zeit gab, die ich benötigte, mich wieder zu fassen. Schließlich fand ich die Worte, Pia zu erklären, was auf der Farm geschehen war. Sie unterbrach mich nicht.

»Kann ich irgendetwas für dich tun?«, fragte sie, als ich geendet hatte. »Soll ich zu dir kommen?«

Ich wischte mit dem Handrücken die Tränen aus meinen Augen.

»Nein, ich komme schon irgendwie zurecht. Und mein Bruder Jari wird heute Nachmittag auch hier sein.« Mit einem beklemmenden, beängstigenden Gefühl dachte ich an die Dinge, die jetzt vor mir lagen. Ich würde den Tag bei der Polizei verbringen und musste die Beerdigung meiner Eltern in die Wege leiten. Und was sollte mit der Farm oder mit dem, was davon nach dem Brand noch übriggeblieben war, geschehen? Mein Kopf war so voll, dass er zu platzen drohte, was aber auch an den Nachwirkungen des Wodkas liegen konnte, die meine Schläfen pochen ließen.

»Wie lange wirst du in Kittilä bleiben?«

Am liebsten wollte ich gar nicht mehr weg. Wollte in die Stille der einsamen Natur fliehen, den Ort, an dem ich früher immer Trost und Frieden gefunden hatte. Aber ich wagte nicht, ihr das zu sagen. Zu unrealistisch war der Gedanke. Irgendwann musste ich wieder zurück in die Hauptstadt. Zurück zur Arbeit.

»Ich weiß es nicht, Pia. Ich habe hier noch einiges zu erledigen.«

Ein unangenehmes Schweigen entstand zwischen uns.

»Okay.« Sie stockte kurz, bevor sie weitersprach. »Noora, ich würde gern für dich da sein. Ich weiß, es fällt dir oft schwer, andere Menschen an dich heranzulassen. Du bist es gewohnt, Dinge mit dir selbst auszumachen. Aber wenn du mich brauchst … hörst du, dann bin ich jederzeit für dich da!« Die Eindringlichkeit ihrer warmen Stimme klang in meinen Ohren nach, als wir aufgelegt hatten. Ich wusste, sie meinte es aufrichtig, aber ich konnte ihre Hilfe nicht annehmen.

Kapitel 3

Dumpf hämmerte der Bass durch meinen Körper. Von meinem etwas abseits gelegenen Platz an der Bar betrachtete ich die sich rhythmisch windenden Leiber der Tanzenden. Diese vielen Menschen auf so engem Raum, die zur Schau gestellten Intimitäten, die bei derartigen Veranstaltungen zu beobachten waren. Frauenpaare, die beim Tanzen ihre Unterleiber aneinander rieben und hemmungslos knutschend die Hände nicht voneinander lassen konnten, je später die Nacht wurde und je höher der Alkoholpegel stieg.

Ich hatte immer wieder feststellen müssen, dass diese wie Pilze aus dem Boden der finnischen Hauptstadt wachsenden Frauenpartys nicht meine Welt waren. Offenbar wurde dadurch das enorme Bedürfnis der Szene nach eigenen Veranstaltungen gestillt, aber ich verspürte ein solches nicht.

Diesmal war ich auch nur mitgegangen, weil eine gute Freundin in ihren Geburtstag hineinfeiern wollte. Doch von dieser Freundin und den restlichen Gästen hatte ich die letzte Stunde kaum einen Blick erhaschen können, nachdem sie von der sich wogenden, zuckenden Masse auf der Tanzfläche verschluckt wurden.

Auf dem erhöhten Hocker lehnte ich mit dem Rücken an der Theke. Mein Pepsi-Glas hielt ich auf dem Schoß.

Meine Augen blieben zwischen den Tänzerinnen für einen Moment an einem Profil hängen und lösten ein diffuses Gefühl des Erkennens in mir aus. Irritiert versuchte ich, die Person besser zu sehen, als im nächsten Augenblick die Nebelmaschine die Menge in eine dichte Wolke einhüllte.

Bestürzt starrte ich weiter auf die Stelle, an der ich das Gesicht gesehen hatte. Mein Herz hämmerte unangenehm heftig gegen meinen Brustkorb. Wie hatte ich annehmen können, dass niemand aus meinem beruflichen Umfeld mich auf einer solchen Veranstaltung sehen würde? Bald würden es alle wissen.

Langsam lichtete sich der Nebel wieder.

Mangels Partnerin an meiner Seite hatte ich es in der Klinik vorgezogen, meine sexuelle Orientierung nicht anzusprechen. Ich hatte nie lügen müssen, da mich bisher niemand direkt danach gefragt hatte. Aber das könnte sich schnell von heute auf morgen ändern.

Wo hatte ich diese Frau schon einmal gesehen? Ich war mir nicht sicher. Aber sie kam mir bekannt vor, und ich brachte sie intuitiv mit meinem beruflichen Umfeld in Verbindung.

Kurz war ich versucht, die Party zu verlassen, aber das wäre meinen Freundinnen gegenüber nicht höflich gewesen, einfach zu verschwinden, ohne mich zu verabschieden. Suchend sah ich mich um, aber ich konnte sie nirgends entdecken.

Außerdem war diese Frau, wenn ich sie überhaupt kannte – ein Irrtum war schließlich nicht ausgeschlossen – ja wohl selbst lesbisch und vielleicht wie ich nicht geoutet. Sie war sicher auch nicht erfreut, mich hier zu sehen.

Ich war noch in meine Gedanken versunken, als sie sich aus dem Nebel löste und sich den Weg durch die Feiernden direkt auf mich zu bahnte. Ich überlegte noch, ob ich mich abwenden sollte. Vielleicht hatte sie mich noch nicht erkannt. Doch es war zu spät. Unsere Augen trafen sich, und es war unmöglich, das Erkennen zu leugnen.

Pia Söderholm. Dreißig Jahre. Hochgewachsen. Dunkelbraune Haare. Frecher Kurzhaarschnitt. Attraktiv. Und Tochter meines Vorgesetzten Chefarzt Professor Mikael Söderholm.

Nur Augenblicke später war sie bei mir und lächelte mich offen an. Sie wirkte so locker, während ich spürte, dass ich mich immer mehr versteifte.

»Noora Tamminen, welch eine Überraschung, dich hier zu treffen.«

Ich straffte mich und versuchte, eine entspannte Haltung einzunehmen, um – mit eher mäßigem Erfolg – meine Verlegenheit zu überspielen.

»Hallo Pia, ja, das ist wirklich eine Überraschung.«

Privat sah sie anders aus als auf dem Kongress, auf dem wir uns das erste und bisher einzige Mal getroffen hatten. Stolz hatte ihr Vater sie mir vorgestellt. Seinen aufstrebenden Stern am medizinischen Himmel. Erfolgreiche und brillante Jung-Fachärztin für Neurochirurgie.

Jetzt hatte sie ihr exquisites Businesskostüm gegen eine Jeans im Used-Look und ein schwarzes enges

Tank-Top getauscht, das mehr preisgab als zu verdecken. Ich nahm den leichten Schweißfilm auf ihrem Dekolleté wahr.

»Kann ich mich zu dir setzen?« Die Musik hatte wieder eingesetzt, und sie musste schreien, damit ich sie verstand. Aber es war wohl eher eine rhetorische Frage, denn sie saß bereits auf dem Barhocker neben mir, bevor ich etwas erwidern konnte, und bestellte sich einen Longdrink.

Sie bezahlte bei der Barkeeperin und prostete mir zu, bevor sie am knallig pinken Strohhalm sog.

Die ganze Situation kam mir befremdlich vor. Sie benahm sich so, als würden wir uns schon lange kennen, während ich noch darüber grübelte, wie ihr Vater die Tatsache auffassen würde, dass ich Gefühle für Frauen hegte. Er hatte auf mich immer einen äußerst konservativen Eindruck gemacht. Und wenn ich ehrlich war, konnte ich mir auch nicht vorstellen, wie er seine zukünftige Schwiegertochter herzlich in die Arme schloss.

»Er weiß es nicht.« Ich las es mehr von Pias Lippen, als dass ich ihre Antwort auf meine nicht gestellte Frage vernahm. In meinem Gesicht erschienen noch mehr Fragezeichen.

»Mein Vater«, stellte sie klar. »Das war es doch, was du dich gefragt hast. Zumindest konnte ich es so auf deinem Gesicht ablesen. Die Antwort ist, dass er nicht weiß, dass ich mich zu Frauen hingezogen fühle. Er träumt noch immer von dem jungen Mediziner, der seiner Tochter den Hof macht.« Ihre makellosen

Zähne blitzten, als sich ihre Lippen zu einem breiten Grinsen verzogen. Diese Tatsache schien Pia sehr zu erheitern. »Ich selber habe es eher auf eine charmante, gutaussehende Ärztin abgesehen.«

Ihre Hand legte sich auf meinen Oberschenkel, und die Hitze breitete sich augenblicklich aus. Einen Moment war ich versucht, die Berührung zu unterbinden. Es war ungewohnt, dass jemand so direkt war, aber ich musste mir eingestehen, dass es nicht unangenehm war.

»Wir müssen uns wohl oder übel gegenseitig vertrauen.«

Gedanken schwirrten wirr durch meinen Kopf und überforderten mich, doch mir wurde bewusst, dass mein Gegenüber ein größeres Risiko einging als ich. Ich entspannte mich soweit es ging, denn unsere Begegnung hatte mich, mehr als ich erwartet hatte, irritiert.

»Gehst du oft tanzen?«, versuchte ich das Gespräch in eine unverfängliche Richtung zu lenken.

Sie schüttelte mit gespielter Trauermiene den Kopf. »Nein, wie du ja weißt, bleibt uns in unserem Job nicht wirklich die Zeit dafür. Stressige Arbeitszeiten, Nachtdienste, Wochenenddienste.«

Plötzlich wurde mir bewusst, dass ihre Hand noch immer auf meinem Oberschenkel ruhte. Sie fühlte sich gut an. Zu gut.

Alarmglocken schrillten unvermittelt in meinem Kopf. Das passte nicht zu meinem derzeitigen Lebensentwurf. Und vor allem hatte es keine Zukunft, mit der Tochter des Chefs etwas im Verborgenen anzufangen. Ich warf einen flüchtigen Blick auf meine Armbanduhr und stand abrupt auf.

»Ich muss los.«

»Noora, warte.«

»Ich kann nicht.« Ich ergriff die Flucht und schob mich hastig durch die Menge.

Doch Pia Söderholm ließ nicht locker, sondern folgte mir, bis wir draußen in der kalten Nachtluft standen und die ersten Schneeflocken des Winters vom dunklen Himmel herabtanzten.

»Shit«, entfuhr es mir. Mein Parka lag im Auto meiner Freundin, mit der ich zur Party gefahren war. Sie hatte angeboten, mich nach Hause zu fahren. Die Temperatur war deutlich gefallen, und ich fror nach der stickigen, hitzigen Luft in der Disco. Suchend sah ich mich nach der Bushaltestelle um und konnte nur fröstelnd hoffen, dass der nächste Bus bald kommen würde. Ich setzte mich wieder in Bewegung.

»Noora, jetzt warte doch mal.« Sie war dicht hinter mir. »Bleib stehen. Bitte.«

Pia prallte gegen mich, als ich so plötzlich stehen blieb, wie ich losgegangen war.

»Was willst du?« Ich drehte mich um, war mir mehr als deutlich ihrer Nähe bewusst.

Eine Gänsehaut überzog ihre nackten Arme. Feine Schneeflocken hatten sich in ihren Haaren verfangen.

»Ich will dich.«

»Das ist doch verrückt. Wir kennen uns doch gar nicht.«

»Na dann wird es Zeit, dass wir das ändern.« Von Pias Zeigefinger baumelte ein Schlüsselbund. »Komm, Noora, es ist kalt. Ich fahre dich nach Hause.«

Ich ließ es zu, dass sie mich in die Wohnung begleitete und sich unsere Lippen berührten, sobald sich die Tür hinter uns geschlossen hatte.

»Vielleicht sollten wir das nicht tun.« Ich war erschrocken und verunsichert über die intensiven Gefühle, die ihre Berührungen in mir auslösten. Mein Körper schien ausgehungert zu sein nach einer langen Zeit ohne Zärtlichkeit und reagierte augenblicklich auf sie.

Ich wusste selbst nicht genau, was mich noch zögern ließ.

»Doch Noora, wir sollten es tun. Ich hatte schon auf dem Kongress das Bedürfnis, dich zu berühren.« Sie lachte auf. »Aber stell dir mal das Gesicht meines Vaters vor, wenn er es mitbekommen hätte, und außerdem war ich mir nicht sicher, ob du lesbisch bist. Jetzt hat sich meine Ahnung glücklicherweise bewahrheitet.«

Drei Monate lag unsere Begegnung zurück. Eine Zeit, in der wir uns jobbedingt nur unregelmäßig und heimlich treffen konnten. War es das, was ich mir von einer Beziehung erhoffte, oder sperrte ich mich unbewusst dagegen, mich richtig auf Pia einzulassen, sie an meinem Leben teilhaben zu lassen?

Als ich das Telefongespräch mit ihr beendete, fiel mein Blick auf die Uhr meines Handys. Es war schon nach neun. Aku würde mich auf der Polizeistation bestimmt schon erwarten.

Das grelle Licht im Badezimmer ließ meine von strähnigen mittelblonden Haaren umrahmte Haut noch blasser erscheinen, und als ich in den Spiegel über dem Waschbecken schaute, starrte ich in verquollene, rotumrandete, blaue Augen. Das würde keine Schminke kaschieren können. Aber das Problem erübrigte sich, da ich für gewöhnlich ungeschminkt war und meinen Schminkbeutel auch nicht eingepackt hatte.

Ich entkleidete mich und ließ das heiße Wasser der Dusche mit geschlossenen Augen auf mich prasseln, was meine pochenden Kopfschmerzen geringfügig linderte.

Kapitel 4

Aku reichte mir mit einem kurzen Blick in mein Gesicht ein Glas Wasser und zwei Schmerztabletten, die ich dankbar annahm. Er ließ mich Platz nehmen und verließ sein Büro, um wenig später mit zwei dampfenden Tassen zurückzukehren.

»Der ist wahrscheinlich so stark, dass der Löffel darin stehen bleibt, aber vielleicht ist es jetzt genau das Richtige für dich.« Mir fiel der entschuldigende Tonfall seiner Stimme auf, als er mir den Kaffee über den Tisch zuschob und sich setzte. Schweigend nahm ich die Tasse entgegen.

»Wie fühlst du dich?«

Ich umschloss den heißen Becher mit beiden Händen und genoss die Wärme an meinen klammen Fingern. Der Schmerz ließ mich zusammenzucken, als ich mir beim ersten Schluck die Zunge an dem dunklen Gebräu verbrannte. Vorsichtig schluckte ich, bevor es mir möglich war, ihm zu antworten.

»Bescheiden, aber ich werde schon irgendwie klarkommen.« Meine Zunge fühlte sich seltsam pelzig an, wo der heiße Kaffee sie getroffen hatte.

Ich wappnete mich für die vielen Fragen, die der Kommissar mir gleich stellen musste, um seine Ermittlungen voranzubringen.

Doch statt Fragen auf mich abzufeuern, sagte Aku nur: »Es wurde gestern Abend noch eine dritte Leiche gefunden, als die Feuerwehr anfangen konnte, die Trümmer beiseite zu räumen, um nach der Brandursache zu forschen.« Er hielt inne und wartete, bis die Worte mein Bewusstsein erreicht hatten.

»Wir konnten die Leiche, wenn sie auch keinen schönen Anblick bot, inzwischen identifizieren. Es war Jussi, der alte Farmmitarbeiter deines Vaters. Ich bin mir sicher, du kanntest ihn. Der Arzt, der den Tod bescheinigt hat, geht von einer natürlichen Todesursache aus. Er kannte Jussis Krankengeschichte und ist der Meinung, der alte Mann habe einen weiteren Schlaganfall erlitten und im Sturz die Petroleumlampe umgeworfen.«

Ich hörte schweigend zu und hielt meine Tasse krampfhaft umklammert, als könnte sie mir irgendeinen Halt geben. Ich war mir nicht sicher, ob ich wollte, dass er weitersprach.

»Jussi war wohl nicht mehr in der Lage gewesen, das Feuer zu löschen oder deine Eltern zu warnen. Ein Hundekörper wurde im selben Raum gefunden. Wir nehmen an, dass es Joke war. Soviel wir wissen, hatte Jussi keinen eigenen Hund.«

Er sah mich an und ließ mir Zeit, die neuen Informationen zu verarbeiten. Ein kehliger Laut der Verzweiflung entrang sich mir. Ich war unfähig, meine Gedanken, meinen Schmerz in Worte zu fassen.

Der arme Jussi. Ich kannte ihn seit meiner Kindheit. In diesen Jahren, in denen es den Rentierzüchtern wirtschaftlich immer schlechter ging, war er die einzige Hilfe meines Vaters gewesen, seit ich weggezogen war. Er hatte zeitweise auf der Farm gewohnt, und ich erinnerte mich an Abende am Lagerfeuer, während Jari und ich seinen Geschichten über das Leben mit den Herden in der kalten Tundra lauschten. Soviel ich wusste, hinterließ der alte Mann niemanden. Schwermut darüber erfüllte mich. Ein Leben ging zu Ende, und es gab keine Familie, die den Toten betrauerte. Keinen Angehörigen, der ihn zu Grabe tragen würde.

»Du meinst, es war alles nur ein schreckliches Unglück?« Meine Stimme klang brüchig, weil ich die aufsteigenden Tränen zurückhielt. Der Tod von diesen drei wundervollen Menschen war unfassbar und sinnlos. Aku sah auf einmal ganz müde aus. Seinen Augenrändern nach zu urteilen, war er die ganze Nacht auf den Beinen gewesen. Er nickte, als könnte auch er das Geschehene nicht in Worte fassen.

»Wenn es dich irgendwie tröstet: Laut Obduktion sind deine Eltern an einer Rauchvergiftung verstorben, bevor das Feuer in ihr Schlafzimmer übergegriffen hat. So haben sie nichts bemerkt.«

Meine Eltern friedlich schlafend in ihrem Bett. Was sie wohl am Abend gemacht hatten? Meine Mutter hatte vermutlich neben dem Kaminofen auf dem Schaukelstuhl aus hellbeige lackiertem Holz gesessen und gestrickt oder gehäkelt. Im Winter hatte sie viel gestrickt. Im Sommer kam sie aufgrund der Arbeiten auf dem Hof selten zu ihren geliebten Handarbeiten.

Jedes Jahr erhielt auch ich neue Mützen, Socken und Handschuhe, die ich stolz mit einem leichten Gefühl von Wehmut trug.

Was waren ihre letzten Gedanken, Träume gewesen, bevor sie für immer einschliefen? Hofften sie, Jari und mich zu Weihnachten wiederzusehen? Weihnachten, ich hatte noch keine konkreten Pläne gemacht, da ich die Hälfte der Festtage Dienst im Krankenhaus hatte. Nun gäbe es keine gemeinsamen Weihnachten mehr mit meinen Eltern. Jari war der Einzige, der mir geblieben war. Aber Jari hatte inzwischen seine eigene kleine Familie. Meine Gedanken sprangen zwischen Vergangenheit und Zukunft hin und her. Immer wieder ihr Schlafzimmer, wie es langsam von Rauch erfüllt wurde und der friedliche Atem immer mehr abebbte, bis sich ihre Brust nicht mehr hob und senkte.

Ich versuchte, die Bilder, die unaufhaltsam vor meinem geistigen Auge aufstiegen, zu verdrängen, indem ich zu praktischen, sachlichen Dingen überging.

»Wann werden die Leichen freigegeben, damit die Beerdigung stattfinden kann?«

»Sie sind bereits freigegeben und werden in Kürze von der Universitätspathologie in die örtliche Pietät überführt.«

»Gut, dann kann ich alles vorbereiten.« Ich musste bald mit meinem Bruder sprechen. Es gab noch vieles zu erledigen und noch viel mehr Entscheidungen zu treffen. Das wollte ich nicht allein.

Schweigend saßen wir uns gegenüber und tranken

den Kaffee, der inzwischen abgekühlt war. Es war alles gesagt, was gesagt werden musste, und ich war Aku sehr dankbar für diesen Moment der Ruhe.

»Noora, lass mich rein«, hörte ich Jaris kräftige Stimme, noch bevor er an meine Zimmertür klopfte.

Ich öffnete ihm, und Bruder und Schwester standen sich einige Augenblicke reglos gegenüber. Trauer und hilfloser Zorn schnürte uns beiden die Kehle zu, als wir uns in die Arme schlossen. Ein Gefühl der Schwäche überrollte mich, und ich ließ es, jetzt wo mein Bruder mich hielt, zu und ergab mich der Empfindung. Ließ mich fallen für einen Moment. Heftiges Zittern durchfuhr meinen Körper, als mir bewusst wurde, dass ich endlich nicht mehr allein war, dass mein Bruder bei mir war und wir gemeinsam alle Entscheidungen treffen würden.

Lange hielt Jari mich in seinen Armen und wartete, bis das Beben meines Körpers abebbte. Tröstend fuhr seine Hand mir über den Rücken.

Ich räumte meine achtlos hingeworfene Kleidung vom einzigen Stuhl, damit er sich setzen konnte. Verstohlen schaute ich mich um und stellte mit Erleichterung fest, dass der Papierkorb, in dem ich am Morgen die noch zur Hälfte gefüllte Wodkaflasche entsorgt hatte, vom Zimmerservice geleert worden war. Ich wollte nicht, dass mein Zwilling erfuhr, dass ich mich und meine Trauer im Alkohol ertränkt hatte.

»Noora, wir müssen uns bald überlegen, was mit der Farm geschehen soll. Und wir sollten uns nicht zu viel Zeit lassen. Die Kosten laufen weiter, und die Tiere müssen versorgt werden.«

Ich beneidete Jari ein wenig für seine Fähigkeit, alles, wie schrecklich es auch war, unter sachlichen Gesichtspunkten zu sehen. Das vereinfachte das Leben wahrscheinlich ungemein. Es war schon immer seine Stärke gewesen, Zahlen und Fakten vor die Emotionen zu stellen. Diesbezüglich waren wir grundverschieden. So funktionierte ich einfach nicht.

Ich selbst war bereits seit vierundzwanzig Stunden hier und hatte es noch nicht geschafft, mir darüber Gedanken zu machen. Obwohl mir sehr wohl bewusst war, dass wir als Erben in der Verantwortung für die Tiere standen, stand für mich neben der Aufklärung der Brandursache die Bestattung im Vordergrund. Vielleicht aber auch, weil ich die Farm gesehen und die Gespräche mit der Polizei geführt hatte, während mein Bruder sich auf der Fahrt etwas unvoreingenommener über die Zukunft Gedanken gemacht hatte.

Noch befanden sich die Herden im weitläufigen Gebiet der Züchtergemeinschaft, doch bald stand wieder die jährliche Rentierscheidung an. Und nicht nur das. Die Arbeit auf einer Farm ruhte nie, auch wenn es Jahreszeiten gab, in denen sie weniger intensiv war. Aber gerade in den Wintermonaten, wenn so wie jetzt sehr viel Schnee lag, mussten die Rentiere nahezu täglich zugefüttert werden, da sie nicht genügend Flechten finden konnten.

Jari hatte wie fast immer in seiner pragmatischen Art recht. Es musste sehr schnell eine Entscheidung getroffen werden, was mit dem Land und Gut und den Tieren geschehen sollte.

So schrecklich das Unglück auch war, wir hatten nicht die Zeit, in unserer Trauer zu ertrinken. Wir mussten zum Wohl der Tiere sofort handeln, auch wenn ich diese Entscheidung gern noch hinausgezögert hätte. Ich fühlte mich unter Druck gesetzt, unfähig, einen klaren Gedanken zu fassen, obwohl es nicht das allererste Mal war, dass wir mit dieser Frage konfrontiert wurden. Zu gut, als wäre es gestern passiert, konnte ich mich noch an den Sommerabend erinnern, als meine Eltern es angesprochen hatten.

Das Feuer brannte lichterloh und spiegelte sich flackernd im Glas der Flasche, die der drahtige, dunkelhaarige Mann mit dem wettergegerbten Gesicht in der Hand hielt. Wie immer trug er seinen alten, dunkelblauen Trainingsanzug, auf dessen Brust die aufgedruckten Buchstaben »SUOMI« bereits verblassten. Seine Füße steckten in den traditionell finnischen dunkelgrünen hohen Nokian-Gummistiefeln.

Meine Haare noch nass vom letzten Saunagang, saß ich neben meinem Vater und steckte eine Wurst auf den Holzspieß, die ich dann über die Flammen hielt. Ich genoss es, bei ihm zu sitzen und seinen Geschichten von den *Sámi*, den Ureinwohnern Skandinaviens, zu lauschen, deren Blut in seinen sowie auch meinen Adern floss.

Ich konnte mir noch gar nicht vorstellen, wie mein Studentenleben in Helsinki aussehen würde. Alles in mir sträubte sich gegen diesen Gedanken. Wehmut kam in mir auf, wenn ich daran dachte, die heimische Rentierfarm, die mein Ururgroßvater aufgebaut hatte, für wahrscheinlich sehr lange Zeit, wenn nicht gar für immer, verlassen zu müssen. Ich kämpfte die aufsteigenden Tränen nieder. Nach unserem Schulabschluss hatten wir lange zusammengesessen. Vater, Mutter, mein Zwillingsbruder und ich. Während Jaris Augen bei der Vorstellung, fern der Bewirtung einer Rentierzucht zu studieren, vor Begeisterung leuchteten, hatte sich mein Magen schmerzhaft zusammengekrampft. Es war mir bewusst, dass die Farm seit Jahren kaum noch Gewinne erzielte und dass unsere Eltern aus diesem Grund wollten, dass wir zukunftssichere Berufe erlernten, so wie es die meisten jungen Menschen aus dieser Gegend in die Städte trieb. Aber dennoch, ich hatte bereits jetzt Heimweh nach dem *tunturi*, der Hochebene über der Waldgrenze, den Mooren, den Hügellandschaften, den Seen und den weiten Flussbetten meiner Heimat. Das alles würde es in Helsinki nicht geben. Im tiefsten Süden Finnlands hatte ich mich an der Universität eingeschrieben, die im medizinischen Fachbereich den besten Ruf hatte. Ich suchte bewusst die größte Entfernung, um meinem Heimweh nicht zu erliegen und sofort zurückzukehren.

Jari, mein Bruder, hatte sich hingegen entschieden, ein Ingenieurstudium an der Technischen Universität Lappeenranta zu absolvieren. Mein Zwillingsbruder und ich würden zum ersten Mal im Leben getrennte Wege gehen und auf eigenen Beinen stehen.

Auch das versetzte mir einen Stich ins Herz. Bisher waren wir immer zusammen gewesen. Mein Bruder war mein Halt gewesen und umgekehrt. Gemeinsam hatten wir die Höhen und Tiefen der Pubertät durchlebt.

War es das letzte Mal, dass wir als Familie gemeinsam das Mittsommernachtsfest feierten? Stina, meine alte Huskyhündin, drückte sich gegen mein Bein und forderte mich auf, durch ihr zerrupftes Fell zu streichen. Ihr Körper war mager und vom Alter gezeichnet. Ich würde auch sie auf der Farm zurücklassen. Das war ihr Leben. Sie kannte kein anderes und wäre in der Großstadt nicht glücklich. Stina hob den Kopf und schaute mich mit ihren dunkelbraunen Augen wissend an. Uns stand ein schmerzhafter Abschied bevor. Ich schluckte hastig und versuchte, den Kloß aus meinem Hals zu verbannen.

»Noora, du musst nicht traurig sein. Du wirst uns in der semesterfreien Zeit immer besuchen können.« Meine Mutter war hinter mich getreten und legte mir die Hände liebevoll auf die Schultern. »Das ist eure Chance, etwas Gutes aus eurem Leben zu machen. Was solltest du hier auf der Farm tun? Sie wirft zu wenig ab, um damit eine Zukunft aufzubauen. Wir halten uns finanziell gerade noch über Wasser.«

Starr blickte ich auf den See hinaus. Weit am Horizont konnte ich ein anderes Lagerfeuer leuchten sehen.

Ich wusste, dass meine Eltern recht hatten. Der Gewinn, den wir für Rentierprodukte erwirtschafteten, sank stetig, und dieses Jahr hatten wir bereits viele Tiere an Luchse, Bären, Vielfraße und den steigenden Straßenverkehr verloren. Aber dennoch kam ich mir vor, als ließe ich meine Eltern und die Farm im Stich, wenn ich fortging.

»Schatz, das ist doch kein Schritt für immer. Wenn du mit dem Studium fertig bist, hast du eine gute Grundlage. Und wenn du dann möchtest, kannst du ja versuchen, nach Kittilä oder Rovaniemi ans Krankenhaus oder Gesundheitszentrum zu kommen.«

Ich hörte ihr kaum zu. Etwas anderes beschäftigte mich viel mehr.

»Aber was ist, wenn euch etwas passiert? Wer soll sich dann um die Tiere kümmern, die Farm bewirtschaften, wenn ich nicht mehr hier bin? Ich habe doch von Papa das Handwerk gelernt. Es wäre zu schade, dieses ganze Wissen wegzuwerfen.« Flehend sah ich von meiner Mutter zu meinem Vater.

»Noora, mein Kind.« Er hatte eine so wunderbar sanfte, tröstende Stimme. »Und dafür bin ich sehr stolz auf dich. Aber wenn wir nicht mehr leben oder uns etwas passiert, sodass wir die Farm nicht mehr bewirtschaften können, müsst ihr sie verkaufen. Sie würde euch sonst nur blockieren.« Eindringlich betrachteten seine weisen Augen uns. »Pertti hat schon mehrfach sein Interesse bekundet. Er hat zwei Söhne und zu wenig Land, da sie beide die Zucht weiterbetreiben wollen. Sie haben nicht die Möglichkeiten, von hier wegzugehen, um einen anderen Beruf zu ergreifen. Sie müssen das Beste aus der Situation machen. Pertti wird euch einen fairen Preis zahlen. Mit dem Geld, Noora, kannst du vielleicht eine eigene Praxis anzahlen.«

Er strich mir mit seiner von harter körperlicher Arbeit rauen, schwieligen Hand über die Wange. Eine vertraute Geste.

»Ich weiß, du wolltest immer in meine Fußstapfen treten. Aber du musst auch an die Absicherung deiner Zukunft denken, mein Schatz. Die Rentierzucht geht immer weiter zurück. Es ist heutzutage einfach nicht so wie früher, wo man sich dadurch ein gutes Einkommen sichern konnte. Deine Kinder sollen doch auch gut aufwachsen können.«

»Aber Papa …« Ich rollte mit den Augen. »Wer sagt denn, dass ich überhaupt Kinder haben werde.«

»Ich hoffe doch sehr, dass ich mit meinen Enkeln mit dem Rentierschlitten durch die Schneelandschaft fahren kann.« Bei diesem Gedanken zeigten sich die kleinen Lachfältchen um die Augenwinkel meines Vaters. Das war nicht der Zeitpunkt, mit ihnen über meine Familienplanung zu diskutieren, also beließ ich es dabei.

Natürlich fügte ich mich aus Vernunftgründen den Wünschen meiner Eltern, aber konnte ich glücklich werden ohne das Leben und die Arbeit in der einsamen Winterlandschaft hier im Norden? Wie hätte ich ihnen auch begreiflich machen können, dass ich mir gar nicht vorstellen konnte, in einem anderen Beruf meine Erfüllung zu finden als hier draußen in der unvergleichbaren Wildnis.

Ich riss mich vom Bild meiner Eltern im Feuerschein los. Es war für sie damals sicher nicht leicht gewesen, ihre Kinder gehen zu lassen, aber sie hatten getan, was sie für richtig hielten. Was meinen Bruder betraf, war die Rechnung aufgegangen. Jari hatte sein Ingenieurstudium erfolgreich abgeschlossen und war nach Schweden gezogen, um dort für ein großes Bauunternehmen zu arbeiten. Er hatte seine Frau Sara kennengelernt und war vor einem halben Jahr zum zweiten Mal Vater geworden.

Ich selbst war inzwischen als Assistenzärztin in der Chirurgie der Universitätsklinik in Helsinki tätig. Und doch träumte ich noch heute, viele Jahre später, von dem einfachen Leben im Einklang mit der Natur. Mein Vater würde nie mehr das Vergnügen der Schlittenfahrt mit seinen Enkelkindern erleben. Ich würde heimatlos und gestrandet in Helsinki sitzen. Weit entfernt von meinem geliebten *tunturi.* Ich hatte mich auf meine Eltern verlassen. Hatte erwartet, dass sie immer da sein würden, wenn ich zurückkehren wollte, um hier neue Energie zu tanken. Oft hatte ich das Gefühl, meine innere Mitte verloren zu haben. Das hektische Leben in der Hauptstadt fraß mich systematisch auf.

Jetzt waren sie plötzlich nicht mehr da. Und auch die Farm wäre bald nicht mehr da, um mir eine Zuflucht zu bieten. An Pertti verkaufen, hatte Vater gesagt. Der Gedanke tat weh. Ich war auf diesen heftigen Schmerz nicht vorbereitet nach der langen Zeit, die ich bereits im Süden des Landes lebte. Die Dauer der Abwesenheit hatte an meiner Sehnsucht nach dem Farmleben nichts geändert. Im Gegenteil, sie war nur verstärkt worden. Panik und Verlustängste stiegen in mir auf. Ich würde es nicht verkraften, diesen Halt der Natur zu verlieren.

»Jari«, begann ich. Wir saßen auf meinem Hotelbett ganz nah beieinander und hielten einander die Hände, so wie wir es früher schon getan hatten, wenn ich aus einem schlechten Traum erwacht und in sein Bett geklettert war. »Ich kann nicht verkaufen.«

»Falls du bald wieder zurück nach Helsinki musst, kümmere ich mich darum, wenn du willst. Ich kann gleich nachher Pertti anrufen.« Auch er erinnerte sich an das Gespräch, das damals geführt worden war. Er sah nicht, wie ich meinen Kopf schüttelte, sondern starrte die gegenüberliegende Wand an.

»Nein, du verstehst mich falsch. Ich möchte die Farm nicht verkaufen.« Ich hielt den Atem an und wartete, bis meine Worte zu ihm durchgedrungen waren, und sah die verschiedenen Emotionen über sein Gesicht huschen, auch wenn ich nur sein Profil betrachtete. Ich kannte Jari noch immer sehr gut. Verstehen, Überraschung und danach Bestürzung, als er den Sinn und Ernst hinter meinen Worten erfasste. Aber er fing sich und wandte mir das Gesicht zu.

»Noora, das ist lächerlich. Wie soll das funktionieren? Wie stellst du dir das vor? Du hast deinen Arbeitsalltag in Helsinki. Du kannst nicht gleichzeitig eine Rentierfarm bewirtschaften.«

Ich spürte einen Anflug von Trotz in mir aufsteigen. Er verstand meine Liebe zu diesem Landstrich nicht, hatte sich noch nie etwas aus der elterlichen Farm gemacht. Wie konnten wir als Zwillinge nur so verschieden sein?

Plötzlich sah ich alles ganz klar vor mir.

»Nein, da gebe ich dir recht. Nicht gleichzeitig, sondern stattdessen.«

Mein Bruder erhob sich vom Bett und ging durch das Zimmer. Ich wusste, dass er nach Argumenten suchte. So hatte er sich immer verhalten, wenn er anderer Meinung war und ihm nicht sofort einfiel, was er entgegnen sollte.

Dann blieb er stehen und wandte sich mir erneut zu.

»Ich weiß, dass das alles jetzt ein Schock für dich war. Das Feuer, der Tod unserer Eltern. Auch mich trifft es hart. Wie du muss auch ich das alles erst verkraften. Aber wir müssen versuchen, es realistisch zu sehen.« Er hob die Hand, als er sah, dass ich zu einer Erwiderung ansetzte. »Es ist ein furchtbares Unglück geschehen, Noora, ohne Zweifel. Und wir sind in der Pflicht durchzuhalten und die Beerdigungen in die Wege zu leiten. Aber wir müssen uns danach lösen, Abschied von den Toten nehmen und unseren Alltag weiterleben. Es wird Papa und Mama nicht wiederbringen, wenn wir die Farm behalten. Falls von dem Haus überhaupt noch etwas zu retten ist.«

»Jari, du siehst das falsch.« Warum wollte er mich nicht verstehen?

»Nein, ich sehe das nicht falsch. Als dein älterer Bruder …«

Ich lachte auf. »Das ist jetzt nicht dein Ernst. Älterer Bruder … du bist gerade mal eine knappe Stunde älter als ich.«

»Als dein Bruder«, er ließ sich nicht beirren, »bin ich verpflichtet, auf dich aufzupassen. Es wäre Irrsinn, dein Medizinstudium wegzuwerfen, deine Karriere, um hier im hinterwäldlerischen Kaff ein einsames Leben am Existenzminimum zu fristen.«

Warum war jeder der Ansicht, er wüsste genau, was das Beste für mich sei? Ich hörte Jari nur mit halbem Ohr zu.

»Wir waren beide nicht auf dieses Unglück vorbereitet. Die Herden sind da draußen, und du glaubst, in der Pflicht zu sein, Vaters Erbe als Rentierzüchter antreten zu müssen. Aber Noora, er wollte nie, dass du diese Aufgabe übernimmst. Im Gegenteil, unsere Eltern haben sich ganz klar dagegen geäußert. Sie haben uns gesagt, dass wir die Farm an Pertti verkaufen sollen, um uns diese Entscheidung abzunehmen. Sie wussten, dass irgendwann dieser Moment kommen würde, und sie wollten, dass wir darauf vorbereitet sind. Gib deine Karriere nicht auf. Lass uns den Rat unserer Eltern befolgen.«

Zorn flammte in mir auf. Zu lange hatte ich mich von anderen Menschen leiten lassen, mich ihren Ansichten und Wünschen gefügt, obwohl ich selbst dabei immer unglücklicher wurde. Ich konnte nicht mehr, wollte nicht mehr.

»Es ist mein Leben«, entgegnete ich.

Es war das zweite Mal, dass ich seit dem Brand aufs Land zu unserer Farm rausfuhr. Jari saß schweigend auf dem Beifahrersitz und starrte aus dem Seitenfenster. Beide mieden wir den Augenkontakt. Seit unserem Streit im Hotelzimmer hatten wir nur wenige Worte miteinander gewechselt, wenn es unumgänglich war.

Die Disharmonie mit meinem Zwilling belastete mich. Wir waren einander immer nah, und doch fühlte ich mich von ihm in dieser für uns beide schweren Situation nicht verstanden, was mich sehr enttäuschte.

Ich konzentrierte mich auf die Straße oder zumindest das, was davon übriggeblieben war, nachdem die Fahrzeuge der Feuerwehr und der anderen Einsatzkräfte eine Schneise der Verwüstung in der unberührten Schneelandschaft hinterlassen hatten.

Ich wappnete mich innerlich für den grausamen Anblick und wusste, dass ich es hinter mich bringen musste, wenn ich in meine Zukunft schauen wollte.

Es bot sich uns ein entsetzliches Bild, das mir erneut die Tränen in die Augen trieb. Ich spürte, dass Jari meine Hand ergriff. Halt suchend. In seinen Augen glitzerte es, doch er kämpfte dagegen an, weinen zu müssen. Ein wenig verloren standen wir neben dem Mietfahrzeug und versuchten, nun bei Tageslicht, das gesamte Ausmaß der Schäden zu erfassen. Das Feuer hatte ganze Arbeit geleistet. Das aus Holz errichtete Haupthaus war bis auf die gemauerten Wände der Sauna, die jetzt Ruinen gleich in die Höhe ragten, den Flammen zum Opfer gefallen. Ebenso war der angrenzende Schuppen, in dem Brennholz gelagert wurde, komplett niedergebrannt. Die nächstgelegene Scheune war auch nicht unversehrt geblieben. Auf der Ostseite hatte das Feuer auf die Wand übergegriffen und sie rußgeschwärzt zurückgelassen.

»Jari, komm, ich muss dir etwas zeigen.« Er ließ sich willig von mir mitziehen. Weg von diesem Ort der Zerstörung. Wir sanken bei jedem Schritt bis zu den Knien in den Schnee, während ich uns einen Weg in Richtung See bahnte.

Unweit der Farm blieb ich stehen. Der Zauber dieses Ortes ergriff mich, sooft ich hier stand und auf das weite Land, den gefrorenen See hinunterblickte. Ich konnte mich nicht satt sehen an der ungezähmten Natur, die mit der Zivilisation nicht in Berührung zu kommen schien. In der Ferne stiebte eine kleine Herde von Rentieren über das schneebedeckte Eis und ich fühlte, wie mein Herz, ergriffen von ihrem Anblick, schneller schlug.

Dieser Platz war immer mein Lieblingsort. Wenn mich etwas bedrückte, zog ich mich hierher auf die Anhöhe zurück und ließ das Land auf mich wirken, um zur Ruhe zu kommen.

»Ich liebe diesen Ort«, begann ich. Ich hielt noch immer Jaris Hand und suchte nun seinen Blick. »Hier habe ich übrigens meinen ersten Kuss bekommen.«

Ich sah, dass er schmunzelte. Doch er erwiderte nichts, sondern wartete, bis ich auf den Punkt kam.

»Ich habe hier viele Stunden darüber gegrübelt, was ich nach meinem Schulabschluss tun sollte. Und ich gebe zu, dass unsere Eltern gute Gründe hatten, uns wegzuschicken. Mir ist sehr wohl bewusst, dass es selbst hier im Norden ein aussterbender Beruf ist, Rentierzüchter zu sein.« Ich unterbrach mich in Erwartung einer Bestätigung oder Erwiderung seinerseits, doch es kam nichts. Typisch, dachte ich. Jari ließ mich reden und wartete darauf, dass ich mich in meiner Argumentation im Kreis drehte. Ich wollte mich davon jedoch nicht beirren lassen.

»Ich habe einen Traum«, wagte ich mich zaghaft auf das neue Terrain, denn ich hatte noch nie mit jemandem über diese Idee gesprochen. »Nicht die Rentierzucht ist die Zukunft, sondern diese unglaubliche Natur. Jari, dieses Land ist das Kapital. Wir müssen nur anfangen umzudenken.« Ich spürte meine Aufregung, die mich erfüllte, während ich die richtigen Worte suchte, ihm meine Visionen plausibel zu verdeutlichen. Fakten mussten sachlich präsentiert werden. Das allein war die Sprache, die mein Bruder verstand. »Der Tourismus gewinnt in Finnland immer mehr an Bedeutung. Selbst in unserer bevölkerungsarmen Provinz stellt er eine wirtschaftliche Perspektive dar.« Noch sah ich die Zweifel in seinen Zügen. »Wir haben ein riesiges Areal, das seit Generationen im Familienbesitz ist. Wenn wir die Hälfte des Tierbestandes verkaufen, haben wir ein gutes Startkapital.

Ich habe gelesen, dass immer mehr Menschen sich im Urlaub mehr Natur, Abenteuer und Einsamkeit wünschen, um sich vom Alltagsstress zu erholen. Jari, wir könnten eine erfolgreiche Huskyfarm aufbauen. Die Wintersaison über bieten wir Hundeschlittentouren, Langlauf, Schneeschuhwanderungen an und im Sommer Kanu- und Wandertouren. Wir züchten die Hunde selbst, bilden sie aus. Das kann funktionieren.« Zum ersten Mal registrierte ich einen Funken Interesse in seinem Gesicht aufleuchten und schöpfte Mut. »Ich weiß, das kommt jetzt alles etwas plötzlich, aber ich habe diese Pläne bereits länger. Nur jetzt drängt, wie du selbst weißt, die Zeit, weil die Versorgung der Rentiere erledigt werde muss. Jetzt muss die Entscheidung fallen. Wenn wir verkaufen, habe ich keine Chance mehr, so etwas aufzubauen.« Jari schien meinen Worten nachzusinnen. Ich sprach weiter, wollte ihm meinen Plan darlegen, bevor er Einwände erhob. »Wir brauchen ein größeres Haupthaus und mehrere kleine Gästehäuser. Du bist Ingenieur. Du kannst die Gebäudekonstruktion und -versorgung planen und bauen. Ich kenne jeden Winkel dieser Gegend. Ich habe Erfahrung mit Schlittenhunden und ihrer Ausbildung. Ein reduzierter Bestand an eigenen Rentieren kann zur Grundfleischversorgung der Menschen und des Hunderudels dienen.« Ich redete, sprühte vor Leidenschaft, gestikulierte, während Jari wie immer ruhig blieb. Gelegentlich erkannte ich an seiner Mimik, dass er etwas kalkulierte. Dann und wann nickte er verstehend.

»Warum? Du bist erfolgreich in deinem Beruf. Eine exzellente Chirurgin. Du hast sogar eine der begehrten Stellen an der Universitätsklinik in Helsinki bekommen. Warum willst du das aufgeben?«

»Weil es mich und alles, was mich ausmacht, umbringt«, entgegnete ich leise. Ich musste mir diese Niederlage eingestehen. »Ich werde in der Stadt noch verrückt. Das Leben ist viel zu geregelt, die Uhr bedeutet zu viel. Die vielen Häuser nehmen mir die Luft zum Atmen. Ich habe eine Haustür, die an andere grenzt, und Nachbarn, die in meine Fenster schauen können. Und ich kann keine Sterne sehen. Zumindest nicht so wie hier.« Ein flehender Ton schwang in meiner Stimme mit. »Das hier ist mein Leben«, mein Arm machte eine ausholende Bewegung. »Die karge Einsamkeit Lapplands. Ich vermisse die weitläufigen Landschaften, glitzernde Eiskristalle und die Ruhe. Die Einfachheit, das Rustikale. Ich träume davon, bei Wind und Wetter im Freien zu sein, gemeinsam mit Tieren zu leben, die mich jeden Tag für die Mühe der anstrengenden Farmarbeit belohnen.. In Helsinki kann ich bei meinen Arbeitszeiten keinen Hund halten. Er wäre einfach zu lang allein. Es ist mir selbst auch viel zu eng. Alles so dicht bebaut. Und immer diese Hektik. So stelle ich mir Glück nicht vor. Ich will die Freiheit dieser grenzenlosen Weite.«

»*Niin*«, war alles, was mein Bruder zunächst darauf entgegnete. Ich konnte nicht erkennen, was in seinem Kopf vor sich ging.

»Sag doch was«, flehte ich ungeduldig. Das Warten machte mich wahnsinnig.

»Es ist eine völlig verrückte Idee«, entgegnete er vage. »Aber es könnte funktionieren.« Seine Worte ließen mich neue Hoffnung schöpfen. »Wenn wir das Land behalten, hast du denn die finanziellen Möglichkeiten, so einen Betrieb aufzubauen? Ich meine, es wird ein paar Jahre dauern, bis die ersten Touristen ihren Urlaub hier verbringen können. Ich kann in meinem Urlaub beim Aufbau helfen, aber ich werde nicht hierbleiben. Ich liebe mein Leben und meine Arbeit in Schweden.«

Unternehmungsgeist spiegelte sich plötzlich in seinen Augen wider und ließ mein Herz heftiger schlagen. Wie leicht ich ihn doch manchmal lesen konnte. Ich hatte es geschafft, sein Interesse zu wecken. Das war mehr, als ich erwartet hatte, seit sich die Idee in meinem Kopf festgesetzt hatte.

»Ich habe gespart, und ich weiß, dass unsere Eltern noch Geld für uns angelegt haben. Und wenn ich dich nicht gleich ausbezahlen muss, was deine Hälfte des Erbes am Hof angeht, dann kann ich das Projekt stemmen«, sprudelte es aus mir heraus. Meinen zaghaften Visionen haftete plötzlich ein Hauch Realität an.

»Noora, du musst mich gar nicht ausbezahlen. Ich bleibe mit im Grundbuch. Und solltest du doch irgendwann verkaufen wollen, weil du das Leben hier in der Einsamkeit leid bist, kannst du mich ausbezahlen mit der Hälfte des jetzigen Wertes.«

Diesmal war es Jari, der mich bei der Hand fasste.

»Komm, wir müssen langsam zurück. Ich will noch vor Einbruch der Dunkelheit in Kittilä sein.«

Kapitel 5

Kaum war ich allein in meinem Hotelzimmer, wurde ich von all meinen Empfindungen überrollt.

Ich war erleichtert, dass ich meinem Bruder meine Visionen hatte näherbringen können. Es war immer mein Traum gewesen, hier zu leben, und das nicht, wie meine Eltern es geplant hatten, als Ärztin im Gesundheitszentrum, sondern auf unserer Farm in der nordischen Wildnis.

Diesem Ziel sah ich mit vorsichtiger Vorfreude entgegen. Natürlich hatte ich nicht damit gerechnet, so früh vor einer solchen Entscheidung zu stehen. Ich realisierte noch nicht wirklich, dass ich meine Eltern nie mehr auf der Farm besuchen könnte. Vielleicht würde es nach der Beerdigung leichter sein, ihren plötzlichen Tod zu akzeptieren.

Ich hatte mit Jari, nachdem wir wieder in Kittilä angekommen waren, im Hotelrestaurant gegessen. Erst jetzt wurde mir bewusst, dass es die erste warme Mahlzeit war, seit ich hier angekommen war.

Lange diskutierten wir über die zu planende Trauerfeier. Unsere Eltern hatten uns nie wirklich erzählt, was sie sich wünschten. Viel zu plötzlich hatte der Tod sie aus dem Leben gerissen. Aber wenn ich in mein Herz horchte, wusste ich, was sie gewollt hätten. Eine traditionelle Bestattung unserer Urahnen, der *Sámi*, deren Blut zu einem Bruchteil in ihren und unseren Adern floss.

Jari war nicht überzeugt. Er hatte sich nie etwas aus der Religion und Mythologie gemacht. Eine normale kirchliche Trauerfeier würde uns den Abschied erleichtern.

Aber genau das wollte ich nicht. Abschied und Vergessen. Ich würde sie nach Hause holen. Sie sollten ihre letzte Ruhestätte auf dem Land finden, das schon seit Generationen der Familie gehörte.

Nach samischer Tradition war der Bestattungsort eines Verstorbenen typischerweise in der Nähe seines Todesortes. Er war heilig. Als ich Jari eröffnet hatte, dass ich unsere Eltern auf der Farm beerdigen lassen wollte, war er fassungslos gewesen, aber ich hatte es schließlich geschafft, dass er es sich zumindest nochmals durch den Kopf gehen lassen wollte. Er hatte es nicht kategorisch abgelehnt.

Papa und Mama würden für immer mit dem Ort verbunden sein. Ich sah schon die große hölzerne Rentierstatue vor mir, die ich ihnen zu Ehren aufstellen wollte. Dieser Gedanke gefiel mir und beruhigte mich.

Und doch spürte ich zugleich auch eine Unsicherheit in mir, weil ich eine riesige Veränderung wagte.

Würde ich Erfolg haben mit meiner Geschäftsidee? Wäre es die richtige Entscheidung, die aufstrebende, gutbezahlte Arztkarriere aufzugeben für eine mehr als ungewisse Zukunft?

Ich spürte, wie müde ich mit einem Mal war, aber meine Gedanken hielten mich wach. Immer wieder sprangen sie von der Trauerfeier zu meinen abenteuerlichen Zukunftsplänen. Ich wusste, dass meine Eltern das nicht gutgeheißen hätten. Sie hatten meinen Bruder und mich aus guten Gründen weggeschickt, unser Glück in den Städten zu finden. Im Gegensatz zu mir war es Jari sehr gut gelungen.

Ich wollte und würde meine Wurzeln nicht vergessen. Ich war verbunden mit dem Land und den Tieren, den wilden ebenso wie den etwas zahmeren. Ein Leben ohne sie war für mich nicht lebenswert.

Ich bemerkte nicht, wie ich in den Schlaf glitt und mich endlich eine ruhige Dunkelheit einschloss.

»Wer ist Pia?«, fragte Jari, als ich am nächsten Morgen aus dem Badezimmer trat.

Ich spürte, wie ich errötete. Mein Bruder beobachtete mich aufmerksam, während ich versuchte zu begreifen, wie er in mein Zimmer gelangt war.

»Wie kommst du jetzt auf Pia?« Ich brauchte etwas Zeit, mir eine passende Antwort zurechtzulegen. Wie weit wollte ich Jari in mein Liebesleben lassen?

»Weil sie eben auf deinem Handy angerufen hat und ich drangegangen bin.« Sein Blick bekam etwas Forschendes. »Seid ihr ein Paar?«

Hatte ich Jari jemals etwas verheimlichen können?

»Ich weiß nicht so richtig, was wir sind. Wir treffen uns erst seit Kurzem. Sie ist die Tochter meines Chefs, und er weiß nicht, dass seine Tochter ...« Ich verstummte, suchte nach den richtigen Worten. Ich war es nicht gewohnt, mit jemandem aus der Familie über meine sexuelle Orientierung zu reden. Mein Bruder hatte zwar meine allererste Verliebtheit mitbekommen, aber seitdem keine Frau mehr an meiner Seite erlebt. Und wenn ich ganz ehrlich war, hatte es auch keine ernsthaften oder länger andauernden Beziehungen gegeben.

»Was denkst du, wird sie dir in die Wildnis folgen?« Jari hatte schon immer die Gabe gehabt, den Finger in die tiefsten Wunden zu bohren, aber ich wusste, dass er es nicht böse meinte. Er war nur zu sachlich gestrickt, um das Feingespür für die richtigen Fragen zu besitzen.

»Nein, Pia würde es wohl keine zwei Tage hier aushalten. Sie ist ein Stadtmensch durch und durch. Ein Karrieremensch. Ihr Beruf ist ihr wohl wichtiger als alles andere. Und überhaupt kenne ich sie ja noch gar nicht so gut, dass ich mir vorstellen könnte, mit ihr zusammenzuziehen. Ich weiß gar nicht, ob wir auf Dauer so eng zusammenleben könnten.«

Mit Lotta hätte ich es gekonnt, dachte ich, sprach es aber nicht laut aus.

»Und du bist wirklich sicher, dass du das Projekt durchziehen willst? Noch hast du deinen Job nicht gekündigt und kannst es dir anders überlegen. Wir könnten doch ein Stück vom Land behalten und ein Ferienhaus für uns und unsere Familien bauen. So könntest du im Urlaub immer zurückkehren. Wir finden bestimmt auch jemanden, der ab und zu vorbeikommt und nach dem Rechten sieht.«

Ich war irritiert. Hatte Jari gestern nur deshalb so positiv reagiert, weil er geglaubt hatte, dass ich die Vision lediglich aus Sentimentalität und Trauer über den Tod unserer Eltern gehabt hatte und über Nacht zur Besinnung kommen würde? Nun war es an mir, ihn forschend zu betrachten.

»Ich habe die Idee einer Huskyfarm nicht erst seit gestern. Natürlich steckt ein Risiko darin, aber ich bin bereit, meinen Traum zu verwirklichen und zu leben. Ich sehne mich danach, hier in der Natur mein Leben aufzubauen und nicht nur als Besucherin zu kommen.«

Ich sah ihm an, dass er nicht gerade erfreut über meine Antwort war und ich wohl recht mit meiner Vermutung gehabt hatte.

»Bleibt es noch so, wie wir es gestern besprochen haben?« Mein Herz klopfte, und mein Magen zog sich unangenehm zusammen. Angst schnürte mir die Kehle zu. Wollte mein Bruder einen Rückzieher machen? Ich musste die Frage ganz direkt stellen, um Gewissheit zu haben. Ohne seine Unterstützung würde ich das Projekt nicht verwirklichen können.

Jari nickte. Zögerlicher als noch am Vortag, zumindest kam es mir so vor, aber er nickte.

»Noora, versteh mich nicht falsch. Ich bin der Letzte, der dir deinen Lebenstraum nicht gönnt, aber ich bin dein Bruder und fühle mich verantwortlich. Ich habe Angst, dass du irgendwann aufwachst und feststellst, dass du den falschen Weg gewählt hast. Und dann hast du eine großartige Karriere aufgegeben.«

»Und wenn ich es jetzt nicht tue, werde ich mich immer fragen, ob es nicht hätte doch klappen können. Und ich würde mir vorwerfen, mich selbst aufgegeben zu haben.«

Er kam auf mich zu und zog mich in seine Arme.

»Ich weiß. Das ist das Leben, das du dir schon immer ersehnt hast. Ich habe das nie verstanden. Da sind wir zu verschieden. Aber ich wünsche dir von Herzen, dass es funktioniert.«

Einige Zeit hielten wir uns tröstend im Arm und dachten an die Zeit mit unseren Eltern auf der Farm zurück. Dachten an das Mitsommernachtsfest, als Jari so aufgeregt war, in Kürze sein Studium zu beginnen und ich mir einen Abschied nicht einmal vorstellen wollte. Schon damals vermutete ich, dass es das letzte Fest sein würde, das wir als komplette Familie feierten. Dass ich auf diese tragische Weise recht behalten sollte, hatte zu diesem Zeitpunkt niemand ahnen können. Meine Tränen benässten Jaris Schulter. Ich ließ es zu, dass mich die Emotionen überrollten, und spürte auch das leichte Beben, das den Körper meines Bruders ergriff.

Kapitel 6

Ich war gerührt von den vielen Menschen, die gekommen waren, um Abschied von meinen Eltern zu nehmen. Alle Rentierzüchter der Zuchtvereinigung mit ihren Familien und viele Bekannte aus dem Ort erbrachten Jari und mir ihre Beileidsbekundungen. Der Schock über das Geschehene war noch deutlich spürbar. Mehrmals kämpfte ich erfolglos gegen meine Tränen, während ich Hände schüttelte und der intensive Joik-Gesang und die Schamanentrommel einer samischen Gruppe mich ergriffen.

Meine Mutter hatte mir diesen gutturalen Gesang der Ureinwohner Lapplands nähergebracht. Nach der Tradition der *Sámi* hatten unsere Eltern bei unserer Geburt einen Joik für meinen Bruder und mich kreiert, um uns einen Platz in der Gemeinschaft zu weisen. Das war so wichtig, wie ihren Kindern einen Namen zu geben.

Bilder meiner singenden Mutter tauchten vor meinem geistigen Auge auf, trösteten mich, und ich wusste, dass es die richtige Entscheidung gewesen war, sie hier auf der Farm zur Ruhe zu betten. Sie gehörten hierher, so wie mein Herz und meine Seele hierhergehörten.

Hände schlangen sich um meine, und ich blickte in die traurigen blauen Augen einer Frau im Alter meiner Mutter. Augen, die so viel Ähnlichkeit mit denen ihrer Tochter hatten, dass es meinem Herz einen Stich versetzte. Trotz der Jahre, die ich Lotta nicht mehr gesehen hatte, sehnte ich mich gerade jetzt nach ihr. Sie hätte mir Trost gespendet und mich verstanden.

»Noora, es tut mir so schrecklich leid, was passiert ist. Ich finde gar keine Worte.« Sie verstummte, zog mich an sich und drückte mich fest und mütterlich. Sie hatte mich immer so herzlich aufgenommen. Ich erinnerte mich an die schönen Stunden, die ich in ihrer Familie verbracht hatte. Nicht als Lottas Geliebte. Nein, zu dieser Zeit war ich nur die Schulfreundin gewesen. Ich sah der älteren Frau an, dass sie nichts von meinen Gefühlen zu ihrer Tochter wusste.

»Wie geht es Lotta?«, fragte ich, nachdem ich mich aus der Umarmung gelöst hatte.

»Sie lässt dir und deinem Bruder auch ihr Beileid aussprechen. Sie konnte leider nicht herkommen, obwohl sie es gern getan hätte, als sie erfuhr, was passiert ist.«

Was ich wohl empfunden hätte, wenn Lotta plötzlich vor mir gestanden hätte? Ich bedankte mich bei ihrer Mutter.

Plötzlich fröstelte es mich, und meine Nackenhaare schienen sich aufzurichten. Mit einem Mal hatte ich das seltsame Gefühl, angestarrt zu werden, und sah mich verstohlen um. Meine Augen blieben einem Moment an einem stahlgrauen Augenpaar hängen, bevor ich meinen Blick weiterschweifen ließ.

Lauri Määttä. Warum war er hier? Wir hatten kein enges oder gar freundschaftliches Verhältnis gehabt. In der Schulzeit galt er als sonderbarer Freak.

Wir waren fünfzehn gewesen, als er in unsere Klasse kam, und die Gerüchte, die ihm vorausgingen, machten ihn noch vor seinem ersten Tag an unserer Schule zum ewigen Außenseiter.

»Der Vater von dem Neuen war so besoffen, dass er beim Angeln ins Wasser stürzte und ersoff«, wusste einer meiner Mitschüler zu berichten.

»Ja, und seine fette Mutter hängt auch an der Flasche«, entgegnete der Nächste, von dessen Vater allgemein bekannt war, dass er jeden Tag nach Feierabend den Alko aufsuchte und anschließend mit mehreren Flaschen, die in braune Papiertüten gehüllt waren, nach Hause schlich.

Beim Sportunterricht waren in den ersten Wochen noch verblasste blaue Flecken an Lauris Armen und Beinen zu sehen gewesen, von denen er behauptet hatte, sie kämen von einem Sturz mit dem Fahrrad.

Er hatte einem nur leidtun können, doch Teenager können sehr grausam sein, und der schmächtige Junge mit den braunen Haaren und den markanten stahlgrauen Augen, in denen meist ein unnahbarer, zorniger Ausdruck lag, bekam das gnadenlos von seinen neuen Mitschülern zu spüren.

Ich beteiligte mich nicht an den Schikanen, doch zu meiner Schande musste ich gestehen, dass ich auch nichts dagegen unternahm. Nur einmal, als Mikael, der selbsternannte Anführer der Mobbing-Gruppe, ihm zum wiederholten Mal in der Kantine das Bein stellte, sodass das Tablett mit dem Mittagessen aus Lauris Händen fiel, überließ ich Lauri mein eigenes. Er war mehr auf das kostenlose Schulessen angewiesen als ich.

Ein scheues und, wie ich annahm, dankbares Lächeln erschien flüchtig in seinem Gesicht, bevor wieder der Zorn auf Mikael und die lachenden Mitschüler in seinen Augen aufloderte und er sich in die hinterste Ecke der Kantine setzte.

Aber meine Geste veränderte ihn. Er suchte spürbar meine Nähe. Hoffte er vielleicht, dadurch weiterem Mobbing durch die anderen zu entgehen? Ich hatte nichts gegen ihn. Für mich, die ja nur Augen für Lotta hatte, war er einfach ein Mitschüler. Und doch, wenn ich an die Zeit zurückdachte, war es mir damals furchtbar peinlich, als Lauri mich in einer Pause ansprach und einlud, mit ihm ein Eis essen zu gehen. Ich gab ihm einen Korb, und er versuchte es glücklicherweise nie wieder.

Was wollte er jetzt hier auf der Beerdigung? Ich konnte mir nicht vorstellen, dass er Kontakt zu meinen Eltern gehabt hatte.

Aus den Augenwinkeln sah ich, dass er auf mich zukam. Seine Gestalt war noch immer dünn und schlaksig, und seine Bewegungen wirkten wie schon zur Schulzeit etwas linkisch. Mir fiel auf, dass er das rechte Bein minimal nachzog.

»Hallo Noora«, grüßte er mit einer sanften Stimme. Der zornige Ausdruck war mit den Jahren aus seinen grauen Augen gewichen, und doch stand sein Blick undefinierbar in einer Diskrepanz zur Stimme.

»Lauri.« Ich nickte ihm zur Begrüßung zu und nahm seine ausgestreckte Hand. Sie war kühl und feucht. Ein Frösteln durchfuhr mich bei der Berührung.

»Tut mir sehr leid, was mit deinen Eltern und der Farm passiert ist.«

»Danke«, entgegnete ich und wollte mich schon den nächsten Beileidsbekundungen zuwenden, als ich innehielt.

»Woher kanntest du meine Eltern?«

Lauri lächelte. Ungewohnt. Früher hatte ich es nie bei ihm gesehen.

»Eigentlich kannte ich nur deinen Vater. Ich arbeite im Eisenwarenladen in Muonio, und dein Vater war Kunde bei uns. Deine Mutter habe ich leider nie kennengelernt.«

Ich nickte. »Danke, dass du gekommen bist. Mein Vater hätte sich sicher gefreut«, sagte ich und wollte mich erneut abwenden, als seine Hand nach meinem Arm griff. Ich zuckte zurück und sah Lauri an. Sofort ließ er meinen Ellbogen los.

»Wahrscheinlich ist es jetzt unpassend, Noora, aber ich wollte dich fragen, jetzt, wo du in der Stadt bist, ob wir mal zusammen essen gehen wollen?«

Er blickte mich eindringlich an. Ich zögerte. Was wollte er? Die alten Zeiten, die uns nicht wirklich verbanden, aufleben lassen? Ich spürte ganz deutlich mein Unbehagen, eine Verabredung mit ihm einzugehen.

»Ich werde bald wieder abreisen, und in der Zeit, die mir bleibt, muss ich mit meinem Bruder vieles, was die Farm betrifft, besprechen. Ich werde es also nicht einrichten können.« Meine Antwort kam ein wenig zu forsch, zu abweisend. Sofort tat mir meine Reaktion leid.

»Dann vielleicht nächstes Mal, wenn du wieder hier bist. Der alten Zeiten willen.« Seine Stimme hatte eine Spur der Sanftheit verloren.

Ich ließ es unbeantwortet und verabschiedete mich von ihm. Irgendetwas an seiner Nähe fühlte sich unangenehm an, auch wenn ich nicht deuten konnte, was genau das Gefühl in mir auslöste.

Ich wandte mich unserem alten Freund und Nachbarn Pertti Lehtonen zu, der zu uns getreten war. Er war mit seiner Frau Helmi und seinen beiden Söhnen Tero und Ouli gekommen. Sicher nicht ganz ohne Eigennutz, doch wer sollte es ihm verdenken, dass er an den Kauf der Farm dachte und sich so auch in Erinnerung rufen wollte. Jari und ich hatten ihm noch nicht gesagt, dass wir an einem Verkauf kein Interesse hatten.

Er nuschelte eine kurze Beileidsbekundung in seinen struppigen Bart, doch er war auch sonst nie ein Mann der großen Worte gewesen. Ich dankte höflich. Was mit der Farm weiter geschehen sollte, blieb für diesen Tag noch unerwähnt.

Ich konnte nicht zählen, wie viele Hände ich geschüttelt und wie viele Menschen ich umarmt hatte. Irgendwann waren sie alle fort, und ich stand allein am lodernden Lagerfeuer und starrte reglos in die tanzenden Flammen.

Leise brachen die ersten Joik-Laute aus meiner Kehle. Lange war es her, dass meine Gefühle einen Joik hatten entstehen lassen. So war es mit diesem samischen Gesang. Er kam einfach, wenn er wollte und man offen für ihn war. In der Stadt war ich nie bereit gewesen, mich so zu öffnen. Ungewohnt war es jetzt, wie sich die gutturale Melodie einen Weg aus mir bahnte, und, immer lauter, das Knistern und Knacken des trockenen Holzes im Feuer übertönte. Meine Gedanken flogen zurück in eine andere Zeit. Eine glücklichere Zeit. Zurück zu dem Tag, an dem ich meinen ersten Kuss bekam. Ich musste an Lotta denken.

Ich schloss die Augen und spürte, wie Lottas Finger sich um meine schlossen, während wir zusahen, wie die untergehende Sonne sich im Wasser des Sees spiegelte. Ihr Daumen streichelte sachte über die weiche Haut zwischen meinem Daumen und Zeigefinger. Erst als der letzte Ton meines Joiks verklungen war, nahm ich langsam meine Umwelt wieder wahr.

Ich wurde mir der Intimität von Lottas Berührung bewusst. Trotz des lauen Spätsommerabends überzog plötzlich eine Gänsehaut meine Arme. Was geschah hier zwischen uns? Unsicher wandte ich mich vom See ab und blickte sie direkt an. Während sie meine Hand hielt, strich sie mir eine widerspenstige Haarsträhne aus der Stirn. Mein Herz klopfte plötzlich ganz heftig gegen meinen Brustkorb. Ich fühlte mich elektrisiert. Ich wagte nicht zu atmen, geschweige denn, mich zu rühren, als Lotta sich langsam zu mir vorbeugte und ihre Lippen sich sanft auf meine pressten. Mein erster Kuss. Ein heftiges Flattern jagte durch meinen Bauch, als ein ganzer Schwarm von Schmetterlingen aufflog. Nichts existierte um uns herum.

Ich spürte keine Scheu davor, den Kuss meiner besten Freundin zu erwidern, sondern genoss die weiche Wärme ihrer Lippen. Wir waren einander vertraut, sodass ich mir gar keine Gedanken machte, es könne falsch sein, diese Zärtlichkeiten mit Lotta zu erfahren.

Hör noch nicht auf, dachte ich, als sie sich atemlos wieder aufrichtete und sich ihre Mundwinkel zu einem schelmischen Grinsen verzogen.

»Du schmeckst nach Blaubeeren«, sagte sie kichernd. Meine intensiven Gefühle für sie verwirrten mich, und doch wusste ich, dass ich bereit war, mich vollkommen und kompromisslos auf sie einzulassen.

Noch immer lachend zog sie sich ihr Kleid über den Kopf und rannte ins Wasser. Kalte Spritzer trafen mein Gesicht. Spitz schrie ich auf. Als Lottas zweiter Angriff mich traf, streifte auch ich mein T-Shirt und den Sommerrock ab und stürzte mich zu ihr ins Nass.

Ich warf mich auf sie und drückte sie unter Wasser. Prustend vor Lachen tauchten wir beide wieder auf. In diesem Moment war ich einfach nur glücklich. Glücklich, bei ihr zu sein und mit ihr lachen zu können. Fühlte es sich so an, verliebt zu sein? Schöner konnte eine Verbindung zwischen zwei Menschen nicht sein, als zwischen mir und dem Mädchen, mit dem ich seit vielen Jahren die Schulbank drückte.

Heute war nichts mehr wie damals. Ich war nicht mehr die Noora, die am See gestanden hatte. Und Lotta? Seit Jahren hatten wir keinen Kontakt mehr. Ob sie auch ebenso oft an mich dachte wie ich an sie? War sie inzwischen eine neue Beziehung eingegangen? Warum hing mir unsere Liebe noch so nach? Warum war es mir seither nicht möglich, eine neue Beziehung einzugehen? Warum verschloss ich mich so vor Pias Wunsch nach Nähe? Hatte ich immer noch solche Angst, verlassen zu werden, wie Lotta es getan hatte, dass ich niemanden an mich heranließ?

Jari war hinter mich getreten und riss mich aus den Gedanken, als er mir seine Hand auf die Schulter legte.

»Das war ein schöner Joik. Mutter wäre sehr stolz auf dich.«

Ich lehnte mich gegen ihn und schloss die Augen. Lange Zeit standen wir schweigend da. Jari war der Einzige, der mir noch geblieben war. Aber mein Bruder wäre bald wieder bei seiner Familie in Schweden. Mit einem Mal fühlte ich mich unendlich einsam.

Kapitel 7

Ich fand meinen in die Jahre gekommenen Nissan Micra im Parkhaus des Flughafens von Helsinki, genau, wie ich ihn vor gut einer Woche zurückgelassen hatte. Die blankpolierten BMW und Audi standen noch unverändert neben meinem Fahrzeug, was ihm ein noch schäbigeres Aussehen verlieh. Aber ich hatte mir nie etwas aus Autos als Statussymbol gemacht so wie viele meiner Kollegen im Krankenhaus. Für mich war es bloß ein Mittel zur Fortbewegung, und in der Stadt empfand ich einen Kleinwagen als praktischer.

War es wirklich erst eine knappe Woche her, seit ich abgereist war? Es kam mir vor, als wäre ich eine Ewigkeit weg gewesen.

Erschöpft ließ ich mich auf den Fahrersitz sinken. Die Zeit in Kittilä, die Beerdigung und Regelung der Angelegenheiten auf der Farm hatten mir die letzten Kräfte geraubt. Ich spürte keinerlei Freude darüber, wieder in der Stadt zu sein. Vielmehr herrschte in mir eine starke Wehmut, mein geliebtes Lappland verlassen zu haben, auch wenn ich wusste, dass ich diesmal für immer zurückkehren würde.

Ich drehte den Zündschlüssel. Nichts. Der Micra gab keinen Mucks von sich. Ich versuchte es erneut, jedoch mit demselben Ergebnis. Resigniert ließ ich die Hand sinken. Die Batterie hatte die letzten Wochen immer wieder gesponnen. Nun schien sie komplett ihre Arbeit eingestellt zu haben.

Ich stieg aus und blickte mich im schwachen Neonlicht des Parkhauses um, doch außer mir schien sich niemand auf diesem Deck zu befinden. Durch die bleierne Erschöpfung war meine Frustrationsgrenze stark gesunken. Aufbrausend schlug ich mit der Faust auf die Motorhaube.

»Das darf doch jetzt nicht wahr sein! Warum springst du nicht an, verdammt noch mal?«, schimpfte ich mit meinem Gefährt. Was konnte ich jetzt machen? Warten, bis jemand auf das Parkdeck kam und mir Starthilfe geben konnte? Irgendwann würde schon jemand kommen. Oder jemanden anrufen. Aber wen? Mir fiel als Einzige Pia ein, aber wollte ich sie anrufen? Nicht wirklich. Seit unserem Telefonat hatten wir nicht mehr miteinander gesprochen. Doch jetzt hatte ich nicht so viele Möglichkeiten. Mir wurde bewusst, dass ich in all den Jahren in Helsinki keine wirklichen Freundschaften aufgebaut hatte.

Ich zog mein Handy, das vom Flug noch ausgeschaltet war, aus der Tasche. Während es hochfuhr, hoffte ich auf Schritte auf dem Parkdeck, doch es schien wie verhext. Niemand näherte sich der Etage für Dauerparker.

Mit einem unangenehmen Gefühl wählte ich Pias Nummer und wartete auf das Freizeichen. So hatte ich mir unser Wiedersehen nicht vorgestellt. Beim Überbrücken meiner Batterie am Flughafen. Wie sollte ich ihr so erklären, dass ich kaum eine Zukunft für unsere Beziehung sah? Ich sollte auflegen. Mein Finger zögerte.

»Söderholm.« Bei der markanten Stimme meines Chefs zuckte ich überrascht und erschrocken zusammen. Sekundenbruchteile versuchte ich meine Fassung wiederzugewinnen. Ich hatte keine Nerven dafür, ihm zu erklären, in welcher Angelegenheit ich seine Tochter, die er mir auf einem Ärztekongress vorgestellt hatte, anrief.

»Es tut mir leid, da habe ich mich wohl verwählt«, entschuldigte ich mich hastig und hoffte, Pia hätte meine Nummer in ihrem Haustelefon nicht gespeichert, sodass ich unerkannt bleiben konnte. Bevor mein Gesprächspartner antworten konnte, legte ich auf.

Eine schwere Metalltür knallte hinter mir zu. Ich drehte mich zu den sich nähernden Schritten um. Ein Mann im mittleren Alter, bekleidet in einem dunklen Businessanzug, war bei einem Volvo Kombi einige Fahrzeugreihen entfernt stehen geblieben.

»Entschuldigung, würden Sie mir Starthilfe geben? Mein Auto springt nicht mehr an.« Er schien mich erst wahrzunehmen, als ich ihn ansprach. Seine Augen streiften erst mich und dann meinen altersschwachen Micra mit einem mitleidigen Blick, bevor er mir dennoch freundlich zunickte. Ich war mir nicht sicher, ob sein Mitleid mir oder meinem Kleinwagen galt, denn um meinen eigenen Zustand war es nach dieser anstrengenden Woche im Norden sicher nicht besser bestellt.

Mein unbekannter Helfer im Anzug überraschte mich mit einigem technischen Geschick, sodass wir gemeinsam zügig meinen Motor wieder zum Laufen brachten.

Eine halbe Stunde später nach einer ruhigen Fahrt durch das beinahe nächtliche Helsinki parkte ich mein Fahrzeug auf dem angemieteten Stellplatz vor dem Hochhaus, das ich bereits seit meinem Studium in der Hauptstadt bewohnte. Trostlos wirkte der mäßig beleuchtete Parkplatz zwischen den Plattenbauten. Der Gedanke, gleich völlig allein in der Wohnung zu sitzen, flößte mir Angst ein. In Kittilä hatte ich diesen Druck nicht gespürt. Zumindest nicht so deutlich. Dort hatten das Land und die Natur mir die Kraft gegeben, alles durchzustehen. Ich war gezwungen gewesen zu funktionieren. Die Visionen der Huskyfarm hatten mich abgelenkt. Jetzt, in diesem Moment auf dem verlassenen Parkplatz vor meinem Wohnblock, spürte ich, wie der Boden unter meinen Füßen langsam bröckelte. Ausgelaugt kam ich mir vor, völlig verloren.

Ich zwang mich, aus dem Wagen zu steigen, und lehnte mich gegen das Blech. Die Trauer überkam mich wie ein Wesen, das auf mich gewartet hatte. Es ließ mich zitternd in der Kälte stehen. Unfähig, mich zu bewegen. Ich hörte mein Keuchen, als wäre ich zu schnell gelaufen. Meine Lungen füllten sich mit eiskalter Luft, während ich versuchte, meine Emotionen wieder in den Griff zu bekommen. Ich zog den Handschuh aus und fuhr mir über die Augen. Es geht vorbei, dachte ich. Ich muss nur ganz ruhig weiteratmen.

Eine Ewigkeit verging, ehe ich mich endlich rühren konnte und langsam auf das Haus zuging. Ich fröstelte, aber mein Gesicht schien zu glühen. Im Gehen fuhr ich mit der nackten Hand durch den eisigen Schnee, der die Motorhaube eines anderen Autos bedeckte, und presste sie gegen meine Stirn.

Erschrocken fuhr ich zusammen, als sich in diesem Moment die Eingangstür öffnete und eine nach vorn gebeugte, dunkel gekleidete Gestalt aus dem Haus trat. Ich hatte nicht die Zeit, Platz zu machen. Der Mann, der seine Stirnmütze tief ins Gesicht gezogen hatte, streifte schmerzhaft meinen Arm, sodass ich meine Balance suchend leicht schwankte. Seine Schritte, die hinter mir auf dem Asphalt zu vernehmen waren, verlangsamten ihr Tempo nicht. Ich verspürte nicht die Kraft, meine Aufmerksamkeit auf ihn zu richten. Mit einem leisen Knall fiel die Eingangstür ins Schloss, bevor ich zu einer Reaktion fähig war und meinen Arm heben konnte, um sie aufzuhalten.

Das Gesicht, das mir von Neonlicht beleuchtet aus dem sich spiegelnden Glas entgegensah, erschreckte mich. Blass war ich. Erschöpft. Meine Augen erschienen mir wie dunkle Löcher. Der Weg zu meiner Wohnung erschien mir unendlich weit.

Irritiert blieb ich stehen, als ich den Blumenstrauß wahrnahm, den jemand auf dem Fußabtreter vor meiner Tür hinterlassen hatte. Ich hob ihn auf und öffnete mir. Innen schob ich die Tür zu und lehnte mich erschöpft dagegen. Zu kaum einem weiteren Schritt fähig. Noch immer durchfuhr ein Zittern meinen Körper, als wäre ich über Stunden mit Schneeschuhen durch den Tiefschnee gerannt. Zu viel war in den letzten Tagen passiert. Für einen Moment schloss ich die Augen. Atmete. Ließ die Gefühle der Hilflosigkeit, der Trauer und der Wut durch meinen Körper wogen. Wartete, bis die Wellen etwas abebbten und ich mich aus der lähmenden Starre befreien konnte, die mich plötzlich überkommen hatte.

Wieder fiel mein Blick auf die Blumen. Dunkelrote Rosen. Sie mussten jetzt im Winter ein Vermögen gekostet haben. Mit einem mulmigen Gefühl zog ich die kleine Karte hervor, die in dem Strauß steckte.

»Herzliches Beileid, meine Schöne, meine Liebste. Ich liebe dich und sehne mich danach, dich in die Arme zu schließen.«

Die Handschrift kam mir nicht bekannt vor. Pia hatte sie vielleicht telefonisch in Auftrag gegeben, um mich zu Hause zu überraschen und mir zu zeigen, dass sie an mich dachte. Hatte der Mann sie ausgeliefert, der am Eingang in mich hineingerannt war? Eine wunderschöne Geste, die es mir noch schwerer machte, mein Vorhaben umzusetzen. Ich wusste, dass ich bald mit ihr reden musste. Ich durfte sie nicht länger hinhalten. Das war nicht fair. Aber ich konnte es jetzt nicht. Noch nicht. Ich musste erst schlafen. Kraft sammeln.

Mein Handy vibrierte in meiner Hosentasche. Ich wollte niemanden sprechen, und trotzdem griff meine Hand fast automatisch zum Gerät. Pias Name leuchtete auf dem Display. Widersprüchliche Gefühle ließen mich zögern.

»Hallo?« Meine Stimme klang müde.

»Du hast dich also verwählt?«

Sofort war ich hellwach. »O Gott, hab ich mich jetzt total blamiert?«

Sie hatte ein angenehmes, ansteckendes Lachen, etwas, das ich vermissen würde. Sie hatte die Gabe, mich zu erheitern.

»Nein, ich hab deine Nummer erkannt. Papa hat nicht bemerkt, wer am Telefon war.«

Sie schien sich darüber zu amüsieren, bevor ihre Stimme wieder einen ernsteren Ton annahm.

»Vielen Dank für die wunderschönen Rosen.«

»Welche Rosen?« Pia klang irritiert.

»Die vor meiner Wohnungstür lagen. Mit der lieben Nachricht dran.«

»Bist du wieder in Helsinki?«

Ich wusste, ich hätte mich mit ihr absprechen können, sie über meine Rückkehr informieren müssen. Schließlich waren wir noch ein Paar, auch wenn das Ende für mich schon absehbar war. Das schlechte Gewissen nagte an mir.

»Ja.« Ich schluckte. »Ich muss mit dir sprechen, aber ich möchte das nicht am Telefon. Kann ich nachher bei dir vorbeikommen?«

Pia spürte unweigerlich, dass es kein erfreuliches Gespräch werden würde, aber ich wusste nicht, wie ich es anders hätte sagen können. Ich wollte es hinter mich bringen und sie nicht länger als nötig im Dunkeln lassen. Ich fühlte mich schrecklich. Ich wollte ihr nicht wehtun, aber mir blieb keine andere Wahl. Sie hatte keine Chance, mich umzustimmen oder meine Pläne zu beeinflussen.

»Was willst du mir sagen?« Pia klang alarmiert.

»Ich würde es dir gerne persönlich sagen.«

»Versuchst du mir zu erklären, dass du mit mir Schluss machst?«

Ich fühlte mich zu ertappt, um auf die Frage zu antworten. War es so offensichtlich?

»Hör zu, Noora, ich bin doch nicht blöd. Du fährst weg, ohne mir ein Wort zu sagen. Du kehrst zurück, ohne dass ich es weiß.«

»Meine ...«

»Ich weiß, dass deine Eltern gestorben sind«, unterbrach sie mich so ruppig, dass ich zusammenzuckte. Ich konnte es ihr nicht verübeln. »Und das ist ganz schrecklich. Aber als deine Freundin hätte ich mir gewünscht, dass du dich meldest und dass ich dich in dieser traurigen Zeit unterstützen kann. Ich habe mir große Sorgen um dich gemacht. Wir führen doch so was wie eine Beziehung. Zumindest dachte ich das.« Sie hielt einen Moment inne. »Du hast dich so verändert, seit wir uns zuletzt gesehen haben. Oder seit du weggefahren bist.«

»Pia, es tut mir leid, dass es zwischen uns so gekommen ist, aber ...«, ich suchte nach Worten, doch ich war noch nie gut darin gewesen, mit jemandem über meine Gefühle zu sprechen. »Ich sehe einfach keine Zukunft für uns. Es ...«

»Warum?«, unterbrach sie mich erneut. Es stach mir ins Herz, als ich erkannte, dass sie unsere Beziehung, so locker sie auch gewesen war, nicht einfach kampflos aufgeben wollte. Lag ihr so viel an mir? Empfand sie mehr für mich, als ich ihr zurückzugeben bereit war? Wir hatten nie richtig darüber gesprochen.

»Ich fühle mich wohl in deiner Nähe. Ich finde dich attraktiv, kann mit dir lachen. Gib uns doch wenigstens eine richtige Chance. Ich habe immer das Gefühl, dass eine unsichtbare Mauer zwischen uns existiert, die jetzt durch den Tod deiner Eltern noch viel höher, viel dichter geworden ist.«

»Pia, würdest du mit mir in die lappländische Wildnis ziehen?« Hatte ich es wirklich ausgesprochen? Ich wünschte mir, wir hätten uns treffen können und das nicht am Telefon besprechen müssen. Nun war mir diese Frage doch herausgerutscht, bevor ich sie zurückhalten konnte. War ich mir der Konsequenzen wirklich bewusst? Was wäre, wenn ihre Antwort Ja lautete? War es das, was ich mir wünschte? Gerne hätte ich alles in Ruhe persönlich mit Pia besprochen, allerdings rechnete ich nicht wirklich damit, dass sie mir folgen würde. Sie wäre nicht bereit, ihr Leben, ihre Familie, ihren Beruf zurückzulassen und diesen Schritt mit mir zu gehen. Und trotzdem hatte ich den Eindruck, dass ich es einen Augenblick lang hoffte. Ich spürte, wie mein Herz in meiner Brust schlug.

Schweigen. Lediglich Pias beherrschter Atem war zu hören. Sie war einen Moment sprachlos, was nicht oft geschah. Überlegte sie, ob sie mich richtig verstanden hatte? Ich wartete, und mir wurde bewusst, dass ich den Atem angehalten hatte. Langsam ließ ich die Luft entweichen.

»Die Frage war jetzt wirklich ernst gemeint, oder?« Ich hörte eine bisher nicht gekannte Unsicherheit. »Du willst hier alles aufgeben und zurückgehen?« Pia schien mein Nicken durch den Hörer zu spüren. Sie seufzte resigniert. »Du weißt genau, dass ich nicht mit dir gehen kann. Und ich kann nicht verstehen, dass du dein Leben hier aufgeben willst.«

»Ja, weil du mich gar nicht richtig kennst.«

»Du hast mir nie wirklich die Gelegenheit gegeben, dich richtig kennenzulernen.« Sie sprach jetzt leise. Ihre Stimme klang anders. Kühler als noch zuvor. Instinktiv zog ich den Kopf zwischen meine Schultern. Wappnete mich. »Ich weiß nicht, wer schuld war, dass du eine hohe, dicke Mauer um dich herum errichtet hast. Ich weiß nur, dass ich es nicht geschafft habe, dir wirklich nah zu kommen.«

Ich wusste, dass sie in einem Teil recht hatte, und obwohl es mir leidtat, konnte ich es nicht ändern.

Wir schwiegen uns durch den Hörer an, bis ich das Wort ergriff.

»Pia, ich werde im Krankenhaus kündigen und noch in diesem Winter nach Lappland zurückkehren.« Diese Worte besiegelten indirekt das Ende unserer Beziehung, denn es ergab keinen Sinn, sie noch weiter aufrecht zu halten mit dem Wissen, dass wir uns in kurzer Zeit trennen müssten. Das erkannte auch Pia, ohne dass ich direkt Schluss gemacht hätte.

Die Enttäuschung, die in ihrer Stimme mitschwang, war unüberhörbar und schmerzte.

»Du weißt, dass das unfair von dir ist. Feige. Du stellst mich einfach vor vollendete Tatsachen, ohne dass ich eine Chance habe, etwas gegen deine Entscheidung zu tun. Ohne, dass wir die Möglichkeit haben, unsere Beziehung weiter zu leben. Ich bin kein Mensch für eine solche Fernbeziehung. Und du sicherlich auch nicht.«

Ich sagte nichts.

»Hast du je etwas für mich empfunden?«

»Ja«, entgegnete ich nach kurzem Zögern wahrheitsgemäß. Es kränkte mich, dass sie diese Frage stellte. »Natürlich habe ich Gefühle für dich, sonst hätte ich mich nie auf eine Beziehung mit dir eingelassen. Aber ich muss diesen Schritt gehen, auch wenn das bedeutet, dass wir uns trennen müssen. Ich kann nicht anders. Ich war nie wirklich glücklich mit dem Leben hier in Helsinki. Weder als Studentin noch als Ärztin. So habe ich mir mein Leben nie vorgestellt.« Wie sollte ich Pia begreiflich machen, wie es mir im Moment ging? »Pia, ich habe das so nie geplant. Aber ich muss die Entscheidung jetzt treffen. Mit dem Tod meiner Eltern ist niemand mehr da, der sich um die Rentiere kümmert. Die Farm existiert nicht mehr. Es ist Winter, und sie müssen versorgt werden. Mir selbst kommt das jetzt zu plötzlich, aber ich habe jetzt nicht die Zeit, es langsam angehen zu lassen.« Am anderen Ende der Leitung war es still. Pia schien nachzudenken. »Ich werde diesen Weg gehen, auch wenn mir klar ist, dass ich alles zurücklassen muss, weil niemand bereit ist, diesen Neuanfang mit mir zu teilen. Ich hätte nie gedacht, dass ich diese Worte mal ausspreche, aber es würde mich freuen, wenn wir es schaffen, Freunde zu bleiben. Ich habe sehr starke Gefühle für dich, aber ich weiß jetzt, dass unsere Leben nicht miteinander vereinbar sind. Ich will nicht, dass wir uns die letzten Monate aus dem Weg gehen, wenn wir uns begegnen.«

»Ich fasse es nicht.« Pia klang tief verletzt. »Wie kannst du so locker über das Ende unserer Beziehung reden?«

»Es tut mir leid, wenn du das so empfindest.«

Aber vielleicht hatte Pia ja vollkommen recht. Ich wünschte ihr jemanden im Leben, der besser zu ihr passte und ihr mehr geben konnte als ich.

Sie lachte resigniert auf. »Willst du in Kittilä als Ärztin arbeiten?« Pia schien langsam zu akzeptieren, dass sie meine Entscheidung nicht ändern konnte. Ich rechnete ihr hoch an, wie sie mit der Situation umging, und es tat mir leid, dass wir so auseinandergingen. Vielleicht wäre Pia ansonsten doch die richtige Partnerin für mich gewesen. Das würde ich jetzt nie mehr erfahren.

»Nein, ich werde nicht weiter als Ärztin arbeiten. Ich will die Farm übernehmen und mit der Hilfe meines Bruders ein neues Standbein mit Huskyschlittentouren in der Tourismusbranche aufbauen.«

»Das ist nichts, was man mal eben über Nacht plant. Du hast nie mit mir über solche Zukunftspläne gesprochen.«

Ihr deutlicher Vorwurf brachte mich dazu, mich zu rechtfertigen. »So lange waren wir doch noch gar nicht zusammen. Und es war bisher eher eine Wunschvorstellung. Nie hätte ich ahnen können, dass ich mich jetzt schon entscheiden müsste.«

»Noora, ich habe den Eindruck, du hast gar nichts mit mir geteilt. Ich bin enttäuscht. Verletzt. Es interessiert dich gar nicht, was aus uns wird. Du machst einfach, was du willst, ohne Rücksicht auf mich. Wenn du mir nur nicht so wichtig wärst …« Ihre Stimme brach ab. Ich hörte den Schmerz. Spürte ihre Enttäuschung.

Bevor ich etwas erwidern konnte, war nach einem leisen Knacken nur noch Schweigen am anderen Ende zu vernehmen. Ohne einen Abschiedsgruß hatte Pia unsere Verbindung abgebrochen.

Ausgelaugt, unfähig, mich zu bewegen, saß ich bei gedimmtem Licht auf meiner Couch und starrte auf einen unbestimmten Punkt an der Wand. Der Tod meiner Eltern, die Beerdigung, Verhandlungen mit Jari und der Bank, Perttis Enttäuschung, als wir ihm mitteilten, dass wir an einem Verkauf der Farm nicht interessiert waren, das Ende meiner Beziehung mit Pia. All das hatte meine letzten Kräfte verbraucht, sodass nur noch Leere in mir zurückblieb. Gab es überhaupt noch ein Fünkchen Vorfreude auf eine noch vage Zukunft in mir?

Pia. Beim Gedanken an sie fühlte ich mich elend. Stimmte es, was sie mir vorwarf? War ich unfähig, einen anderen Menschen an mich heranzulassen? War es schon immer so gewesen?

Mit Lotta war es damals anders. Sie war mir so nah, wie kein anderer Mensch es jemals geschafft hatte, mit Ausnahme meines Vaters vielleicht.

Ich hatte sie geliebt. Mehr als alles andere. Und sie mich. Sie hatte mich doch auch geliebt, oder? Doch wussten wir beide, dass diese Beziehung, die wir drei Jahre lang lebten, keine Zukunft hatte. Wir wussten von Anfang an von unseren unterschiedlichen Lebensplanungen. So lebten wir von einem Tag auf den nächsten und genossen die Zeit, die wir gemeinsam verbringen konnten, bis wir Abschied voneinander nehmen mussten. Es war unvermeidbar. Ich ging zum Studium nach Helsinki, während Lotta zunächst in Rovaniemi die Berufsschule besuchte. Es war ein Abschied für immer. Es schmerzte, wenn ich sie nicht sehen konnte. Nicht bei ihr sein konnte. Als auch Lotta nach ihrer Ausbildung fortzog, brach der Kontakt völlig ab. Hatte ich insgeheim doch gehofft, wir hätten unserer Liebe eine Chance gegeben? War der Schmerz der Trennung zu groß gewesen, sodass ich befürchtete, es nicht zu verkraften, wenn ich nochmals einen anderen Menschen in mein Leben ließ? Wenn Lotta doch nur einmal gesagt hätte, dass sie sich eine Zukunft mit mir wünscht. Aber das tat sie nicht. Sie ließ mich ziehen.

Kapitel 8

Ich zählte die Zeit bis zu meinem Umzug in den Norden. Aus den verbleibenden Monaten wurden bald Wochen und aus Wochen irgendwann nur noch Tage.

Gleich nach meiner Rückkehr hatte ich meine Wohnung gekündigt. Bei der Wohnungsknappheit in Helsinki hatte sich ein Nachmieter schnell gefunden. Als Nächstes hatte ich bei der Klinikleitung und bei meinem Chefarzt meine Kündigung eingereicht und meinen Resturlaub beantragt. Professor Söderholm bedauerte meinen Entschluss, die Klinik zu verlassen, und richtete wohlgemeinte Worte an mich. Aber der Abschied belastete mich nicht, eher fühlte ich mich befreit. Ich wusste, dass bald ein neuer motivierter Chirurg nachrücken würde, um meinen Platz einzunehmen.

Pia sah ich in meinen letzten Arbeitswochen nicht. Ich vermutete, dass sie eine Begegnung mit mir vermied. War ich enttäuscht darüber, dass sie sich ganz zurückgezogen hatte? Eigentlich hätte ich froh sein müssen. Aber immer wieder kehrten meine Gedanken zu Pia zurück. Ich wollte es mir selbst gegenüber nicht eingestehen, aber ich vermisste sie. Doch Pia schien es nicht so zu gehen. Würde sie sich nicht sonst bei mir melden oder um ein Gespräch bitten? Ich war mir nicht sicher, ob ich mich darüber ärgern sollte, überhaupt mit ihr eine Beziehung angefangen oder sie auf diese Art und Weise beendet zu haben. Es brachte allerdings nichts, mir darüber allzu viele Gedanken zu machen. Es war mir jetzt nicht mehr möglich, etwas daran zu ändern.

Meine gleichmäßigen Schritte hallten laut im menschenleeren Gang der chirurgischen Station, während ich dem Ausgang zusteuerte. Ein langer Arbeitstag ging zu Ende. Mein vorletzter.

Unzählige Male war ich diesen kargen Flur bereits entlanggegangen, doch hatte er noch immer nichts Vertrautes für mich. Ich hatte mich nie wirklich in das Gefüge dieses großen Krankenhauses einfinden können. Ich blickte zurück, nickte dem Nachtportier zum Abschied zu.

Draußen war es dunkel. Mein Fahrzeug stand etwas abseits auf dem Bedienstetenparkplatz. Die Nacht war sternenklar und frostig. Die nächsten Tage sollte es keinen Neuschnee geben. Ich schlang meinen Schal fester um den Hals und ging mit in die Jackentaschen gesteckten Händen auf mein Auto zu.

Der weiße Umschlag, der hinter meinem Scheibenwischer klemmte, leuchtete hell im Licht der Straßenlaterne, unter der ich das Fahrzeug abgestellt hatte. Was hatte das zu bedeuten? War jemand gegen mein Auto gefahren?

Ich öffnete die Tür und warf die Tasche auf den Beifahrersitz, bevor ich gespannt den Umschlag öffnete.

Ich zog Fotos aus dem wattierten Kuvert. Beim Anblick stockte mir der Atem. Mein Körper erstarrte.

Ich sah mich selbst im Parkhaus des Flughafens, auf dem Parkplatz vor meinem Wohnhaus, als ich mich gegen das Auto stützte. Auf dem nächsten Bild erkannte ich die Station im Klinikum wieder. Das Bild musste erst vor wenigen Tagen entstanden sein. Mein Gesicht. Müde. Erschöpft. In Großaufnahme. Ich blickte in Richtung der Kamera.

Schockiert blätterte ich auch durch die weiteren Bilder. Ich hatte nicht bemerkt, dass mich jemand verfolgte. Mich fotografierte.

Das ist krank, dachte ich. Wer machte so etwas? War er jetzt gerade hier? Bestimmt wollte er meine Reaktion auf die Werke sehen. Ein kalter Schauder lief mir über den Rücken.

Mit einem Mal kam ich mir so ungeschützt und verletzlich vor, während ich unter der schwach leuchtenden Laterne stand. Hastig schob ich die Bilder zurück in den Umschlag und sah mich verstohlen um. Es war niemand zu sehen, aber all die Male, in denen ich fotografiert worden war, hatte ich es auch nicht bemerkt.

Erst als ich im Auto saß und versuchte, den Schlüssel in die Zündung zu stecken, stellte ich fest, wie sehr ich zitterte.

Was war nur los mit mir? Irgendein Verrückter, ein Stalker, lauerte mir auf, machte Bilder von mir, und es warf mich sofort völlig aus der Bahn. Auf der Welt gab es genug Spinner. Ich durfte nicht zulassen, dass er – oder war es gar eine sie? – mein Leben bestimmte.

Meine Hände lagen auf dem Lenkrad, und ich atmete bewusst gleichmäßig und ruhig, während ich darauf wartete, dass das Zittern nachließ.

Erschrocken fuhr ich zusammen, als jemand plötzlich gegen meine Scheibe hämmerte, und fuhr herum. Der Kegel einer starken Taschenlampe blendete mich, sodass ich die Augen reflexartig zusammenkneifen musste. Undeutlich nahm ich die Umrisse einer Person war, doch konnte ich sie nicht richtig erkennen. Das panische Gefühl des Ausgeliefertseins unterdrückend, versuchte ich, mich davon nicht überwältigen zu lassen. Instinktiv drückte ich auf den Schließmechanismus der Türen. Neben der Taschenlampe nahm ich ein Blitzen wahr.

Ich schirmte die Augen mit der Hand ab und wandte mich ihm zu. »Was willst du von mir?«, schrie ich durch die geschlossene Scheibe. »Lass mich in Ruhe!«

Die Person rührte sich nicht. Sie stand reglos da und hielt die Lampe auf mich gerichtet. Erneut blitzte es in seiner Hand. War es überhaupt ein Mann? Konnte es nicht auch eine Frau sein? Nein. Das konnte ich mir nicht vorstellen. Genoss er die Situation? Wollte er meine Schwäche, meine Furcht sehen?

Meine zitternde Hand erfasste den Zündschlüssel und drehte ihn um. Erleichterung durchströmte mich, als das Auto sofort ansprang. Ohne nachzudenken gab ich Gas. Der Parkplatz war nur mäßig gefüllt, sodass ich Platz hatte, als mein Nissan ruckartig aus der Parklücke schoss. Mit einem kurzen Blick in den Rückspiegel erkannte ich schemenhaft hinter dem Lichtkegel verborgen eine schlanke Gestalt, bevor ich meine Aufmerksamkeit der Straße zuwenden musste. Mein Herz hämmerte, und das Blut rauschte mir in den Ohren.

Warum passierte das mir? Wer war es? Kannte ich die Person?

Ich war froh, die Stadt in wenigen Tagen hinter mir zu lassen. Auch wenn ich es nicht zulassen wollte, jagte mir diese Person Angst ein, und diesem Gefühl wollte ich nicht weiter ausgeliefert sein. Ich hasste das Gefühl der Schwäche, das diese Begegnung in mir ausgelöst hatte.

Warum tat jemand so etwas? Und vor allem, wer war es? Sollte ich doch eine Anzeige erstatten? Eigentlich müsste ich es tun. Gegen Stalking konnte man schließlich vorgehen. Ich musste es der Polizei melden und eine Anzeige gegen die unbekannte Person machen. Der Gedanke beruhigte mich etwas. Was hatte ich für Beweise? Fotos, die jemand ohne mein Wissen gemacht hatte? Ich hatte ja noch nicht einmal bemerkt, dass jemand mich beobachtet hatte. Erst heute, als an meine Scheibe geklopft wurde. Aber durch das Licht der Taschenlampe hatte ich nichts sehen können. Es musste ein Mann sein. Das sagte mir mein Bauchgefühl. Aber konnte ich gerade jetzt nach diesem Schreckensmoment meinem Bauchgefühl trauen? Was sollte ich also der Polizei sagen, wer mir nachstellte?

Ich versuchte, mich zu beruhigen, mich zu konzentrieren, ging in Gedanken die letzten Monate durch, versuchte mich an ungewöhnliche Begebenheiten zu erinnern. Mir fiel der neue Handwerker ein, der in der Klinik arbeitete. Ich stellte fest, dass ich noch nicht einmal seinen Namen kannte. Er war errötet, als ich ihn ertappte, wie er mir auf den Busen gestarrt hatte. Danach hatte ich ihn ungewöhnlich oft auf der Station gesehen, ohne dass es wirklich Aufträge für das Handwerkerteam gegeben hatte. Suchte er etwa meine Nähe? Ich erinnerte mich, dass ich es sogar Pia erzählt hatte. Sie hatte gelacht und gesagt, dass sie ihn da sehr gut verstehen könne. Aber würde der junge Mann so weit gehen, mir jetzt nachzustellen? Er kannte mich doch gar nicht. Aber er hatte die Möglichkeiten. Er wusste, wo und wann ich arbeitete. Er konnte von Kollegen meine Adresse erfahren haben. Lag es nicht nah, dass es jemand aus meinem direkten Umfeld war?

Könnte es nicht auch eine Frau gewesen sein? Ich dachte an die Tochter des Patienten aus Zimmer 23. Sie hatte mehrfach versucht, mich zum Kaffee einzuladen, weil die Operation bei ihrem Vater so gut verlaufen war. Sie war offensichtlich lesbisch, und ich hatte den Eindruck, dass sie es von mir ebenso ahnte, nachdem sich unsere Blicke getroffen hatten. Einen Moment zu lange waren meine Augen ihren begegnet. Hatte sie mich nicht sehr forschend angesehen? Ein

Schauder fuhr mir den Rücken herab, und die Haare an meinen Armen stellten sich augenblicklich auf, als ich daran dachte, wie ich sie in der Stadt gesehen hatte. Sie war hinter mir gelaufen und in ein Geschäft gegangen, als ich mich umgedreht hatte und sie entdeckte. Ich hatte dem keine Bedeutung geschenkt. Aber war es wirklich ein Zufall gewesen? Könnte sie mir nicht auch einfach gefolgt sein? Ich könnte im Krankenhaus sicher ihren Namen erfragen. Aber was, wenn ich sie doch zu Unrecht verdächtigte? Was, wenn sie doch nur zufällig hinter mir gegangen war? Es machte mich unruhig. Irgendwie konnte ich mir nicht vorstellen, dass ich von einer Frau gestalkt wurde. Es musste ein Mann gewesen sein. Ich blickte in den Rückspiegel. Wurde ich auch jetzt verfolgt?

Bald würde ich die Stadt verlassen. Dann würde ich das hinter mir lassen. Ich bog auf den Parkplatz vor meinem Haus. Froh, ohne Zwischenfälle angekommen zu sein. Ich spürte dennoch, wie mir die Hand zitterte, als ich das Fahrzeug verschloss.

Immer wieder sah ich mich um, während ich über den Parkplatz zu meinem Wohnblock ging, doch so schnell, wie ich durch die Stadt gefahren war, hatte mir mein Verfolger sicher nicht folgen können. Aber er musste mir nicht folgen. Er wusste, wo ich wohnte. Ich dachte an das Foto, das mich vor dem Haus zeigte und das jetzt wieder im Umschlag lag, und drehte den Schlüssel im Schloss meiner Wohnungstür. Hatte ich sie nicht zweimal abgeschlossen, als ich am Morgen aufgebrochen war? Normalerweise verschloss ich sie, aber mein Kopf war die letzten Wochen und Tage so voll gewesen. Ich konnte mich nicht mehr daran erinnern.

Mit einem unguten Gefühl betrat ich die Wohnung. Ich ging durch die Räume und ließ meinen Blick schweifen, versuchte, alles zu erfassen. Nichts schien sich verändert zu haben. Vielleicht ging die Fantasie mit mir durch. Bestimmt hatte ich einfach am Morgen nur vergessen, die Tür zu verschließen, als ich in Eile die Wohnung verlassen hatte, um rechtzeitig zur Arbeit zu kommen.

Jetzt schloss ich von innen ab, etwas, was ich bisher noch nie getan hatte.

Bevor ich meine Vorhänge zuzog, blickte ich nochmals auf den Parkplatz, auf dem mein Nissan stand, doch ich konnte nichts Ungewöhnliches entdecken. Mein blasses Gesicht, das sich in der Scheibe spiegelte, erschreckte mich. Unter meinen Augen dunkle Ringe. Wangen, die eingefallen wirkten. Ich hatte in den letzten Wochen durch die Trauer um meine Eltern und den Stress der Umzugsvorbereitungen knapp acht Kilogramm Gewicht verloren. Das konnte so nicht weitergehen. Ich musste wieder richtig zu Kräften kommen. Ich würde sie in Lappland brauchen. Aber erst musste ich etwas gegen den Stalker unternehmen, sonst würde ich bis zu meiner Abreise keine ruhige Minute mehr haben.

Nur noch wenige Tage. Meine Wohnung kam mir jetzt leer, karg und kalt vor. Ich drehte die Heizung höher und setzte mich auf die Couch, eines der wenigen Möbelstücke, die noch an ihrem Platz standen. Fest wickelte ich die Wolldecke um meinen Körper, und doch hatte ich das Gefühl, dass mir gar nicht warm wurde.

Mit klammen Händen tippte ich die Kurznachricht in mein Mobiltelefon. Ich musste Gewissheit haben, bevor ich weitere Schritte unternahm.

»Hej Pia, hast du mir die Rosen vor die Wohnungstür gelegt, als ich aus Kittilä zurückgekommen bin?« Ich erahnte die Antwort, und doch wollte ich es von ihr hören.

Ich starrte das Display an, während die Sekunden verrannen. Seit dem Tag meiner Rückkehr hatten wir keinen Kontakt mehr gehabt.

»Warum fragst du?« Das Display leuchtete hell auf, als ihre Nachricht einging.

»Ich werde gestalkt, seit ich wieder hier bin.«

»Aber nicht von mir.«

Das hatte ich auch gar nicht andeuten wollen, aber Pia hatte es so aufgefasst. Am liebsten hätte ich mit ihr gesprochen, wagte jedoch nicht, sie anzurufen. Stattdessen schrieb ich.

»Ich weiß. Er hat mich heute auf dem Parkplatz abgefangen. Ich habe Fotos bekommen. Von mir. Ich weiß nicht, wer es ist, aber die Person muss mir seit Wochen auflauern. Sie weiß, wo ich wohne und wo ich arbeite. Ich glaube, dass es ein Mann ist. Ich kann mir nicht vorstellen, dass eine Frau so etwas tut.« War er auch in meiner Wohnung gewesen? »Ich wollte nur wissen, ob die Rosen von ihm waren.« Jetzt erinnerte ich mich an die Karte, die an den Blumen hing.

Herzliches Beileid, meine Schöne, meine Liebste. Ich liebe dich und sehne mich danach, dich in die Arme zu schließen. Deutlich sah ich die Worte vor mir.

»Er weiß, dass meine Eltern gestorben sind. Er wusste, wann ich in Helsinki ankomme.«

Ich erschrak, als mein Handy klingelte. Pias Nummer leuchtete auf.

»Ja?«

»Die Blumen waren nicht von mir.« Ihre Stimme klang besorgt.

»Das habe ich befürchtet.«

»Noora, du solltest die Polizei einschalten.«

»Daran habe ich schon gedacht, seit er mir vorhin auf dem Parkplatz auflauerte und an mein Autofenster klopfte.« Aber was würde die Polizei schon tun können? Es war nichts passiert, außer dass ich Blumen und Fotos erhielt. Doch das hatte genügt, um mir Angst zu machen.

Es beruhigte mich, Pias vertraute Stimme zu hören. Warum hatte es zwischen uns so enden müssen? Ein Moment der Stille entstand zwischen uns. Ich wollte ihr so viel sagen, wusste aber nicht, wie ich beginnen sollte.

»Wann verlässt du Helsinki?«, unterbrach sie schließlich das Schweigen.

»In vier Tagen.«

»In den kalten Norden wird er dir nicht folgen.« Es sollte ironisch klingen, aber ihre Stimme passte nicht dazu. Sprach sie von dem Stalker oder von sich selbst?

»Ja. Du hast bestimmt recht. Wahrscheinlich hört es dann ganz von allein auf. Aber wenn es zu einem weiteren Vorfall kommt, werde ich Anzeige erstatten.«

Pias Name wurde gerufen. Ich erkannte die Stimme ihres Vaters.

»Du bist bei deinen Eltern?«

»Ja.« Sie sprach leiser weiter. »Sie haben Gäste von Rang und Namen, und das Essen wird gleich serviert. Und ich spiele brav meine Rolle. Tochter des Professors und aufstrebende Neurochirurgin.«

Jetzt lag eine gehörige Portion Sarkasmus in ihrer Stimme. Ich ertappte mich bei dem Wunsch, sie aufzufordern, zu mir zu kommen. Konnte es sein, dass ich Pias Nähe vermisste? Oder war es die Tatsache, dass ich mich gerade sehr einsam in meiner Wohnung fühlte?

»Dann will ich dich nicht länger davon abhalten«, erwiderte ich stattdessen.

»Manchmal wünschte ich, ich könnte ebenso ausbrechen, wie du es gerade tust. Lieben und leben, wie ich möchte.«

Ich wünschte ihr, dass sie es eines Tages tun konnte. Noch lange, nachdem wir aufgelegt hatten, saß ich auf der Couch und dachte daran, wie mein Leben hätte verlaufen können, wenn ich nicht nach Helsinki gegangen wäre, wenn ich mich gleich nach der Schule gegen den Willen meiner Eltern aufgelehnt hätte und auf der Farm geblieben wäre. Hätte es dann mit Lotta anders enden können? Wer wäre ich jetzt ohne die Erfahrung hier? Könnten meine Eltern noch leben?

Es brachte nichts, diesen Gedanken nachzugehen. Ich musste mich auf die Zukunft konzentrieren. Freude darüber, zurückkehren zu können, erfüllte mich. Wenn ich die Augen schloss, konnte ich den Neuschnee in der rauen Wildnis des Nationalparks bereits riechen.

Kapitel 9

An die tausend Kilometer und wahrscheinlich mehr als sechzehn Stunden Fahrt durch die noch tief verschneite finnische Natur lagen vor mir, als ich wenige Tage später in Helsinki meinen neuen, gebrauchten Pick-up belud. Jetzt wurde mir mit einem Mal bewusst, wie erstaunlich wenig persönliche Dinge sich bei mir in den Jahren im Süden von Finnland angesammelt hatten. Wahrscheinlich hatte ich mich unbewusst vor zu starken Bindungen, sei es nur materieller Art, gefürchtet, die mich abhängig gemacht hätten. Mein ganzes Leben passte auf die Ladefläche des Fahrzeugs, das ich relativ günstig erworben hatte. Den alten Nissan, der mir bis dahin gute Dienste geleistet hatte, hatte ich sogar in Zahlung geben können. Ich fühlte mich bereit für mein großes Abenteuer.

Die ersten zweihundertsiebzig Kilometer über Lahti nach Jyväskylä brachte ich bei guten Straßen- und Witterungsverhältnissen zügig hinter mich. Das Radio spielte bekannte finnische Schlager, und ich fuhr beschwingt meiner Zukunft entgegen. Ich war noch früh im Dunkeln aufgebrochen, sodass die vom Morgenrot beleuchtete Schneelandschaft in weichen Pastelltönen friedlich am Fenster vorbeiglitt, während die schöne Stadt am Nordufer des Sees Jyväsjärvi unbeachtet hinter mir zurückblieb.

In einer Raststätte am Straßenrand legte ich eine Pause ein und genoss bei einer Tasse Kaffee einen ofenfrischen *korvapuusti*, ein Hefeteiggebäck mit Zimt und Zucker, während ich in der Zeitung blätterte. Seit Tagen zierte das Bild eines aus dem Gefängnis in Oulu entflohenen Strafgefangenen die Titelseite, die ich jedoch überschlug, um gleich zum Wetterbericht überzugehen. Da, wo ich hinfuhr, bestand sicher keine Gefahr, dem Straftäter zu begegnen. Wenn ich Glück hatte, würde es aber die nächsten Tage etwas milder werden und weniger Neuschnee fallen. Ich hoffte, dass die Rentiere die Zeit ohne Zusatzfütterungen gut überstanden hatten. Telefonisch hatte ich bereits Futter bestellt und würde die Lieferung gleich einige Tage nach meiner Ankunft entgegennehmen können.

So bald wie möglich setzte ich meine Fahrt fort, um noch vor Einbruch der Dunkelheit mein Etappenziel Oulu zu erreichen. Mit den Kilometern, die ich zurücklegte, veränderte sich die Landschaft. Die Straße wurde leerer, je weiter ich mich vom Süden des Landes entfernte. Schneetreiben hatte eingesetzt, und das Tageslicht verminderte sich deutlich. Alles verschwamm im grauen Einerlei, sodass ich froh war, nach weiteren fünf Stunden Fahrt endlich wohlbehalten in Oulu anzukommen.

Ich mochte Oulu, die Stadt an der Westküste Finnlands am Bottnischen Meerbusen. Die Provinzhauptstadt galt seit jeher als letzte Möglichkeit, Großstadtatmosphäre zu schnuppern, bevor man in die lappländische Einsamkeit tauchte.

Besonders schätze ich das üblicherweise fröhliche Treiben auf dem am Ufer des Oulujoki gelegenen weiten Marktplatz mit seiner Markthalle. Auf dem Platz verkauften die Händler ihr Gemüse, Beeren, Blumen und Reiseandenken, in der Markthalle sowohl finnische als auch ausländische Spezialitäten wie geräuchertes Fleisch, frischen Fisch, verführerisch duftendes, ofenwarmes Brot und Gewürze. Überwacht wurde die Betriebsamkeit vom *Toripoliisi*, dem dicken, gemütlichen Marktpolizisten, einer Statue des Künstlers Kaarlo Mikkonen, die, soviel ich wusste, durch Spenden der Bevölkerung Oulus finanziert wurde.

Sehr reizvoll fand ich die alten Salzmagazine, die mit der typischen rostroten Farbe gestrichen waren, die aus roter Erde gekocht wurde. Sie erinnerten an lang vergangene Zeiten.

Leider lag der sonst so mit Leben erfüllte Platz zu dieser Stunde und Witterung bereits verlassen in der Abenddämmerung. Nur die Möwen und Krähen suchten auf der Schicht aus Neuschnee nach Leckerbissen, die vom Markttag übriggeblieben waren.

Ich entschied, in einem Restaurant zu Abend zu essen, nachdem ich mir ein Hotelzimmer gesucht hatte. Das SOKOS-Hotel bot sich an, da es über eine Tiefgarage für mein Fahrzeug und über eine angrenzende Gaststätte verfügte.

Das Lokal war nur mäßig besucht. Ausschließlich Hotelgäste, mutmaßte ich.

Einige Geschäftsleute mit Anzug und Krawatte, zwei ältere Paare, drei junge Frauen, die in eine fröhliche, lautstarke Diskussion vertieft waren. Meine Augen suchten den Raum nach einem passenden Tisch ab. Möglichst irgendwo ruhig am Fenster, sodass ich beim Essen rausschauen konnte. Die Tische waren fast alle frei, da kaum jemand die dunkle, triste Winterstraße anschauen wollte. Mein Blick fiel unweigerlich auf das Paar am einzigen besetzten Tisch am Fenster.

Ich schätzte den Mann etwa auf mein Alter. Blond. Modische Frisur. Groß und schlank schien er zu sein. Er musste etwas Amüsantes gesagt haben, denn die Frau warf lachend den Kopf in den Nacken und wischte sich eine widerspenstige gewellte Haarsträhne vom Gesicht. Der Klang der Stimme und diese Geste, die sich tief in meine Erinnerung gebrannt hatte und mir jetzt für einen Augenblick den Atem raubte.

Konnte es wirklich sein? Unwillkürlich blieb ich stehen. Nein, wahrscheinlich täuschte ich mich. Nur eine zufällige Ähnlichkeit. Ließ mich diese Reise zurück an den Ort meiner Kindheit schon Gespenster sehen, schalt ich mich kopfschüttelnd selbst und wandte mich in Richtung eines leeren Tisches. Und doch ließen meine Augen die Frau nicht los, bis ich ihr Profil sehen konnte und ihr Anblick mich erstarren ließ.

»Lotta?« Mehr ein Ausruf einer unverhofften Entdeckung als eine Frage. Ich hatte nicht laut gesprochen, und doch wandte sie sich mir mit einem Ruck zu, und ich sah auch in ihren Augen, die ich so sehr geliebt hatte, den Moment des Erkennens.

Viel zu überrumpelt von der Situation starrten wir uns beide einige Sekunden sprachlos und bewegungsunfähig an. Ich registrierte nicht den fragenden Blick, den ihr Begleiter ihr zuwarf, sondern sah nur sie, die Frau, die ich einst so sehr geliebt hatte. Die Frau, die noch immer mein Innerstes berührte. Älter war sie geworden in den Jahren, die ich sie nicht mehr gesehen hatte. Mir fiel auf, dass sie ihr Haar jetzt länger trug. Die ersten Fältchen umspielten ihren Mund und ihre tiefblauen Augen, die mich damals wie heute in den Bann gezogen hatten. »Noora.« Lotta stand auf und kam zu mir. Ihre Arme schlossen sich um mich, und ich fühlte ihren warmen Körper an meinem. Endlich konnte ich mich aus der Erstarrung lösen und erwiderte ihre Umarmung. Beinahe hastig schob sie mich wieder von sich weg, als wäre ihr die Berührung zu intensiv. »Noora, was eine Überraschung, dich hier zu sehen.« Ich sah widersprüchliche Gefühle in ihrem Gesicht. Freude, Verwirrung und Trauer spiegelten sich darin. Und etwas anders, das ich nicht zu benennen vermochte. Scham? Scham vor dem, was uns einst verbunden hatte.

»Es tut mir schrecklich leid, was mit deinen Eltern passiert ist.« Ihre Worte rissen mich aus den Gedanken. »Ich wollte eigentlich zur Bestattung kommen, aber ich war beruflich verhindert. Meine Mama hat mir gesagt, dass sie meine Beileidsbekundungen ausgerichtet hat.« Ich nickte zur Bestätigung, hatte Angst, meine Stimme könnte bei einer Erwiderung versagen.

»Komm, setz dich zu uns!« Einladend wandte sie sich dem Tisch und ihrem Begleiter zu, der sich erhob. Ich blickte ihr ins Gesicht, doch sie schien sich wieder gefasst zu haben. Im Gegensatz zu mir.

Wollte ich mich zu ihnen setzen? War es mir möglich, ungezwungen mit Lotta und einem Mann zu Abend zu essen? Hatte ich denn überhaupt eine andere Wahl? Ich räusperte mich.

»Gerne, Lotta, aber nur, wenn ich euch nicht störe. Ich kann mich auch an einen anderen Tisch …«

»Ach, red keinen Unsinn!« Resolut packte sie meinen Arm und zog mich zum Tisch. »Außerdem will ich dir Jonas, meinen Freund, vorstellen.«

Meine Beine schienen plötzlich mein Gewicht nicht mehr tragen zu wollen. Wie auf Watte folgte ich ihr an den Tisch.

»Jonas, das ist Noora, meine beste Freundin aus meinen Kinder- und Jugendtagen. Noora, das ist Jonas.«

Mein Herz hämmerte. Immer wieder hallten ihre Worte »Jonas, mein Freund« in meinem Kopf wider, der inzwischen das Denken eingestellt hatte.

»Hej, schön, dich mal kennenzulernen. Lotta hat mir schon viel von dir erzählt.« Sein Lächeln wirkte aufrichtig, als er mich begrüßte.

»Setz dich doch«, forderte Lotta mich auf und zupfte an meinem Ärmel.

»Jonas, mein Freund« hatte sich auch wieder gesetzt, und so tat ich es ihm nach.

Was hatte Lotta ihm über mich, über uns erzählt? Sicher nicht alles, so offen und unvoreingenommen, wie er mich ansah. Ich erinnerte mich an ihren Blick. Scham. Nein, ganz sicher hatte sie es ihm nicht erzählt, dass wir ein Paar gewesen waren, uns geliebt hatten und ich sie immer noch nicht vergessen konnte.

»Wir haben gerade erst bestellt.« Jonas reichte mir die Karte.

Ich richtete meinen Blick darauf und versuchte, wieder einen klaren Gedanken zu fassen.

Wir hatten keine Beziehung. Sie war beendet, schon vor langer Zeit, als ich nach Helsinki zog. Und doch schmerzte es mich zu sehen, wie Lottas feingliedrige Finger von Jonas' großen Händen umschlungen wurden. Er wirkte so verliebt, wie er sie von der Seite ansah und Kontakt zu ihr suchte.

Die Kellnerin trat an den Tisch, und ich wählte das Erstbeste, das ich auf der Karte las. Es würde unter diesen Bedingungen alles gleich schmecken.

»Was machst du hier in Oulu?« Lotta holte mich mit ihrer Frage aus meinen Gedanken.

»Ich bin auf dem Weg nach Muonio.« Meine Stimme hörte sich belegt an, und ich trank einen großen Schluck Eiswasser, das ich mir zuvor aus der großen Kanne am Tisch eingeschenkt hatte.

»Musst du noch etwas bezüglich des Erblasses klären?«

»Nein, ich werde nicht nur vorübergehend dort sein. Ich ziehe zurück.« Es tat gut, die Worte auszusprechen.

Lotta starrte mich ungläubig an. »Du bist doch Ärztin. Was willst du in Muonio?«

Ich spürte auch Jonas' interessierten Blick auf mir ruhen. »Ich kehre heim und werde die Farm wieder aufbauen. Aber keine Viehwirtschaft mit Rentieren, sondern eine Huskyfarm für Winterurlauber, die sich durch individuelle Reisen in die Natur vom Alltag erholen wollen.«

»Wow, das hätte ich jetzt nicht erwartet, aber ich finde es gut.«

Lotta grinste mich an und prostete mir zu. Sie schien sich wohlzufühlen, so ungezwungen, während es mir schwerfiel, meine Empfindungen für sie unter Kontrolle zu halten.

Das Essen wurde serviert, und ich war froh, einen Moment schweigend mein Rentierragout mit Kartoffelspalten und Trüffelsoße sowie einem Klecks Preiselbeermarmelade zu kosten.

Lotta und ich griffen zeitgleich nach dem Salzstreuer. Dabei berührten sich unsere kleinen Finger. Elektrische Funken sprühten durch meinen Körper. Ich widersetze mich dem Drang, ihre Hand zu ergreifen und sie an meine Lippen zu führen. Was hätte »Jonas, ihr Freund« von mir gedacht?

Dann trennten sich unsere Finger, als sie mir den Vortritt beim Salz ließ, und ich forschte in ihrem Gesicht, ob es meine sehnsüchtigen Gefühle widerspiegelte, konnte jedoch keine Anzeichen dafür finden.

»Und was treibt euch zu dieser dunklen Jahreszeit so weit in den Norden?« Ich hoffte, dass meine Stimme einen unverfänglichen Plauderton angenommen hatte.

»Meine Mutter hat ihren Geburtstag gefeiert, und ich habe die Gelegenheit genutzt, Jonas meiner Familie vorzustellen. Du kannst dir gar nicht vorstellen, wie meine Mama aus dem Häuschen war. Nun träumt sie wohl schon von vielen kleinen Enkelkindern, die sie umsorgen kann, jetzt, wo Vater nicht mehr lebt und sie niemanden zum Erziehen hat.« Lotta kicherte.

Mich hast du deinen Eltern damals nie offiziell als deine Partnerin vorgestellt, dachte ich, sprach es jedoch nicht aus. Ich war immer nur die Schulfreundin und die beste Freundin gewesen. Nie hatten sie erfahren, was uns eine Zeitlang wirklich verband.

Ich kaute bedächtig langsam auf dem letzten Stück des Rentierragouts herum, um nicht antworten zu müssen, und nickte nur.

»Ich muss euch jetzt leider wieder allein lassen. Die Fahrt von Helsinki war sehr anstrengend, und morgen habe ich einen langen Tag vor mir. Ich will die alte Wildnishütte noch vor Einbruch der Dunkelheit erreichen und dort mein provisorisches Lager aufschlagen.«

»Das ist ja schade. Willst du nicht noch etwas mit uns trinken gehen?« Lotta wirkte ehrlich enttäuscht. Scheinbar sah sie ihre Befürchtung, ich könne Jonas von unserer Beziehung erzählen, inzwischen als unbegründet an. Als ich dankend ablehnte, sah man zumindest »Jonas, mein Freund« die Erleichterung an.

Im Hotelzimmer lag ich auf dem Bett. Froh darüber, dieser quälenden Situation entkommen zu sein. Ich hatte nicht erwartet, dass meine Gefühle für meine Ex-Freundin nach all den Jahren so stark aufflammten. Ich sah sie vor mir. Attraktiv sah sie aus. Reifer.

Warum tat es noch immer so weh? War es schlimm für mich, dass sie mit jemand anderem glücklich war, oder war es noch schlimmer, dass es ein Mann war und sie dadurch noch unerreichbarer für mich wurde? Es quälte mich, dass sie nie wirklich zu uns gestanden hatte und nicht wollte, dass jemand von unserer Beziehung erfuhr. Lotta hatte immer Angst davor gehabt, was die anderen von ihr, von uns, dachten. Und ich hatte ihren Wunsch akzeptiert. Mir fiel auf, dass ich nicht einmal gefragt hatte, wo sie jetzt wohnte, als fürchtete ich, durch diese Information zu mehr Kontakt gezwungen zu sein. Ich wollte Lotta nicht als Partnerin von »Jonas, mein Freund« sehen, sondern an meiner Seite. Bei diesen egoistischen Gedanken fühlte ich mich elend.

Die Uhr zeigte bereits Mitternacht. Das Treffen hatte mich aufgewühlt, sodass ich mich lange in meinem Hotelbett hin- und herwarf, bevor ich in einen unruhigen Schlaf sank. Erinnerungen vermischten sich zu einem Traum.

Mein Herz pochte heftig, und ich schaute durch das Fenster in den sternklaren Nachthimmel, während ich lauschte, wie Lottas Atem sich langsam wieder normalisierte. Ihr erhitzter Körper drückte sich eng an meinen, und ihr Oberschenkel lag über meinem Schoß.

Sie hob den Kopf und blickte erst mir, dann Stina in die Augen, die mit aufmerksam erhobenem Kopf neben meinem Bett lag.

»Man könnte meinen, sie sieht uns anklagend an, weil wir was Verbotenes getan haben.«

»Aber wir haben nichts Verbotenes getan«, entgegnete ich.

Sie blickte mich erneut an.

»Du weißt, wie ich es meine. Es ist halt einfach nicht normal.«

Enttäuschung ließ mein Herz zusammenkrampfen. Enttäuschung darüber, dass sie unsere Liebe und Zärtlichkeit als abnormal empfand. Sie spürte, dass ich mich versteifte, und fühlte sich zu einer Erklärung genötigt.

»Es ist nicht einfach für mich. Die Liebe zwischen zwei Männern oder Frauen verstehen meine Eltern nicht. Ich spüre es an der Art, wie sie darüber reden, wenn Lesben oder Schwule im Fernsehen zu sehen sind. Ich will nicht, dass sie so über mich denken.«

»Aber du hast doch noch nie versucht, mit ihnen darüber zu sprechen. Die Liebe zwischen uns ist nichts Illegales. Sie ist auch nichts, was dich als Mensch verändert. Sie macht dich nur schöner, insbesondere, wenn du gerade kommst.« Neckend wechselte ich das Thema und zog Lottas Kopf zu mir, um ihre warmen Lippen zu küssen.

Sie erwiderte den Kuss, auch wenn ich spürte, dass das Thema für sie noch nicht abgeschlossen war.

Ich hasste die Heimlichkeiten. Es fühlte sich nicht richtig an, meinen Eltern nichts von uns erzählen zu können. Ich wollte ihnen sagen, dass ich eine wunderbare Frau gefunden hatte. Ihnen erzählen, wie glücklich mich unsere Liebe machte. Stattdessen schwieg ich und ließ meine Familie im Glauben, dass wir nur beste Freundinnen waren.

Beim Erwachen fühlte ich mich noch sehr erschöpft. Ich war froh, Oulu nach einem schnellen Frühstück hinter mir zu lassen und Kurs auf Lappland zu nehmen. Die Begegnung mit Lotta hatte lange verdrängte Erinnerungen und Gefühle hervorgerufen, die ich am liebsten gleich wieder tief in mir begraben hätte. Ein Zusammentreffen am Frühstückstisch wollte ich vermeiden.

Einmal mehr wurde mir bewusst, dass Pia wohl recht hatte. Ich war nicht bereit, einer anderen Frau mein Herz zu schenken, solange ich dieses Kapitel meines Lebens nicht abgeschlossen hatte. Ich musste Lotta loslassen. Ich wusste nur nicht, wie. Sie hatte ein tiefes Loch in meinem Herzen hinterlassen, von dem ich mich noch Jahre später nicht erholt hatte.

Ich drehte das Radio lauter und fuhr durch die lang andauernde Morgendämmerung in Richtung Tornio. Von dort führte mein Weg auf der E8, der »Straße der vier Winde«, die wohl den Beinamen erhalten hatte, weil die *Sámi*-Stämme, die entlang dieser

Straße, die hinauf bis nach Kilpisjärvi führte, lebten, traditionell die Mütze mit vier Ecken trugen, die in die vier Himmels- bzw. Windrichtungen wiesen.

Mein Vater hatte eine solche Mütze zu seiner blauen samischen Tracht besessen, die er aber nur zu bestimmten Festanlässen trug. Er trug sie stets erhobenen Hauptes, denn obwohl nur sein Vater von den Ureinwohnern Lapplands abstammte, fühlte auch er sich nicht als Finne, sondern als *Sámi*, und war stolz darauf.

Als Kind liebte ich die Geschichten meines Vaters über das Nomadenleben seiner Vorfahren, die von Ackerbau und Fischfang lebten und mit ihren großen Rentierherden zwischen den jahreszeitlich wechselnden Weidegebieten hin und her wechselten. Das Leben der Ureinwohner sah heute anders aus. Ihre Zahl hatte sich auf 7000 in Finnland lebende *Sámi* reduziert und die wenigsten zogen als Nomaden durch das Land. Die meisten waren inzwischen sesshaft geworden. Immer mehr der Jungen gaben das Leben hier auf, um weiter in den Süden zu ziehen. Der Volksstamm, wie es ihn früher gegeben hatte, starb aus. Eine leichte Wehmut überkam mich, während die Fahrt von Tornio nach Kolari und dann weiter nach Muonio immer einsamer wurde. Und doch war ich mir sicher, dass ich hier leben wollte.

Kilometer für Kilometer über die menschenleere Straße, ständig auf der Hut, freilaufenden Rentieren auszuweichen, die vor meinem Fahrzeug hertrabten oder die Fahrbahn überquerten. Mit jedem gefahrenen Kilometer fühlte ich deutlicher, dass ich nach Hause kam.

Obwohl der Tank noch zur Hälfte voll war, füllte ich ihn in Muonio auf, da ich nicht wusste, ob ein Durchkommen bis zur Blockhütte möglich war. Bei einer Außentemperatur von minus dreißig Grad wollte ich nicht stecken bleiben, ohne genügend Kraftstoff zu haben, um den Motor und die Heizung laufen lassen zu können.

Ich deckte mich mit den wichtigsten Lebensmitteln und Haushaltswaren ein, die ich für die kommenden Tage benötigte.

In Helsinki war der nächstgelegene Supermarkt nur einen Häuserblock entfernt gewesen, sodass ich täglich frische Lebensmittel kaufen und zur Not noch ein zweites Mal losgehen konnte, um Vergessenes zu besorgen. Jetzt aber musste ich mit Bedacht an die Sache herangehen und mich an meinen Einkaufszettel halten, um nichts zu vergessen, denn bis zu dem Laden waren es zwanzig Kilometer Fahrt durch die tiefverschneite Winterlandschaft.

Während ich meinen Einkaufswagen durch die Reihe mit den Backwaren schob, schreckte mich das laute Klingeln meines Handys aus der Konzentration. Mit dem Blick auf das Display stellte ich mich auf die Stimme meines Bruders ein, bevor ich den Anruf entgegennahm.

»Hej Noora, bist du schon angekommen?« Seine Stimme klang etwas abgehackt. Vermutlich war die Verbindung durch den fallenden Schnee gestört, oder einer von uns befand sich in einem Funkloch.

»Nein, aber ich bin schon in Muonio.« Ich musste meine Worte lauter wiederholen, damit mein Bruder mich verstand, was in mir ein leichtes Unbehagen auslöste. Ich mochte es nicht, in der Öffentlichkeit zu telefonieren.

Die Frau neben mir am Regal tat geschäftig, doch ich war mir sicher, dass sie jedes Wort hörte.

»Wie ist das Wetter?«

»Es liegt viel Schnee, und schneit noch weiter.«

»Es ist schon spät. Vielleicht solltest du dir ein Hotelzimmer nehmen und erst morgen zur Hütte rausfahren. Du könntest jemanden mitnehmen, der dir den Weg räumt, dass du mit dem Auto hinkommst.« Jari schwieg einen Moment, bevor er weitersprach. »Ich will ja nicht den Teufel an die Wand malen, aber in den Nachrichten kam, dass der Mann, der vor einer Woche aus dem Gefängnis in Oulu ausgebrochen ist, bisher noch nicht gefasst werden konnte.« Seine Stimme klang besorgt. Immer der große Bruder, mein Zwilling. Ich lächelte.

»Jari, du schaust zu viele Krimis«, neckte ich ihn. »Warum sollte er ausgerechnet in den Nationalpark flüchten?«

»Weil er dort im Winter gut untertauchen kann.« Nun klang Jari beleidigt. Vielleicht weil er sich in seiner Sorge nicht ernst genommen fühlte.

»Ich weiß, was ich tue. Ich bin nicht das erste Mal allein in der Hütte. Und ich werde dort sicher keiner Menschenseele begegnen.«

»Na gut. Es war nur so ein Gedanke. Aber wie immer bist du störrischer als ein Rentier. Aber das war nicht der einzige Grund, warum ich dich anrufe.«

Ich wartete.

»Ich habe mir überlegt, du könntest einen von Perttis Söhnen fragen, ob er sich vorstellen könnte, für uns als Farmarbeiter zu arbeiten.« Ich dachte über seine Worte nach, als Jari bereits weitersprach. »Du kannst das vor Ort nicht eigenhändig stemmen. Ich schätze, dass Ouli das Angebot sogar annehmen würde. Und wir hätten einen trotz oder gerade wegen seines jungen Alters fähigen, zuverlässigen Mann, der die Arbeit mit den Rentieren kennt und dich unterstützen kann, während du dich um den Aufbau der Lodge und die Auswahl und Arbeit mit den Hunden kümmern kannst.«

Ich musste zugeben, dass es eine gute Idee von Jari war, denn es wäre sicher am Anfang nicht leicht, gute Arbeitskräfte zu bekommen.

»Gut, ich werde ihn fragen, sobald ich die Gelegenheit habe.«

»Noora, ich wünsche dir viel Glück in der Wildnis.« Seine Stimme nahm einen fast väterlichen Tonfall an. »Und ruf mich an, wenn es irgendwelche Schwierigkeiten gibt, oder noch besser, melde dich einfach so ab und zu bei mir. Du musst nicht alles alleine schaffen, auch wenn ich weiß, dass du das packst.«

Sein Rückhalt tat mir gut und ließ mich mit einem Mal sentimental werden. Ich wandte mich von der Frau ab, die noch immer sehr aufmerksam die

Mehlpackung studierte. Ich wollte nicht, dass sie meine aufsteigenden Tränen sah, die ich energisch von meinen Wangen wischte.

»Ich verspreche es dir«, entgegnete ich und bemühte mich, meiner Stimme einen festen Ton zu geben.

Nachdem ich das Telefonat beendet hatte und mich wieder zu meinem Einkaufswagen umwandte, stellte die Frau die Mehlpackung ins Regal und blickte mich direkt an.

»Frau Doktor Tamminen?« Sie kam auf mich zu, als ich irritiert nickte. So hatte mich hier in Lappland noch niemand angesprochen.

»Ja?«

»Ich habe Sie gleich erkannt.« Sie lächelte. Es war ein dankbares Lächeln. »Sie haben vor einem guten Jahr meinem Mann das Leben gerettet nach einem schweren Motorradunfall. Und inzwischen geht es ihm schon so gut, dass wir unseren Urlaub hier verbringen. Er stand sogar gestern auf Skiern. Das ist mehr, als wir je zu hoffen wagten. Dafür möchte ich Ihnen danken.«

Bevor ich es verhindern konnte, hatte sie mich in ihre Arme geschlossen und drückte mich fest. Als die Frau den Unfall erwähnt hatte, war die Erinnerung augenblicklich zurückgekommen. Meine Gedanken schweiften ab zu jenem Tag.

Die Landstraße, die ich von Tampere nach Helsinki befuhr, war leer. Kein Wunder nach den Unwetterwarnungen, die in den letzten Tagen durch die Medien verbreitet worden waren. Hektisch fuhr der Scheibenwischer über die Frontscheibe und brachte doch keine bessere Sicht. Dennoch ertappte ich mich dabei, dass ich trotz des starken Regens die Höchstgeschwindigkeit deutlich überschritt, was sonst nicht meine Art war. Der Ärztekongress hatte mich erschöpft, und es drängte mich nach Hause.

Ein einzelner Lichtkegel näherte sich rasch meinem Fahrzeug von hinten.

Ist der verrückt?, dachte ich und drosselte die Geschwindigkeit, als ich realisierte, dass das Motorrad ansetzte, mich zu überholen. Es schoss geradezu an mir vorbei. Ich ahnte es, bevor es geschah. In dem Moment, als das Hinterrad beim Wiedereinscheren auf meinen Fahrstreifen plötzlich wegrutschte, bremste ich voll ab. Meine Hände umklammerten das Lenkrad, während ich wie im Zeitraffer beobachtete, wie das Zweirad zur Seite fiel und funkensprühend über den Asphalt schleuderte. Der Fahrer hob ab und flog durch die Luft, bevor er mit Wucht gegen die schroffen Felsen neben der Fahrbahn prallte. Teile der Karosserie lösten sich beim Schleudern vom Motorrad und prallten mit einem lauten Krachen in meine Front. Ich schaffte es schließlich, das Fahrzeug auf nasser Straße zum Stehen zu bringen. Instinktiv duckte ich mich. Ich hatte Glück, dass meine Frontscheibe keinen Schaden genommen hatte.

Unverzüglich rief ich die Notfallnummer und organisierte Hilfe, während ich gleichzeitig aus dem

Auto stieg, die Fahrbahn nach hinten absicherte und zum Fahrer rannte. Mein Herz schlug heftig, als ich mich zu ihm niederkniete. Er regte sich nicht, aber ich konnte seinen Puls ertasten. Er lebte. Wann würde der Rettungswagen eintreffen?

»Der Helm muss runter«, sprach ich mit mir. Meine Hände entwickelten ein Eigenleben. Mit einem Mal wussten sie, was zu tun war. Ich klappte das Visier des Bewusstlosen auf und öffnete anschließend den Kinnriemen. Vorsichtig zog ich den Kopfschutz ab, bis ich mit der Hand den Hinterkopf des Mannes stützen konnte, um eine Kippbewegung des Kopfes beim Herunterziehen des Helms zu vermeiden.

Zum Vorschein kam das Gesicht eines Mannes im Alter von geschätzt fünfzig Jahren. Ich beugte mich über ihn, konnte jedoch weder seinen Atem an meiner Haut spüren noch das Heben und Senken der Brust erkennen.

»Fuck«, fluchte ich. Einen kurzen Moment schaute ich hilfesuchend die Straße herunter. Bisher war kein weiteres Fahrzeug vorbeigekommen. Es war kein Blaulicht oder Martinshorn in der Ferne zu hören.

Ich wandte mich wieder dem Verletzten zu und begann mit den Wiederbelebungsmaßnahmen. Zwei Atemspenden gefolgt von dreißig Herzdruckmassagen. Erneut zwei Atemspenden und dreißig Herzdruckmassagen.

»Komm schon«, feuerte ich den Mann an. »Atme endlich!« Ich verlor jegliches Zeitgefühl, während ich in gleichmäßigem Tempo arbeitete, zum Aufgeben nicht bereit. Schweiß rann mir den Rücken herab, und meine Arme begannen schmerzhaft zu brennen, während ich mit vor Regenwasser triefenden Haaren völlig durchnässt neben dem Unbekannten kniete. Verbissen setzte ich meine Arbeit fort.

Plötzlich sog er Luft ein. Keuchte. Erleichterung durchströmte mich, als seine Atmung wieder einsetzte. Ich hielt in meiner Bewegung inne und schaute auf. Ein grelles Blaulicht erhellte den Unfallort. Das Licht blendete mich, als ich den beiden Polizisten entgegensah, die sich mir vom Streifenwagen aus näherten.

»Sind Sie verletzt?«, fragte mich der junge Polizist, als er bei mir und dem Verletzten ankam. Sein Kollege sprach hektisch ins Funkgerät.

»Ich weiß nicht. Ich glaub, ich bin so weit in Ordnung«, entgegnete ich und bemerkte, dass ich mir diese Frage noch gar nicht gestellt hatte, seit ich aus meinem Fahrzeug gestiegen war, um dem Motorradfahrer zu helfen. »Ich bin Ärztin.« Ich bemerkte die Erleichterung in dem jungen Gesicht.

»Er war so schnell. Er hat mich überholt und ist gestürzt.«

»Der Rettungswagen müsste jeden Moment eintreffen.«

»Sie müssen mir helfen, ihn in eine stabile Seitenlage zu drehen. Wir müssen ruckartige Bewegungen vermeiden. Er ist heftig gegen die Felsen geprallt. Ich weiß nicht, ob seine Wirbelsäule Schaden davongetragen hat.«

Gewissenhaft folgte der Polizeibeamte meinen Anweisungen. Als ich die Atmung und den Puls kontrollierte, sah ich, dass der Rettungswagen eingetroffen war. Endlich konnte ich die Verantwortung abgeben. Der Arzt würde sich jetzt um den Verletzten kümmern.

Nachdem ich den Verunglückten in seiner Obhut gelassen hatte, ließ ich es zu, dass die Sanitäter meine Prellungen behandeln konnten. Erst jetzt nahm ich das schmerzhafte Pochen in meiner Schläfe wahr. Ich hatte gar nicht gespürt, dass ich mir den Kopf gestoßen hatte.

»Vielleicht sollten Sie uns in die Klinik begleiten, um ein mögliches Schleudertrauma und eine mögliche Gehirnerschütterung abzuklären?« Es war mehr eine Anweisung als eine Frage. Trotzdem wehrte ich zunächst ab, entschied mich jedoch schließlich, mit ins Krankenhaus zu fahren. Mein Fahrzeug musste ohnehin abgeschleppt werden, und so konnte ich erfahren, ob der Motorradfahrer die Folgen des schweren Unfalls überlebte.

Er hatte überlebt, so viel stand nun definitiv fest, auch wenn sein Zustand nach dem Unfall sehr kritisch gewesen war und eine Operation angestanden hatte, als ich selbst das Krankenhaus verließ.

»Ich habe Sie im Krankenhaus gesehen, als ich vom Unfall meines Mannes informiert wurde. Der behandelnde Arzt zeigte auf Sie und erzählte, dass Sie ihm das Leben gerettet haben. Leider konnte ich Ihnen nicht mehr danken. Als ich die Zeit fand, hatten Sie die Klinik schon verlassen.«

»Ich habe getan, was jeder getan hätte«, entgegnete ich, von ihrem Dank peinlich berührt. »Die Ärzte haben Ihrem Mann das Leben gerettet.«

Die Frau schüttelte ihren Kopf. »Nein, seien wir mal realistisch, ohne Sie hätte er es nicht mehr in den Operationssaal geschafft«, widersprach sie mir entschieden. »Ich … wir … können Ihnen gar nicht genug danken. Nichts wäre mehr so gewesen, wie es war. Ich hätte es nicht ertragen, Juha zu verlieren.«

Ihr Blick fiel auf meinen Einkaufswagen.

»Machen Sie auch Urlaub hier?«

»Nein, ich stamme aus dieser Gegend und werde wieder hier leben.« Ich wollte das Gespräch beenden, aber nicht unhöflich wirken.

»Arbeiten Sie hier im Gesundheitszentrum als Ärztin?«

Es ging meine Gesprächspartnerin zwar nichts an, aber dennoch erzählte ich ihr von meinem Vorhaben, in Zukunft für Touristen Huskytouren anzubieten. Ihre Miene hellte sich augenblicklich auf.

»Das ist ja eine fantastische Idee! Das wäre genau der richtige Winterurlaub für uns.« Sie öffnete ihre Geldbörse und drückte mir ihre Visitenkarte in die Hand. Irritiert blickte ich sie an.

»Versprechen Sie mir, uns zu informieren, sobald Sie Ihr Vorhaben realisiert haben. Wir wären geehrt, Ihre ersten Gäste zu sein.«

Sie verabschiedete sich und ließ mich verblüfft, aber hocherfreut zurück. Ich strich über die elegante Schrift auf der kleinen Karte.

»Sanna Ahonen. Sali Sports Oyj. Management«, las ich. Würde ich anrufen, wenn ich die ersten Gäste empfangen konnte?

Ich wusste, dass mein Plan mit der Schlittenhunde-Lodge klappen konnte. Ich war auf dem richtigen Weg.

Kapitel 10

Im letzten Licht des Wintertages, später, als ich erwartet hatte, bog ich von der Hauptstraße in einen schmalen gewundenen Weg ab und stellte fest, dass sich meine Befürchtungen bewahrheitet hatten und mir eine Wand aus Schnee die Weiterfahrt versperrte. Darum würde ich mich die nächsten Tage kümmern müssen. Nun lag erst einmal ein sechs Kilometer langer Fußmarsch vor mir.

Ich stellte den Pick-up ab und stieg aus. Unverzüglich versank ich bis über die Knie im Tiefschnee und musste mich am Fahrzeug festhalten.

Ich war froh, dass ich so umsichtig gewesen war, die Schneeschuhe greifbar im Fahrzeug zu verstauen.

Nachdem ich sie an meine Stiefel geschnallt hatte, fand ich genügend Halt. Ich verschloss das Auto und machte mich mit dem schweren Rucksack auf dem Rücken auf den Weg.

Die Stirnlampe beleuchtete den Weg, während ich mich Schritt für Schritt von der Straße entfernte. Gespenstisch wirkten die schneebedeckten Bäume um mich herum, wenn die Lampe ihr glitzerndes Kleid streifte. Immer wieder kontrollierte ich über GPS meinen Standort, um mich nicht zu verirren.

Lange war es her, seit ich hier zuletzt mit Schneeschuhen gewandert war. Das gleichmäßige Knirschen der Schneedecke unter meinen Füßen wirkte meditativ und ließ mich in einen gleichbleibenden Rhythmus fallen. Dennoch fielen mir die Schritte mit dem vollbepackten Rucksack immer schwerer, während ich mich durch die unberührte Winterlandschaft weiterkämpfte.

Womit hatte ich gerechnet? Hatte die Aufregung heimzukehren über meine Vernunft gesiegt? Wäre es nicht viel sinnvoller gewesen, sich erst in ein Hotelzimmer einzumieten, so wie Jari es mir vorgeschlagen hatte? Warum musste ich immer mit meinem Dickkopf durch die Wand?

Einen Moment war ich versucht umzukehren. Ein Augenblick, der jedoch beim ersten Nordlicht am Himmel über mir verging. Fasziniert beobachtete ich das grüne Licht, das zu einer lautlosen Melodie durch die Nacht tanzte. Ich fühlte, dass mich die Natur willkommen hieß, und ging weiter, während das zauberhafte Leuchten über mir an Intensität zunahm.

Ich fühlte mich zurückversetzt in die *Sámi*-Erzählungen meiner Mutter und konnte beinahe den kleinen Feuerfuchs sehen, der in wildem Spiel mit seiner Rute Schnee und Felsen streifte und Funken in den Nachthimmel aufstieben ließ, der daraufhin in mystischen Farben leuchtete.

Natürlich gab es noch andere Geschichten um die Aurora Borealis, die nordische Göttin der Abenddämmerung. Die Legende der Seelen von verstorbenen Jungfrauen oder Kinderseelen, die zu Nordlichtern werden und vom Himmel winken. Andere sahen darin das Reflektieren der Schilde der Walküren, als Zeichen dafür, dass eine Schlacht geschlagen wurde und die gefallenen Helden nun nach Walhalla geführt wurden. Für die einen brachten die Nordlichter Glück, Reichtum und Liebe, für andere Tod und Unglück. Aber am allerliebsten war mir immer die Geschichte mit dem wilden Feuerfuchs gewesen.

Noch bevor die Wildnishütte, die mein Großvater vor vielen Jahren als Basisstation für die Arbeit mit den Rentieren gebaut hatte, in Sicht kam, roch ich das Feuer. Brennendes Holz.

Mir stockte der Atem, und ich erstarrte in der Bewegung. Eine Gänsehaut überzog meinen Körper. Augenblicklich war die Schönheit der Polarlichter erloschen. Verdrängt vom Anblick der abgebrannten Trümmer meines Elternhauses.

Nicht noch einmal. Das wollte ich nicht erleben.

Ich zog den Gesichtsschutz ab und sog die Luft ein, während ich automatisch meine Stirnlampe ausschaltete, um in der Dunkelheit das brennende Haus besser erkennen zu können.

Der Geruch von verbranntem Holz stach mir deutlich in die Nase und verursachte einen Würgereiz. Zu stark war die Erinnerung an den Tod meiner Eltern. Ich keuchte. Das Blut rauschte in meinen Ohren.

Mein Atem ging nach der Schneeschuhwanderung über den frisch gefallenen Neuschnee schwer. Meine eigene Atemwolke benebelte mir die Sicht, als ich angestrengt in die Dunkelheit starrte. Ich konzentrierte mich darauf, den Atem anzuhalten, um besser sehen zu können, während sich meine Augen langsam an das fehlende Licht gewöhnten, doch ich konnte keine aufsteigenden Flammen und keine dicken Rauchwolken sehen. Von hier aus müsste ich sie wahrnehmen. Die Hütte war nicht mehr weit. War der Brandgeruch nur in meinem eigenen Kopf? War es die Erinnerung an meine Eltern, die mir den Geruch ihres Feuertodes in die Nase wehte? Bildete ich mir das nur ein? Es gab nur eine Möglichkeit, es herauszufinden.

Ich setzte mich wieder in Bewegung. Ich musste näher heran, um erkennen zu können, woher das Feuer kam. Vielleicht hatte es mit der Hütte gar nichts zu tun. Vielleicht hatte ein Wanderer sich verirrt und ein Lagerfeuer entfacht.

Ich lief so schnell, wie ich es in der Dunkelheit vermochte. Jaris Warnung ging mir plötzlich durch den Kopf und ließ mich schlagartig vorsichtiger werden. So ließ ich meine grelle Stirnlampe für den Rest der Strecke ausgeschaltet. Die lautlos wabernden Nordlichter erhellten die Landschaft. Schneebedeckte Bäume warfen geisterhafte Schatten vor dem grünlich schimmernden Himmelsdach.

Endlich kam unsere Wildnishütte in Sicht. Und obwohl ich fast damit gerechnet hatte, ließ mich das durch die Fenster scheinende flackernde Licht abrupt stehen bleiben. Starker Rauch, als wäre das Feuer erst vor kurzem mit noch kaltem Holz entfacht worden, stieg aus dem Kamin. Der Wind blies ihn in meine Richtung und umhüllte mich mit dem Geruch von brennendem Holz.

Wer war in der Hütte? Sie war doch verschlossen gewesen. Ein Wanderer, der Schutz suchte? Wieder fiel mir der Einwand meines Bruders mit dem entflohenen Strafgefangenen ein. War es wirklich so abwegig, dass er sich hierher durchgeschlagen hatte? Wegen welcher Straftat hatte er eigentlich in Haft gesessen? Ich hatte der Geschichte in den Nachrichten keine Beachtung geschenkt. Aber es war auch unwahrscheinlich, dass ich hier draußen ausgerechnet auf diesen Mann stieß. Aber war es nicht ebenso unwahrscheinlich, dass ich die Frau des Mannes mit dem Motorradunfall getroffen hatte und dass ich Lotta begegnet war? Für einen Augenblick kehrte der Stalker in meine Gedanken, die ich jedoch gleich wieder verwarf.

Was sollte ich tun? Meine Augen brannten, je länger ich auf die beiden beleuchteten Fenster starrte. Ich konnte keine Bewegung im Haus erkennen. Aber es musste jemand dort drin sein. Oder hatte derjenige meine Ankunft bemerkt und schlich sich gerade an mich heran? Ich fröstelte trotz meiner warmen Winterkleidung. Kalter Schweiß rann mir den Rücken herab. Ich war den letzten halben Kilometer zu schnell gelaufen.

Ohne die Fenster aus den Augen zu lassen, zog ich mein Handy aus der Tasche.

»Mist!«, fluchte ich leise. Kein Netz.

Wer auch immer dort war, war unberechtigt in die Hütte eingedrungen. Aber vielleicht gab es dafür auch einen logischen Grund. Auf der Straße, wo ich das Auto zurückgelassen hatte, hatte mein Handy noch Empfang gehabt. Sollte ich die sechs Kilometer zurücklaufen? Das konnte ich nur entscheiden, wenn ich wusste, was im Inneren der Hütte vor sich ging.

Außerdem gab es, wie ich wusste, im offenen Hofbereich vor der Hütte auch Stellen mit Netz. Ich musste versuchen, zum Haus zu gelangen.

Ich lehnte meinen Rucksack gegen einen Baum und trat Schritt für Schritt, so leise es meine Schneeschuhe erlaubten, näher an das Gebäude heran. Das Knirschen des Schnees unter meinen Schuhen erschien mir mit einem Mal so laut, als könnte mich im Umkreis von hundert Metern jeder hören.

Immer wieder hielt ich inne und lauschte angestrengt. Doch ich vernahm kein Geräusch außer dem Klopfen meines eigenen Herzens, das mir vor Aufregung in der Brust hämmerte.

Je näher ich kam, desto deutlicher erkannte ich, dass der Schnee vor der Hütte und herüber zum Holzschuppen aufgewühlt und platt gestampft war. Jemand musste mehrfach aus dem Schuppen Holz geholt haben. Und dieser Jemand hatte auf den Verandastufen Blut verloren. Viel Blut, wie mir schien. Die Person, die in die Hütte eingebrochen war, musste sich verletzt haben.

Ich schnallte mir leise, jedes Geräusch vermeidend, die Schneeschuhe von den Füßen und stieg auf die erste von drei Stufen, als plötzlich ein markerschütternder Schrei aus dem Inneren der Hütte drang. Es war ein unmenschliches Jaulen, das mich zum Handeln zwang. Ich musste helfen. Wer auch immer im Haus war, benötigte dringend Hilfe.

Die letzten beiden Stufen auf einmal nehmend war ich an der Tür und riss sie auf. Mein Blick erfasste den spärlich beleuchteten Raum. Die große, hagere Person, die mit dem Rücken zu mir über den Esstisch gebeugt stand, wirbelte in einer einzigen erschrockenen Drehung zu mir herum. Bevor ich dem Mann ins Gesicht sehen konnte, blieb mein Blick an seiner Brust hängen, die nass und rot vom Blut durchtränkt war. Seine ebenfalls blutigen Hände hoben sich abwehrend in die Höhe.

Erst jetzt fiel mein Blick in sein Gesicht.

»Lasse«, entfuhr es mir, als ich ihn erkannte. Bei ihm dauerte es einige Sekundenbruchteile länger, bis er meine Stimme zuordnen konnte, die unter meiner zum Schutz vor der Kälte übergezogenen Sturmhaube dumpf klang. Wahrscheinlich war ich der letzte Mensch, mit dem er nachts hier draußen gerechnet hätte. Oder stand er aufgrund seiner Verletzung unter Schock?

»Du bist verletzt«, stellte ich fest und trat vollständig in die Hütte.

Mein Gegenüber schüttelte den Kopf und machte den Blick frei auf das blutüberströmte Fellbündel, das auf meinem Tisch lag.

»Es ist nicht mein Blut.« Seine Stimme zitterte. So unsicher und hilflos hatte ich Lasse noch nie erlebt.

»Was ist passiert?« Hastig streifte ich die Handschuhe von meinen Händen und warf Jacke, Mütze und Schal achtlos auf den Boden.

Über den Tisch verstreut lag das Verbandsmaterial aus dem Erste-Hilfe-Kasten, der im Küchenschrank aufbewahrt wurde. Das meiste war bereits durchgeblutet.

Mir wurde bewusst, dass Lasse mir nicht geantwortet hatte. Er kaute auf seiner Unterlippe herum und starrte auf das Tier.

»Wie lange bist du schon hier?«, fragte ich in einem energischen Tonfall, der mich an mein Sprachmuster im Operationssaal erinnerte, während ich mich an Lasse vorbei zum Tisch schob. Der Hund hechelte heftig. Ein Winseln war zu vernehmen.

»Seit heute Morgen. Ich habe sie die halbe Nacht durch den Wald getragen. Das war der einzige Ort, der mir einfiel. Ich schaffe es nicht, die Blutung zu stoppen.« Die Angst um sein Tier schwang deutlich in seiner Stimme mit.

Ich drehte mich zu ihm um. »Draußen steht mein Rucksack. Hol ihn mir«, wies ich ihn knapp an.

Der Hund hob den Kopf, als Lasse gehorchte und zur Tür schritt. Als er sich erheben wollte, um ihm zu folgen, griff ich geistesgegenwärtig in eine, wie ich hoffte, unverletzte Stelle an seinem Hals und drückte ihn zurück auf den Tisch. Er erschlaffte augenblicklich und leistete keine Gegenwehr. Die Augen des Tieres waren auf die Tür gerichtet, bis Lasse mit meinem Rucksack zurückkehrte.

»Setz Wasser auf!«

Während Lasse meiner Anweisung nachkam, durchsuchte ich die Küchenkommode. Erleichtert zog ich das Fläschchen hervor. Der Ether war noch da.

Dann holte ich meine kleine Arzttasche aus dem Rucksack und war froh, dass ich sie eingepackt hatte.

»Was hast du vor?«

Ich ging nicht auf die Frage ein.

»Ich muss mir die Verletzungen anschauen. Halt sie gut fest.«

Wir traten an das graue blutige Fellbündel heran. Lasse redete leise auf das Tier ein, sodass ich mir die Wunden besser anschauen konnte. Ein junger Norwegischer Elchhund.

»Ein Jagdunfall?«

Lasse nickte, während er unaufhörlich auf Nissu, seine Hündin, einsprach.

»Ein Luchs hat sie erwischt.«

Nun nickte ich.

»Ich denke, sie wird durchkommen. Aber ich muss die Wunden säubern und nähen.«

Erschrocken blickte er mich an.

Ich setzte ein ermutigendes Lächeln auf, obwohl mir in dieser Situation nicht danach zumute war.

»Ich bin zwar keine Tierärztin, aber wenn ich etwas gut beherrsche, ohne angeberisch klingen zu wollen, dann ist es Operieren. Und außerdem haben wir keine Wahl, wenn Nissu nicht verbluten soll.«

»Okay. Sag mir, wie ich dir dabei helfen kann. Sie muss es einfach schaffen.«

Ich ließ mich vom leichten Anflug Verzweiflung in seiner Stimme nicht irritieren und legte mir meine notdürftigen Operationswerkzeuge zurecht. Nun konnte ich nur hoffen, dass die Narkose mittels Ether bei der Hündin funktionierte. Ein anderes Narkosemittel stand mir nicht zur Verfügung.

Kapitel 11

Schweigend saßen wir nebeneinander vor dem Kamin auf dem Boden. Nissu lag in Decken gehüllt neben Lasse, der unaufhörlich liebevoll durch ihr Fell strich. Sie schlief.

»Du bist Jäger?«

Lasse nickte bedächtig. Er war schon immer sehr schweigsam gewesen. Ein schüchterner Junge, lang und schlaksig. Wir hatten nie sehr engen Kontakt gehabt. Er war einige Male bei uns auf der Farm gewesen, weil Jari ihm Nachhilfe gegeben hatte. Ansonsten hatte ich mit dem zwei Jahre Jüngeren kaum je ein Wort gewechselt.

Er trank einen Schluck heißen Blaubeersaft, den ich uns aufgekocht hatte. Ich wartete. Er würde sprechen, wenn er so weit war. Sein Blick ruhte auf Nissu, während seine Hand unablässig über ihren Kopf fuhr. Eine Geste, die nicht nur sie beruhigen sollte. Zwischendurch öffnete sie die Augen, sah ihn an und schloss sie vertrauensvoll wieder.

»Ich bilde Nissu für die Elchjagd aus«, unterbrach Lasse die Stille. »Sie muss aber noch viel lernen.« Ein Lächeln huschte kaum wahrnehmbar über sein Gesicht. »Der Elchhund hat die Aufgabe, den Elch aufzuspüren und ihn auf einer Stelle zu halten. Dabei umkreist er ihn bellend und führt so den Jäger zur Beute. Der Hund bleibt auf Entfernung, und der Elch gewöhnt sich an das kreisende, bellende Tier und beruhigt sich. Sobald das Wild sich in Bewegung setzt und weiterläuft, folgt der Elchhund ihm lautlos. Er fängt erst wieder an, die Beute zu umkreisen, wenn sie erneut stehen bleibt.«

Lasse stockte und trank gedankenverloren einen weiteren Schluck. Beinahe befürchtete ich, er wäre mit seiner Schilderung fertig, als er den Faden wieder aufnahm.

»Für ihr junges Alter macht Nissu es richtig gut. Nur ist die Jagdsaison auf Elche seit einigen Wochen beendet. Ich war mit ihr im Wald unterwegs und habe nach Schneerebhühnern Ausschau gehalten, als sie die Elchfährte in die Nase bekam. Ich habe es zu spät erkannt. Der Norwegische Elchhund ist ein sehr selbstständiges Tier. Nissu wollte diesen Elch und ließ sich nicht mehr zurückrufen, als sie sich an seine Spur geheftet hatte. Als sie das erste Mal zu bellen begann, um mich zu rufen, war sie schon weit weg. Du musst wissen, dass ich sie nur abrufen kann, wenn ich bis auf etwa hundert Meter an sie herangekommen bin. Ansonsten ist ihr Trieb zu stark, dem Elch zu folgen. Bei diesem Schnee und dem unwegsamen Gelände kam ich nur langsam voran, auch wenn ich immer weiterlief. Ich habe schon Jagden erlebt, die fünfzehn Stunden gedauert haben. Nissu hat das Zeug dazu, eine ausgezeichnete Jagdhündin zu werden. Sie hörte nicht auf zu bellen, um mir zu zeigen, wo sich die Beute befand. Immer wenn ich glaubte, fast nah genug zu sein, um sie abrufen zu können, lief der Elch weiter. Eine Mutter mit Jungtier, die instinktiv vor dem Jäger flüchtete. Nissu blieb beharrlich bei ihr, als hätte sie nie etwas anderes getan. Eine wahnsinnig talentierte Hündin.« Beinahe etwas wie Ehrfurcht schwang in Lasses Stimme mit. Ich war begierig zu erfahren, wie die Jagd weiter verlaufen war. Wenn ich genau überlegte, hatte ich ihn nie so lange und ausführlich sprechen gehört. Ich konnte mich noch erinnern, wie mühselig Lasses Nachhilfeunterricht bei meinem Bruder verlaufen war.

»Normalerweise schafft es der Hund auf die Dauer, den Elch so zu beruhigen, dass er stehen bleibt, bis der Jäger in einer guten Schussposition ist. Hier ist das Gebell wichtig, denn der Elch könnte den Respekt verlieren, wenn der Hund verstummt, und ihn dann angreifen. Nicht die einzige Gefahr, der der Hund während der selbstständigen Jagd ausgeliefert ist.«

»Wäre es grundsätzlich nicht möglich, den Elch im Lauf zu schießen?« Die Arbeit mit einem Elchhund war mir neu, und ich musste gar nicht erst in Lasses entsetzte Miene schauen, um zu erkennen, dass ich etwas Falsches gefragt hatte.

»Es ist Schonzeit. Es gibt hohe Strafen dafür, außerhalb der Schonzeit ein Tier zu schießen. Selbst wenn ein Elch schwer verletzt ist, muss man eine Genehmigung bei der Polizei beantragen, dieses Exemplar zu erlösen.« Er atmete durch, und seine Stimme nahm wieder den ruhigen, verhaltenen Tonfall an. »Und selbst wenn keine Schonzeit gewesen wäre. Der Jäger darf den Elch nicht im Lauf schießen, weil der Hund sonst lernt, dass es sinnvoll ist, den Elch zum Laufen zu bringen. Dadurch wird die ganze Jagd völlig unkontrollierbar. Nissu soll lernen, dass es eine

Teamleistung von Hund und Jäger ist. Der Waidmann erlegt das Tier für seinen vierbeinigen Jagdgefährten. Durch diesen gemeinsamen Jagderfolg wird die Bindung zwischen Mensch und Hund als Partner gefestigt. Leider habe ich es in der vergangenen Jagdsaison nicht geschafft, für Nissu ihren ersten Elch zu schießen. Vielleicht wollte sie es deshalb so sehr. Sie hätte es verdient.« Seine Hand führte den emaillierten Becher zum Mund. Ein roter Tropfen blieb auf der Oberlippe, und Lasse fuhr mit seiner Zunge darüber. »Die Elchkuh war nervös, weil sie das Kalb führte. Aber sie war nicht nervös wegen Nissu. Mehrfach kreuzte ich die Luchsspur, während ich ihnen folgte. Ein Luchs versteckt sich normalerweise vor den Menschen, aber der bellende Hund in seinem Revier bedrängte und bedrohte seine Beute. Es war bisher ein strenger Winter. Ich nehme an, der Luchs war hinter dem Jungtier her. Ich hatte sie fast erreicht, als Nissu schmerzerfüllt schrie. Diesen Schrei werde ich wohl nie vergessen. Ich hätte bei ihr sein müssen, sie beschützen müssen, aber ich kam zu spät. Ich schoss in die Luft und hoffte, den Angreifer verscheucht zu haben. Schließlich fand ich Nissu mit diesen blutenden, klaffenden Wunden der Luchspranke auf den Rippen. Aber sie atmete. Noora, du hast sie gerettet!« Zum ersten Mal blickte mir Lasse direkt in die Augen. »Ich werde für immer in deiner Schuld stehen.«

»Ich glaube, ich habe dich noch nie so viel reden hören.« Sein Blick ging umgehend in Richtung Boden, und ich ärgerte mich über meine Bemerkung. »Du musst dich nicht genieren. Ich fand es wunderschön, was du von deinem Jagderlebnis mit Nissu erzählt hast, auch wenn es kein schönes Ende war.«

Entgegen meiner Natur hatte ich mit einem Mal das Bedürfnis, Lasse meine Hand kurz auf den Arm zu legen, ihm so meine Anteilnahme zu zeigen, doch ich beherrschte mich. Das wäre ihm sicher nicht recht gewesen. Er war schon immer ein sehr unnahbarer Einzelgänger gewesen. Eine Berührung wäre für ihn ein Angriff in seinen intimsten Schutzbereich gewesen, den er um sich errichtet hatte. Noch vor einigen Jahren hätte ich ebenso empfunden. Das Großstadtleben hatte mich etwas lockerer werden lassen.

Wir schwiegen. Doch es war keine unangenehme Stille. Beide blickten wir in die flackernden Flammen und hingen unseren Gedanken nach. Jetzt erst bemerkte ich, wie müde ich war.

Die Reise war sehr aufwühlend gewesen. Das unverhoffte Wiedersehen mit Lotta. Sie hatte den Schutzwall, den ich in all den Jahren mühsam um mich errichtet hatte, durchbrochen und ihre tiefen Spuren in meiner momentan angreifbaren Seele hinterlassen. Meine Gedanken wanderten zurück zu dem Abend, den ich wohl niemals vergessen würde. Zurück in die Wildnishütte und zu Lotta. In meiner Erinnerung kehrte ich zurück zu jenem intensiven Augenblick.

Zwei Wochen waren seit unserem ersten Kuss vergangen. Zwei Wochen, in denen ich den Kuss immer und immer wieder in meinen Gedanken erlebte und wir es doch vermieden hatten, das Thema anzusprechen. Wie zwei Katzen schlichen wir um den Milchtopf herum, unsicher, ob wir eine Annäherung wagen konnten. Was mir an dem Tag noch so selbstverständlich vorgekommen war, stand nun als Hindernis zwischen uns. Ich vermied die vertrauten Berührungen aus Angst, sie könnte sie falsch auffassen. Ging es ihr ebenso? Einerseits fürchtete ich mich davor, unsere Freundschaft könnte Schaden genommen haben, andererseits sehnte ich mit jeder Faser meines Körpers einen weiteren Kuss herbei. Ich wünschte mir endlich Klarheit.

Der Tag mit Lotta war schön gewesen. So wie es immer war, wenn wir zusammen waren. Die Zeit während der Wanderung von der Farm zur Wildnishütte ungetrübt fröhlich. Wir würden einige Tage in der Natur verbringen und das Gebiet nach verendeten Rentieren absuchen. Ein Luchs trieb sich in der Gegend herum und hatte bereits mehrere Tiere aus unserem Bestand gerissen. Nur wenn wir das beweisen konnten, würden meine Eltern von der Regierung entschädigt werden. Ein Betrag, der zwar den Verlust des Tieres nicht ersetzen konnte, aber zum Überleben des laufenden Betriebs dringend nötig war.

Ich holte Holz für den Kamin. Auch wenn die Sonnenstrahlen tagsüber für Wärme sorgten, sank nachts die Temperatur noch in den einstelligen Bereich. Automatisch griff ich als Nächstes nach dem großen Eimer, um Wasser vom See zu holen.

Lotta verstaute währenddessen unseren Proviant in dem kleinen Felskeller, der hier in der Natur als Kühlschrank diente. Ich hielt inne und beobachtete sie, als ich mit meinem Eimer auf die Veranda trat, und realisierte plötzlich, dass ich lächelte. Wir waren inzwischen ein eingespieltes Team, wie wir ohne Absprachen die notwendigen Arbeiten hier draußen erledigten. Ich fühlte mich in Lottas Anwesenheit wohl und wünschte mir, es möge immer so sein.

Erschöpft von der langen Wanderung durch den Wald und die Haare noch nass vom Bad im See saßen wir in den Abendstunden auf Rentierfellen am Kamin. Während das Holz im Feuer knisterte, stocherte ich in meinem *juustoleipä*, dem Brotkäse, herum. Den milden Käse hatte meine Mutter aus gesäuerter Rentiermilch gebraten. In der Stille, die im Raum herrschte, klang das quietschende Geräusch, das der Käse beim Hineinbeißen erzeugte, besonders laut.

»Ich liebe den Brotkäse deiner Mutter.« Lotta seufzte genussvoll. Ich blickte sie von der Seite an. Ein Tropfen honiggelber Moltebeerenmarmelade glänzte in ihrem Mundwinkel.

Unsere Augen trafen sich und lösten ein Prickeln in meinem Körper aus. Ich zögerte nur einen Moment, bevor ich meine Hand hob. Sie folgte meinem Zeigefinger, der zunächst zögernd, dann unaufhaltsam zu ihren Lippen wanderte und den Marmeladenklecks aufnahm. Ich öffnete die Lippen und leckte mir die süße Frucht von der Fingerspitze. Ach, könnte ich die Süße ihrer Lippen kosten.

Mit fiel auf, dass sie nicht mehr meinen Finger betrachtete, sondern mir tief in die Augen sah. Meine Wangen glühten unter ihrem intensiven Blick.

Einige Herzschläge lang rührten wir uns nicht. Verharrten. Warteten ab. Unsere Brustkörbe hoben und senkten sich im Gleichklang unserer Herzen. Der Teller klapperte, als sie ihn neben sich auf die Holzdielen setzte. Ich versank im Kornblumenblau ihrer Augen, als sie sich mir vollends zuwandte. Warme Hände drückten mich zu Boden. Mein Herz hämmerte aufgeregt in meiner Brust, als Lotta sich über mich beugte. Ich seufzte auf. Meine Hände schlossen sich um ihren Nacken. Ihr Haar fühlte sich unter meinen Fingern zart und weich an. Im nächsten Moment zog ich Lotta zu mir herab und versank in unserem Kuss. Mein Denken schaltete sich aus, und ich überließ mich erwartungsvoll unserer Zärtlichkeit. Ich spürte Lottas Hände, die sich vorsichtig tastend unter mein T-Shirt schoben, ihre Finger auf meinen Brustwarzen. Sie berührte Stellen, die zuvor außer mir niemand angefasst hatte, während ihre Zunge mit meiner tanzte und mir den Atem raubte. Ich schob ihr das Shirt über den Kopf. Das Stück Stoff landete achtlos neben uns, meines folgte unmittelbar. So war es viel schöner. Ich konnte ihre kühle Haut auf meinem brennenden Körper spüren. Ich wurde mutiger. Geradezu unerschrocken. Ich berührte sie überall und sah fasziniert, dass sie es genoss. Plötzlich hatte ich keine Angst mehr, sie anzufassen. Und ich wusste, was ich wollte. Ich wollte ein Leben mit Lotta.

Mit einem Mal schreckte ich hoch und bemerkte erst jetzt, dass ich eingeschlafen sein musste. Im Raum war es dunkel. Nur das orangefarbene Glühen des brennenden Holzscheits erhellte den Raum mäßig. Irritiert sah ich mich um, bis mir wieder bewusst wurde, wo ich mich befand. Schlagartig kam die Erinnerung wieder.

Lasse musste mich zugedeckt haben, bevor er sich auf das ausziehbare Bett in der zweiten Schlafkoje gelegt hatte. Von dort erklang ein leises regelmäßiges Schnarchen. Unter dem zugezogenen Vorhang hindurch sah ich Nissu auf einer Decke neben dem Bett liegen.

Nun war ich endlich wieder hier, und ich würde bleiben. In Gedanken ging ich den großen Berg von Arbeit durch, der auf mich zukam. Der Grundstock meiner Schlittenhundezucht musste gelegt werden, wobei ich mir bereits einige gute Züchter insbesondere aus Norwegen für das Projekt ausgesucht hatte. Diesbezüglich wollte ich nichts dem Zufall überlassen. Die ersten Kontakte waren geknüpft. Jetzt würde es nicht mehr lange dauern, bis die ersten Tiere einziehen konnten. Aber bis dahin war noch viel zu tun. Jari hatte mir die fertigen Pläne für die neue Lodge geschickt, und sobald es das Wetter zuließ, konnte mit dem Bau begonnen werden. Wenn ich Glück hatte und alles reibungslos verlief, konnte ich im kommenden Winter bereits die ersten Gäste auf der »Tammi-Poro-Lodge« empfangen.

Kapitel 12

Ich muss es endlich hinter mich bringen«, mahnte ich mich selbst. »Was soll denn schon passieren?«

Vor der Begegnung mit Pertti, dem alten Schulfreund meines Vaters und unseren Nachbarn, hatte ich mich gescheut, seit ich in der Wildnishütte angekommen war. Aber Jari hatte recht, ich brauchte dringend Hilfe bei den Rentieren. Alleine konnte ich den Aufbau der Farm, die Arbeit mit den Hunden und die Versorgung der Tiere nicht schaffen. Der Bestand musste bei der nächsten Rentierscheidung reduziert werden, Fleisch und Tiere verkauft. Und bis dahin musste ihre Versorgung gewährleistet sein, während ich mich um die Auswahl der Huskys zu kümmern hatte, die zudem noch trainiert werden mussten. Im nächsten Winter sollten sie vorbereitet sein, die Gäste auf dem Schlitten durch den Nationalpark zu ziehen. Ouli war ein fähiger Mann, und ich hoffte, er würde mein Angebot annehmen, auf meiner Lodge zu arbeiten.

Mit dem neuen Schneemobil fuhr ich zur Lehtonen-Farm. Von der Wildnishütte aus war es ein Weg von zwölf Kilometern. Ich genoss das letzte Stück der Strecke über den zugefrorenen See, verlangsamte jedoch die Fahrt, je näher ich dem Hof kam und das mulmige Gefühl in meinem Bauch sich verstärkte.

Kaum, dass ich von der Maschine stieg und den Helm absetzte, flog die Haustür mit einem lauten Krachen auf, und Tero, Perttis älterer Sohn, stiefelte unverwandt auf mich zu und baute sich vor mir auf. Dichter, als es notwendig gewesen wäre, stand er vor mir. Die Hände zu Fäusten geballt. Seine körperliche Präsenz wirkte bedrohlich. Sein Atem roch deutlich nach Alkohol.

»Verschwinde!«, blaffte er mich an. Wut flackerte in seinen Augen. Ich unterdrückte das Bedürfnis, vor ihm zurückzuweichen.

»Ist dein Bruder da?«, fragte ich stattdessen, froh darüber, dass meine Stimme fest und gelassen klang. Ich hatte nichts Unrechtes getan.

»Verschwinde von hier!« Mit jedem Wort hüllte mich sein übelriechender Atem ein. Ich hatte das Gefühl, dass er nicht nur die Farm meinte. Wir musterten einander abschätzend. Der Dreitagebart verdunkelte sein Gesicht und ließ es härter erscheinen. Teros drahtiger Körper spannte sich. Meiner ebenso, zum Ausweichen bereit. Das würde er doch nicht wagen? Sicher war ich mir allerdings nicht. Dieser stark alkoholisierte Mann machte einen unberechenbaren Eindruck auf mich.

»Tero! Lass sie in Ruhe!« Perttis Stimme schnitt laut und kalt durch die frostige Winterluft und ließ seinen Sohn zusammenzucken, wie einen Hund, der seinem Herrchen nicht gehorcht hatte.

Den Bruchteil einer Sekunde fixierte er mich mit einem streitsüchtigen Blick, bevor er an mir vorbei zur

Scheune ging. So dicht an mir vorbei, dass er mich mit dem Arm schmerzhaft streifte. Ich unterdrückte ein Stöhnen.

Erst jetzt bemerkte ich, dass ich die Luft angehalten hatte, und atmete langsam aus.

Ich hatte gedacht, dass es rau werden würde, aber mit dieser offenen Feindseligkeit hatte ich nicht gerechnet.

Pertti straffte die Schultern und winkte mich herein. Er sah müde und auf eine gewisse Weise besorgt aus.

»Hej Noora.«

Er ließ mich eintreten, und ich zog meine Stiefel aus, um auf Socken die Stube zu betreten. Aus der Küche kam Helmi, seine Frau, und lud mich zu einem Kaffee ein, den ich nach der Fahrt durch den Schnee dankbar annahm.

Als Nachbarn hatte man sich selbstverständlich des Öfteren besucht und ausgeholfen, obwohl es nach meinen Erfahrungen in der Hauptstadt seltsam war, von Nachbarn zu reden, wenn eine Entfernung von sechs Kilometern zwischen unseren Farmen lag.

Tero und Ouli waren mit Jari und mir in die Schule gegangen, allerdings hatte ich an Teros Schulzeit kaum noch Erinnerungen, da er sieben Jahre älter war als wir. An Ouli konnte ich mich besser erinnern. Er war zwei Klassen über uns. Schwarm vieler Mädchen, der Kapitän der Schul-Eishockeymannschaft. Mit Beenden der Schulzeit hatte allerdings der Sport ebenfalls ein Ende gefunden, da seine Eltern die Fahrten zum Training in die nächste größere Stadt nicht finanzieren konnten oder nicht wollten. Der Junge wurde auf dem Hof gebraucht.

Als ich jünger war, hatte ich oft mit meinem Vater in ihrer Stube gesessen. Helmi hatte ich immer als sehr warmherzig und freundlich empfunden, obgleich meine Eltern mit der Familie Lehtonen kein allzu enges Verhältnis gepflegt hatten. Vater kannte Pertti bereits aus seiner eigenen Schulzeit. Helmi, so wusste ich, war aus der Nachbargemeinde zugezogen und hatte ihren Mann bereits in jungen Jahren geheiratet. Eine kleine rundliche Frau, die immer ein Lächeln auf den Lippen trug und stets nach frisch gebackenem *pulla*, Hefegebäck, duftete. So auch jetzt. Es schien sich hier drin nichts verändert zu haben. Den Mittelpunkt der Küche bildete noch immer der große Holztisch mit den Bänken davor, die von Perttis Vater gebaut worden waren. Nur das Holz wirkte mit den Jahren des Gebrauchs abgenutzt.

»Du musst Tero entschuldigen«, riss Pertti mich aus den Gedanken. »Er meint es nicht so. Es sind momentan harte Zeiten. Die Farm wirft nicht genügend ab. Und für die Jungs ist es schwer eine andere vernünftige Anstellung zu finden, die irgendwann ihre Familien ernähren kann. Aber das weißt du ja sicher selbst.«

Ich nickte. Mein Vater hatte mich, seit ich das Studium in Helsinki begonnen hatte, immer mehr in das Rentiergeschäft eingeweiht. Ich hatte lernen müssen, dass es ein hartes Geschäft war. Mehr eine Berufung und Leidenschaft als dazu geeignet, seinen Lebensunterhalt zu verdienen oder gar reich zu machen. Ich hegte die Vermutung, dass er es zu meinem Schutz getan hatte. Es sollte mich davon abhalten, mein Studium für das Farmleben zu beenden. Ich verstand sehr gut, was Pertti mir sagen wollte. Er klang verärgert.

»Wir haben es mit der Bewirtschaftung der Farm auch nicht leicht. Der Großhandelspreis für Rentierfleisch wird staatlich festgelegt und blieb jetzt schon lange Zeit unverändert, obwohl alle Kosten erhöht wurden.« Er seufzte. Ich kannte diese Gespräche. Jährlich bei der Rentierscheidung hatte ich von den Mitgliedern der Züchtergemeinschaft, der meine Eltern und jetzt auch ich angehörten, die gleichen Geschichten gehört.

Die zur Schlachtung vorgesehenen Tiere bekamen einen Farbklecks aufs Fell gesprüht. In der Regel ging es dann blitzschnell, und die Hälfte der Herde wurde geschlachtet. Eher die Böcke als die Muttertiere, denn diese brachten bei einer Lebenserwartung von fünfzehn bis achtzehn Jahren zehn bis zwölf Kälber zur Welt. Schlachtungen im eiskalten Wald wurden wegen der Hygienevorschriften verboten. War das Fleisch jedoch nicht für den Export bestimmt, galt diese Regel nicht.

»Wie soll man da als einfacher Rentierzüchter noch mit seiner Familie durchkommen? Und dann kommst du zurück mit der verrückten Idee, Touristen in diese gottverlassene Wildnis zu locken.« Der Groll in seiner Stimme war nicht zu überhören. »Tero kennt nichts anderes. Und wir hatten auch nicht die finanziellen Mittel, ihm und Ouli eine Berufsausbildung fernab von hier zu ermöglichen.« Diese Anmerkung zielte direkt in meine Richtung und machte mir deutlich, dass sein Sohn nicht der Einzige war, der sich um die Farm, um meine Farm, betrogen sah. Helmi stoppte seinen Redeschwall und legte ihrem Mann beschwichtigend die Hand auf den Arm, nachdem sie uns Kaffee eingeschenkt hatte.

Natürlich machte Tero sich Gedanken um seine Zukunft. Er musste sich die Farm mit seinem Bruder teilen. Da blieb noch weniger für jeden übrig.

Meine Eltern waren kaum unter der Erde, und schon hatte er sich wahrscheinlich Hoffnungen gemacht, die Farm zu bewirtschaften, dachte ich, doch ich schluckte mit dem Kaffee die Verbitterung herunter. Ich war nicht wegen Tero gekommen.

»Pertti, ich glaube nicht, dass das eine so abwegige, verrückte Idee ist. Die Städter sind ganz verrückt nach so einem Trip in die Natur. Nicht nur aus Finnland, sondern aus ganz Europa. Und vielleicht könnt ihr von den Gästen ebenfalls profitieren.«

Ich nahm einen weiteren Schluck und wartete darauf, dass meine Worte zu ihnen durchdrangen.

»Ist Ouli zu Hause?«, fragte ich, doch Pertti schüttelte den Kopf.

»Er jobbt im Supermarkt in Muonio.«

»Ich brauche Hilfe auf der Farm und mit den Rentieren. Und ich brauche hierzu jemanden, der die Arbeit kennt.« Einen, dem die Indizien für Wetterveränderungen vertraut sind, der einen Blick für die zarten Farbnuancen der Gräser während der schneefreien

Zeit hat und das Wissen um ihre Bedeutung. »Ich weiß, dass Ouli das kann. Er hat das Geschäft von dir gelernt. Er besitzt die gewisse Feinfühligkeit für die vielen zarten Signale der Natur hier oben. Und das Wichtigste ist, dass er jeden Winkel dieses Landes kennt, weil er von Kindesbeinen an hineingewachsen ist.«

Ich hatte bewusst etwas zu dick aufgetragen, doch ein Blick in Perttis blasse Augen, in denen deutlich ein Fünkchen Stolz glomm, bestätigte meine Taktik.

»Wenn Ouli will, würde ich ihm gerne den Job anbieten. Kannst du es ihm ausrichten, wenn er nachher nach Hause kommt?«

Ein Lächeln umspielte Helmis Lippen, während ihr Mann zustimmend nickte.

Ich schrieb ihm meine Nummer auf ein Stück Papier.

»Er kann mich anrufen. Oder er kommt gleich vorbei. Ich wohne jetzt, bis das neue Haus gebaut wird, in der alten Wildnishütte.«

»Du könntest so lange auch bei uns bleiben. Wir haben noch ein Zimmer frei.«

Helmi war schon immer sehr nett zu mir gewesen, doch ich nahm an, dass sie mir das Zimmer aus einem falschen Pflichtgefühl heraus angeboten hatte. Dankend lehnte ich ab und registrierte Perttis erleichterten Blick.

Ich blieb noch für einen zweiten Kaffee, zu dem sie frischgebackene *korvapuusti*, ihre Zimtschnecken, reichte. Der Duft des lauwarmen Gebäcks umschmeichelte meine Nase, als ich ein Stück davon abbiss.

»Helmi, du backst fantastisch.« Ich kaute genussvoll und sah sie verzückt lächeln.

Ich verabschiedete mich, bevor es dunkel wurde. Ich wollte noch im schwindenden Tageslicht zur Hütte zurückkehren. Pertti begleitete mich zur Tür, wohl um sicherzugehen, dass ich unbeschadet den Hof verließ. Es würde noch einige Zeit dauern, bis Tero zur Besinnung kam.

In der Scheune brannte Licht. Im Türrahmen erkannte ich seine drahtige Gestalt. Trotz des hageren Erscheinungsbildes wirkte er auf mich, als habe er eine enorme Kraft. Wie er stand und mich beobachtete, jagte mir unangenehme Schauder über den Rücken. Der Mann, der mir auf dem Krankenhausparkplatz aufgelauert hatte, war von einer ähnlichen Statur gewesen. Konnte es möglich sein? Ich verdrängte den Gedanken, so schnell er gekommen war, doch ich konnte nicht leugnen, dass Tero mir Angst einjagte. Ich konnte nur hoffen, ihm nicht zu oft und schon gar nicht allein begegnen zu müssen.

Als ich am Folgetag mit Einkäufen aus Muonio zur Hütte zurückkehrte, wartete Ouli bereits auf mich. Er war einen halben Kopf größer als sein Bruder Tero und besaß eine ebenso hagere Gestalt. Er trug ein kariertes Flanellhemd, eine Armeejacke, Jeans und Biker-Boots. Auf seinem Haupt eine klassische schwarze Wollmütze. Lässig lehnte er an seinem PS-starken Ski-Doo, hob kurz die Hand zum Gruß und wartete darauf, dass ich ausstieg. Wir kamen uns auf halber Strecke entgegen und nickten uns zur Begrüßung knapp zu. Eine leichte Befangenheit zwischen uns war deutlich spürbar. Ich ging davon aus, dass er vom Auftritt seines Bruders am Vortag erfahren hatte.

Ouli blickte mich mit klaren blauen Augen an. Er roch, sofern ich das aus der Entfernung beurteilen konnte, etwas zu deutlich nach Rasierwasser. Sicher, um einen guten, gepflegten Eindruck bei mir zu hinterlassen, vielleicht auch, weil ein Kerl wie er auf sein Äußeres und die Wirkung auf Frauen bedacht war.

»Magst du auf einen Kaffee reinkommen?«

Er nickte und folgte mir. Am Eingang zogen wir beide schweigend unsere Stiefel aus. Mir entging sein neugieriger Blick nicht, mit dem er mich und das Innere der Hütte musterte.

Es war behaglich warm. Ich hatte vor der Abfahrt genügend Feuerholz in den Ofen gelegt, sodass die Glut noch da war und ich jetzt nachfeuern konnte.

Auch ich beobachtete forschend den Mann, als er seine Jacke an den Haken hängte. In seinem Flanellhemd kam sein durchtrainierter Oberkörper gut zur Geltung. Bestimmt kam er bei Frauen gut an. Ob er eine Freundin hatte?

Er setzte sich an den kleinen Holztisch, während ich das Feuer unter dem Herd entfachte und Kaffee aufsetzte.

»Ganz schön tough«, unterbrach Ouli plötzlich die Stille. Irritiert blickte ich ihn an.

»Du könntest in Helsinki in einem schönen Appartement mit allen Annehmlichkeiten wohnen, ziehst es aber vor, in dieser kleinen Hütte ohne fließendes Wasser und Strom zu hausen. Warum? Wieso bist du zurückgekehrt?«

Schwang da so etwas wie Bewunderung in seiner Stimme mit? Ich war mir nicht sicher. Vielleicht hatte ich mich auch verhört.

»Weil ich in der Großstadt nicht glücklich bin.« Ich zuckte mit den Schultern. Schwierig, die Empfindungen in die richtigen Worte zu fassen. Würde Ouli verstehen, wie ich fühlte? Ich wartete darauf, dass der Kaffee kochte.

»Für viele mag es erfüllend sein, in der Stadt zu wohnen mit all den Annehmlichkeiten wie Shoppen, Fitnessstudios, Cafés. Restaurant, Kino und Theater nicht zu vergessen. Und die kurzen Wege. Aber das bin nicht ich. Ich möchte hier sein. Der Natur nah. Mit ihr leben und sie mit all ihren Höhen und Tiefen genießen. Und ich möchte diese Einsamkeit, dieses unbeschreibliche Abenteuer, diese wundervolle Natur anderen Menschen näherbringen.«

»Tero sagt, du hast dir zu viel vorgenommen und wirst es in Kürze realisieren und dann in die Stadt zurückkehren.«

Provozierte er mich, um meine Reaktion zu testen?

»Tero ist ein versoffener Dummkopf«, lag mir auf der Zunge, doch ich konnte mich gerade noch zügeln. Seine Worte ärgerten mich, aber ich ließ es mir nicht anmerken.

Der Kaffee war fertig. Ich hob die gusseiserne Kanne vom Herd und goss etwas von dem Gebrühten in einen emaillierten Becher, den ich daraufhin erneut in die Kanne entleerte. Das half, das grob gemahlene Kaffeepulver auf den Boden zu senken. Handgriffe, die mir von früher noch so vertraut waren und ein warmes Gefühl in mir auslösten.

Zum Kaffee bot ich Ouli die Zimtschnecken an, die seine Mutter mir als Proviant mitgegeben hatte.

»Ich glaube, Tero hat unrecht.« Er blickte mir zum ersten Mal direkt in die Augen. »Wenn ich dich hier in der Hütte sehe, sieht das alles authentisch aus. In einem weißen Kittel würde ich dich wahrscheinlich nicht wiedererkennen.«

Wir lächelten uns an. Ich wusste, dass sein Kompliment absolut echt war. Ich hatte ihn auf meiner Seite. Ein erster kleiner Erfolg, der Hoffnung auf mehr machte.

»Es ist egal, welchen Job du mir anbieten möchtest. Ich nehme ihn in jedem Fall an. Alles, was auf einer Farm zu tun ist, ist mir lieber als die Arbeit im Supermarkt.«

Kapitel 13

Wochen waren seit meinem Einzug in die kleine Hütte vergangen. Arbeitsreich und anstrengend, doch für meinen Kopf befreiend. Langsam blieb der Stress der Großstadt hinter mir und ich hatte endlich wieder das Gefühl, meine Mitte gefunden zu haben. Nur manchmal, wenn ich abends bei einer dampfenden Tasse Tee vor dem Kaminofen saß, da überfiel mich plötzlich eine tiefe Trauer, die ich nicht zu verhindern vermochte. Noch immer ging mir der Verlust meiner Eltern sehr nah. In diesen einsamen Stunden in der Stille meiner kleinen Hütte, ließ ich es zu, dass mir die Tränen die Wangen herabliefen und mein ganzes Gesicht benässten. Sie fehlten mir schrecklich. Ob sie stolz auf mich gewesen wären?

Die Arbeit mit meinen ersten Hunden forderte mich. Das war eine ganz neue Erfahrung. Eine Herausforderung. Stina hatte es mir damals einfach gemacht. Sie war mein Schatten gewesen. Die fünf Huskys, die jetzt bei mir lebten, waren anders. Sie waren von drei anderen Mushern großgezogen worden, und ich kannte sie erst seit einigen Tagen. Ich wusste noch nicht um ihre Stärken und Schwächen. Hatte noch keine richtige Bindung zu den bereits erwachsenen Tieren. Etliche Hunde würden noch folgen, wenn ich meinen Plan der Huskylodge verwirklichen wollte. Und ich musste es schaffen, aus dem zusammengewürfelten Rudel funktionierende Teams zu bilden, die in einem knappen Jahr Gäste durch den Nationalpark ziehen würden. Es gab noch so viel zu tun. Die Auswahl der Tiere, ihr Training, der Bau der Lodge. Manchmal hatte ich Angst, die Zeit könnte knapp werden.

Jetzt in den Wintermonaten konnte die Baufirma noch nicht mit ihrer Arbeit beginnen. Ich konnte nur hoffen, dass es keinen zu harten Winter gab, der sich bis weit in den Frühling erstreckte, sonst würden die dringend benötigten Gebäude zum geplanten Termin nicht mehr fertig werden. Jetzt blieb mir nur, die kalte Jahreszeit für die Suche nach geeigneten Huskys zu nutzen, um das Rudel stetig zu erweitern.

Der Tag war anstrengend gewesen. Ich hatte den Auslauf der Hunde erweitert, und wir hatten eine ausgedehnte Schlittentour unternommen. In der Nacht war viel Neuschnee gefallen, sodass das Legen der Spuren für mich und das Team ein hartes Stück Arbeit gewesen war. Die Leithunde hatten den Trail durch die unberührte Natur gebrochen, während ich sie mit Schneeschuhen vor oder hinter dem Team oder dem Schlitten laufend unterstützt hatte und etliche unter den Schneemassen umgestürzte Bäume und Äste, die unseren Weg versperrten, zersägt hatte.

Die Fahrt auf den schmalen Kufen, die Balance auf dem anspruchsvollen Trail zu halten, fühlte sich noch ungewohnt an. Das würde sich mit mehr Training geben. Ich fühlte, dass die Zeit in Helsinki, die Tage und Nächte im Krankenhaus mich körperlich geschwächt hatten. Meine Oberschenkel brannten noch immer, als ich abends in meiner Schafkoje lag.

Hatte ich mir zu viel vorgenommen? Mir zu viel zugemutet? Hatte mein Bruder recht, dass es verrückt war, ein solches Projekt mit einer so kurzen Vorbereitungszeit stemmen zu wollen und dafür eine sichere Arbeit im Krankenhaus aufzugeben? Was hätten Mama und Papa gesagt? Wären sie stolz gewesen? Stolz, dass ich zurückkehrte zu meinen Wurzeln? Stolz, dass ich hier einen Neubeginn wagte? Ich spürte die Tränen, die über mein Gesicht liefen, wischte sie mit meinem Handrücken weg.

Viel zu früh waren meine Eltern aus dem Leben gerissen worden. Sie hatten meinen Bruder und mich, die Tiere, die es zu versorgen galt, zurückgelassen. Ich war zu einer überhasteten Entscheidung gezwungen gewesen. Die Rentiere mussten versorgt werden. Es gab nur die Möglichkeit, die Farm zu verkaufen und alles, was mich mit dem Land hier verband, zu verlieren oder etwas Eigenes aufzubauen. Nun war ich ganz allein. Hatte von jetzt auf gleich meine Stelle, meine Beziehung, mein Leben abgebrochen. Hatte ich eine Chance oder kämpfte ich einen aussichtslosen Kampf um eine Existenz, die nur im Traum funktionieren konnte? Ich wünschte, mein Vater könnte mich aufmunternd in seine Arme schließen. Mit diesem Gedanken schlief ich ein.

Ich wurde von meinem eigenen Keuchen geweckt, als die Unruhe meinen Körper erfasste. In der Dunkelheit riss ich erschrocken die Augen auf. Genau an der Grenze zwischen Traum und Wachen hatte ich das deutliche Gefühl, dass da jemand bei mir in der Hütte war. Lauschend blieb ich still liegen, aber das einzige Geräusch, das ich wahrnahm, war nur mein eigenes Herz, das wie ein verängstigtes Kaninchen durch meine Brust zu jagen schien.

Meine klammen Finger tasteten nach dem Handy auf dem Regalbrett neben meinem Bett. Die Displaybeleuchtung tauchte die Schlafkabine in ein schwaches blassblaues Licht.

Kurz vor vier. Fünf Stunden waren vergangen, seit ich schlafen gegangen war, und nun war ich bereits zum zweiten Mal aufgewacht.

Das liegt an den Vorbereitungen für die neue Farm, dachte ich. Ich arbeitete einfach zu viel. Die körperliche Arbeit war hart. In Rekordgeschwindigkeit hatte ich in Eigenleistung die provisorischen Ausläufe der Hunde an der Wildnishütte errichtet, um so bald wie möglich mit den Hunden vor dem Schlitten arbeiten zu können. Die kräftezehrenden Touren durch die Winterlandschaft forderten ihren Tribut. Meine Muskeln schmerzten seit Wochen. Mein Kopf war voll. Ich hatte das Gefühl, meine Gedanken kämen nachts ebenso wenig zur Ruhe wie ein Hamster im Laufrad.

In diesem Moment wurde mir bewusst, was mich seit dem Erwachen irritierte, und ich erstarrte. Ein deutlicher Geruch von verbranntem Holz lag in der Luft. Aber das war ja nur logisch, dachte ich und versuchte, mich zu beruhigen, während ich still und bewegungslos in der Dunkelheit lag. Ich hatte vor dem Zubettgehen mehrere dicke Holzscheite in den Kaminofen gelegt, um die Nacht zu überbrücken. Die brannten sicher immer noch. Aber warum war der Geruch so intensiv? Es wirkte beinahe, als wäre die Ofentür geöffnet worden.

Unweigerlich tauchten Bilder des verbrannten Farmhauses vor meinem inneren Auge auf. Ich schüttelte den Kopf, um sie zu vertreiben. Manchmal kam es vor, dass das Holz intensiver roch. Das musste nichts Ungewöhnliches bedeuten. Ich redete in Gedanken auf mich ein, um mich wieder zu beruhigen, doch ich erwischte mich dabei, wie ich in die Dunkelheit starrte, den Atem anhielt und lauschte.

Meine Stirn pochte schmerzhaft, und mein verspannter Nacken peinigte mich. Da konnte ich auch gleich aufstehen. Ich wickelte mich in die Decke und schob den schweren Vorhang, der den Schlafbereich von der Stube trennte, zurück. Meine Füße fanden den Weg im Dunkeln. Der Raum war noch warm. Wie erwartet glühte das Holz noch im Ofen, als ich herantrat. Plötzlich lief es mir frostig über den Rücken, als meine nackte Fußsohle beim Auftreten auf eisige Nässe traf. Erschrocken hob ich den Fuß. Vor dem Kamin reflektierten große Wasserperlen auf der Bodenplatte aus silbernem Metall das schwache Licht des glimmenden Feuerholzes. Ich blickte an die Decke, die jedoch zumindest bei diesen Lichtverhältnissen einen intakten Eindruck machte. Ein noch nie dagewesenes Gefühl von Furcht schnürte mir augenblicklich die Kehle zu, als ich erneut auf den getauten Schnee auf dem Fußboden blickte. Es musste jemand in der Hütte gewesen sein. In meiner Brust hoppelte kein verängstigtes Kaninchen mehr, sondern ein panisches Rentier. Was, wenn der Eindringling noch hier war, sich im Schutz der Dunkelheit verbarg?

Ich wünschte mir einen Lichtschalter, um dem Spuk augenblicklich ein Ende zu bereiten. Stattdessen entfachte ich vorsichtig die Petroleumlampe und trat mit einem Messer bewaffnet an die Tür. Auch hier kleine nasse Stellen. Einer inneren Eingebung folgend löschte ich geistesgegenwärtig das Licht wieder. Ich fühlte mich angreifbar, wenn meine Silhouette sich im Fenster abhob. Ich schlich von Fenster zu Fenster und starrte in die Dunkelheit, bis meine Augen tränten. Nichts rührte sich. Vorsichtig trat ich mit dem Messer in meiner verkrampften Hand vor die Tür. Es hatte seit Tagen nicht geschneit, und so konnte ich keine frischen Spuren entdecken.

Die Stille irritierte mich. Warum hatten die Hunde nicht angeschlagen? Seit knapp einer Woche lebten im neu errichteten Auslauf meine ersten fünf Huskys. Ich keuchte, als ein schrecklicher Gedanke in meinem Kopf zu keimen begann. Ohne mir die Mühe zu machen, meine Stiefel anzuziehen, stürzte ich, alle Vorsicht außer Acht lassend, in den Hof und zum

Hundegehege. Kein Tier kam mir schwanzwedelnd entgegen. Stattdessen fand ich meine Hunde leblos im dunkelrot verfärbten Schnee. Der Schrei, der Schmerz, Wut und Angst vereinte, verklang im Fell des ersten Huskys, den ich unter meinem vom Weinen geschüttelten Körper vergrub.

Ich wusste nicht, wie viel Zeit vergangen war, als ich mich endlich erhob. Mir war kalt. Schrecklich kalt. Es dauerte, bis mein Gehirn wieder funktionierte. Ich musste etwas unternehmen. Ich fand ein Netz und wählte Akus Nummer, die ich im Handy eingespeichert hatte, und hatte Glück, ihn schon auf der Dienststelle zu erreichen. Er versprach, sich mit einer Streife sofort auf den Weg zu mir zu machen. Wer auch immer diese grausame Tat begangen hatte, musste dafür zur Rechenschaft gezogen werden. Ich hoffte, keine Spuren zerstört zu haben.

Im Licht der aufgehenden Sonne hielten die beiden Polizeifahrzeuge unweit des Hauses an.

Aku fand mich in einem desolaten Zustand in meinem Pyjama in eine Decke gehüllt und mit vom Weinen geröteten Augen auf der Veranda. Das Messer lag noch immer neben mir, doch ich war mir nicht sicher, ob ich in der Lage wäre, es zu ergreifen. Ich fror erbärmlich, und meine Finger waren steif vor Kälte. Aber ich hatte mich nicht ins Haus gewagt aus Angst, vielleicht die einzige verwertbare Spur zu vernichten, die Auskunft darüber gab, wer für diese Tat verantwortlich war.

Aku zog mich in sein Auto und stellte die Heizung höher, damit ich mich aufwärmen konnte. Sein Fahrzeug besaß eine Sitzheizung.

Er besprach sich kurz mit der Streifenwagenbesatzung, die aus Muonio gekommen war und in deren Zuständigkeitsgebiet die Wildnishütte lag, und setzte sich auf den Fahrersitz.

»Können wir uns auch mal unter angenehmen Umständen verabreden?«, fragte er, um mir ein Lächeln zu entlocken, doch ich reagierte nicht darauf. »Was genau ist passiert?«

Ich erzählte ihm, wie ich erwacht war und von dem zu Tropfen getauten Schnee auf dem Fußboden, den der Eindringling ins Haus gebracht hatte. Vom intensiven Geruch des Feuers, der nur dann kurz im Raum hängen konnte, wenn die Tür zum Kaminofen geöffnet wurde. Er teilte meinen Verdacht, dass jemand in der Hütte gewesen sein könnte, und versprach, dort intensiv nach Spuren zu suchen.

Ich berichtete ihm, bemüht, nicht meinen Emotionen zu erliegen, wie ich zu den Huskys hinausgerannt war und sie tot im Auslauf gefunden hatte.

Ich fuhr zusammen, als der ältere Polizist an das Fenster der Fahrerseite klopfte. Er wollte Aku etwas sagen. Mein alter Schulfreund stieg aus und schloss die Tür hinter sich. Ich beobachtete, wie der Uniformierte in Richtung des Hundeauslaufs zeigte und etwas zu seinem Kollegen aus Kittilä sagte. Sein Gesicht machte einen leicht desinteressierten Eindruck. Zorn flammte in mir auf, obwohl ich nicht verstehen konnte, was sie sagten. Der Blick des Polizisten reichte aus. Sie schienen zu diskutieren. Schließlich nickte Aku und stieg zu mir ein.

»Was hat er gesagt?«, wollte ich wissen.

»Sie haben Bärenspuren gefunden«, entgegnete Aku und sah mich forschend an, zumindest kam es mir so vor.

»Ein Bär«, sagte ich konsterniert. Verständnislos schüttelte ich den Kopf. »Das war kein Bär. Es ist Winter.«

»Aber es wäre nicht das erste Mal, dass sich ein Bär in seinem Winterschlaf gestört fühlt.« Aku versuchte, den Vorfall zu rekonstruieren. »Du lebst erst seit Kurzem hier. Und seit einigen Tagen sind die Hunde da. Vielleicht hatte der Bär in der Nähe sein Winterquartier und ist durch das Bellen der Hunde erwacht.«

»Das war kein Bär«, entgegnete ich, auf meinem Standpunkt beharrend. »Glaubst du, der Bär hat auch den Schnee ins Haus getragen? Es war jemand in der Hütte, während ich schlief. Und die Hunde hätten angeschlagen, wenn sich ein Bär genähert hätte.« Ich war laut geworden. Unbeherrscht. Versuchte zu begreifen, was vor sich ging, doch meine Gedanken waren ein einziges Durcheinander.

»Ich muss sie mir ansehen«, sagte ich und stieg aus dem Auto, bevor Aku es verhindern konnte. Ich wollte es nicht, aber ich musste es tun. Die Kälte schoss mir schmerzhaft durch die noch immer nackten Füße, doch ich achtete nicht darauf. Ich musste es mit eigenen Augen sehen. Vielleicht hatte ich in der

Dunkelheit die entscheidenden Spuren übersehen.

Mein Schulfreund lief mir einige Meter hinterher, versuchte, mich aufzuhalten, um mir den Anblick zu ersparen, und ließ dann resigniert die Arme sinken.

In der Morgendämmerung sah der Tatort noch grauenhafter aus. Das Blut hatte den Schnee großflächig rot gefärbt. Langsam ging ich von Hund zu Hund. Kehle und Nacken wiesen schwerste Verletzungen auf. Die Tiere waren mit roher Gewalt aufgerissen. Die Innereien fehlten teilweise. Schneefall hatte eingesetzt. Die teils überdeckten Spuren deuteten tatsächlich auf einen Bären hin. Sie führten zur Tür des Auslaufs, dem Schwachpunkt des Geheges. Obwohl ich das alles wahrnahm, konnte ich mich mit dieser Erklärung nicht abfinden. Es störte mich, dass die Hunde nicht angeschlagen hatten. Es hatte keinen Kampf gegeben. Es sah aus, als wären die Huskys im Schlaf überrascht worden. Bei einem hielt ich es, obwohl auch das mir schon äußerst abwegig vorkam, für möglich. Aber alle fünf Tiere? Das konnte nicht sein. Diverse Fragen blieben ungeklärt. Mit einem Mal fiel mir ein weiteres Detail auf. Die Tür war geschlossen gewesen, als ich in der Nacht zu den Hunden gerannt war. Ich war mir sicher, dass ich sie hatte öffnen müssen. Kein Bär hätte die Tür nach seinem Besuch verschlossen.

Tränen rannen meine Wangen herab, als ich mit vor Kälte gefühllosen Beinen zum Haus zurückging.

»Das war kein Bär«, sagte ich zu Aku und dem Uniformierten, als ich zu ihnen auf die Veranda trat.

Der Polizist aus Muonio sah mich an, als hätte ich den Verstand verloren.

»An der Tür sind keine Aufbruchspuren. Vor dem Haus keine Fußabdrücke, die einer Tat, falls es heute Nacht eine solche gegeben hat, zugeordnet werden könnten.«

Es kam mir vor, als spräche er mit mir wie mit einem Kind. Ich fühlte mich von ihm nicht ernst genommen, und das machte mich wütend.

»Ich weiß nicht, wo du groß geworden bist, aber ich kenne diese Wälder.« Ich funkelte ihn an. »Hast du schon einmal einen Bären gesehen, der eine Tür zum Hundeauslauf geöffnet und sich so leise an fünf kraftstrotzende, gesunde Hunde herangeschlichen hat, dass er sie, ohne Lärm zu verursachen, überwältigt, totbeißt und ausnimmt und anschließend das Gehege verlässt und die Tür hinter sich schließt?« So langsam verlor ich völlig die Beherrschung. Der Mann sah mich weiter ausdruckslos an, während ich lauter werdend fortfuhr: »Ganz zu schweigen von der Tatsache, dass ich mir sicher bin, dass jemand in der Hütte war. Natürlich ganz ohne Spuren zu hinterlassen, denn ich hatte die Tür ja gar nicht verschlossen.«

Aku hob abwehrend die Hände. »Noora, wir haben DNA-Spuren und Fingerabdrücke von der Türklinke und dem Ofengriff gesichert. Mehr haben wir leider nicht.«

»Ich will, dass die Hunde obduziert werden. Ich will wissen, was mit ihnen geschehen ist«, forderte ich und sah, dass der Uniformierte bereits genervt mit den Augen rollte, bevor ich es vollständig ausgesprochen hatte.

»Wir werden die Spuren auswerten, aber wir werden hier nicht anfangen, fünf Hunde zu obduzieren, die augenscheinlich von einem Bären getötet wurden.«

Ich unterdrückte den Impuls, mich auf ihn zu stürzen, und wandte mich an Aku, von dem ich mir Unterstützung erhoffte. Sahen sie denn die Spuren nicht? Ich wusste, dass mein Schulfreund mir zuliebe vorbeigekommen war, obwohl sein Zuständigkeitsgebiet irgendwo im Wald zwischen der Farm und der Hütte endete, und dafür war ich ihm sehr dankbar.

»Aku, du kennst mich. Glaubst du mir?« Ich sah den leichten Zweifel in seinen Augen, aber er nickte.

»Du frierst. Geh schon mal ins Haus. Ich komme gleich zu dir.« Er fasste mich sachte am Ellbogen und dirigierte mich in Richtung Haustür. Ich gehorchte unwillig. Bei dem Polizisten aus Muonio konnte ich nichts bewirken. Vielleicht hatte Aku mehr Glück, wenn ich nicht danebenstand. Wo war eigentlich sein etwas jüngerer Streifenpartner abgeblieben?

Aku folgte mir einige Zeit später in die Hütte. Ich hatte Zeit gefunden, mir meine Hose und ein Hemd überzuziehen und notdürftig meine Haare zu bürsten. Meine unterkühlten Füße steckten in dicken Wollsocken und brannten wie Feuer, während das Blut langsam wieder zu zirkulieren begann. Als ich im Kamin das Feuer entfachen wollte, fiel mir auf, dass die nasse Stelle getrocknet war, und ärgerte mich, dass ich nicht daran gedacht hatte, sie zu fotografieren.

Ich schob meinem alten Schulfreund eine Tasse frischen heißen Kaffee zu und setzte mich auf die Holzbank ihm gegenüber.

»Aku, du musst mir glauben. Ich habe mir das nicht alles eingebildet. Ich bin nicht verrückt. Und habe weiß Gott keine Angst allein im Wald zu sein.« Bisher hatte ich zumindest keine Angst gehabt, korrigierte ich mich in Gedanken, sprach es jedoch nicht aus.

»Ich habe mit Hanninen gesprochen.« Mir fiel auf, dass er den Kollegen nur mit Nachnamen benannte. »Er ist zwar nicht überzeugt, lässt aber eins deiner Tiere untersuchen. Das Ergebnis wird Ende der Woche feststehen. Zumindest das erste Ergebnis. Die DNA-Untersuchungen dauern in der Regel länger.« Ernst blickte er mir in die Augen, bevor er weitersprach. »Aber was ist, wenn das, was du glaubst, stimmt? Dann kannst du hier nicht bleiben. Du bist hier draußen nicht sicher. Wenn der Täter zurückkommt, bist du in Gefahr.«

Bisher hatte ich es nicht gewagt, an diese Möglichkeit zu denken.

»Lass uns das Ganze mal weiterspinnen. Was glaubst du, wer ein Motiv gehabt hätte? Ein Hundehasser? Jemand, der nicht möchte, dass die Huskyfarm aufgebaut wird? Fanatische Tierschützer? Gab es Drohbriefe?«

»Nicht direkt. In Helsinki, bevor ich hierhergezogen bin, wurde ich von einer mir unbekannten Person gestalkt. Ich bin mir fast sicher, dass es ein Mann war.

Er schickte mir Blumen, lauerte mir auf, fotografierte mich. Könnte er mir hierher gefolgt sein? Aber was für einen Sinn hätte es für ihn, die Hunde zu töten?«

»Keinen«, entgegnete Aku, nachdem er einen Moment über meine Antwort nachgedacht hatte. »Ich denke nicht, dass es jemand aus der Stadt war. Zu sehr deuten die Spuren auf einen Bären hin. Der Täter, wenn es einen solchen gibt, kennt sich hier aus. Gibt es hier aus der Gegend jemanden, der dir das Vorhaben missgönnt?«

Ich schüttelte den Kopf. Niemand war bisher in unangenehmer Art auf mich zugekommen außer vielleicht Tero. Aber konnte ich aufgrund des einen Zwischenfalles auf der Farm meinen direkten Nachbarn und Bruder meines neuen Mitarbeiters dieser furchtbaren Tat verdächtigen? Tero war Rentierzüchter. Und er war sicher auch aufbrausend und trank nicht nur gelegentlich zu viel Alkohol. Aber er war kein Hundemörder. Doch konnte ich mir da sicher sein?

»Es gab einen Vorfall auf dem Hof von Pertti Lehtonen. Aber ich möchte, dass das unter uns bleibt, solange wir nicht wissen, was mit den Hunden passiert ist.« Aku gab mir nickend sein Einverständnis. »Meine Eltern hatten uns immer gesagt, dass wir die Farm an Pertti verkaufen sollten, wenn sie mal nicht mehr sind, nicht mehr leben. Ich denke, das hatten sie Pertti auch schon so signalisiert. Allerdings habe ich mich ja nun dagegen entschieden. Ich glaube, das hat Tero nicht gerade glücklich gemacht. Als ich auf ihre Farm kam, um Ouli zu fragen, ob er mir bei unseren

Rentieren helfen wolle, hat Tero mich abgefangen und gesagt, ich solle verschwinden. Er hatte getrunken. Er wirkte bedrohlich. Pertti hat die Situation entschärft und Tero zur Vernunft gebracht.«

»Das wäre natürlich ein Motiv«, dachte Aku laut. »Ich kenne die Lehtonens. Tero ist leider auch kein Unbekannter. Er kann durchaus sehr aufbrausend sein und weiß auch etwas zu oft, seine Fäuste zu gebrauchen.«

»Ich möchte aber noch keine Anschuldigungen machen, solange nichts Genaues bekannt ist, zumal Ouli Lehtonen jetzt für mich arbeitet.«

»Als Polizist kann ich dir nur davon abraten, allein hier draußen im Wald zu wohnen. Bitte zieh nach Muonio oder Kittilä.«

Ich schüttelte stoisch den Kopf.

»Noora, wenn hier eine Straftat vorliegt, und so scheint es auch für mich, dann gehe ich davon aus, dass der Täter sich in dieser Gegend auskennt. Und wenn ich mir die Hunde anschaue, so scheint er auch zu allem entschlossen zu sein. Du bist ihm hier völlig ausgeliefert.« Ein Flehen lag in seinen Augen.

»Ich kann nicht.«

»Warum?«

»Ich muss in diesem Winter den Stamm der Huskys aufbauen, wenn ich im nächsten Winter Gäste empfangen will.« Mein Blick fiel auf die Stelle, an der ich in den getauten Schnee getreten war. Er hatte fünf Hunde auf bestialische Weise getötet, während ich schlief. Aber zu mir war er nicht gekommen. Er hatte mich nicht angerührt. »Der Täter hat es nicht auf mich abgesehen«, sagte ich mehr zu mir selbst. »Er wird mir nichts tun. Er will mich von hier vertreiben. Aber ich werde Vorkehrungen treffen, dass so etwas wie heute Nacht nicht noch einmal passiert. Und ich werde mir von ihm keine Angst einjagen lassen und kampflos das Feld räumen.«

»Noora, ich verstehe dich. Aber versprich mir, dass du gut auf dich aufpasst. Nur weil der Täter diesmal nicht dich, sondern die Tiere benutzt hat, dich zu treffen, heißt es nicht, dass er es nicht beim nächsten Mal auf dich abgesehen hat. Ich mache mir Sorgen. Wenn dir irgendetwas, ganz egal, was es ist, seltsam vorkommt, dann melde dich bei mir.«

Er trank seinen Kaffee aus.

»Was hat eigentlich der andere Polizist gemacht? Ich habe ihn seit seinem Eintreffen gar nicht mehr gesehen.«

»Er hat die Bärenfährte verfolgt. Bis zu einem Höhleneingang. Menschliche Spuren hat er dort nicht gefunden. Und die Spur führte auch nicht in Richtung der Lehtonen-Farm.«

Das ergab doch keinen Sinn.

»Soll ich dir bei den Hunden helfen?«, fragte er in die entstandene Stille hinein, und ich nahm sein Angebot dankbar an. Ich war froh, dass er mich dabei nicht allein ließ.

Noch Tage später erschütterte mich die Tat, ließ mich nicht zur Ruhe kommen. Jemand war in mein Zuhause eingedrungen, hatte meine Tiere ermordet und aufgeschlitzt, hatte ihre Eingeweide herausgerissen, nur um den Anschein zu erwecken, ein Bär hätte die Hunde erlegt.

Ich stand im Schuppen und hackte Holz, wobei Hacken in diesem Fall nicht das richtige Wort war. Ich hatte mir die dicksten und schwersten Holzstücke ausgesucht und spaltete sie in einer Art Wahnzustand. Mit aller Kraft, zu der ich fähig war, jagte ich die schwere Axt in das harte Holz, hob sie, während das Holzscheit noch an der Klinge hing, und hieb dessen Rückseite mit voller Wucht auf den Hackklotz. Die Kombination aus Gewicht und Kraft trieben das Werkzeug wie einen Keil in den Klotz. Ich zerrte und zog, bis das Holzstück in zwei Teile gespalten war. Anschließend zerteilte ich die Hälften erneut in zwei Teile und legte sodann das nächste Holzstück auf den Klotz.

Der Schweiß strömte mir in Rinnsalen über den Rücken. Meine Schultern und Arme schmerzten vor Anstrengung, aber ich gönnte mir keine Pause.

Ich hatte mit Aku telefoniert. Ihm war kein Fall bekannt, bei dem so etwas schon einmal vorgefallen war. So etwas passierte hier nicht. Warum war es nun doch passiert? Wer hatte gewusst, dass ich seit wenigen Wochen hier lebte? Das war keine Tat im Affekt, sondern geplant. Niemand trug Material, um Bärenspuren zu legen, einfach so mit sich. Wer hatte mir das angetan? Warum?

Zwei Holzstücke flogen auseinander, als meine Axt sie spaltete.

Das würde mir nie mehr passieren. Dafür würde ich sorgen. Meine Gedanken wanderten zu der Jagdbüchse, die schussbereit unter meinem Bett in der Schlafkammer lag.

Das Fahrzeug, das auf den Hof fuhr, nahm ich nicht wahr. Erst als sie in der Tür zum Schuppen standen, registrierte ich die Besucher.

Zwei Polizisten aus Muonio – es waren nicht Hanninen und sein mir unbekannter Kollege – suchten mich auf. Die Untersuchung des Huskys hatte, wie erwartet, ergeben, dass die Verletzungen nicht von einem anderen Tier stammten, sondern wahrscheinlich von einem Jagdmesser mit einer Riffelung am Klingenrücken verursacht wurden. Weiter besagte das Gutachten, dass sie zuvor vergiftet wurden.

»Wir bräuchten noch eine DNA-Vergleichsprobe von dir, damit die serologischen Spuren vom Tür- und Ofengriff gleich bei der Gerichtsmedizin mit deiner DNA abgeglichen werden können.« Es war ihm unangenehm, danach zu fragen. Das spürte ich. Und seine Unsicherheit übertrug sich auf mich.

Es war seltsam, für den fremden Mann den Mund zu öffnen und zuzulassen, dass er mir das Stäbchen mit dem wattierten Ende in den Mund schob und mehrfach an den Innenseiten meiner Wangen entlangstrich. Ich fühlte, dass seine Hand dabei leicht zitterte. Auch für ihn schien diese distanzlose Handlung ungewohnt zu sein. Wahrscheinlich kam es hier im wenig besiedelten Norden nicht so häufig vor.

Als sich die beiden verabschiedeten, rieten sie mir eindringlich, nach Kittilä oder Muonio zu ziehen, da man hier draußen nicht für meine Sicherheit sorgen konnte, doch ich lehnte ab. Wie sollte ich dort meine Hunde halten?

Kapitel 14

Es war drei Uhr nachts. Eine rabenschwarze Nacht. Ich saß auf der Holzbank am kleinen Küchentisch in der Mitte der Hütte. Die Petroleumlampe beleuchtete den Raum. Draußen tobte ein Sturm. Der Wind pfiff heulend durch die schneebedeckten Bäume. Ich hob den Kopf und lauschte. In der sich spiegelnden Fensterscheibe blickte ich in meine eigenen Augen. Jetzt könnte jemand draußen stehen und zu mir hereinschauen. Ich würde es nicht bemerken.

Ich stellte mir vor, wie dieser Mann sein Gesicht an die Fensterscheibe presste, sodass sein Gesicht mit meinem eigenen Spiegelbild verschmolz. Eine Gänsehaut überzog meine Arme.

»Hör jetzt auf«, mahnte ich mich laut, die Stille in der Hütte durchbrechend. »Da draußen ist nichts. Wer sollte denn in Finsternis und Sturm unterwegs sein?«

Im Kamin knisterte das Feuer, und im Schornstein verursachte der Wind einen langen, einsamen Ton. Ich sehnte mich nach einem Hund, der sein weiches warmes Fell gegen mein Bein drückte. Der da war und mir Sicherheit gab. Ich fühlte mich so schutzlos. Ein Gefühl, das ich bis zu dieser schrecklichen Tat nicht gekannt hatte. Nein, korrigierte ich mich selbst und dachte an den Moment, als der Stalker an meine

Scheibe geklopft hatte. Ich spürte die Panik, die mich hatte durch die Stadt jagen lassen. Da hatte ich mich das erste Mal wirklich schutzlos gefühlt.

Ich fror, obwohl das Feuer warm loderte. Mein Blick fiel auf den stark verkleinerten Holzstapel neben dem Ofen. Vielleicht sollte ich noch Brennholz holen, bevor ich zu Bett ging. Bei diesem Sturm mussten die Flammen am Leben erhalten werden. Sonst würde die Hütte am Morgen ausgekühlt sein. Mit einem Gähnen erhob ich mich von der Bank, zog mir an der Haustür meine Gummistiefel und den Parka an. Schneeflocken wirbelten durcheinander. Während ich versuchte, mein Gesicht vor dem eisigen Wind zu schützen, kämpfte ich mich den schmalen, vom Licht meiner Stirnlampe beleuchteten Trampelpfad zum Holzschuppen. Ich öffnete den Riegel und betrat den Raum, der mit Brennholzstapeln gefüllt war. Augenblicklich erstarrte ich in der Bewegung, als meine Augen im hellen Strahl meiner Lampe auf die an die Holzscheite gepinnte Fotografie fiel.

»Nein.« Meine Stimme war kaum mehr als ein Flüstern. Angst kroch mir das Rückgrat herauf.

Meine Hände griffen nach dem Holzstapel und suchten Halt, während mein Blick sich nicht von dem blutigen Huskykadaver auf dem Foto lösen konnte.

Erst Sekunden später war es mir möglich, mich zu bewegen. Ich riss das Bild an mich, als ein zweites, darunter hängendes zu Boden fiel. Der Anblick war ungewohnt und zugleich noch viel erschreckender als der des übel zugerichteten Tieres.

Noch nie hatte ich mich schlafend gesehen. Schlafend und dem Täter, der mich fotografiert hatte, kurz bevor ich durch den Holzgeruch erwacht war, so ausgeliefert. Oder hatte mich seine Anwesenheit geweckt?

Er war nicht nur in mein Haus eingebrochen und hatte meine Tiere brutal ermordet, er war auch in meine Schlafkammer eingedrungen und hatte mich fotografiert, während ich schlief. Ich kam mir so hilflos vor wie nie zuvor. Es war etwas anderes, ob der Mann nur in der Wohnstube gewesen war oder ob er neben meinem Bett gestanden hatte und in meine Intimsphäre gedrungen war, um mir seine Macht zu demonstrieren.

Jetzt war er zurückgekehrt, um mir Angst zu machen. Hatte die Bilder im Holzschuppen aufgehängt, sodass ich sie zwangsläufig finden musste. Nach dem Angriff auf die Hunde war ich nicht gegangen. Ich hatte mich nicht zurückgezogen. Wollte er mich nun massiv ängstigen, um mich von hier zu vertreiben? Mein Gehirn arbeitete auf Hochtouren, während meine Augen noch immer auf das Foto gerichtet waren.

Er war hier gewesen. Wann? Wann hatte ich zuletzt Holz geholt? Gestern Mittag. Hatte er mich beobachtet? Oder war er an der Hütte, als ich mit dem Schneemobil in Kittilä war? War er jetzt hier? Vielleicht hatte er die Bilder erst kurz zuvor in den Schuppen gebracht. Der Neuschnee könnte seine Spuren sofort verdeckt haben.

Ruckartig fuhr mein Kopf herum zur Tür. Meine Hand griff instinktiv nach der Stirnlampe, als der kräftige Strahl durch die Öffnung auf schneebedeckte Bäume traf. Grell leuchtend würde ich ein gutes Ziel abgeben, wenn der Täter draußen auf mich wartete. Aber war er da, um mir etwas anzutun? Er hatte neben meinem Bett gestanden. Er hatte mich nicht angerührt. Er würde mich nicht angreifen. Das war nicht sein Plan. Wie konnte ich mir da so sicher sein? Vielleicht war es ja doch genau das, was er wollte. Es hatte nicht gereicht, meine Tiere zu ermorden, und wenn auch die Fotos mich nicht vertreiben konnten, würde er dann doch die Grenze überschreiten und mich angreifen? Was genau bezweckte er? Ich versuchte, meine Angst nicht übermächtig werden zu lassen. Ich musste einen klaren Kopf bewahren. Er würde es nicht schaffen, mich zu vertreiben. Für mich stand zu viel auf dem Spiel. Zorn flammte in mir auf. Ich musste mich wehren.

Die Erkenntnis ließ mich handeln. Ich steckte die Fotos unter meinen Parka, um sie vor dem fallenden Schnee zu schützen. Ich musste sie Aku zeigen.

Mit einigen Holzscheiten im Arm machte ich mich in der Dunkelheit auf den Rückweg zur Hütte. Ich wagte nicht, die Lampe einzuschalten. Lauschte auf Geräusche, die ich nicht identifizieren konnte. Ich erreichte das Haus, ohne dass etwas geschah. Ich war allein.

Ich legte mich ins Bett und versuchte, Schlaf zu finden, der sich jedoch nicht einstellen wollte. Ich lauschte, doch ich konnte nichts Ungewöhnliches entdecken. Es waren nur Geräusche zu hören, die mir inzwischen vertraut geworden waren. Gedanken strömten unaufhaltsam durch meinen Kopf. Wer hatte meine Hunde angegriffen? Wer hatte die Bilder hinterlassen? Wer wollte mir schaden? Was war das Motiv? Warum hatte er den Holzschuppen gewählt? Um nicht entdeckt zu werden? Was wollte er von mir? Konnte ich weiter hier im Wald wohnen, bis die neue Farm stand? Aber wo sonst sollte ich ein so großes Hunderudel halten?

Für mich stand jetzt zu viel auf dem Spiel. Ich musste eine Farm zum Laufen bringen. Ich durfte jetzt nicht aufgeben. Ich musste stark sein. Musste meine Selbstsicherheit zurückgewinnen. Was konnte ich tun, um zukünftige Angriffe auf meine Tiere und mich selbst zu verhindern?

Der Plan, den ich mir gesteckt hatte, war eng. Ich hatte nur noch ein knappes Jahr Zeit, mir einen ausreichend großen Hundebestand aufzubauen, um Touristen empfangen zu können.

Lange hatte ich mit meinem Bruder über die finanzielle Kalkulation diskutiert. Mir fehlte das Eigenkapital, um auf die darauffolgende Wintersaison zu warten. Die Bewirtschaftung der Lodge war kostspielig, wenn sie keinen Gewinn einbrachte. Die Versorgung der Hunde und der Rentiere würde sämtliche Reserven aufbrauchen, wenn ich keine Urlauber aufnehmen konnte.

Seit Jahrzehnten war die Bewirtung einer Rentierfarm schwieriger geworden. Der Klimawandel trug nicht gerade unerheblich dazu bei. Viele Winter zeigten sich mild. Mein Vater hatte vor einigen Wintern viele Tiere seiner Herde verloren, weil die Temperatur kurzzeitig so warm geworden war, dass der Schnee geschmolzen und Regen gefallen war, der anschließend festfror und am Boden eine dicke Eisschicht bildete, sodass die Rentiere nicht genug Futter fanden. Das wechselhafte Klima erschwerte seit Jahren die Arbeit der Züchter, und es war teuer, immer Futter zukaufen zu müssen.

Ich wollte zwar den Bestand der Herde verkleinern, aber das würde mir finanziell nicht reichen, ein ganzes Jahr zu überbrücken. Es musste einfach funktionieren. Ich hatte noch nie wirkliche Existenzängste gehabt, doch dieses Projekt war so groß, dass ich einen enormen Druck verspürte.

Mit dem Tod der fünf Huskys war die Arbeit von mehreren Monaten zerstört worden. So blieb mir nichts anderes übrig, als im Internet weitere Züchter zu finden, die ältere Abgabetiere hatten. Keine einfache Aufgabe, denn kein Musher verkaufte seine besten Hunde. Meist wurden von den Züchtern nur Welpen, Junghunde, Ausgemusterte und Problemtiere abgegeben, doch mit solchen Tieren wäre ich im folgenden Winter noch nicht bereit, die Lodge zu eröffnen. Ich musste eine sorgsame Auswahl treffen, damit die Farm auf einer soliden Basis stand. Erst in den Morgenstunden fiel ich in einen unruhigen Schlaf.

Ich schlug in meiner Hütte die Augen auf. Laut Wecker war es sechs Uhr. Das Licht hatte mich geweckt. Sicher hatte der Sturm aufgehört und war einem klaren Tagesanfang gewichen. Es half nicht viel, die Vorhänge vor das Fenster zu ziehen. Das Licht drang frech durch den Spalt zwischen Vorhängen und Fensterrahmen in den Raum und zupfte an mir, bis ich endlich bereit war aufzustehen, um Kaffee zu kochen. Das Licht irritierte mich. Es passte nicht zur Uhrzeit. Es war ungewöhnlich hell für einen Wintermorgen.

Ich erhob mich und schob den Stoff vor dem Fenster meiner Schlafkabine zur Seite. Die Holzdielen unter meinen nackten Fußsohlen fühlten sich eiskalt an. Das Thermometer vor dem Fenster zeigte minus vierzehn Grad. Es hatte Neuschnee gegeben.

Als das Feuer im Herd ordentlich brannte, nahm ich den grünen Plastikeimer, der neben dem Herd stand. Im Flur schlüpfte ich barfüßig in meine gefütterten Gummistiefel und zog mir eine warme Jacke über. Der Weg war tückisch. Unter der Schicht aus dünnem Schnee war er vereist, sodass ich vorsichtig einen Fuß vor den anderen setzte, jeden Schritt sorgsam ausbalancierend, während ich die Strecke zum See zurücklegte, um Wasser zu holen.

Unwirklich still war es um mich herum. Nur die glitzernde, weiße Masse knirschte unter meinen Schritten.

Die Sonne wartete dicht unter dem Horizont und malte rotgoldene Streifen auf den kalten Winterhimmel.

Einige Meter vom Ufer aus befand sich das Wasserloch, das ich bei meiner Ankunft ins Eis gesägt hatte. Eine Klappe aus Styropor bedeckte es, um ein erneutes Zufrieren zu verhindern. Ich ging in die Hocke und wischte den gefallenen Schnee vom Deckel und hob ihn an. Dann drückte ich den Eimer in die Tiefe, um ihn zu versenken und mit Wasser zu füllen. Aber der Eimer ließ sich nicht eintauchen. Ich drückte fester gegen einen Widerstand an. Etwas lag ihm im Weg, genau unter der Wasseroberfläche. Etwas Großes. Die Kälte durchfuhr schmerzhaft meine Haut, als ich meine Hand eintauchte und nach dem Hindernis tastete. Ich griff in einen fellbesetzten Körper. Noch bevor ich das Tier aus dem Wasser zog und in seine leblosen Augen blickte, wusste ich, dass es einer meiner Huskys war. Übelkeit stieg in mir hoch, und ich übergab mich neben dem Eisloch.

Laut schreiend fuhr ich aus dem Schlaf. Mein Herz hämmerte. Irritiert sah ich mich um. Erst langsam realisierte ich erleichtert, dass es nur ein Alptraum gewesen war. Die Morgensonne hatte sich über dem Fichtenwald erhoben und bestrahlte das kleine Fenster meiner Schlafkammer. Die blauen Vorhänge mit den weißen Tupfen konnten ihren Strahlen keinen Widerstand leisten. Das knatternde Geräusch eines Schneemobils erstarb vor der Hütte. Mein Blick fiel auf die Uhr. Es war bereits neun. Ich hatte verschlafen.

Hastig stand ich auf und zog mir eine Jogginghose und einen Wollpullover über, als es bereits an der Tür klopfte und Ouli eintrat.

»Du siehst aus, als hättest du die Nacht durchgemacht«, stellte er fest und zog sich seine Winterstiefel aus. Ich entfachte das Feuer im Herd und setzte uns einen Kaffee auf. Ich musste zugeben, dass ich mich fühlte, wie ich aussah, und es war mir ein wenig peinlich. Allerdings wollte ich Ouli auch nicht erzählen, was mich fast die ganze Nacht umgetrieben hatte. Die beiden Fotos steckten in der Schublade in meiner Schlafkammer. Ich muss Aku anrufen, machte ich mir gedanklich eine Notiz.

Mein Blick fiel auf den Wassereimer, und ich war froh, dass er noch reichlich gefüllt war und mir der Gang zum See erspart blieb. Schweigend stellte ich zwei Tassen auf den Tisch und wartete, bis der Kaffee gekocht war.

Ich spürte Oulis Blicke auf mir ruhen, doch er sagte nichts, bis wir uns am Tisch gegenübersaßen. Eine unangenehme Stille, die nur durch das Zischen des Kessels unterbrochen wurde.

»Gestern war die Polizei bei uns und hat Tero vernommen«, durchschnitt seine Stimme plötzlich das Schweigen. »Sie sagten, dass deine Hunde vergiftet wurden und jemand sie anschließend aufgeschlitzt hat, um die Spuren zu vertuschen.« Seine Stimme klang beherrscht. »Und sie sagten, dass du Tero verdächtigst.«

»Das ist so nicht richtig.« Ich hatte das Bedürfnis, mich zu rechtfertigen. »Ich sagte, dass dein Bruder der Einzige war, der mich verbal oder in irgendeiner Form angegangen ist, seit ich wieder zurück bin. Ich habe aber auch gesagt, dass ich ihn nicht falsch verdächtigen möchte.«

»Tero ist sehr aufbrausend. Er trinkt vielleicht auch etwas zu viel. Und es ist auch kein Geheimnis, dass er sauer darüber ist, dass du die Farm nicht verkauft hast. Er hatte sich große Hoffnungen darauf gemacht, wollte seine Verlobte heiraten und eine Familie gründen. Das alles wäre einfacher gewesen, wenn er nicht von der Rentierzucht unserer Eltern abhängig wäre. Aber Tero ist mein Bruder, und ich weiß ganz genau, dass er keine Hunde tötet.«

»Ich habe ja auch nicht behauptet, dass es Tero gewesen ist. Ich sagte nur, dass mir sonst niemand eingefallen ist, der ein Motiv gehabt hätte.«

»Ich hätte eins gehabt«, entgegnete Ouli trocken. »Und ich wusste, wo du dich aufhältst und dass du fünf Hunde hier hast. Und die Hunde kannten mich. Ich hätte sie mit den Giftködern füttern können. Und im Gegensatz zu mir hat mein Bruder ein Alibi. Er war nämlich bei seiner Freundin in Kittilä.«

Wo waren die Brüder gewesen, als das Foto im Schuppen hinterlassen wurde?, schoss es mir durch den Kopf. Doch traute ich ihnen zu, dass einer von ihnen hier eindrang? Nein. Ich verwarf den Gedanken sofort wieder.

»Ouli, ich könnte verstehen, wenn du unter diesen Umständen nicht mehr für mich arbeiten willst. Aber ich habe nichts gegen euch. Und ich hätte mir auch nicht wirklich vorstellen können, dass Tero so etwas tut. Ich hoffe, dass dieser Vorfall jetzt nicht zwischen uns steht.«

Ich kam mir wie eine Bittstellerin vor. Aber ich war momentan auf Ouli angewiesen. Er arbeitete hart und sorgte gut für die Rentiere, die jetzt unter der Schneedecke kaum noch Flechten fanden. Der Winter war hart dieses Jahr. Täglich war eine Zufütterung mit hunderten Kilo Silage und Trockenfutter notwendig. Ich hätte nicht gewusst, was ich ohne ihn gemacht hätte.

Ouli nickte, und ein versöhnliches Lächeln huschte kurz über sein ebenmäßiges Gesicht.

»Nein, das wird nicht zwischen uns stehen. Ich wollte es nur loswerden. Wollte wissen, ob du Tero tatsächlich für den Täter hältst. Es muss ein Schock für dich gewesen sein, die Hunde so übel zugerichtet zu finden.«

»Ich danke dir.« Die beiden Fotos, die ich in der Nacht gefunden hatte, erwähnte ich Ouli gegenüber nicht. Ich hob meine Tasse mit zittrigen Händen und trank den letzten Schluck, während ich versuchte, meine Tränen zu unterdrücken. Ich wollte nicht, dass er mich so schwach sah. Ich wollte nicht, dass er erfuhr, wie nah mir das ging. Wie mir der Vorfall den Schlaf raubte und mich bis in meine Träume verfolgte.

»Wie willst du verhindern, dass so etwas noch mal passiert?« Sein nachdenklicher Blick aus dem Fenster zum Hundeauslauf war mir Erklärung genug. So wie ich befürchtete er einen weiteren Angriff auf die Tiere.

»Ich dachte an Wildkameras und Bewegungsmelder. Ich weiß noch nicht genau. Ich werde mich in

Muonio beraten lassen. Aber ich lasse nicht zu, dass noch mehr meiner Hunde sterben.« Die Verbitterung in meiner Stimme war deutlich zu hören.

Ich räumte unsere Tassen in die Spülschüssel, während Ouli sich erhob. In der Tür zum Vorraum blieb er stehen und wandte sich mir erneut zu.

»Willst du nachher mit mir zu den Rentieren rausfahren? Es würde dir bestimmt guttun, auf andere Gedanken zu kommen.«

Ich war gern mit Ouli zusammen. Seine Einladung freute mich, auch wenn ich sie leider ausschlagen musste.

»Ich fahre nachher zum Eisenwarenladen und hole Material, um das Tor vom Huskyauslauf sicherer zu machen. Und morgen hole ich, wenn es gut läuft, fünf Hunde bei einem Musher in Norwegen, der seinen Bestand etwas verkleinern will. Ich werde den nächsten Monat weite Wege fahren, um mir Züchter, Musher und Hunde anzusehen.« Dass ich als erstes Aku anrufen wollte, erwähnte ich nicht.

Ouli nickte. »Vielleicht ein anderes Mal.« Seine Stimme klang dumpf durch die sich bereits schließende Tür. Ein eiskalter Wind zog durch den Raum, als er die Hütte verließ und mich grübelnd zurückließ.

Ich wartete, bis Ouli vom Hof gefahren war, und wählte die Nummer von Akus Büro.

»Ich habe einen Beweis, dass er bei mir in der Hütte war«, sagte ich, sobald er sich am Telefon gemeldet hatte. Am anderen Ende der Leitung war es still. Er fragte nicht nach. Wusste augenblicklich, wovon ich sprach.

»Er war erneut hier. Hat mir im Holzschuppen zwei Fotos hinterlassen. Auf dem einen bin ich drauf. Schlafend …«, mir versagte die Stimme. Ich spürte den Kloß, der mir immer mehr die Luft raubte. »Aku, er war hier. Er war in meiner Schlafkabine.«

»Noora, bitte setze dich mit den Kollegen in Muonio in Verbindung. Du solltest ihnen die Bilder bringen. Sie sind Beweismittel in diesem Strafverfahren.« Ich hörte, wie seine Tastatur klackerte. Er schien etwas zu lesen, bevor er weitersprach. »Die Anzeige wird von Mika Alatalo bearbeitet. Ich kenne ihn gut. Er ist tüchtig und nimmt die Arbeit ernst.« Er nannte mir eine Vorgangsnummer, die ich mit einer leicht zitternden Hand notierte.

»Und Noora«, Akus Stimme hatte plötzlich an Sachlichkeit verloren und nahm einen sehr besorgten Tonfall an. »Du kannst nicht weiter in der Hütte bleiben. Es ist zu gefährlich. Wer immer es ist, derjenige treibt sich weiter in der Gegend rum.«

»Ich kann nicht weg. Wenn ich jetzt aufgebe, hat er gewonnen.«

Ich hörte Akus Atem.

»Du warst schon immer sehr stur. Wenn ich nur wüsste, wie ich dich umstimmen kann.«

»Das kannst du nicht. Ich habe keine Wahl. Aber ich werde Vorkehrungen zu meiner Sicherheit treffen.«

»Okay, ich rufe auch nachher bei den Kollegen in Muonio an und erkundige mich nach dem Sachstand.

Und Noora, du weißt, du kannst mich immer erreichen, wenn dir irgendetwas komisch vorkommt.«

Ich nickte, doch das sah mein Schulfreund nicht.

Nachdem wir uns verabschiedet hatten, legte ich mit sehr gemischten Gefühlen auf. Niemand konnte mich schützen. Die Polizei konnte erst etwas tun, wenn es zu spät war. Wenn jemand zu Schaden gekommen war. Brachte ich mich selbst unnötig in Gefahr? War es das wert? Hatte ich wirklich keine Wahl, so wie ich es gesagt hatte? Noch konnte ich alles verkaufen. Tero würde sicher immer noch Interesse an der Farm haben.

Aber das konnte ich nicht. Das wollte ich nicht. Ich war mir sicher, dass ich es mir nicht verzeihen könnte, wenn ich jetzt meinen Traum aufgab. Meinen Traum von der eigenen Huskyfarm. Meine Gedanken wanderten zu der Auswahl der Hunde, die den Grundstock meiner Zucht legen sollten.

Ich musste lernen, worauf ich achten musste, und doch würde ich oft die Katze im Sack kaufen. Dessen war ich mir inzwischen sicher. Ein Testen der Hunde war meistens nicht möglich, und selbst wenn, verhielt sich jeder Hund bei einem fremden Menschen doch anders. Die Position, die der Husky vor dem Schlitten des Verkäufers hatte, sagte zwar einiges über sein Leistungsvermögen, doch noch lange nicht über sein Wesen. Die wichtigste Frage für mich war, warum der Hund verkauft wurde. War es das Alter oder ein Leistungseinbruch im Team? Waren Krankheiten oder Verletzungen der Grund, oder war er im Team unverträglich? Ich freute mich schon auf die Zeit, wenn die Suche, die Auswahl, die Fahrten jeden Tag aufs Neue belohnt wurden, wenn ich spürte, dass meine Tiere immer mehr Vertrauen zu mir gewannen und gewillt waren, meine Führung anzunehmen.

Kapitel 15

Der Ausflug aus meiner selbstgewählten Einöde zum Eisenwarenladen in Muonio führte gut dreißig Kilometer auf gefrorenen, eisbedeckten Straßen durch Wald- und Sumpfgebiete. Der Pick-up war seit einer knappen Woche nicht bewegt worden, und ich hoffte, dass die nächtlichen Temperaturen der letzten Tage unter minus dreißig Grad der Batterie nicht zu arg zugesetzt hatten.

Als ich jedoch den Zündschlüssel umdrehte und der Motor lediglich ein kurzes Würgegeräusch von sich gab, bevor er gänzlich verstummte, sah ich meine schlimmsten Befürchtungen eingetreten. Nun würde ich meinen Ausflug in den Ort etwas nach hinten verschieben müssen. Wie gut, dass ich auf einen solchen Fall vorbereitet war. Hier in der Wildnis hatte ich schließlich nicht die Möglichkeit, strombetriebene Motorvorwärmer zu nutzen. Ich klappte die Lehne der Rückbank um und fand unter den wichtigsten Pannenutensilien die neue Dose Startspray, die ich vorausschauend noch in Helsinki gekauft hatte. Der Ansaugstutzen des Luftfilters erhielt eine kräftige Ladung, doch auch der folgende Versuch, das Auto zu starten, endete in einem weiteren kurzen Würgegeräusch.

»Mist!« Das hatte mir gerade noch gefehlt. Das würde jetzt etwas länger dauern. Wenigstens hatte ich noch heißes Wasser auf dem Herd. Fluchend baute ich die kalte Batterie aus und stellte sie auf ein mit warmem Wasser befülltes Backblech. So verzögerte sich mein Aufbruch nach Muonio um mehr als eine Stunde, als es mir im zweiten Anlauf schließlich gelang, den Motor mit der aufgewärmten Batterie und einem erneuten Stoß Startspray in Gang zu bringen.

Nachdem mein Pick-up sich teilweise mit Schneeketten durch den verschneiten Wald gekämpft hatte, bog ich auf die Hauptstraße ab, die mich nach Muonio führte. Im Rückspiegel registrierte ich den grünen Lada, der aus einem Wegabzweig hinter mir auffuhr und mir in gleichbleibendem Abstand folgte. Wo kam das Fahrzeug her? Hier gab es kein Haus in der Nähe. Ein Angler? Ein Jäger? Warum fuhr er penetrant hinter mir?

Ein seltsames Gefühl überkam mich beim Anblick des Wagens, doch konnte ich nicht bewusst erfassen, was genau mich irritierte. Hatte ich das Auto schon einmal gesehen?

Instinktiv beschleunigte ich leicht, doch der Abstand änderte sich nur kurzfristig, bis der Lada wieder zu mir aufgeschlossen hatte.

Meine Hände fühlten sich in den Handschuhen verschwitzt an. Mein Puls schien plötzlich zu rasen. Was war nur los mit mir? Wurde ich jetzt paranoid? Vermutete ich jetzt hinter allem einen Angriff? Seit der Nacht, in der jemand in mein Haus, meine Schlafkammer eingedrungen war und meine Tiere ermordet hatte, kam ich mir vor wie ein Nervenbündel.

Wie sollte das weitergehen? Sollte ich doch in die Stadt ziehen? Ich spürte, dass ich den Atem angehalten hatte.

Atmen. Immer weiter atmen.

Ich versuchte, logisch zu denken. Es gab hier nicht so viele Straßen. Sicher war es nur Zufall, dass der Fahrer zur selben Zeit denselben Weg hatte. Warum sollte mir hier jemand nach Muonio folgen? Je länger die Fahrt dauerte und nichts geschah, desto mehr gelang es mir, mich wieder zu beruhigen. Meine Atmung, mein Puls normalisierten sich wieder.

Als ich auf den Parkplatz vor dem *rautakauppa*, dem Eisenwarengeschäft, fuhr, parkte der alte grüne Lada unweit von mir ein.

Während ich ausstieg, beobachtete ich den Fahrer. Lauri Määttä stieg aus, und sein Blick fiel dabei unweigerlich auf mich. Er bleckte die Zähne, was wohl einem Lächeln nahekommen sollte.

»Noora, was für eine Überraschung. Ich habe gar nicht erkannt, dass du in dem Auto vor mir warst. Seit wann bist du wieder in der Stadt?«

Er kam zu mir und blieb unmittelbar vor mir stehen. Gerade noch weit genug, dass ich es nicht als distanzlos empfand. Es fühlte sich unangenehm an, zwischen ihm und meinem Fahrzeug eingeklemmt zu sein, sodass ich instinktiv zur Seite auswich, um etwas Distanz zu schaffen. Wenn Lauri es bemerkte, so reagierte er nicht darauf. Ich musste dringend an meiner angeknacksten Psyche arbeiten. Ich hatte das Gefühl überzureagieren.

»Ich habe gehört, du ziehst wieder zurück und planst, eine Huskyfarm aufzubauen. Tero hat es mir erzählt, als er das letzte Mal im Laden war.« Lauri stimmte einen Plauderton an. Es wäre unhöflich gewesen, ihn einfach stehen zu lassen, also blieb ich. »Ich hab zwar heute meinen freien Tag, aber ich muss selbst noch einige Besorgungen im Laden machen. Wolltest du auch rein?«

Ich nickte und erklärte Lauri, dass ich diverse Materialien für die Absicherung meines Hundeauslaufes benötigte.

»Wenn du magst, suche ich mit dir alles zusammen.« Mir fiel ein, dass er erwähnt hatte, hier zu arbeiten. »Ich weiß ja, wo du alles finden kannst. Dann bist du schneller mit dem Einkauf fertig.« Vielleicht war er gar kein so übler Kerl, wie ich es aus der Schulzeit in Erinnerung hatte. Dankbar nahm ich sein Angebot an.

Früher war ich oft mit meinem Vater im Baumarkt in Kittilä gewesen, der näher zur Farm lag als Muonio. Typisch für ein finnisches Eisenwarengeschäft war auch dieses mehr als nur ein Baumarkt. Hier gab es dazu noch Haushaltswaren und Gartengeräte sowie alles für die Pflanzenpflege, jede Menge Anglerbedarf und Sportartikel. Ich glaubte als Kind, wenn ich durch die Regalreihen streifte, dass es hier alles gab außer Lebensmitteln. Und so war ich froh, da ich mich mit dem Sortiment noch nicht vertraut gemacht hatte, dass Lauri mir bei der Suche nach meinen Besorgungen half und ich zügig mit den neu erworbenen Errungenschaften den Heimweg antreten konnte.

Warm war uns geworden, während ich mit Lauris Hilfe die neuen Bewegungsmelder und die beiden Wildkameras am Huskyauslauf angebracht hatte. Schweiß rann mir trotz der kalten Temperaturen den Rücken herab. Ich musste aufpassen, mich nicht zu verkühlen.

Immer mehr musste ich meine Meinung, die ich seit jeher von Lauri gehabt hatte, revidieren. Er war zuvorkommend und nett. Es war angenehm gewesen, mit ihm zusammen zu arbeiten.

Wir packten das Werkzeug ein, und ich betrachtete das vollbrachte Werk. Nun würde niemand mehr unbemerkt zu den Huskys gelangen.

»Kommst du noch auf einen Kaffee mit rein?«, fragte ich und erntete ein schüchternes, aber erfreutes Lächeln. Früher war es sicher nicht so oft vorgekommen, dass Lauri eingeladen wurde. Ich musste daran denken, wie ich ihm einen Korb gegeben hatte, als er es einmal gewagt hatte, mich zum Eis einzuladen.

Lauri packte seine Werkzeugtasche ins Auto und folgte mir ins Haus. Seine Socken müssten mal gestopft werden, dachte ich, als er seine Stiefel vor dem Betreten der Stube auszog, sagte jedoch nichts.

In der Hütte war es warm und gemütlich. Die Minusgrade hatten wir draußen gelassen. Es war auch allgemein ein relativ warmer Tag gewesen. In der Schlafkammer zog ich mir ein frisches Shirt an, während der Kaffee kochte.

Sein Duft zog uns in die Nase, als ich zwei Becher füllte. Ich war den Tag über auf den Beinen gewesen und freute mich jetzt, mich auf die Bank mit dem weichen Rentierfell zu setzen, während es draußen langsam dunkler wurde.

»Denkst du noch manchmal an die Schulzeit zurück?« Ich suchte ein Thema, das uns verband, um die Stille zwischen uns zu überbrücken.

Er schüttelte den Kopf. »Ich hatte keine schöne Schulzeit, wenn du dich daran erinnerst.«

Nur zu gut waren mir die ständigen Anfeindungen unserer Klassenkameraden, allen voran Mikael, Lauri gegenüber im Gedächtnis geblieben.

»Stimmt es eigentlich, was sich die Leute über eure Familiensituation erzählten?« Früher hatte ich mich nie dafür interessiert. Dieser schlaksige Junge mit den fettigen Haaren interessierte niemanden aus meiner Klasse wirklich.

Abschätzend sah er mich an. Seine ganze Haltung hatte sich bei der Erwähnung seiner Familie angespannt.

»Wenn es zu persönlich ist, dann musst du die Frage natürlich nicht beantworten.«

Er drehte seinen Kaffeebecher in den Händen. Er wirkte beherrscht, doch in seinem Inneren schien ein Kampf zu toben. Überlegte er, wie viel er mir anvertrauen wollte?

»Seit ich denken kann, trank mein Vater zu viel. Und wenn er getrunken hatte, war er sehr jähzornig«, begann er plötzlich. Seine Stimme klang belegt.

»Wegen jeder Kleinigkeit schlug er zu. Er schlug meine Mutter, aber er prügelte auch mich, wenn ich für sein Empfinden zu laut gewesen war oder nicht sofort getan hatte, was er verlangte. Und immer, wenn er den Rausch ausgeschlafen hatte, bettelte er bei meiner Mutter um Vergebung und sagte ihr, wie sehr er sie liebte und dass er nicht ohne sie leben könnte. Und sie glaubte ihm, verzieh ihm. Ich hasste ihn jedes Mal mehr. Er wurde immer öfter ausfällig, aber sie verzieh es ihm ein ums andere Mal.« Während er sprach, war sein Blick auf die Tasse in seinen Händen geheftet, als müsste er sie fixieren, um den Halt nicht zu verlieren. »Eines Abends prügelte er meine Mutter so schlimm, dass sie bewusstlos wurde. Ich schrie ihn an, von ihr abzulassen, und stieß ihn weg. Das ließ ihn wohl etwas zur Besinnung kommen, und er verschwand in die laue Sommernacht. Meine Mutter weigerte sich, als sie wieder bei Bewusstsein war, in die Klinik zu gehen, und so wachte ich über sie. Immer in der Angst, dass Vater jeden Moment die Wohnung betreten könnte. Aber er kehrte nicht wieder. Ein Fischer, der seine Netze einholen wollte, fand ihn am nächsten Morgen im See. Sein Ruderboot hatte sich im Schilfdickicht verfangen, während mein Vater mit dem Gesicht nach unten im Flachwasser lag. Kurz danach sind wir umgezogen. Mutter konnte die Fragen und Blicke der Nachbarn nicht ertragen.« Jetzt schaute er mich an. Ein gequälter Blick lag in seinen stahlgrauen Augen. »Ich hätte mir gewünscht, sie wäre stark genug gewesen, von ihm loszukommen, ihn anzuzeigen und so die Misshandlungen zu beenden. Doch sie hat nichts anderes getan, statt ihm immer wieder zu verzeihen. Sie war nicht so stark. Nicht für sich und auch nicht für ihren Sohn.«

Betroffen hatte ich ihm zugehört und konnte immer weniger begreifen, wie grausam alle in der Schule zu ihm gewesen waren. Einen Moment war es ganz still zwischen uns. Ich wagte nicht, etwas zu sagen. Lauri sah so verletzlich aus.

»Hast du noch Kontakt mit deinen Freunden aus der Schulzeit?«

Ich schüttelte den Kopf. Der Themenwechsel war zu plötzlich, als dass ich zu einer Antwort fähig gewesen wäre. Sicher diente er zu Lauris Selbstschutz. Er hatte sich mir zu weit geöffnet und suchte jetzt ein unverfänglicheres Terrain.

»Noch nicht einmal mit Lotta? Ihr wart doch unzertrennlich.« Eine Nuance von Erstaunen klang in seiner Stimme mit.

»Nach meinem Umzug nach Helsinki haben wir kaum mehr Kontakt zueinander gehabt. Sie ist ja dann auch weggezogen.« Es fiel mir schwer, über Lotta zu sprechen. Ich vermisste sie. Aber nachdem Lauri mir einen so tiefen Einblick in seine Vergangenheit gegeben hatte, fühlte ich mich verpflichtet, ihm zu antworten.

»Hast du eigentlich einen festen Freund?«, fragte er beiläufig.

Warum interessierte Lauri das? Aber sicher wollte er nur nett sein und plaudern. Die Richtung, in die das Gespräch steuerte, empfand ich als unangenehm. Erneut schüttelte ich schweigend den Kopf.

»Ich dachte nur, weil der wäre sicher nicht erfreut, mit dir hier aufs Land rauszuziehen.«

Ich entgegnete nichts, sodass Lauri sich anscheinend bemüßigt fühlte weiterzureden, um die Konversation am Laufen zu halten. »Lotta war vor einiger Zeit hier.« Er wartete einen Moment. Wartete, bis ich von meiner Tasse, die ich zwischen den Händen drehte, zu ihm aufsah. Wollte sichergehen, dass ich seine Worte gehört hatte. »Sie hat ihrer Mutter ihren neuen Freund vorgestellt. Werden sich bestimmt bald verloben. Ich hab ja immer gedacht, sie ist eher dem eigenen Geschlecht zugeneigt.« Bildete ich es mir nur ein oder beobachtete Lauri meine Reaktionen? Was wollte er? Spielte er auf etwas Konkretes an, oder war es wieder meine eigene paranoide Einbildung? »Aber nun, ich habe mich da wohl geirrt. Ihre Mutter freut sich jedenfalls schon mächtig auf kleine Enkelkinder.«

Mit einem Mal fühlte es sich nicht mehr richtig an, dass Lauri da war. Ich wollte nicht, dass er weiter über Lotta sprach. Er hatte kein Recht dazu, so über sie zu reden. Ahnte er, dass sie mehr als nur meine beste Freundin gewesen war? Ich wollte nicht, dass er es erfuhr, und hoffte, dass er nicht erkannte, einen wunden Punkt getroffen zu haben.

»Vielleicht treffe ich sie ja, wenn sie das nächste Mal in der Gegend ist. Würde mich sehr freuen, sie und ihren Freund Jonas zu sehen.«

Ich stellte meine leere Tasse ab. Etwas zu hastig. Lauri folgte der Tasse mit seinem Blick, bevor er mich direkt ansah. Was war das in seinen Augen? Ich konnte es nicht deuten.

»Ich danke dir für deine Hilfe.« Ich stand auf, und er verstand, dass er es mir gleichtun sollte. »Ohne dich hätte ich sicher den ganzen Tag für den Aufbau gebraucht.«

Ich machte einige Schritte auf die Tür zu. Lauri folgte mir.

»Es wird Zeit, dass ich nach Hause fahre. Ich will noch was sehen, wenn ich durch den Wald fahre. Will ja hier draußen nicht stecken bleiben.« Er lachte. Sein typisches trockenes Lachen, dem keine Wärme und Herzlichkeit innewohnten.

»Ja, das ist sicher besser.« Ich war dankbar, dass er mir den Abschied leicht machte. »Morgen wird ein anstrengender Tag. Ich musste noch einiges vorbereiten, damit meine neuen Huskys einziehen können.«

Ich war froh, dass Lauri mich schließlich allein ließ. Er war mir eine große Hilfe gewesen, aber ich war einfach keine gute Gesellschafterin. Lauri war zu sehr mit meiner Schulzeit, mit Lotta verbunden. Ich wollte nicht, dass er mit mir über sie und unsere Beziehung sprach. Ich wollte nicht an sie erinnert werden. Aber ich konnte sie auch nicht vergessen.

Kapitel 16

Ein widerliches Geräusch, als ob jemand mit den Fingernägeln über eine Schiefertafel kratzte, zerriss die Stille, als ich mich mit vollem Körpergewicht auf die Bremse zwischen den Kufen meines Schlittens stemmte und das Metall ächzend über den steifgefrorenen Boden gezogen wurde. Ich versuchte, die Eisenzacken so fest ich nur konnte ins Eis zu treten, um ein ausreichendes Gegengewicht zur unbändigen Kraft meiner arbeitseifrigen Huskys zu bilden und so einen nicht zu ruppigen Start in die Winterlandschaft zu erleben.

Es hatte eine Weile gedauert, bis ich alle Hunde der Reihe nach ins Geschirr genommen hatte und sie abfahrbereit in Reih und Glied standen. Immer wieder sprangen sie voller Vorfreude durcheinander, sodass ich ihre Leinen entknoten musste.

Nur Pyry, deren Name Schneesturm bedeutete, weil sie, wie ihr Vorbesitzer und Züchter mir erklärt hatte, als einziger Welpe einer Hündin während eines Blizzards geworfen wurde, blieb teilnahmslos und ruhig stehen und beobachtete mich. Pyry war eine sechs Jahre alte Hündin, die ich von einem alten Musher aus Ivalo erworben hatte. Nach seinem Herzinfarkt hatte der knapp Achtzigjährige sich entschieden, die arbeitsfähigen Hunde abzugeben. Ich musste daran denken, wie ich in seinem Wohnzimmer saß und wir Kaffee tranken, während er Bilderalben und Impfpässe der Hunde mit mir durchging, damit ich mir ein Bild von den Tieren machen konnte, die ich übernehmen wollte.

»Als die Welpen noch klein waren, holte ich sie immer wieder für einige Stunden ins Wohnzimmer, um sie dort bereits beim Spiel auf mich zu prägen. So konnte ich immer gleichzeitig herausfinden, wo ihre Talente lagen.« Er deutete auf Pyrys Foto. »Einen zukünftigen Leithund erkennst du sofort. Er begreift einfach schneller als die anderen, verinnerlicht Kommandos sofort, denkt spürbar mit und löst aus eigener Kraft Probleme. So eine war Pyry. Sie wird nie hektisch. Nicht Kraft, sondern Köpfchen zeichnet sie aus. Sie ist cleverer als alle zusammen.« Sein liebevoller Blick lag auf der Aufnahme der weißen schlanken Hündin mit der mausgrauen Färbung. Die Art, wie er mit seinen Tieren umging und wie er von ihnen sprach in einer sehr poetischen Art, ließen mich erahnen, welch enge Bindung er zu ihnen hatte.

Die Hündin hatte mich nicht enttäuscht. Ich hatte den Eindruck, dass wir einander schon unser Leben lang kannten. Sie erinnerte mich an meine Stina, die mich in meinen Jugendjahren so treu begleitet hatte.

Während ich die bellenden Hunde vor meinem Schlitten zur Ruhe rief, schwieg die schmächtige Hündin und wedelte mit ihrem buschigen Schwanz. Im neuen Hundeteam hatten die anderen Tiere sie sofort als Anführerin angenommen. Ihre Präsenz allein hatte ausgereicht, sich ihr unterzuordnen. Sie war, wie es ihr Züchter mir angekündigt hatte, eine bemerkenswerte Leaderin.

Ein knappes Kommando reichte aus, und Pyry trabte in derselben Sekunde an, in der ich meinen Fuß endlich von der Bremse nahm. Laut bellend schleuderten die kräftigen Zugtiere beim Antritt mit den Hinterbeinen Schnee in die Schlittenwanne, und ich dirigierte das Gefährt durch Gewichtsverlagerung über den schmalen Waldweg auf den zugefrorenen See hinaus. Ich ließ die Tiere laufen, wies Pyry mit leisen Kommandos den Weg nach rechts oder links, ließ beschleunigen und mahnte zur Tempominderung. Ging es bergauf, schob ich mit an, um meinen Huskys die schwere Arbeit zu erleichtern. Nach der Arbeit der letzten Wochen waren wir zu Partnern zusammengewachsen. Zu einem eingespielten Team.

Ich beobachtete meine Leithündin, die entspannt vorantrabte. Ihre Leine stand nicht unter Spannung, sondern hing durch. Wie immer überließ sie die Knochenarbeit den muskulösen Hunden in ihrem Gefolge.

Der Tag neigte sich seinem Ende, und die verschneiten Tannen und Birken glitten nur noch schemenhaft am Schlitten vorbei, als wir uns nach der Tour der Hütte näherten. Was mit Schiefertafelkratzen und Metallzacken im Eis begonnen hatte, lief sanft aus. Die Huskys freuten sich auf das Futter, das sie erwartete. Wir wurden von den Hunden im Auslauf freudig bellend begrüßt.

»Minna, komm her! Minna!« Blöder Hund! Es dämmerte bereits, als ich die Tiere gefüttert hatte. Minna, eine junge Hündin, die erst seit wenigen Tagen in meinem Rudel lebte, war an mir vorbei aus dem Auslauf geschlüpft, als ich mit dem leeren Futtereimer das Gehege verlassen hatte, und spielte mit den fallenden Schneeflocken. Lachend warf ich ihr Schneebälle zu und beobachtete, wie sie im Sprung versuchte, sie zu fangen. Ich stellte den Futtereimer auf die Veranda und wandte mich zu Minna um, um sie in den Auslauf zurückzubringen, doch sie war verschwunden.

»Minna, hier!«

Ich trat einen Schritt von der Treppe, um einmal um das Haus zu gehen, hielt aber plötzlich inne, als die Erinnerung an den ungebetenen Besuch in den ersten Wochen in der Hütte, die ich bisher erfolgreich zu verdrängen versucht hatte, mich unvermittelt in nicht gekannter Heftigkeit durchströmte. War er wiedergekehrt? Hatte er erneut eine Möglichkeit gesucht, mir einen Hund zu nehmen? Ihn wie Wild zu erlegen? Auszuweiden?

Hör auf mit diesen Albernheiten, ermahnte ich mich. Minna ist da irgendwo und versteckt sich, um nicht in den Auslauf zu müssen. Sie will mit mir spielen. Aber ich wusste bereits zu diesem Zeitpunkt, dass ich falsch lag. Mit einem Mal wagte ich es nicht mehr, die Treppe zu verlassen oder noch einmal zu rufen. Wurde ich in diesem Moment beobachtet? Rückwärts ging ich zur Haustür, brachte es nicht über mich, dem vielleicht dort draußen lauernden Unbekannten den Rücken zuzukehren.

Nachdem ich endlich das Haus betreten hatte, stürzte ich hastig in die Schlafkammer und zog meine Jagdbüchse unter dem Bett hervor, die ich nach der schrecklichen Tat gekauft hatte. Bereits als Jugendliche hatte ich die Jagdprüfung absolviert und wusste mit dem Gewehr umzugehen.

Ich wechselte die Batterien meiner schwächer gewordenen Stirnlampe und trat mit der Büchse in der Hand wieder vor die Tür. Vor meinem inneren Auge tauchte Minnas erfrorener, im Schnee liegender Körper auf. Ein Wildtier hatte sich an ihren Innereien gütlich getan.

Mit enormer Willensanstrengung verdrängte ich das Bild und zog mir meine Schneeschuhe an, die an der Hauswand lehnten. Im schwindenden Licht des Tages fand ich im leuchtenden Kegel meiner Stirnlampe die Spuren ihrer Pfoten und folgte ihnen mit grimmiger Entschlossenheit in den Wald hinein. Wie könnte ich es verkraften, wenn ihr etwas zustieß? Ich konnte nur hoffen, dass ich nicht zu spät kam.

Ihre Schritte sahen nicht aus, als ob sie gerannt wäre. Eher war es der ganz normale Trabschritt eines Huskys bis zu der Stelle, als ihre Pfotenabdrücke mit den breiten Spuren von Schneeschuhen zusammentrafen. Ich spürte, wie es mir eiskalt über den Rücken lief. Jemand trieb sich hier im Wald herum. Die Spuren waren noch nicht alt, doch ich konnte nicht erkennen, ob Mensch und Hund sich getroffen hatten oder ob der Hund der Spur des Menschen folgte. Ich beschleunigte meine Schritte. Schweiß rann mir den

Rücken herab, je weiter ich lief. Ich wagte nicht, nach Minna zu rufen, um die Aufmerksamkeit des nächtlichen Wanderers nicht auf mich zu ziehen.

Ich spürte, wie meine Beine schwerer wurden. Die Huskytouren waren anstrengend gewesen und hatten mir Kraft geraubt. Oft hatte ich mich vor oder hinter dem Schlitten laufend durch den Tiefschnee gekämpft und den Trail gebrochen, damit der Schlitten vorwärtskam, oder die Hunde beim Berganstieg unterstützt. Und trotzdem trieb ich mich jetzt erbarmungslos weiter.

Die Spuren führten genau auf einen Seeausläufer zu. Ich hoffte, Minna auf der ebenen Fläche sehen zu können. Noch einen kleinen Hügel musste ich erklimmen. Mein Atem ging schwer. Ich zog mir den Schal über Mund und Nase, um zu verhindern, dass die eisige Luft in meine Lungen drang. Vorsorglich schaltete ich meine Stirnlampe aus und wartete, bis sich meine Augen an die Dunkelheit gewöhnt hatten. Die Spuren der Hundepfoten und der Schneeschuhe führten auf den See hinaus, der nun vor mir lag. Ich trat zwischen den Bäumen hervor. Der Himmel war klar, und der Vollmond beleuchtete die weiße Landschaft. Unweit von mir bemerkte ich eine bewegungslose Gestalt. Oder waren es zwei? Ich musste näher heran, um etwas erkennen zu können. Aber wenn ich sie sah, würden sie auch in der Lage sein, mich zu sehen. Ich tastete nach meinem Handy und stellte mit Erschrecken fest, dass ich es zum Aufladen in der Hütte gelassen hatte. Sollte ich zurückkehren und Aku anrufen? Es war zu weit, entschied ich. Und ich wusste noch gar nicht genau, was hier vor sich ging. Immerhin war ich mit meiner Waffe in der Hand nicht ganz wehrlos.

Gebückt machte ich ein paar Schritte auf den See und hielt wieder inne, weil mir das Knirschen der Schneeschuhe im Schnee unendlich laut vorkam. Ich kam nur langsam vorwärts, bemüht, keine Geräusche zu verursachen. Je näher ich mich schlich, desto deutlicher konnte ich die Gestalt ausmachen.

Plötzlich erstarrte ich in der Bewegung. Minna saß neben der Gestalt. Wedelte mit dem Schwanz. Im Mondlicht blitzte ein Messer in der Hand der Person auf.

»Halt!«, schrie ich. Meine Stimme peitschte durch die klare Winterluft. Augenblicklich kam Bewegung in mich, und ich rannte. Ruckartig, beinahe erschrocken durch meinen Schrei, wirbelte die Gestalt, die ich nun erkannte, zu mir herum. Er hielt Minna am Halsband.

»Leg das Messer weg!«

»Noora.« Eine Spur von Furcht lag in Teros Stimme. Er starrte das Jagdgewehr an, das ich nun auf ihn richtete. Langsam streckte er die Hand mit dem Messer seitlich vom Körper weg und ließ Minna los. Meine Augen blieben auf den Mann gerichtet, der sich nun aufrichtete und sich mir vollends zuwandte.

»Noora, nimm sofort die Flinte runter.«

»Leg das Messer weg!«, wiederholte ich, während meine Hündin demütig mit eingezogenem Schwanz und gebeugtem Körper zu mir kroch und beschwichtigend um meine Beine herumstrich. Sie wusste, dass sie nicht hätte weglaufen dürfen.

»Okay.« Tero ließ das Messer fallen und zeigte mir seine Handflächen. »Noora, es ist anders, als du denkst.«

Er machte vorsichtig, ohne mich aus den Augen zu lassen, einen Schritt zur Seite. Hinter ihm kamen ein Stuhl und Angelzubehör in Sicht. Fische lagen auf dem Boden. Teilweise ausgenommen.

»Ich hab hier nur geangelt, als dein Hund wie aus dem Nichts zu mir kam.«

Abschätzend blickte ich ihn an, bevor ich langsam die Büchse senkte. Ich versuchte, meine Gedanken zu sammeln.

»Warum führen deine Spuren in die Nähe meiner Hütte? Du hast sie zu dir gelockt.«

»Nein, ich war an deiner Hütte, weil ich mit dir reden wollte. Aber du warst unterwegs. Dann bin ich in einem Bogen ums Haus gelaufen und zum See gekommen.« Tero entspannte sich etwas, seit ich das Gewehr nicht mehr auf ihn gerichtet hielt.

»Was wolltest du von mir?« Ich blieb noch immer auf der Hut, doch auch ich hatte mich etwas entspannt und streichelte Minna über den Kopf. Sie drückte noch immer sehr demütig ihre Schnauze gegen meinen Oberschenkel.

»Mein Ski-Doo steht fünfhundert Meter von hier und springt nicht mehr an. Ich glaub, das Benzin ist alle. Ich wollte dich fragen, ob du mir welches borgen kannst. Und außerdem wollte ich diese dumme Sache zwischen uns klären.« Er kratzte sich verlegen am Kopf. »Willst du heißen Blaubeersaft?«

Ich wollte ablehnen, doch die Wärme würde mir nach der zügigen Wanderung durch den Schnee guttun.

»Das ist eine feine Hündin«, sagte Tero mit einem kurzen Nicken in Minnas Richtung, während er uns Blaubeersaft einschenkte. Er reichte mir einen Becher. »Die Polizei hat mich vernommen. Sie sagten, dass du glaubst, dass ich das war. Warum sollte ich deine Hunde töten?«

»Weil du sauer bist, dass ich die Farm nicht verkaufe, und du willst, dass ich von hier verschwinde.«

»Ja, ich war sauer. Aber wie kannst du annehmen, dass ich bei dir eingebrochen bin und deine Hunde getötet habe?« Er schüttelte verständnislos den Kopf. »Eigentlich müsstest du mich besser kennen.«

»Ich hatte Angst.«

»Vor mir brauchst du keine Angst zu haben. Ich bin der Falsche.«

Wir sahen uns in die Augen, und in diesem Moment wurde mir bewusst, dass ich ihm glaubte. Es hatte ehrlich geklungen. Aber wenn es nicht Tero war, wer war es dann gewesen? Meine Gedanken wanderten zu den Hunden im Auslauf. Ich musste zu ihnen zurück. Die Nacht war angebrochen, und sie waren allein.

»Wenn du willst, kann ich dir nachher einen kleinen Kanister Sprit vorbeibringen«, bot ich Tero an, aber er lehnte ab.

»Ich hab inzwischen Ouli erreicht. Er wird bald hier sein, und ich hoffe, wir bekommen mein Schneemobil wieder in Gang.« Ich wandte mich zum Gehen. »War übrigens ein feiner Zug von dir, Ouli bei dir einzustellen. Ich hab ihn schon lange nicht so glücklich gesehen.« Wir lächelten uns verlegen an. Wir würden wohl keine großen Freunde werden, aber wenigstens hatten wir jetzt eine Chance, gute Nachbarn zu bleiben.

Teil 2

Kapitel 17

Ich sah ein letztes Mal in den Spiegel und kämmte mir die Haare. Mein Magen krampfte sich vor Aufregung zusammen, als mein Blick auf die große Wanduhr fiel.

Jeden Moment würde Ouli mit dem Transporter eintreffen und die allerersten Urlaubsgäste auf die fertig gestellte »Tammi-Poro-Lodge« bringen. Ich wusste, dass er bereits auf dem Weg vom Flughafen in Kittilä war, wo er die fünf Gäste in Empfang genommen hatte.

Ein Jahr harter Arbeit lag hinter uns. Eine entbehrungsreiche anstrengende Zeit, in der ich oft an meine Grenzen und manchmal auch darüber hinaus gegangen war. Lange Zeit hatte ich in Angst gelebt vor einem Stalker und einem Tiermörder, der bei mir eingebrochen war. Erst allmählich, als keine weiteren schrecklichen Ereignisse vorgefallen waren, hatte ich mich langsam entspannen und mich ganz auf den

Aufbau der Lodge konzentrieren können. Aufgeklärt wurde dieser brutale Vorfall jedoch nie. Und in wenigen Momenten würde ich die Früchte der Mühen ernten und meine ersten Besucher begrüßen. Viel hing für mich von der kommenden Woche ab. War ich bereit, in der harten Tourismusbranche Fuß zu fassen? Konnte meine Vision der Huskyfarm funktionieren? Es musste einfach klappen. Nicht nur für mich, sondern für die Menschen, die bereits so eng mit der neuen Farm verwoben waren und ohne deren Unterstützung das Vorhaben nicht zu stemmen gewesen wäre.

Insbesondere Ouli, der mir nicht nur die Rentierarbeit abgenommen hatte, sondern auch auf der Farm geradezu unentbehrlich geworden war. Er half mir bei der Arbeit in den Hundeausläufen und trainierte mit mir die Schlittenhundeteams. Er würde sicher in Zukunft einen guten Guide abgeben.

Und dann war da noch Lasse, dieser behäbige, ruhige und oft in sich gekehrte Mann, dessen Herz aufging, wenn er über die Natur und die großen und kleinen Tiere der lappländischen Wälder und Sümpfe erzählte. Stundenlang konnte ich ihm zuhören, und die Begeisterung, die in seinem Inneren sprühte, griff auf mich über. Ich hatte ihn gefragt, ob er bereit wäre, Touristen für mich auf einer Schneeschuhwanderung zu führen und ihnen die Spuren im Schnee zu erläutern, und er hatte tatsächlich zugestimmt.

Vor einigen Wochen hatte ich noch Riita eingestellt, die gute Seele des Hauses. Ich hatte im Laden einen Aushang gemacht, dass ich jemanden für die

Zimmer und die Küche suchte, und sie hatte sich daraufhin gemeldet. Riita hatte früher in einer Schuhfabrik im Süden von Finnland gearbeitet, bevor sie ihren Mann kennenlernte und ihm in den Norden folgte. Nun waren die drei Kinder groß und sie auf der Suche nach einer neuen Aufgabe. Sie hatte mir mit der Einrichtung der Gästehäuser geholfen, und seit Langem war ich wieder in den Genuss der heimischen Küche gekommen. Ich bemerkte erst, wie sehr ich es vermisst hatte, als der Duft von herzhaftem Rentier-Ragout durch die Stube zog. Ein Duft, der mich in eine weit zurückliegende Zeit entführte.

Ich erinnerte mich, dass unser Zuhause, das kleine Farmhaus, immer von vielen Gerüchen erfüllt war, als ich noch ein Kind war. Von alten und neuen. Man lüftete nicht so oft im Winter bei dreißig Grad unter null. Es roch immer irgendwie nach stickigem Haus und feuchten Hunden, nach gekochtem Fleisch und dem scharfen Geruch alter Rentierfelle, die als Wandteppiche, Sitzauflagen und vieles mehr dienten. Im Gegensatz zu Stina, die sich als Husky lieber zu jeder Jahreszeit draußen im Hof aufhielt, folgten die Rentierhütehunde ihren Menschen in die Wohnräume.

Ich erinnerte mich an das alte Sofa, das im Wohnzimmer stand. Es hatte einen Rahmen aus Kiefernholz und war mit hellblau gesprenkeltem Stoff überzogen. Etliche Wolldecken sollten es vor den Hunden schützen.

Als Kind liebte ich die Abende, an denen meine Eltern Besuch von befreundeten Rentierzüchtern hatten und von der Zucht und den Tieren sprachen und alte samische Geschichten erzählten. Das Haus war erfüllt vom Stimmengewirr und dem Duft des Abendessens, das meine Mutter zubereitet hatte. Dann wollte ich nicht zu Bett gehen. Viel zu aufregend waren ihre Erzählungen. Oft verließ ich mein Zimmer im Obergeschoss und schlich mich hinunter. Ich kannte die Treppe in- und auswendig, und so bewegte ich mich geräuschlos Stufe um Stufe nach unten, wich allen knackenden Stellen aus, um nicht entdeckt und zurück in mein Bett geschickt zu werden. Ganz vorsichtig drückte ich die Klinke hinunter und schlüpfte in die Stube. Ich zog eine der haarigen Decken vom Sofa über mich und schob vorsichtig meine Beine zwischen Sukka und Nakki, die zum Gruß ihre Schwänze bewegten. Hier lag ich zwischen meinen pelzigen Freunden und lauschte den Geschichten und Geschehnissen, bis meine Augen vor Müdigkeit zufielen.

Ein Motorengeräusch schreckte mich aus den Erinnerungen. Der von Ouli gesteuerte Kleinbus hielt vor der Lodge, und ich trat vor das Haupthaus, um meine ersten fünf Gäste zu begrüßen. Sanna Ahonen und ihr Mann Juha, der zwei Jahre zuvor den schweren Motorradunfall überstanden hatte, hatten ihre Ankündigung tatsächlich wahr gemacht und waren unter den Reisenden.

Meiner Gastgeberrolle gerecht zu werden war noch ungewohnt für mich. Ich empfing die kleine Reisegruppe, die neben dem Ehepaar aus zwei jungen Australiern und einer allein reisenden Frau aus Deutschland bestand.

»Herzlich Willkommen auf der Tammi-Poro-Lodge. Wir freuen uns darauf, euch eine wunderbare und aufregende Zeit in dieser traumhaften Winterlandschaft in Lappland bereiten zu können. Aber ich hoffe, ihr könnt einiges aushalten.« Interessiert warteten sie darauf, dass ich weitersprach. »Denn laut Wetterbericht wird es die nächsten Tage kalt. Sehr kalt. Ihr habt die bisher härteste Woche des Winters erwischt. Tagsüber werden es wohl dreißig und nachts sogar bis zu vierzig Grad unter null.« Die beiden Australier schauten mich verunsichert an, und ich zwinkerte ihnen ermutigend zu, bevor ich weitersprach. »Ich gebe euch jetzt die Zimmerschlüssel, sodass ihr auspacken und euch einrichten könnt, und wir treffen uns nachher zu einem gegenseitigen Kennenlernen und Abendessen im *pirtti*, der Stube des Hauses.« Ich deutete auf das Gebäude hinter mir. »Vorneweg ein kurzer Ausblick auf die kommenden Tage. Den morgigen Tag beginnen wir mit einem ausgewogenen Frühstück, und anschließend werdet ihr die Hunde kennenlernen und eine Einführung in das Mushen erhalten. Danach starten wir zu einer kleineren Fünfzehn-Kilometer-Tour durch den Pallas-Yllästunturi-Nationalpark, damit ihr ein Gefühl für den Schlitten und euer Huskyteam bekommt. Übermorgen erholen wir uns von der Tour und besuchen die Farm eines benachbarten Rentierzüchters. Dort lernen wir das karge Leben dieser hartgesottenen Burschen kennen.

Am Folgetag geht es dann los auf die zweitägige Tour. Sechs Stunden werden wir mit einer Mittagspause dazwischen auf den kippligen Kufen stehen, und ich verspreche euch, ihr werdet euch abends auf eine Hütte ohne jeglichen Luxus freuen.« Andrea, die Frau aus Deutschland, lachte abenteuerlustig auf. Es war ein helles, melodiöses Lachen, das auch in ihren braunen Augen aufblitzte.

Durch die neue Umgebung, die ungewohnten Temperaturen und die Ungewissheit, was in den folgenden Tagen auf sie zukommen würde, waren meine Gäste so aufgeregt, dass es mir leichtfiel, meine eigene Nervosität zu verbergen.

Diese erste Reisegruppe war der Start in meine Zukunft als Gastgeberin auf der Huskyfarm, und ich wollte, dass der Aufenthalt für sie perfekt war.

Lange hatte ich mich auf diesen Moment vorbereitet. Den ganzen Sommer über hatte ein Bauunternehmen, das mein Bruder organisiert hatte, das Haupthaus mit der geräumigen Küche und dem großen Gemeinschafts- und Speiseraum sowie ein paar Nebenhäuser als Unterkunft für die Gäste aufgebaut. Jari hatte mich während dieser Phase mehrfach besucht, um den Baufortschritt zu beaufsichtigen, und ich war ihm sehr dankbar für seine Hilfe. Ohne ihn wäre das Projekt nicht zu bewältigen gewesen, dessen war ich mir sicher. Ich rechnete ihm hoch an, dass er zu keinem Zeitpunkt mehr versuchte, mein Vorhaben für verrückt zu erklären, sondern hinter mir stand.

Auch Ouli und Lasse waren mir eine große Unterstützung gewesen. Sie hatten mit mir gemeinsam den kompletten Aufbau der Hundeausläufe gestemmt sowie bei der anfallenden Arbeit auf der Farm geholfen, während ich die Arbeit mit den Hundeteams aufgenommen hatte. Ich war froh, dass wir es schafften, nebenher die Rentierfarm zu bewirtschaften, um den Lebensunterhalt durch die Tiere zu bestreiten, solange ich noch keinen Fuß in der Tourismusbranche gefasst hatte.

Das Ergebnis der Arbeit konnte sich wirklich sehen lassen. Mein Rudel bestand inzwischen aus fünfzig leistungsstarken und freundlichen Alaskan und Sibirian Huskys, die hier so ursprünglich wie sonst nur selten leben konnten. In den Sommermonaten, in denen es zu warm für ein ausgiebiges Lauftraining war, konnten sich die Huskys in den großen Ausläufen in weitläufigen Wald- und Flusslandschaften zu harmonischen Hunderudeln zusammenfinden. Durch die gemischte Altersstruktur und die ausreichend großen Auslaufgebiete zum Herumtollen und Rennen lebten die Tiere ausgeglichen zusammen. Es war herrlich zu beobachten, welches Vergnügen es ihnen bereitete, sich zu jagen und miteinander zu toben, bis sie mit allen vier Beinen im Schlamm standen und mit schwarzer Maske und vier Stiefeln wieder heraustrabten.

Im Spätsommer hatte ich mit dem Training begonnen, um die Tiere für die Saison fit zu machen. Die Huskys hatten es mir gedankt, indem sie mir zeigten, dass sie es kaum abwarten konnten, vor dem

Schlitten zu laufen. Die Arbeit, die ich im Winter in der Wildnishütte begonnen hatte, konnte ich jetzt von der neuen Farm aus weiterführen. Wir arbeiteten an der Kraft und der Kondition der Tiere, aber auch am Teamgefüge. Ich musste für meine zukünftigen Gäste die jeweils passenden Hunde zu Teams zusammenstellen. Hunde, die gut und gerne miteinander arbeiteten. Während ich selbst in der Lage war, einen Schlitten mit vierzehn Huskys davor zu beherrschen, lenkten Touristen bei Touren in der Regel Teams mit fünf bis sechs Tieren. So benötigte ich eine gleichgroße Anzahl von Leithunden, Team- und Wheel-Dogs, die jeweils eine unterschiedliche Aufgabe vor dem Schlitten zu erfüllen hatten.

Am nächsten Morgen wurden wir bei knapp zwanzig Grad minus durch das ohrenbetäubende Gebell meiner nordischen Hunde begrüßt, als wir zu den Hundezwingern kamen, in denen die Tiere jeweils zu zweit wohnten und von wo aus die Schlittentouren starteten.

Mit meiner Fahrerkleidung bestehend aus einer dicken, abgewetzten Latzhose und Anorak, schweren Boots mit wärmenden Innenschuhen, Handschuhen und Fellmütze würde ich wohl keinen Schönheitswettbewerb gewinnen. Diese Kleidung sollte mich bei den vorausgesagten Temperaturen auf dem Schlitten ausreichend warmhalten. An meinem Gürtel hingen, wie ich es von Kindheit an gewohnt war, ein typisch finnisches *lapin puukko*, ein Outdoor-Messer in einer

Scheide aus Leder, sowie die *kuksa*, ein Holzbecher, hergestellt aus der Maserknolle einer Birke. Meine blonden Haare steckten unter der dicken Fellmütze.

Ich machte die Gruppe zunächst mit dem Aufbau des Schlittens und insbesondere mit den Bremsen bekannt. Die Gäste standen im Halbkreis um mich. Interessiert und ein wenig nervös lauschten sie meinen Ausführungen. Keiner von ihnen hatte jemals einen von Hunden gezogenen Schlitten geführt.

»Das Gefährt hat drei Bremsen, und manchmal benötigt man alle drei«, erklärte ich deshalb besonders deutlich. Alle hatten ihre Aufmerksamkeit auf mich gerichtet und beobachteten meine routinierten Handgriffe, als ich erklärte, wie der auf dem Boden schleifende Gummilappen, der Metallbügel und der Anker funktionierten.

Es gab nur fünf Begriffe »Hündisch« zu lernen, die international von den Mushern verwendet wurden. »Gee« hieß rechts, »haw« links, »straight ahead« geradeaus, »stop« oder »whoa« Stopp, und »go« bedeutete vorwärts.

»Ich bezweifele allerdings, dass ihr eure nun neuerworbenen Kenntnisse gleich zu Beginn der Tour einsetzen könnt«, sagte ich und trat an Sannas Hundeteam heran, die nach mir als Erste auf die Piste gehen würde. »Eure Hunde wissen, dass es gleich losgeht. Da sind sie meist zu aufgeregt, um noch auf Kommandos zu hören. Und ihr werdet damit beschäftigt sein, euch auf den Schlitten zu halten.« Ich tätschelte Lumis Kopf, die daraufhin so fröhlich mit der Rute wedelte, dass der ganze Hund geschüttelt wurde. »Sie und Cloud sind deine Leithündinnen.« Ich richtete meine Worte nun an Sanna. »Das heißt sie laufen ganz vorn und führen die Gruppe vor deinem Schlitten an.« Ihr überraschter Gesichtsausdruck fiel mir auf. »Beide sind überaus gute, sehr zuverlässige Leithündinnen. Frauen wissen schließlich, wo es langgeht.«

Für die Einführungstour hatte ich mit Oulis Hilfe die jeweiligen fünf Hunde, die einen Schlitten ziehen sollten, bereits in der richtigen Reihenfolge am stakeout, der Sicherungskette, befestigt. Die Fahrer würden genug damit zu tun haben, ihnen an der Sicherungskette das Geschirr anzulegen und sie an den Schlitten zu spannen, während sich die Hunde in freudiger Erwartung befanden.

Ganz vorne liefen die beiden Leader, die in der Lage waren, das gesamte Team in die gewünschte Richtung zu dirigieren. Dahinter der Teamdog, der in der Mitte des Gespanns kräftig ziehen musste. Dies war oft die Position, in der Junghunde von den erfahrenen Teamgenossen antrainiert werden konnten. Ganz hinten unmittelbar vor dem Schlitten waren die Wheeldogs, die kräftigen Zugmaschinen. Das waren meist die größten und stärksten Tiere des Teams, die körperlich die schwerste Arbeit zu leisten hatten. Sie waren bei unerfahrenen Mushern am meisten gefährdet und bekamen die Stöße des Schlittens ab, die durch eine unachtsame Bewegung des Schlittenführers verursacht wurden. Ich hoffte, dass alle die Einführungsrunde unbeschadet beenden würden. Die zweitägige Tour war anspruchsvoller. Da sollten die Musher den Schlitten und das Bremssystem bereits kennen und benutzen können.

Die steigende Aufregung meiner eigenen sechs Tiere übertrug sich unweigerlich auf mich. Ich hatte sie zur Vorführung an die sogenannte Gangline, die eigentliche Zugleine des Hundeschlittens, gespannt und anschließend mit Ouli den Gästen bei ihren Teams geholfen. Nun sah ich auf die Hunde vor mir, die sich lautstark kläffend ins Geschirr legten. Sie wollten laufen und schienen auf ein erlösendes Kommando zu warten. Endlich war es so weit. Ein Blick über die Schulter sagte mir, dass meine Mitstreiter auf ihren Schlitten standen. Einen Fuß auf der Bügelbremse, lösten sie nervös meinem Beispiel folgend den Schneeanker, hängten ihn, wie ich es vorgeführt hatte, an ihren Schlitten und sicherten ihn vor dem versehentlichen Herabfallen. Ouli kontrollierte die Gespanne, und die Teilnehmer hoben nach seinem Okay kurz die Hand, um mir ihre Bereitschaft zu signalisieren.

Jetzt unmittelbar vor dem Start hatte ich ein ganz flaues Gefühl im Magen. Unsicher, ob ich alle gut vorbereitet hatte und ob meine Gäste diese Tour unversehrt durchstehen würden.

Schließlich löste ich mit vor Aufregung klopfendem Herzen die Bremse meines Schlittens, und meine sechs Hunde preschten hastig voran. Ich ließ sie laufen und schaute zurück. Sanna hatte die Bremse gelöst, und an ihrem Gesicht konnte ich ablesen, wie sie das

Gleichgewicht verlor, als ihr Schlitten einen Satz nach vorne machte. Ihre Hände hielten krampfhaft die Handle-Bar, das Griffstück des Schlittens, während sie mit der Bremse die Geschwindigkeit kontrollierte. Ein strahlendes Lächeln erschien auf ihrem Gesicht, als sie die Balance wiedergefunden hatte. Ihr folgten in Abständen ihr Mann Juha und der Rest meiner Gruppe. Ich schätzte, dass alle konzentriert an diesen ersten Start gegangen waren, denn sie alle schafften es, ohne sich in den Schnee zu legen. Ich sah Ouli zum Abschied winken und entspannte mich, als wir den Rand des zugefrorenen Sees erreichten, der sich bis zum Horizont vor uns erstreckte, und die Hunde in einer Schlange hintereinander laufen ließen. Die Fahrt auf dem schneebedeckten Eis war für Anfänger ideal, um sich mit dem Schlitten, dem Huskyteam und der Geschwindigkeit vertraut zu machen.

Die buschigen Ruten und wackelnden Hintern der Huskys vor mir waren mir inzwischen ein vertrauter Anblick geworden seit ich regelmäßig mit ihnen arbeitete. Ich bewunderte die Hunde, die mich schier unermüdlich durch die weiße Pracht zogen.

Meine Reisegruppe folgte mir durch die wunderschöne Winterlandschaft. Die einzigartige Mischung aus Dunkelheit und Zwielicht brachte das Land zum Leuchten. Neuschnee, der die Bäume und das Land wie mit Zuckerwatte umhüllte und den der pinkfarbene Himmel in zarten Nuancen verfärbte. Immer wieder hielt ich an, um mich zu vergewissern, dass alle wohlauf waren und mit den Hunden und dem Trail, für den ich tags zuvor die Spur gelegt hatte, zurechtkamen. Ansonsten genoss ich still die Fahrt. Mal ging es über weite zugefrorene Seen und Flüsse, dann durch dicht bewachsene Wälder, wo die Bäume beängstigend nah an uns vorbeisausten. Teilweise waren nur das Hecheln der Hunde sowie das leichte Knirschen der Kufen auf dem gefrorenen Schnee zu vernehmen.

Die tiefstehende Sonne blitzte durch die verschneiten Bäume, und die Gespanne warfen lange Schatten in den Schnee. Bald würde es dunkel werden. Denn das Tageslicht gab es hier im hohen Norden während der Winterzeit nur sehr kurz. Die Sonne zeigte sich für fünf bis sechs Stunden. Mal als eine diesige Scheibe am wolkenverhangenen Himmel, ein anderes Mal strahlend hell auf blauem Hintergrund.

Kapitel 18

Die Zeit mit den Gästen verging wie im Flug. Der Besuch der Lehtonen-Farm war nach der anstrengenden ersten Schlittentour eine willkommene Erholung gewesen.

Ich war überrascht, wie gut Pertti in seine neue Rolle gefunden hatte. Als ich ihn gefragt hatte, ob ich ihn mit Gästen besuchen könne, war er zunächst sehr skeptisch gewesen. Während wir in seiner Stube saßen und Geschichten der *Sámi* lauschten, beglückte Helmi ihre Gäste mit ihrem frisch gebackenen Hefegebäck und strahlte über so viel Lebendigkeit in ihrem Haus.

Mir fiel auf, dass ich Tero nicht gesehen hatte, aber sicher war er draußen bei den Herden gewesen.

Obwohl alles sehr reibungslos verlief, spürte ich, dass ich unter ständiger Anspannung stand und kaum Zeit fand, Luft zu holen. Das würde mit der Routine sicher besser werden. Nun stand bereits die Zweitagestour mit den Schlitten auf dem Programm.

Nachdem am Folgetag die morgendlichen Aufgaben gemeinschaftlich erledigt waren, konnten wieder die Huskys zeigen, was in ihnen steckte, und ihre Musher auf die zweite Fahrt durch ihre schier unberührte Heimat mitnehmen. Hinweg über zugefrorene Seen, durch Wälder, deren Ausmaß man kaum überblicken konnte, und vorbei an den Mooren, die im Winter ihren ganz eigenen Zauber versprühten.

So fühlte es sich also an, mein neues Leben. Ich schaute zurück und ließ meinen Blick über die fünf vermummten Schlittenführer hinter mir gleiten. Die ersten Urlauber auf meiner Husky-Farm. Die atemberaubende Kulisse der Fjells im Pallas-Yllästunturi-Nationalpark hielt nicht nur mich, sondern auch meine Gäste gefangen. Geformt von der rauen Witterung des Nordens war es Finnlands drittgrößter Nationalpark. Das Besondere waren die Fjells, die weitläufigen Hochflächen der Berge, in denen man kilometerweit sehen, aber nichts hören konnte als den eigenen Atem und den Schnee, der unter unseren Kufen knirschte. Die Welt war wie ein Stummfilm in Blau und Weiß.

»Immer die Zehen bewegen, sonst werden sie nicht warm.« Ich richtete meine mahnenden Worte an die Gruppe hinter mir, der vermutlich die unerbittliche Kälte mit jedem Kilometer tiefer in die Knochen kroch. Noch sieben Kilometer dieser Etappe lagen vor uns, bis wir die Hütte erreichen würden, die uns als Nachtlager dienen sollte. Nach bereits vier Stunden Fahrt durch die eisige Kälte auf schmalen Kufen freuten sich meine Gäste jetzt auf das spartanisch eingerichtete Haus ohne fließendes Wasser und Strom, das sechs Menschen als Unterkunft dienen sollte. Ein Blick in ihre Gesichter bestätigte, dass ich mit meiner Einschätzung richtig lag. Die ersten Tage waren anstrengend gewesen. Die Kälte machte allen schwer zu schaffen, waren sie doch an wärmere Temperaturen gewöhnt.

Glücklicherweise erreichten wir unser Nachtlager ohne Zwischenfälle am frühen Nachmittag noch rechtzeitig, bevor die Dunkelheit hereinbrach. Im Kopf ging ich die zu erledigenden Arbeiten in der Schlafhütte und dem davon abgetrennten Saunahäuschen durch, teilte die Teams ein, während ich darüber wachte, dass alle bei der Ankunft den Anker richtig setzten. Was für ein unbeschreibliches Durcheinander von Menschen, Hunden und Zugleinen es gegeben hätte, wenn ein Team sich losgerissen und eigenständig im Lager herumgelaufen wäre, immer das Gefährt hinter sich herziehend. Aber der Handgriff war allen bereits selbstverständlich geworden, sodass sie erst nach der Befestigung des Ankers etwas ungelenk und steif vom Schlitten stiegen. Dennoch schienen sie ihre Erschöpfung nicht zu spüren. Stattdessen blickte ich in glücklich, fast schon euphorisch strahlende Gesichter, als die Musher sich lobend ihren Hundeteams zuwandten. Andrea kniete vor ihren Leithunden, streichelte liebevoll ihre Köpfe und ließ es zu, dass sie ihr einmal übers Gesicht leckten. Juha fotografierte lachend seine Frau, die sich an das kuschelige Fell jedes einzelnen Hundes schmiegte, während die beiden Australier liebevoll ihre Huskys tätschelten und sich gegenseitig kameradschaftlich und ausgelassen auf die Schulter klopften, um sich zu gratulieren, diese Fahrt durch Eis, Schnee und Kälte bewältigt zu haben. Die Selfies, die dabei entstanden, würden sie daheim auf dem anderen Kontinent all ihren Freunden zeigen.

Und während ich diese fünf Menschen beobachtete, übertrug sich ihre Freude auf mich und erfüllte mich mit Stolz. Meine Tiere und ich hatten es geschafft, Glück zu schenken, indem wir das taten, was uns selbst am meisten erfreute.

Jeder Musher war während der zweitägigen Tour für seine fünf Hunde selbst verantwortlich, und obwohl der Tag anstrengend gewesen war, gingen sie alle begeistert an die Versorgung ihrer Tiere. Während ich mich um meine Huskys kümmerte, zeigte ich meinen Gästen gleichzeitig die notwendigen Arbeiten und Handgriffe.

Als Erstes schnallten wir die Hunde von der Zugleine und zogen ihnen das Geschirr aus. An ihrem jeweiligen Schlafplatz wurden sie an den Stakeout angebunden. Sie waren es gewohnt, während der Touren draußen untergebracht zu sein, und nach der Fahrt ausreichend müde, um sich ins Schneebett zu kuscheln. Aber vorher hatten sie sich eine Portion Futter verdient, sodass zunächst Wasser gekocht werden musste, um das Fressen für die Huskys und das Abendessen für uns Menschen zubereiten zu können.

Wir alle sahen aus, als würden wir im Eisschrank wohnen mit unseren gegen die Kälte schützenden Fellmützen, Sturmhauben und Fäustlingen. Damit die eiskalte Luft nicht ungehindert in unsere Atemwege drang, hatten wir uns alle einen breiten Schal um den Mund gebunden, auf dem der Atem schnell Raureif bildete. Mit der untergehenden Sonne war die Temperatur inzwischen um weitere zehn Grad gefallen.

Immer wieder wurden einzelne Handgriffe durch Posieren für Fotos unterbrochen. Arbeiten, die ich seit meiner Kindheit kannte, wirkten auf meine Gäste exotisch. Sei es, ein Loch in den See zu hacken oder Wasser auf einem mit Holz betriebenen Ofen zu erwärmen.

Juha hackte das Eis auf dem See auf. Seine Bewegungen waren kraftvoll. Seine breiten Schultern sahen aus, als wäre er körperliche Arbeit gewöhnt. Ich war froh, dass er von dem schweren Unfall keine bleibenden Schäden davongetragen hatte.

Währenddessen holte ich mit seiner Frau Sanna Feuerholz für die abendliche Sauna aus dem Schuppen. So wie ich sie inzwischen kennengelernt hatte, war sie eine toughe Frau, die gleich mit anpackte. Sicher verstand sie es auch in ihrem Job in der Businesswelt, sich durchzusetzen.

Ich mochte ihre natürliche Art. Die gemeinsame Arbeit war die erste Gelegenheit, mit einem der Reiseteilnehmer etwas näher ins Gespräch zu kommen.

»Du kommst gut mit den Hunden zurecht«, stellte ich fest.

»Ich habe lange Zeit mit meinen Labrador-Retrievern ehrenamtlich beim Katastrophenschutz gearbeitet. Leider sind sie inzwischen in die Jahre gekommen und mussten in Rente gehen. Aber die Arbeit mit Hunden in einem Team ist noch immer meine große Leidenschaft.«

Sie hatte ein herrlich gewinnendes, ansteckendes Lächeln. Das gefiel mir. Während ich zusammengeknülltes Zeitungspapier in die Brennkammer des Kaminofens legte und schmale Holzscheite darauf stapelte, fühlte ich, dass sie mich beobachtete. Ich öffnete den Aschekasten einen schmalen Spalt, damit von unten mehr Luft gezogen wurde und so das Feuer lodern konnte.

Mein Blick blieb am Fenster hängen, das von außen mit Eiskristallen bedeckt war. »Bestimmt müssen wir noch mehrfach Holz nachlegen, bevor dieser eisige Raum auf achtzig Grad Saunatemperatur erwärmt wird.«

Sanna schloss den Aschekasten. Das Holz brannte gleichmäßig und erhitzte die Steine und einen riesigen Bottich mit Wasser, der hier draußen die komfortablen Duschen ersetzte. Das hatte ich in der Hauptstadt vermisst. Dort gab es in dem Mehrfamilienhaus, in dem ich gewohnt hatte, zwar für jede Partei die Möglichkeit, an bestimmten Wochentagen in die Sauna zu gehen, aber es war doch bei Weitem nicht das Gleiche wie an einem See.

Juha kam, goss die ersten beiden Eimer Seewasser in den Bottich und drückte Sanna glücklich lächelnd einen Kuss auf die Lippen, bevor er wieder ging, um die Eimer erneut zu füllen.

Die sympathische Frau nahm unser Gespräch wieder auf. »Ich bin so froh, dass wir diese Auszeit bei dir gebucht haben. Der Alltag ist so stressig. Du glaubst gar nicht, wie gut das tut, in dieser endlosen Natur endlich einmal wieder neue Kräfte sammeln zu können.«

Laut knisternd und Funken sprühend entzündeten sich die trockenen Holzscheite. Es würde noch einige Zeit dauern, bis die Sauna mollig warm wäre.

»Bist du verheiratet?«

Mein Körper versteifte sich spürbar, doch von Sanna unbemerkt. »Nein«, erwiderte ich schnell und stand auf. »Das Futter für die Huskys ist sicher fertig«, sagte ich, bevor sie nachhaken konnte.

Die Mahlzeit der Hunde bestand aus einer warmen Suppe, in der sich gefrorene, klumpige Fleischbrocken auflösten. Eine faulig stinkende Note zog mir trotz des schützenden Schals in die Nase. Doch die Tiere waren sichtlich begeistert und stürzten sich gierig auf ihre Näpfe.

Wir Menschen waren nicht minder gierig. Die frische Luft und Kälte hatten wohl einen großen Anteil daran.

In der Hütte verzehrten wir einen von mir, Andrea und unseren jungen australischen Mitstreitern Todd und Pete zubereiteten Eintopf. Das Feuer hatte die Kälte noch nicht gänzlich aus dem kleinen Blockhaus vertrieben. Und so war es für meine Gäste ein ganz neues Erlebnis, drinnen mit Handschuhen und Mütze zu essen. Der letzte Rest des Tageslichtes beleuchtete das Innere der Hütte nicht ausreichend, sodass ich die Petroleumlampen angezündet hatte. Unser Atem war zu sehen. Die Gespräche waren beinahe verstummt, während wir unser Abendessen einnahmen. Ich musste entgegen meiner Befürchtungen zugeben, dass die beiden australischen Studenten gute Arbeit geleistet hatten. Mit dem bisherigen Tagesverlauf zufrieden, tunkte ich meine Scheibe dunkles Roggenbrot in den Eintopf. Ein typisch finnisches Brot. Heißer Tee wärmte uns von innen.

Die Hütte wurde schließlich warm, und die Männer blieben dort und ließen einen Schnaps kreisen. Sanna, Andrea und ich kämpften uns durch die Dunkelheit zur Saunahütte. Wir schälten uns aus den dicken Schneekleidern, die wir zum Lüften in den durch eine altmodische Öllampe erhellten Vorraum hängten.

Die heiße Luft schlug uns entgegen, als ich die Tür öffnete und Andrea und Sanna mir nackt in die aufgeheizte Sauna folgten. Der Raum war klein und dunkel. Nur die Laterne vor dem Fenster spendete ein spärliches Licht. Der Steinboden unter den Lattenrosten, die ihn bedeckten, strahlte zwar noch eine Kühle aus, doch diese würde sich bald verflüchtigen. Achtzig Grad, registrierte ich mit einem Blick auf das Thermometer. Die perfekte Einstiegstemperatur auch für ungeübte Saunabesucher.

Ich beobachtete Sanna, die heißes Wasser in den Aufgussbottich füllte und Feuerholz nachlegte, das die Steine im Ofen erhitzte. Die Arbeitsgänge waren ihr als Finnin natürlich vertraut. Als sie aufsah und mir ein unergründliches Lächeln schenkte, fühlte ich mich ertappt, weil ich sie beobachtet hatte. Andrea stand noch etwas unentschlossen am Eingang. Ihr war der Besuch einer echten finnischen Sauna offensichtlich fremd.

»Komm, setz dich doch zu uns«, forderte ich sie auf Englisch auf.

»Ich vertrage die Hitze da oben nicht so gut«, erklärte sie.

»Das macht doch nichts. Setz dich einfach auf eine Bank weiter unten, da ist es nicht so heiß. Ist prima für Saunaanfänger, und du kannst dich trotzdem mal richtig aufwärmen.«

Dankbar lächelte die Deutsche mich jetzt an und stieg auf die mittlere Bank, während Sanna ihr Handtuch neben mir auf dem glatten Holz ausbreitete. Ich nahm mir vor, sie die nächsten Tage mehr einzubeziehen, damit sie sich nicht ausgeschlossen fühlte. Sie war die Einzige, die ohne Begleitung angereist war.

Ich erinnerte mich daran, wie Andrea sich am ersten Tag vorgestellt hatte. Sie hatte dieses Jahr ihren fünfzigsten Geburtstag gefeiert und das Gefühl gehabt, ihr Leben verlaufe zu langweilig, zu geordnet. Schon lange hatte sie davon geträumt, aus dem Trott auszubrechen und in die lappländische Wildnis zu reisen. Als ihr Mann sich geweigert hatte, sie zu begleiten, hatte sie kurzerhand allein gebucht und ihn daheim gelassen.

»Warum wollte dein Mann nicht mit hierher?«

Andrea überlegte einen Moment, bevor sie antwortete. »Ich wollte mal etwas Verrücktes tun und im Urlaub etwas ganz Aufregendes erleben. Mein Mann liebt Sonne und Meer. Er konnte es sich einfach nicht vorstellen, sich von Huskys durch den Schnee ziehen zu lassen. Also habe ich ihm gesagt, wenn er nicht mitgeht, gehe ich allein. Und nun ja. Da bin ich.«

»Ich glaube, er wird große Augen machen, wenn er die Fotos anschaut und sieht, was du alles erlebt hast. Und vielleicht macht es ihm ja Lust, dich bei deinem nächsten Abenteuer zu begleiten.«

Ich sah ihr hoffnungsvolles Nicken, bevor sie die Augen auf das kleine Fenster richtete. Ich folgte ihrem Blick und schaute in die dunkle Nacht hinaus, als sich mein Körper mit einem Mal versteifte. Hatte ich draußen ein Licht aufblitzen sehen? Ein Licht wie von einer Taschenlampe, die sofort wieder ausgeschaltet wurde. Seit der Unbekannte damals in die Hütte eingedrungen war, schrillten meine Alarmglocken bei der kleinsten Ungereimtheit.

Angestrengt starrte ich nach draußen, doch je mehr Zeit verstrich, in der nichts geschah, desto unsicherer wurde ich, ob ich das Aufblitzen auch wirklich gesehen hatte. Vielleicht hatte ich mich auch getäuscht. Wer sollte sich da überhaupt nachts im Dunkeln herumtreiben? Vielleicht war es auch einer der Männer gewesen, der sich einen ungestörten Platz für die Verrichtung seiner Notdurft gesucht hatte.

»Noora, geht es dir gut?«

Sannas Stimme holte mich zurück. Ich nickte. »Alles okay. Ich dachte nur, ich hätte eine Lampe aufblitzen sehen. Aber wahrscheinlich war es nichts.«

Einen Moment starrten wir zu dritt aus dem kleinen Fenster in die Nacht, bevor die Frauen ihr Gespräch wieder aufnahmen. Während ich der Unterhaltung zwischen Sanna und Andrea lauschte, beruhigte ich mich nach und nach wieder. Wahrscheinlich hatte ich mich wirklich getäuscht.

Wir genossen das Gefühl der Hitze. Sie drang tief in uns und wärmte uns nach dem langen Tag in der frischen, kalten Luft. Endlich spürte ich meine Zehen wieder richtig. Eine Wohltat.

Zeitgleich griffen Sanna und ich nach der Schöpfkelle für das heiße Wasser, und ich zuckte zurück, als unsere Hände sich kurz berührten.

»Bitte!« Ich sah sie auffordernd an und überließ ihr den geschnitzten Holzgriff. »Ich bin es nur nicht gewohnt, dass ein anderer diesen Part übernimmt.«

Sie goss eine Kelle voll Wasser über die heißen Steine, und *löyly*, der Dampf, breitete sich zischend in dem kleinen, dunklen Raum aus. Eine heiße Welle traf unsere Körper, trieb uns Schweiß auf die Haut. Ich schloss die Augen, spürte, wie ich mich immer mehr entspannte.

»Geht ihr mit in den Schnee?« Sannas Stimme holte mich aus meinen Gedanken. Sie funkelte uns herausfordernd an. Während Andrea zunächst zurückblieb, um sich mit einigen Schöpfkellen kühlen Wassers zu erfrischen, traten wir zu zweit vor die Tür, die von den beiden Blockhäusern nicht einzusehen war.

Nackt bei knapp dreißig Grad minus. Ein Eisloch hatte ich hier nicht zu bieten, dazu wurde die Hütte zu selten genutzt, also musste der Schnee zur Abkühlung reichen. Dampf stieg von unseren augenblicklich mit einer Gänsehaut überzogenen Körpern auf. Ich zögerte einen Moment und beobachtete, wie Sanna sich jauchzend rücklings in eine Schneewehe fallen ließ. Sie lachte. Dieses warme, hinreißende Lachen, das mich in diesen Tagen begleitete und das ich vermissen würde, wenn sich unsere Wege trennten.

»Komm, mach mit!«

Ich zögerte einen Moment, doch ihr Rufen spornte mich an. Schneeflocken fielen mir auf die Haare, als ich mich neben sie in den weichen Neuschnee fallen ließ. Ich wappnete mich vor dem Schock, wenn die eiskalte Masse meine erhitzte Haut umfing, und konnte trotzdem einen leisen Schrei nicht verhindern. Und im selben Moment wusste ich, wie sehr ich es genoss. Verrückt. Wann hatte ich das zum letzten Mal gemacht? Wahrscheinlich in meiner Jugendzeit mit Lotta. Mein ganzer Körper kribbelte, wie von unzähligen kleinen Nadelstichen. Wir rappelten uns auf und ließen uns nochmals fallen. Diesmal war der Schock nur noch halb so stark. Nebeneinander rannten wir die wenigen Schritte zurück auf die Veranda. Lachend. Glücklich. Ich fühlte mich so lebendig. Endlich konnte ich wieder ich selbst sein. Im Einklang mit der Natur. Befreit.

Andrea grinste uns an, als wir die Saunatür hinter uns schlossen.

»Es klang, als hättet ihr eine Menge Spaß gehabt. Bei der nächsten Runde gehe ich mit nach draußen. Das sah so lustig aus, wie ihr euch in den Schnee habt fallen lassen. Das will ich mir nicht entgehen lassen.

Wer weiß, ob ich je wieder dazu komme. Aber es wird mich einiges an Überwindung kosten.« Sie lachte. »Mein Mann wird sagen, dass Frauen in meinem Alter so etwas nicht mehr machen. Aber ich sage euch, es ist nie zu spät zum Leben!«

Erschöpft öffnete ich meinen Schlafsack und kroch hinein, nachdem ich nochmals das Holz im Kaminofen nachgefüllt hatte. Eine Berührung ließ mich zusammenzucken. Was hatte mich da gerade am Arm gestreift? Irritiert tastete ich nach der Stelle und zog ein zusammengefaltetes Stück Papier zum Vorschein. Wie war es in meinen Schlafsack gelangt? Ich entfaltete es und schaute im schwachen Licht meines Smartphones auf die krakelige Schrift, die meinen Körper augenblicklich erstarren ließ. Ich unterdrückte ein Keuchen, um Andrea nicht zu wecken, die im Etagenbett über mir lag. Ich wusste, dass ich den Verfasser kannte. Dieselbe Hand hatte die Karte, die bei den Rosen vor meiner Wohnungstür in Helsinki gelegen hatte, geschrieben.

»Noora, meine Liebste, ich verzehre mich nach dir, doch du nimmst mich gar nicht wahr. Ich rede mit dir, doch du hörst nicht die Worte dahinter. Lange halte ich diesen Zustand nicht mehr aus, dich nur aus der Ferne zu betrachten.«

Bedrohlich klangen die Worte in mir nach, und ich war froh, nicht allein in der Hütte zu sein. Lange hatte der Stalker gewartet. Beinahe hatte ich es geschafft, ihn aus meinen Gedanken zu streichen, ich glaubte, dass er das Interesse an mir verloren hätte. Und nun rief er sich mit wenigen Zeilen umso intensiver in Erinnerung. Meine Hand zitterte, als ich sie erneut las. Wer war er? Wo war er? Schlich der Verfasser draußen in der Dunkelheit herum? Verfolgte er mich bis hierher in die Wildnis? Hatte ich durch das Saunafenster doch eine Taschenlampe aufblitzen sehen? Aber wie hätte er hier an meinen Schlafsack gelangen können? Es war doch immer jemand beim Gepäck gewesen. Während der Tour konnte er keine Gelegenheit gehabt haben. Wann hatte ich den Schlafsack zuletzt benutzt? Hatte er den Zettel auf der Lodge in meine Sachen gesteckt? Der Gedanke ließ mich frösteln. Die Ausrüstung für die Tour hatte ich in meinen persönlichen Wohnräumen aufbewahrt. War er erneut in mein Haus eingedrungen?

Ich schluckte. Mein Hals fühlte sich trocken an. Mein Atem ging schwer. Warum hatte ihn niemand gesehen? Oder war es jemand, der auf der Farm ein- und ausging, ohne Verdacht zu erwecken? Das traute ich niemandem aus meinem Umfeld zu. Auch konnte ich mir nicht vorstellen, dass der Stalker uns auf der Tour gefolgt war. Hier inmitten der Reisegruppe war ich sicher.

Ich schloss die Augen und lauschte den gleichmäßigen Atemzügen von Juha, der mit Sanna in der Schlafkabine neben Andrea und mir lag. Schnell war er eingeschlafen. Frische Luft und Sauna wirkten um einiges besser als Schlaftabletten. Nur mir wollte dieser Mix wie schon so oft nicht helfen, meine rotierenden

Gedanken auszuschalten. Aber wenigstens zitterte ich nicht mehr am ganzen Körper und meine Atmung normalisierte sich.

Auf der gegenüberliegenden Seite des Raumes hörte ich die beiden Studenten miteinander flüstern. Konnte die Worte jedoch nicht verstehen. Todd hatte gerade seine Zwischenprüfung in Kultur-Management abgeschlossen, während Pete Medizinstudent war. Sie hatten erzählt, dass sie diesen Trip in den kalten Norden Europas lange geplant hatten und glücklich waren, ihren Traum endlich zu verwirklichen.

Planungen. Träume. Auch ich hatte meinen Traum verwirklicht und hoffte, von dieser Art von Tourismus leben zu können. Noch konnte ich von den Reserven leben. Auch hatte ich die Möglichkeit, weitere Rentiere zu verkaufen. Aber irgendwann musste sich die Farm, mitsamt den Tieren und den Löhnen für die Mitarbeiter, durch die Buchungen der Urlaubsgäste tragen. Bis dahin war es noch ein langer Weg. Aber der erste Schritt war nun gemacht.

Ich hielt die Augen geschlossen, spürte die Müdigkeit, die meine Glieder schwer wie Blei machte, und doch war ich ruhelos und konnte keinen Schlaf finden.

Während der letzten Wochen hatte ich kaum an Lotta denken müssen, doch jetzt drängte sie sich wieder massiv in mein Bewusstsein zurück. Ich sah ihr Gesicht vor mir. Ihre Blicke. Ihre Küsse, die einst mir galten. Lag es an Sannas lockerer Art, mit mir umzugehen, dass die Sehnsucht in mir hochkam? Aber war es eine Sehnsucht nach Lotta oder vermisste ich einfach die Zärtlichkeit und Vertrautheit einer Frau, einer Partnerin in meinem Leben? Seit der Trennung von Pia hatte ich viel Arbeit gehabt und kaum Zeit, mir über eine Beziehung Gedanken zu machen. Aber immer öfter ertappte ich mich dabei, dass ich jemanden vermisste, den ich in meine Arme nehmen könnte und der mir sagte, dass er stolz auf mich ist. Mir fehlte das Gefühl, geliebt zu werden. Meine Gedanken schweiften ab. Zurück in die Vergangenheit, als ich genau diesen Menschen, der mich glücklich machte, an meiner Seite hatte. Noch im Einschlafen dachte ich zurück an einen Wintertag mit Lotta.

Wir stapften im Gänsemarsch übers Eis. Die Vormittagssonne wärmte uns, sodass wir in unseren dicken Overalls schwitzten. Auf dem Rücken trugen wir die Ausrüstung, die wir zum Eisfischen brauchten. Bohrer, Angel, Köder und einen Campinghocker.

Unsere Füße steckten in klobigen Schneeschuhen, damit wir im Tiefschnee vorwärtskamen. Wir passierten Schilf, das goldfarben im Eis festklemmte, und liefen geradewegs auf den Horizont zu.

»Hier ist es perfekt«, sagte Lotta schließlich. Sie hatte ein Gespür dafür, wo die besten Fische zu fangen waren.

Wir schnallten uns die Schneeschuhe ab und machten uns ans Werk, dicke Löcher in die Eisdecke zu bohren, durch die wir ebenso dicke Fische zu ziehen hofften.

Wir harrten aus und streckten unsere Gesichter der Wintersonne entgegen. Meine Schnur zuckte, und ich richtete die Aufmerksamkeit auf meine Angel.

»Ich hab einen!« Vorsichtig zog ich die Angelschnur ein.

Lotta lachte, als sie den Eisbrocken anstelle des erwarteten Barsches an meinem Haken sah.

»Na klar, ich hab einen«, äffte sie mich scherzhaft nach.

Bevor sie sich versah, hatten meine Hände einen Schneeball geformt, der ihre Schulter traf. Kreischend fuhr sie auf, und der zweite Schneeball traf sie, ohne ihr die Zeit zu lassen, ihre Angelschnur komplett einzuholen.

Lachend tollten wir unbekümmert wie Kinder über das Eis und bewarfen uns mit den weißen Kugeln, bevor Lotta die Taktik wechselte und mich in einem Augenblick der Unaufmerksamkeit mit ihren Armen umfing und mein Gesicht mit Schnee einrieb. Ich wehrte mich und brachte sie lachend zu Fall. Der weiche Schnee dämpfte ihn. Ich lag auf ihr und ein neues, ungekanntes Gefühl breitete sich in mir aus. Lotta schien das gleiche zu spüren, denn unser ausgelassenes Kichern erstarb. In diesem Moment, als ich meine Handschuhe abstreifte und Lottas Overallreißverschluss öffnete, war es mir egal, ob jemand uns von der Farm aus sah.

Im Blockhaus war Ruhe eingekehrt. Nur noch das Holz knackte im Kamin. Aus den Betten der beiden

Australier war inzwischen leises Schnarchen zu vernehmen. Ich hielt die Augen fest geschlossen, als könnte ich den Schlaf erzwingen, und lauschte in die Dunkelheit. Was Lotta und Jonas jetzt wohl machten? Sie hatte ihn ihrer Familie vorgestellt. Wusste er von unserer Beziehung? Unserer Jugendromanze? Ob sie auch manchmal an mich denken musste? Wahrscheinlich nicht. Es war vorbei. Für sie war es vorbei, und ich musste es endlich akzeptieren, bevor ich bereit sein konnte für eine neue Beziehung. Diese Erkenntnis bohrte sich tief in mein Innerstes und nagte an mir.

Ich wusste nicht, wie viele Stunden ich geschlafen hatte, aber plötzlich schreckte ich auf, noch immer gefangen vom Bild unserer nackten, schweißbedeckten Körper, die sich in ihrer Leidenschaft rhythmisch bewegten.

Ich versuchte, mich zu orientieren. Nur zögerlich kehrte die Erinnerung zurück, und mir wurde bewusst, dass ich mit meiner Reisegruppe in der Blockhütte lag. Ich fröstelte und zog den Thermoschlafsack enger um mich. Erst jetzt erlaubte ich mir, die Lider zu öffnen. Ich musste aufstehen und nach dem Feuer schauen. Ich musste dafür sorgen, dass die Öfen nicht ausgingen.

Ich stand auf und trat aus der Kabine mit dem Etagenbett, das ich mit Andrea teilte, in die Stube, wo mein Blick sogleich auf ein blaues Augenpaar traf.

Sanna saß am Feuer und legte Holz nach. Die Birkenscheite barsten laut knackend in den Flammen, die ihr unverwandt auf mich gerichtetes Gesicht beleuchteten.

Ich setzte mich zu ihr. »Kannst du nicht schlafen? Ich hoffe, es liegt nicht am Bett«, fragte ich sie leise, um die anderen nicht zu wecken.

Sie schüttelte den Kopf und stellte eine Gegenfrage. »Und wie sieht es mit dir aus?«

»Mir geht so vieles im Kopf herum«, sagte ich ausweichend.

Der Stalker, Lotta, wie sollte ich Sanna erklären, was mir in dieser Nacht den Schlaf raubte? Ihr erzählen, dass ich mich so nach einer Frau sehnte, dass ich davon träumte? War ich nach Lotta überhaupt imstande, einen anderen Menschen wieder so vorbehaltlos zu lieben? Mit Pia hatte es nicht funktioniert. Ich hatte nicht funktioniert. Es schmerzte, es sich eingestehen zu müssen.

Sanna nickte, als sie sich erhob. Ein unergründlicher Ausdruck lag auf ihren Zügen. »Wenn du jemanden zum Reden brauchst, bin ich gerne für dich da.«

»*Kiitos*«, dankte ich leise und wandte mich um. Ich beobachtete die gespenstischen Schatten, die das flackernde Licht auf den Wänden tanzen ließ, während ich den Geräuschen schlafender Menschen lauschte.

Ein Rascheln von Stoff verriet mir, dass auch Sanna wieder in ihren Schlafsack gekrochen war. Das Feuer würde wohl bis zum Morgen brennen und uns die nächsten Stunden vor der eisigen Kälte schützen.

Kapitel 19

Meine Gäste regten sich noch nicht in ihren Schlafkabinen und Betten. Die Abenteuer des vergangenen Tages und die körperliche Anstrengung auf den Schlittenkufen ließen sie schlafen wie Steine.

Außerhalb meines Schlafsackes fröstelte ich. Das Feuer im Kamin hatte stark an Intensität verloren. Leise, ohne Andrea zu wecken, die im Bett über mir lag, stand ich auf und zog mich an.

In der Stube schürte ich das Feuer und setzte den Kaffee auf. Nach dem Frühstück würden wir zu der Tour aufbrechen, die am Nachmittag bei der Farm enden sollte.

Der kräftige, belebende Duft, der kurze Zeit später den Raum erfüllte, lockte Sanna und Juha in die Küche.

»Moi!« Grüßend hob ich die Hand mit dem dampfenden Holzbecher. »*Kahvi on valmis.*« Frisch gebrühter Kaffee. Das klang gut in ihren Ohren.

»Ah … unsere Lieblingsmusherin rettet uns gerade das Leben und mir schon zum zweiten Mal«, scherzte Juha und goss sich einen Kaffee ein. Ich spürte, dass ich errötete. Ihre Dankbarkeit, die sie bereits mehrfach zum Ausdruck gebracht hatten, war mir etwas unangenehm, und ich wusste gar nicht, wie ich darauf reagieren sollte. Ich hatte nur meinen Job gemacht.

Sie nahmen auf der Holzbank mir gegenüber Platz. Sicher war ihnen nicht aufgefallen, dass sich meine Wangen rot gefärbt hatten.

»Hast du schon mal daran gedacht, an einem Schlittenhunderennen teilzunehmen?«, wollte Juha wissen, nachdem er den ersten Schluck getrunken hatte.

Ich spürte Sannas Blick auf mir ruhen. Sie beobachtete mich gespannt. Ich kam mir vor wie bei einer mündlichen Prüfung und schüttelte verneinend den Kopf.

Ein Ruck fuhr durch Sannas Körper und ließ mich zusammenzucken. Irgendetwas ging hier vor. Worauf wollten die beiden hinaus?

»Das wäre perfekt!«, sagte sie.

Ich blickte von einem zum anderen. Sanna wirkte so, als könnte sie ihre Aufregung nur mühsam unterdrücken. Ihr Verhalten irritierte mich.

»Wie du ja weißt … oder zumindest, wenn du meine Visitenkarte gelesen hast …«

»Komm zum Punkt«, unterbrach ihr Mann sie. Er wirkte ruhiger als seine Frau, doch auch er konnte eine gewisse Anspannung nicht verbergen.

»Ja, schon gut, Schatz.« Sanna wandte sich mir wieder zu. »Ich bin in der Geschäftsleitung der Firma Sali Sports Oyj, einem finnischen Sportausrüstungshersteller. Ich weiß nicht, ob dir die Firma geläufig ist.« Worauf wollte sie hinaus? »Vor einiger Zeit haben wir von einem großen Sporthersteller die Marke Arctic Sports erworben und suchen nun nach einem frischen Gesicht, um diese relativ junge Outdoormarke bekannt zu machen. Und Juha ist auf der Suche nach einem neuen TV-Format für seinen Sender.«

Ihr Mann legte ihr die Hand sachte auf den Arm, und sie verstummte. »Was meine Frau sagen möchte: Du bist eine wahnsinnig interessante Person. Junge Ärztin, die der Hauptstadt und dem Traumjob den Rücken kehrt und in die lappländische Heimat zieht, um ihren Traum zu verwirklichen und mit Hunden in der Wildnis zu leben. Ich möchte dich ein Jahr lang mit der Kamera begleiten. Natürlich nicht ständig, sondern wir würden dich mit dem Team immer wieder besuchen. Sanna, also Sali Sports Oyj, bietet dir an, dich auszustatten und dir die Teilnahme am härtesten Schlittenhunderennen in Skandinavien zu finanzieren, an dem du im nächsten Winter teilnehmen würdest.«

»Warum?« Ich fühlte mich überfahren.

»Weil du es schaffen kannst. Du bist tough, intelligent und du siehst zudem gut aus. Und du hast das Zeug dazu, ganz vorne dabei zu sein und in dieser Männerdomäne zu bestehen«, sagte Sanna eindringlich.

»Nein, ich meine, warum tut ihr das?«

Juha sah mich an. »Ich könnte jetzt sagen, dass ich mir sicher bin, dass du mir eine Menge Einschaltquoten bescheren wirst. Und Sali Sports die Werbung und dir sicher auch. Wenn du gut abschneidest bei dem Rennen und den Qualifikationen vorher, dann kannst du dich vor Urlaubern sicher nicht mehr retten. Aber das ist nicht alles. Ich tue es auch, weil ich ohne dich nicht mehr leben würde und dir auf diese Weise etwas zurückgeben möchte.«

Die Sonne überflutete die weiße Schneelandschaft mit ihrem goldenen Licht. Dazu der strahlend blaue Himmel von einem beeindruckend satten Farbton. Die majestätische Ruhe des finnischen Winters faszinierte mich. Die unberührten Schneeflächen glitzerten in der Sonne. Manchmal kreuzten die Fährten von Hasen und andere Spuren unseren Trail. Diesen Traum könnte wohl kaum eine Kamera der Welt so fantastisch einfangen, wie er vor meinen Augen lag.

War ich wirklich die Person, die Zuschauer dazu brachte, den Sender einzuschalten? Ich versuchte mir vorzustellen, wie es wohl wäre, im Alltag von einem Kamerateam begleitet zu werden. Hatte ich die Einsamkeit gewählt, um mich dann in einem mehrteiligen TV-Format über die Mattscheibe flimmern zu sehen? Ich musste zugeben, dass mich das Abenteuer reizte. Die Teilnahme am *Finnmarkslopet*, dem größten skandinavischen Rennen.

Sanna und Juha hatten mich überrumpelt, doch ich hatte nicht sofort zugestimmt. Ich musste es mir überlegen. Ich musste unbedingt mit Jari darüber sprechen. Ich würde mich auf das Rennen vorbereiten müssen und könnte in dieser Zeit keine Gäste betreuen. Sali Sports bot mir für die Vorbereitungszeit einen finanziellen Ausgleich, und ich könnte einen Guide einstellen, der die Führung der Gruppen für die Schlittentouren übernahm. Und wenn das mit der Sendung wirklich funktionierte und ich bei den Zuschauern ankam, wäre das eine gute Werbung für die Huskyfarm.

Ich würde heute Abend mit meinem Bruder telefonieren, aber eigentlich hatte ich mich bereits entschieden. Ich konnte mir die Chance nicht entgehen lassen, bekannt zu werden und so potenzielle Gäste auf meine Husky-Lodge aufmerksam zu machen.

Die Rückfahrt zur Lodge verging wie im Flug. Ständig erwischte ich mich dabei, dass ich an Sannas und Juhas Angebot dachte. Der Trail, den ich ausgesucht hatte, war anspruchsvoller und forderte einiges an Kondition von den Mushern, während sie die Huskys bei den Anstiegen unterstützten.

Eine besondere Herausforderung stellten die steilen Abfahrten und die engen Kurven dar. Immer wieder blickte ich zurück, um mich zu vergewissern, dass alle Passagiere an Bord waren. So entging mir der führerlose Schlitten nicht, der direkt auf mich zusteuerte. Ich bremste meine Hunde ab und drückte den Anker in den Boden. Sanna, Juha und Andrea bremsten hinter mir ab, während ich dem Schlitten ruhig entgegenging und die Hunde zu mir rief. Nur die Ruhe bewahren. Sie würden zu mir kommen. Aber konnte ich mir sicher sein, dass das Team im Laufrausch auf meine aus der Ferne gerufenen Kommandos reagierte? Ich machte mich groß, um selbstbewusst und stark zu erscheinen, und versuchte, mit Rufen und Gesten die

Hunde auf mich aufmerksam zu machen. Stolz auf meine Tiere wallte in mir auf, als die beiden Leader souverän den Rest des Teams auf mich zuführten und sich einfangen ließen. Ich strich ihnen über den Kopf und lobte sie ausgiebig, während sie dabei ein breites Grinsen im Gesicht trugen. Vermutlich bildete ich es mir ein, aber ich hatten den Eindruck, als freuten sie sich, ihrem Musher einen Streich gespielt zu haben. Petes Gespann, das als Letztes auf der Strecke war, kam in Sicht, und aus seinem Schlittensack winkte uns Todd lachend zu.

Nachdem er sein eigenes Team wieder übernommen hatte, setzten wir die Fahrt fort. Achterbahn durch dichte Wälder und die endlose Weite von Sumpfgebieten. Filigrane Skulpturen der verschneiten Sträucher flogen an uns vorbei.

Im rötlichen Schein der untergehenden Sonne ließen wir die Gespanne auf dem zugefrorenen See noch einmal richtig laufen. *Finnmarkslopet*-Feeling, dachte ich. Die Energie meiner Vierbeiner schien nie nachzulassen. Ich kostete das Glücksgefühl der absoluten Freiheit aus, bevor wir im heimatlichen Kennel von den daheimgebliebenen Huskys begrüßt wurden.

Kapitel 20

Irgendetwas stimmt da nicht«, keuchte ich und stieg in die geräumige, mit Stroh ausgelegte Box. Mein Blick fiel auf die Wanduhr. Vor knapp drei Stunden hatten die Eröffnungswehen bei Minna eingesetzt, doch die Geburt der Welpen hatte noch nicht begonnen. Alarmiert schaute Ouli auf die Alaskan Husky Hündin, neben die ich mich kniete.

Minna hechelte stark. Ich hatte in meiner – wenn auch noch nicht so langen – Zeit als Hundezüchterin bereits mehreren Geburten beigewohnt, und bei dem ersten Wurf der Hündin war alles planmäßig verlaufen.

Ich hatte Minna aufmerksam beobachtet. Gestern Morgen waren mir die erkennbaren Hüftknochen aufgefallen, deutliches Zeichen, dass sich die Welpen absetzten und für die Geburt in Position gebracht wurden. Am Nachmittag hatten die einleitenden Wehen schließlich eingesetzt. Minna hatte angefangen zu hecheln, um ihre Körpertemperatur zu senken. Es war immer wieder erstaunlich, dass die Tiere wussten, was für sie gut war.

Seitdem war allerdings nichts mehr passiert. Der erste Welpe hätte längst am Gebärmutterhals ankommen müssen. Die Zeit drängte.

Minnas Körper erzitterte.

»Wehenschwäche«, sagte ich laut zu Ouli. »Ruf Oskari an und frag ihn, wie ich die wehenfördernde Spritze dosieren muss.«

Jetzt mussten wir schnell handeln. Die Geburt musste eingeleitet werden, um die Welpen und ihre Mutter nicht zu gefährden. Oskari war der Tierarzt aus der nächstgelegenen größeren Ortschaft, und er würde nicht mehr rechtzeitig eintreffen. Hier im Norden Finnlands mit seiner dünnen Besiedelung mussten die Menschen schnell lernen, alleine zurechtzukommen.

Während Ouli zum Haus lief, um Oskari zu verständigen, setzte ich mich neben die junge Hündin. Mit gedämpfter, sanfter Stimme sprach ich beruhigend auf sie ein, meine Hand strich beruhigend durch ihr dichtes Fell. Ihre stahlblauen Augen fixierten mich.

»Wir schaffen das zusammen. Da bin ich mir sicher.« Ich redete weiter, während ich Minnas Rute anhob, um ihre Temperatur zu messen.

Siebenunddreißig Grad. Optimal. Kurz vor der Geburt war die Temperatur meist auf dem Tiefstand.

Ouli reichte mir die Spritze, die ich Minna verabreichte. Ich saß wartend neben ihr und beobachtete aufmerksam ihre Reaktionen. Gedanken schwirrten durch meinen Kopf.

Hätte ich meine Minna diese Saison noch nicht decken lassen sollen? Nein, sie war gesund und kräftig und brachte wunderbare Anlagen und Gene in die Linie. Mit Sisu hatte ich einen starken Leithund für die vielversprechende Paarung gewählt. Welpen, die ich sehnsüchtig erwartete, sollten heute zur Welt kommen. Es musste gut ausgehen für Minna und ihre Babys.

Die Hündin winselte und begann, sich zwischen den Beinen zu lecken. Unruhe stieg in ihr auf. Ich beobachtete angespannt, wie die Vor- in die Presswehen übergingen und wellenförmig über ihren Körper liefen. Mich durchströmte ein Gefühl der Erleichterung. Endlich ging die Geburt weiter.

An der Leine führte ich Minna auf den Hof und erschauderte, als ich aus dem Stall in die kalte Winterluft trat. Die Bewegung würde die Geburt, die schon viel zu lange auf sich warten ließ, erleichtern und verkürzen, da durch sie die Welpen auf ihrem Weg in die Welt unterstützt wurden.

Gerade noch rechtzeitig kamen wir in der Box an, als Minna ihre Rute aufstellte und sie ab der Wurzel bogenförmig abknickte, um das Becken für ihr erstes Junges zu dehnen. Mit einem kräftigen Schwall trat Flüssigkeit aus.

»Die Fruchtblase ist geplatzt«, kommentierte ich und lächelte Ouli zu, der ebenso gebannt wie ich die Geburt verfolgte.

Der erste Welpe steckte nun im Geburtskanal, und ich hoffte inständig, dass er innerhalb der nächsten Viertelstunde geboren wurde und keine weiteren Komplikationen auftraten.

Ich saß neben Minna und lehnte mich gegen die Wand der Box. Jetzt blieb mir nur noch Warten.

»Kannst du dich noch an deinen ersten Wurf erinnern?«, fragte Ouli in die Stille hinein.

»Das ist inzwischen wohl über fünfundzwanzig Jahre her. Aber ja, ich kann mich noch sehr gut daran erinnern. Die Hündin stammte aus einer bekannten norwegischen Zucht. Mein erster Alaskan Husky. Wir hatten normalerweise nur lappländische Rentierhunde, aber ich habe so lange gebettelt, bis Vater sie mir zum Geburtstag geschenkt hat.« Vor mir sah ich diese hochbeinige, kräftige Hündin, deren dichtes Fell die Färbung von hellem Sand in der untergehenden Sonne hatte. Ich lächelte bei der Erinnerung. »Mit ihrer unermüdlichen Ausdauer war sie für mich der Inbegriff des optimalen Schlittenhundes.« Ich geriet ins Schwärmen, wie immer, wenn ich über sie sprach. »Stina war meine beste Freundin. Sie zog mich mit dem Schlitten in die Schule und wartete, bis der Unterricht vorbei war, um mich dann wieder sicher nach Hause zu bringen. Als ich älter war, war es kein Schlitten mehr, den sie zog, sondern ich stand auf Langlaufskiern.«

Ich streichelte Minnas bebende Flanke. In regelmäßigen Abständen rollten jetzt Presswehen über ihren Körper. Ich fühlte mit ihr. Der erste Welpe hatte es immer besonders schwer. Er musste den anderen den Weg durch das Becken bahnen.

»Stina schenkte eines Nachts drei Welpen das Leben, und ich war unbeschreiblich stolz auf sie. Wer der Vater der Kleinen war, blieb allerdings für immer ihr Geheimnis. Jedenfalls kam vom Aussehen her kein Rentierhund in Betracht.«

Kaum hatte ich zu Ende gesprochen, regte Minna sich, und ich erblickte den Neugeborenen mit dem

Rest der geplatzten Fruchtblase. Von der Natur mit den richtigen Instinkten ausgestattet, begann die Hündin, den Welpen mit ihrer Zunge zu massieren, um seinen Kreislauf in Gang zu bekommen. Mit einem leisen Schrei nahm es seinen ersten Atemzug.

Das gleiche Gefühl von Ehrfurcht, das mich bei Stina erfüllt hatte, wallte auch diesmal in mir auf. Tränen der Rührung stiegen mir in die Augen, während ich Minna dabei beobachtete, wie sie mit ihren Backenzähnen die Nabelschnur durchtrennte. Jetzt würde es nicht mehr lange dauern, bis der nächste Welpe folgte.

Zwei Rüden und drei Hündinnen lagen blind am Körper ihrer Mutter und traten mit den Vorderläufen gegen die Zitzen, um ihre erste Mahlzeit zu sich zu nehmen, die sie mit allem versorgte, was sie für einen gesunden Start ins Leben brauchten.

Ouli war zu seinen alltäglichen Aufgaben zurückgekehrt, während ich für Minna eine Brühe mit Fleisch, Ei und Getreideflocken zubereitete, die der mitgenommenen Hündin neue Energie bringen würde. Ich war noch immer ergriffen vom Anblick der Mutter mit ihren Welpen.

Einige Stunden nach der Geburt saß ich erschöpft, aber zufrieden auf den Stufen meiner Veranda. Es war zwar schon später Abend, aber noch fast taghell. Nach dem langen, dunklen Winter genoss ich die wärmeren Sommernächte und die Zeit, in der die Sonne für über siebzig Tage nicht unterging. Am Wochenende würden wir auf der Farm Juhannus, das Mittsommerfest, feiern. Lasse und Ouli hatten gerade am Seeufer das Holz für das große Johannisfeuer aufgeschichtet.

Mein Blick wanderte vom Holzstapel auf den See Pallasjärvi hinaus. Es war völlig windstill, und der Himmel spiegelte sich auf dem Wasser. Ich beobachtete die Haubentaucherfamilie, die lautlos vorbeiglitt, während ich an meinem *Lapin kulta* nippte. »Das Gold Lapplands«, ein weit verbreitetes Lagerbier, gebraut aus den wilden Wassern dieses Landstriches. Vater hatte es immer gern getrunken.

Ich dachte oft an meine Eltern zurück. Seit ihrem Tod waren eineinhalb bewegte Jahre vergangen, und mir war als Familie nur noch mein Bruder geblieben.

Ich konnte es kaum erwarten, Jari und seine eigene Familie in wenigen Tagen vom Flughafen abzuholen. Er lebte mit seiner schwedischen Frau und den beiden Kindern in einem schönen Vorort von Stockholm, und sie hatten angekündigt, den Johannistag und eine weitere Woche bei mir am See zu verbringen. Wir hatten uns seit dem letzten Sommer nicht mehr gesehen, aber das Internet hatte glücklicherweise selbst die entlegensten lappländischen Winkel erreicht, sodass wir uns über Skype austauschen konnten. Doch nichts ersetzte den persönlichen Besuch.

Die Haubentaucherfamilie war längst aus meinem Blickfeld verschwunden, als ich mich erhob, um nochmals die Kinderstube aufzusuchen. In der Sommerpause, die Mitte April nach einer guten ersten Saison begonnen hatte, bekam das Hunderudel

Nachwuchs. Jetzt hatte Minna als Letzte der drei Mütter ihre Jungen geworfen. Die ältesten Welpen waren bereits in der vierten Woche, sodass bald die Auswahl und das Training derjenigen Hunde beginnen konnten, die als Schlittenhunde auf der Farm verbleiben würden. Es waren nicht alle Welpen gleich gut dafür geeignet. Der Alaskan Husky war seit jeher auf Menschenfreundlichkeit, geringe Aggression und mangelnden Jagdtrieb gezüchtet worden und gab für aktive Menschen auch einen wunderbaren Familienhund ab.

Als ich an Minnas Box trat, öffnete sie träge die Augen und wedelte im Liegen leicht mit dem Schwanz. Ihre Welpen schliefen eng in ihr weiches Fell gekuschelt. Die Hündin erinnerte mich stark an Stina.

»Schlaf gut und pass schön auf deine Babys auf«, murmelte ich und ging wieder hinaus in die helle, nachtlose Nacht.

Kapitel 21

»Tante Noora!« Stürmisch riss sich die fünfjährige Liina von der Hand ihrer Mutter los und rannte in meine offenen Arme, während ihr zwei Jahre alter Bruder Kimi sein Gesicht scheu an der Brust seines hochgewachsenen Vaters versteckte, um mich kurz darauf aus großen Augen zu betrachten. Einen Moment überlegte ich, ob ich mit meinem abgewetzten Arbeitsoutfit für Städter ein ungewohntes Bild abgab, entschied mich aber, dass der Junge wohl eher in einer Fremdelphase steckte, als sich Gedanken über meine Bekleidung zu machen. Ich hatte ihn das letzte Mal als Säugling bei seiner Taufe gesehen. Ich war eine Fremde für ihn.

Jari hatte mich inzwischen erreicht, umarmte mich lachend und hielt mich dann auf Armeslänge von sich weg.

»Lass dich anschauen, kleine Schwester.«

Ich knuffte ihn in die Seite, konnte ihm aber nicht lange böse sein, als das spitzbübische Lächeln in seinem Gesicht erschien, das mir bereits seit unserer Kindheit so vertraut war. Er wusste ganz genau, dass ich es hasste, so genannt zu werden.

»Du siehst erholt aus«, stellte er fest.

»Ja, unsere erste Wintersaison hat uns überraschend viele Touristen beschert, aber jetzt erholen wir uns schon seit zwei Monaten von den Urlaubern und den langen Huskytouren und bereiten uns auf die großen Fernsehauftritte vor, die demnächst beginnen.«

Lachend umarmte ich Jaris Frau Sara, bevor ich Liina auf meine Schultern hob und mich auf den Weg in Richtung Parkplatz machte, wo mein Pick-up auf uns wartete. Bis zur Farm war es noch ein gutes Stück.

»Na, was macht die Fernsehkarriere?", fragte Jari vom Beifahrersitz, während der Flughafen von Kittilä hinter uns zurückblieb.

Mit einem Seitenblick auf meinen Bruder rollte ich mit den Augen. Eigentlich war mir der Rummel um meine Person unangenehm. Und wenn ich bedachte, dass bisher nur ein winziger Teil der Folgen als Appetithäppchen für die Dokumentation gedreht worden war, war ich jetzt schon froh, wenn die komplette Reihe im Kasten war und mein Leben wieder in normalen Bahnen verlief. Es sollten nur sporadische Aufnahmetermine werden, bevor mich das TV-Team zum Rennen in Norwegen begleiten sollte, aber diese würden ausreichen, mein Leben durcheinanderzubringen und den gewohnten Farmablauf gehörig zu stören.

Im Rückspiegel blickte ich in Saras erwartungsvolle Augen.

»Im Winter war ich in Helsinki, aber das hatte ich euch ja schon mal am Telefon erzählt. Dort habe ich mich mit Sanna und Juha getroffen. Natürlich habe ich vorher recherchiert, was alles an Ausrüstung für so ein Abenteuer wie den *Finnmarkslopet* benötigt wird.

Aber Sanna hat bereits bei der Planung an alles gedacht.«

Es war ein angenehmes Aufeinandertreffen. Für alles war gesorgt. Ich wurde vom Flughafen abgeholt, hatte ein geräumiges Hotelzimmer, Abendessen mit Sanna und Leuten von Sali Sports. Ein weiteres mit Juha und Mitgliedern des Produktionsteams. Alle waren freundlich zu mir. Ich wurde hofiert. Ein verrücktes, ungewohntes Gefühl. Irgendwie unangenehm und doch spannend.

Für einen kurzen Moment ließ ich meine Gedanken schweifen. Am Abend vor meinem Rückflug hatte ich mich getraut, Pias Nummer zu wählen. Ich wusste nicht, warum, aber ich hatte das Bedürfnis, es tun zu müssen, ihr sagen zu müssen, dass ich in der Stadt war und an sie dachte, bevor ich wieder abreiste.

Wir hatten uns getroffen. Und wir hatten es zugelassen, dass unsere gegenseitige Anziehung, die zweifelsohne noch immer vorhanden war, den Verlauf des Abends bestimmte selbst mit dem Wissen, dass es ein einmaliges Erlebnis bleiben würde.

»Tante Noora, bist du jetzt ein Filmstar?«, unterbrach meine Nichte meine Gedanken.

Ich lachte. »So könnte man fast meinen. Zumindest kam ich mir selbst so vor.« Ich zwinkerte ihr durch den Rückspiegel zu. »Juha hat mich inzwischen einige Male mit seinem Kamerateam besucht und mich im Alltag begleitet. Sie waren dabei, als ich die neue, von Sannas Firma gesponserte Ausrüstung erhielt. Das war wie Geburtstag und Weihnachten in einem. Und ich wurde gefilmt, als ich bei einem Musherkollegen in Norwegen noch zwei Huskys holte und zum ersten Mal mein komplettes zwölfköpfiges Hundeteam vor den neuen Rennschlitten spannte.«

Noch gut erinnerte ich mich an diesen aufregenden Moment. Während ich einen Hund nach dem anderen vor den Schlitten spannte, erzählte ich der Kamera von den einzelnen Tieren, ihren Charakteren, Stärken und Schwächen und den Gründen, warum sie eine bestimmte Position im Rennteam einnehmen sollten. Das Reden half mir, meine eigene Nervosität im Zaum zu halten. Es war ein grandioses Gefühl, dieses Gespann vor mir zu sehen. Die Zugkraft ihrer Muskeln zu spüren. Ihr Spaß am Laufen übertrug sich auf mich. Ich wusste, ich konnte mit diesem Team etwas bewegen.

»Wann wird die erste Folge zu sehen sein?«

Geheimnisse zu bewahren war mir meinem Bruder gegenüber noch nie gelungen, sodass ich es diesmal gar nicht erst versuchte.

»Es sollte ja eigentlich eine Überraschung sein, aber die erste Folge der drei, die vor dem *Finnmarkslopet* gezeigt werden, wird morgen Abend ausgestrahlt und dient quasi als Cliffhanger. Juha hatte die Vorstellung, dass die Menschen mich dadurch bereits vor dem Rennen kennenlernen können. Es soll neugierig machen auf die kommenden Ausstrahlungen. So wäre auch die Dauer, die Sali Sports im Gespräch ist, deutlich länger, als wenn die kompletten Folgen an einem Stück laufen.«

»Darf ich die Sendung auch sehen? Ich will Tante Noora im Fernsehen sehen.« Liinas Augen flehten ihre Eltern an. Jari lächelte seine Tochter liebevoll an und nickte. Seine Hand legte sich auf meinen Arm, als ich nach dem Schaltknauf griff.

»Ich glaube, du hast deinen ersten großen Fan.«

Liina folgte mir wie ein Schatten bei meinen alltäglichen Arbeiten mit den Tieren.

»Auch wenn die Huskys im Sommer Ferien haben«, erklärte ich ihr, »haben wir Menschen immer viel zu tun.« Meine Hunde wurden zweimal täglich gefüttert. Meine Nichte half mir bei der Zubereitung der Morgenmahlzeit, einer wässrigen Suppe mit Hundefutter und frischem Fisch. Ich war erstaunt, wie selbstverständlich sie mit den toten Schuppentieren umging.

»Warum schaust du mich so komisch an?«

»Findest du die Fische denn gar nicht eklig?", wollte ich wissen und hielt ihr einen entgegen.

Das Mädchen lachte glucksend. »Nein, Papa geht manchmal mit mir angeln, und da fangen wir oft ganz viele Fische.«

Es freute mich, dass Jari seinen Kindern auch die Natur näherbrachte.

»Gehst du denn gerne angeln?"

»Klar.«

»Wollen wir die Tage vielleicht auch mal zusammen zum Fischen rausfahren?«

Liinas Augen leuchteten erfreut auf, als sie heftig nickte.

Ich genoss die Gesellschaft meiner kleinen Nichte. Teilweise erkannte ich in ihr das Mädchen wieder, das ich einst gewesen war.

Während der Fütterung waren die Anlagen zu reinigen. Meine beiden Mitarbeiter Ouli und Lasse, die auch den Sommer über bei mir arbeiteten, kümmerten sich jeweils um eines der Hunderudel.

»Bei mir leben im Moment fünfundfünfzig Hunde in jedem Alter, die neuen Welpen noch nicht mitgezählt«, erzählte ich Liina, während wir mitten im Rudel standen und Sozialarbeit leisteten. »Es ist wichtig, dass wir gerade jetzt in der Sommerpause den menschlichen Kontakt zu den Tieren stärken und die jüngeren Hunde ins Rudel integrieren.«

Liina schaute mich nachdenklich an, bevor sie ihre Frage aussprach: »Und kennst du wirklich jeden deiner Hunde?«

»Ja, das gehört zu meinem Job. Sie sind schließlich meine tierischen Kollegen.« Ich lächelte, als ich in ihr aufmerksames Gesicht blickte. Ich mochte ihre Wissbegierde und ihre kindliche Neugier.

»Ich arbeite jeden Tag mit ihnen. Dabei führe ich auch sozusagen ein Tagebuch, in dem dann steht, wann die Impfungen gemacht werden, wie viele Kilometer die Hunde schon gelaufen sind und viele weitere Informationen. Da fällt es mir dann natürlich ganz leicht, mir die Namen von meinen Hundefreunden einzuprägen.«

Die offene Bewunderung war in den Augen des Mädchens deutlich sichtbar. »Noora, wenn ich groß bin, will ich auch bei dir arbeiten«, sagte sie bestimmt und setzte einen sehr ernsthaften Gesichtsausdruck auf. »Und ich habe auch schon einen Lieblingshusky, mit dem ich dann arbeiten möchte.« Sie kraulte Mustikkas weiches Ohr. »Der hat so wunderschöne Augen«, schwärmte sie und drückte ihr Gesicht in ihr weiches Fell, als sie die Hündin umarmte.

Wann hatte ich aufgehört, mir Gedanken über eigene Kinder zu machen? Irgendwann zwischen Studium, Karriere als Ärztin und Aufbau der Huskyfarm hatte ich die Vorstellung einfach begraben. Ich beobachtete Liina, die mit glühenden Wangen und vor Freude glänzenden Augen im Welpenauslauf zwischen Mustikkas Jungen saß. Die Kleinen hatten vor einer Woche die Augen geöffnet und begannen langsam, ihre Welt zu erkunden. Ich hätte mir bestimmt ein Kind gewünscht, das so war wie meine Nichte.

Sie lachte glücklich auf, als zwei der Welpen gleichzeitig versuchten, ihre Beine zu erklimmen und der eine bei der Bemühung den Halt verlor und herunterpurzelte. Vorsichtig glitten ihre kleinen Hände über das samtige Fell der Jungtiere.

»Papa, können wir nicht einen der Kleinen bekommen?« Ihre Stimme nahm einen kindlich bettelnden Tonfall an. Wie der typisch quäkende Hilfeschrei eines Welpen, auf den das Muttertier genetisch bedingt innerhalb der ersten zwölf Lebenstage reagiert, war dieser Ton darauf angelegt, den Eltern eine Ablehnung unmöglich zu machen.

»Schatz, wir können zurzeit keinen Hund halten.«

»Aber ich kann mich doch um ihn kümmern. Dann wäre es auch mein ganz eigener Hund.«

Jari war neben mich getreten und schüttelte den Kopf.

»Nein, Liina, du bist noch zu klein, um die Verantwortung für so ein Tier zu tragen. Wir werden noch etwas warten. Noora hat in einigen Jahren bestimmt wieder Hundebabys, und dann können wir noch mal darüber reden.«

Ich mochte die umsichtige Art, wie er mit seinen Kindern umging. Er gefiel mir in der Vaterrolle. Ob ich eine gute Mutter gewesen wäre?

Liina schmollte nur kurz, dann hatten die Welpen sie wieder in ihren Bann gezogen. Als eines vorwitzig an ihrem Schnürsenkel zerrte, kicherte sie.

»Noora, ich bin so stolz auf dich.« Überrascht wandte ich mich zu Jari um. »Was du aus der alten Rentierfarm gemacht hast«, fuhr er fort. »Als Mama und Papa starben, habe ich geglaubt, nie wieder hierher zurückzukommen. Weißt du noch, als wir überlegten, was mit dem Gelände hier geschehen soll? Ich wollte es einfach verkaufen und habe dich für verrückt erklärt, dass du deine gut bezahlte, sichere Arbeit im Krankenhaus an den Nagel hängen wolltest, um wieder hierher zurückzukehren.«

Sein Blick schweifte über die Gebäude, die seitdem entstanden waren. Im großen Haupthaus, in dem ich selbst wohnte, lagen meine Privaträume, eine Sauna sowie eine große Küche mit einem gemütlichen Esszimmer für die Urlaubsgäste. Auf dem Grundstück waren im Laufe des letzten Jahres zudem vier kleine Blockhäuser, die alle mit eigener Sauna ausgestattet waren, sowie eine geräumige freistehende Strandsauna und eine Scheune erbaut worden. Die alten Rentierzäune waren diversen Ausläufen und Unterkünften für die Hunderudel gewichen. Weitere vier Blockhäuser wurden gerade durch die Baufirma errichtet, um die Anzahl meiner Gäste erhöhen zu können.

Mit unbewegtem Gesicht folgten meine Augen Jaris Blick und blieben an der Stelle hängen, an der einst unser Elternhaus gestanden hatte. Vor meinem Geist sah ich noch heute die bis auf den Grund niedergebrannten, noch rauchenden Reste. Ein riesiger schwarzer Fleck in der weißen Schneelandschaft.

Ich fixierte die lebensgroße Holzschnitzerei in Form eines Rentieres, die im Hof stand und symbolisch an die Vergangenheit dieser Farm erinnerte, als meine Vorfahren noch Rentiere gezüchtet hatten. Zugleich markierte sie die letzte Ruhestätte meiner Eltern.

Einen Moment hingen wir beide schweigend unseren Gedanken nach, bevor Jari seinen Arm um meine Schultern legte und mich in die Gegenwart zurückholte.

»Gibt es im Moment eine Frau in deinem Leben?«

Ich zuckte unmerklich zusammen. Die Frage nach meinem Privatleben hatte ich schon seit seiner Ankunft befürchtet.

»In meinem Leben ist jetzt noch kein Platz für eine Beziehung«, erwiderte ich ausweichend. »Die Hundeaufzucht und -ausbildung, die Farm, unsere Gäste und die Schlittentouren. Und jetzt auch noch das Fernsehteam. Wo bleibt da die Zeit, jemanden zu daten? Welche Frau möchte erst nach all der Arbeit kommen?«

Zielsicher hatte Jari meinen wunden Punkt getroffen, doch wollte ich das ihm und, viel wichtiger, mir selbst gegenüber nicht eingestehen. Ich sehnte mich sehr nach einer Partnerin an meiner Seite. Nach einer Schulter zum Anlehnen. Nach Gesprächen, die über freundschaftliche, kameradschaftliche Gefühle hinausgingen. Und natürlich auch nach einem weichen Körper und ruhigem Atem nachts an meinem Ohr. Mein Bruder hatte das alles. Er war beruflich erfolgreich, hatte eine wunderbare Frau, die ihm nach Jahren noch immer ganz verliebte Blicke zuwarf, und zwei zauberhafte Kinder. Ich gönnte es ihm von Herzen, auch wenn ein wenig Neid in mir steckte. Warum fand ich einfach nicht die Richtige, die mit mir das Leben hier in den nordischen Wäldern genießen konnte?

Mein Körper kribbelte, als ich Jaris intensiven Blick auf mir spürte.

»Noora, du weißt selbst, dass das Unsinn ist. Du kannst ein Schneemobil über eine Rinne im Eis fahren, ohne einzubrechen. Du hast ganze fünfundfünfzig Hunde im Griff und bringst sie irgendwie dazu, Höchstleistungen zu bringen. Du gibst nie auf und jagst zwanzig Kilometer durch unwegsames Gelände, um ein auf Abwege geratenes Rentier zurückzubringen. Die Frauen müssten Schlange stehen vor deiner Haustür.« Ich schüttelte den Kopf, doch er fuhr ungerührt fort: »Jetzt mal im Ernst. Seit du die Farm übernommen hast, arbeitest du so hart an ihrem Erfolg. Es trägt Früchte, was sowohl den Tourismus als auch die Hundezucht angeht. Das Alltagsgeschäft wird immer bleiben. Warum solltest du also deswegen auf eine Beziehung verzichten?«

»Und wenn ich vielleicht beziehungsunfähig bin?«, fragte ich trotzig. Und welche Frau will schon mit mir in der Einsamkeit leben und mich den halben Winter nicht sehen, wenn ich auf Tour bin? fügte ich in Gedanken hinzu. Oder welche ist stark genug, meine unsichtbare Schutzmauer zu durchbrechen?

Ein wenig verärgert fuhr ich zu ihm herum, als er auflachte.

»Schwesterchen, du bist ein wunderbarer Mensch, und auch du wirst noch deine Herzensdame finden, die mit dir glücklich wird. Du musst mir aber versprechen, die Gelegenheit zu nutzen, wenn sie irgendwann vor dir steht.«

Jari zog mich trotz leichter Gegenwehr an sich heran und hielt mich fest. Seine Kraft tat mir gut. Er war der Erste gewesen, dem ich von meinen Gefühlen für Frauen erzählt hatte. Er ging offen mit dem Thema um. Doch wie würden die Menschen hier im entlegenen Teil Finnlands darauf reagieren, dass ich lesbisch war? Mir fehlten hier Vorbilder. Lotta hatte sich vor ihren Reaktionen gefürchtet. Würde man mich weiterhin vorbehaltlos akzeptieren? Noch musste ich mir darüber keine Gedanken machen. Aber irgendwann käme ich um das Thema nicht mehr herum, wenn ich mich nicht mein ganzes Leben lang verstecken wollte.

Kapitel 22

Sie war eine begabte Chirurgin, eine leidenschaftliche Rentierzüchterin, und sie leitet mit Herzblut und Engagement ihre Huskyfarm, die Tammi-Poro-Lodge am Rande des Pallas-Ylläs-Nationalparks. Ihr Ziel ist die Teilnahme am berüchtigten *Finnmarkslopet,* dem härtesten Huskyrennen in Europa, und wir werden sie auf diesem Weg ein Jahr begleiten.« Sannas Augen schienen aus dem Bildschirm heraus tief in meine zu blicken. Sie hielt mich gefangen, während sie sprach. »Sie hat die Herausforderung angenommen, dieses Projekt mit uns von Sali Sports zu realisieren. Und ich habe während der letzten Monate nicht nur eine bemerkenswerte Frau kennengelernt, sondern auch eine gute Freundin gefunden.«

Wie in Trance verfolgte ich jede Sekunde der Ausstrahlung auf dem Bildschirm. Während Liina neben mir auf der Couch kaum still sitzen konnte und jedes Mal klatschend aufsprang, wenn ich zu sehen war, starrte ich wie gebannt hin und wagte kaum zu atmen. Ich spürte Jaris Blick, der mich immer wieder streifte, und konnte nicht verhindern, dass ich errötete.

Mein Leben so ausgebreitet zu sehen, fühlte sich irreal an. Meine Stimme klang fremd in meinen Ohren, aber wahrscheinlich bildete ich es mir nur ein. Für alle anderen hörte ich mich vermutlich völlig normal an.

Während der Dreharbeiten mit den Menschen vom Filmteam um mich herum, mit Mikko, dem Regisseur, der ständig seine Anweisungen gab, war es für mich sehr unnatürlich und auch unangenehm gewesen, mit diesen Fremden über mich, meine Gefühle und Beweggründe zu sprechen und mich einer Kamera und einem imaginären Publikum zu präsentieren. Aber jetzt, als ich mich auf dem Bildschirm beobachtete, musste ich zugeben, dass das TV-Team einen ausgezeichneten Job gemacht hatte. Die Einblicke, die ich in diesem Moment in mein eigenes Leben erhielt, waren mehr als intim, und doch entblößten sie mich nicht vollständig. Der Tod meiner Eltern klang keinesfalls kitschig und um Mitleid heischend. Verletzlich und zugleich stark. Das war das Bild, das für die Zuschauer von mir entstand. Mir traten Tränen in die Augen, so sehr ergriffen mich plötzlich meine eigenen Worte, als ich den Verlust beschrieb. Einen Verlust, der in einen Neubeginn mündete und meinen Bruder und mich einander wieder näherbrachte. Ich schluckte. Jaris Hand griff nach meiner. Ich bemerkte, dass sich meine Fingernägel in meine Handflächen gebohrt hatten. Seine Nähe tat mir gut, löste etwas von meiner Verkrampfung. Auch ihm liefen Tränen über die Wangen.

Mein Leben flimmerte über den Bildschirm. Ich hatte den Zuschauern viel von mir preisgegeben und doch anderes zurückgehalten. Ich hatte den Stalker nicht erwähnt und auch nicht, welchen Verlust ich gleich zu Beginn hatte erleiden müssen, als meine ersten Hunde auf brutale Weise abgeschlachtet worden waren. Auch die Ängste, die der Täter in mir geweckt hatte, blieben unerwähnt. Ich wollte ihm bewusst nicht den Raum in meinem Leben lassen. Wollte nicht, dass er aus dem Fernsehen erfuhr, dass ich noch immer von Zeit zu Zeit vor Angst aus dem Schlaf gerissen wurde. Es war nichts mehr vorgefallen. Es schien vorbei zu sein, und das war auch gut so und sollte so bleiben. Ich sah mir bei der Arbeit mit den Hunden zu und verfolgte, wie ich mit meinen Gästen arbeitete. Schnitt. Erneut Sanna in der Zentrale von Sali Sports. In einem Interview erklärte sie das Projekt. Erzählte, dass die Kameras mich ein Jahr lang bei den Vorbereitungen zum *Finnmarkslopet* begleiten würden.

Nach dem Abspann war es leise im Raum. Eine Stille, die plötzlich vom Vibrieren meines Mobiltelefons unterbrochen wurde. Die Vorwahl von Helsinki registrierte ich auf dem Display, bevor ich auf den Knopf drückte. Vielleicht Sanna oder Juha, die meine Meinung hören wollten.

»Tamminen?«, meldete ich mich mehr fragend, noch immer ergriffen.

»Hej Noora.« Pias Stimme umfing mich warm. »Gerade jetzt in diesem Moment habe ich das starke Bedürfnis, dich in den Arm zu nehmen.« Ich hörte sie atmen. Wusste nicht, wie ich reagieren sollte. War irritiert. »Ich habe dich gerade neu kennengelernt und mich neu verliebt.« Ich forschte nach dem Spott in ihrer Stimme. Aber es war keiner da. Ein Kribbeln durchfuhr meinen Körper.

»Pia.« Was sollte ich sagen?

»Die Zeit, die wir zusammen waren. Nie hast du mich so nah an dich herangelassen wie jetzt über den Bildschirm.« Sie klang nicht anklagend. Nur ein Hauch von Traurigkeit lag in ihrer Stimme. »Wie kann es sein, dass ich immer nur die Mauer zu sehen bekam und du mir nie wirklich von deinen Gefühlen erzählt hast? Im Fernsehen hast du dich geöffnet. Erst jetzt konnte ich deinen Schmerz, deine Freude, dein Feuer spüren.« Ich wusste nicht, was ich darauf erwidern sollte, aber Pia schien auch keine Antwort zu erwarten. »Nie habe ich dich so intensiv, gefühlsbetont, so leidenschaftlich und zugleich so verletzlich erlebt. Ich weiß nicht, was der Auslöser war, aber bleib so. Das wollen die Zuschauer sehen. Offen und authentisch. Die ganze Zeit habe ich gewusst, dass dich der Tod deiner Eltern und das Feuer auf der Farm sehr getroffen haben müssen. Oder besser gesagt, ich habe es geahnt. Aber jetzt habe ich es zum ersten Mal gespürt. Du hast mich tief berührt. Und für diesen Einblick, der mir bisher, obwohl wir ein Paar waren, verwehrt blieb, bin ich dir dankbar.«

»Ich konnte nicht …«, setzte ich an, doch Pia unterbrach mich.

»Nein, ich hätte nicht gekonnt. Ich hätte dich nicht halten können in Helsinki. Das wäre niemals die Frau gewesen, die ich eben im Fernsehen gesehen habe. Die Szenen, die dich im Krankenhaus im weißen Ärztekittel gezeigt haben, waren mir ein vertrauter Anblick. So kannte ich dich. Aber das warst nicht du. Jetzt erkenne ich, dass du recht hattest. Du in der Mitte eines Hunderudels kniend. Das Glück, das deine Augen erstrahlen lässt. Das ist die Noora, die mich gerade ziemlich aus der Fassung gebracht hat.«

Ich schwieg. Zu aufgewühlt von Pias Worten. Ich brauchte einen Moment. »Pia, ich …«

»Nein, du musst nichts dazu sagen. Du konntest damals einfach nicht anders. Ich weiß nicht, wer bei dem Dreh den Schalter umgelegt hat, dass du dich so öffnen konntest, aber derjenige verdient einen Orden.«

»Vielleicht war ich damals einfach nicht so weit. Vielleicht habe ich mich erst selbst finden müssen.«

»Das kann sein.«

»Pia, es tut mir leid.«

»Mir tut es leid. Ich werde nie mit dieser wunderbaren Frau, die ich eben kennenlernen durfte, zusammen sein, weil das hier in Helsinki mein Leben ist und Lappland deins. Bitte pass auf dich auf. Du wirst sicher viele Frauen betören. Lass nicht zu, dass sie dir wehtun. Geh sorgsam mit deiner neuen Offenheit um.«

Ihre Worte klangen in mir nach, als wir auflegten. Nur zögerlich nahm ich mein Handy vom Ohr. Erst jetzt realisierte ich die Augenpaare, die auf mir ruhten, und lächelte zaghaft.

»Das war Pia«, setzte ich an. »Sie wollte mir sagen, dass der Fernsehbeitrag ihr gefallen hat.« Weitere Erklärungen blieben mir glücklicherweise erspart, als mein Handy erneut vibrierte und dieses Mal wirklich Sannas Telefonnummer auf dem Display leuchtete.

Kapitel 23

Nach gut zweistündiger Fahrt, von der wir lange Strecken hinter langsam vorwärts kriechenden Sattelzügen verbracht hatten, erreichten drei Erwachsene und zwei Kinder in meinem Pick-up am späten Nachmittag Rovaniemi, die einzige Stadt Lapplands. Aus den einsamen *Tunturis* kommend, erweckte die bescheidene stille Schönheit der mehrgeschossigen Steinhäuserblocks jedes Mal eine Art Großstadtfeeling, wenn ich für die wenigen Besuche im Jahr das Stadtgebiet durchfuhr. Für gewöhnlich kam ich nur hierher, wenn ich Besorgungen machen musste oder andere Verpflichtungen, die Kittilä oder Muonio nicht bieten konnten, es notwendig machten.

Von den autofahrerfreundlichen, breiten Einkaufsstraßen bog ich auf den Parkplatz des Scandic Rovaniemi-Hotels im Stadtzentrum ein, in dem ich uns zwei Zimmer gebucht hatte.

»Werden wir hier den Weihnachtsmann treffen?« Liinas Wangen glühten vor Aufregung, und doch blickte sie skeptisch das Hotel an.

Jari wandte sich vom Beifahrersitz lachend zu seiner Tochter um.

»Nein, meine Maus, wir schauen uns erst einmal unsere Zimmer an. Dann gibt es gleich Abendessen im Restaurant. Und morgen nach dem Frühstück gehen wir den *joulupukk*i in seinem Weihnachtsmann-dorf besuchen.«

»Ja, ja, pukki, pukki«, krähte Kimi jubelnd und klatschte in seine kleinen Kinderhände.

Das Scandic Rovaniemi war ein angenehmes Hotel. Das Personal war immer sehr freundlich, und die im modernen Design gehaltenen Zimmer waren mit Holzfußboden ausgestattet. Natürlich war ein Aufenthalt hier stets erholsam, und doch freute ich mich immer wieder auf die raue Einsamkeit Lapplands, wenn ich der Stadt am Ende meines Besuchs den Rücken kehrte. Die vielen Menschen, der Verkehr, auch wenn es kein Vergleich zu Helsinki war, engten mich ein, raubten mir die Luft zum Atmen. Wie hatte ich es damals während meines Studiums und die Jahre danach in der Hauptstadt ertragen? Ich konnte es nicht begreifen.

Zum Scandic gehörte ein Restaurant, das ein vorzügliches Abendbuffet sowohl mit internationalen als auch regionalen Speisen anbot.

Es war ungewohnt, in einer solch familiären Runde in einem Restaurant zu sitzen. Ich konnte mich nicht erinnern, wann etwas Vergleichbares stattgefunden hatte. Vielleicht vor gut zwei Jahren, als Jari mit seiner Familie das letzte Mal zu Besuch gewesen war und wir zu diesem Anlass in Kittilä zu Mittag gegessen hatten, bevor ihr Flugzeug Richtung Schweden geflogen war?

Ich trug meine Ausgehjeans, die ich mir für besondere Anlässe aufgehoben hatte, und ein blassblau kariertes Trekkinghemd und fühlte mich neben Saras modisch femininer Kleidung geradezu hinterwäldlerisch der Wildnis entsprungen, was ja absolut der Wahrheit entsprach. Sara war Anwältin für internationales Recht in einem großen Unternehmen und wusste sich stilvoll zu kleiden. Aber selbst als ich noch in Helsinki gelebt hatte, hatte ich nie wirklich ein Gespür für Mode und Trends gehabt, was wohl daran lag, dass ich es nicht als wichtig erachtete. Bequem mussten meine Sachen sein und praktisch. Und so griff ich immer unweigerlich nach Jeans und Karobluse.

Ich stocherte mit der Gabel in meinem Vorspeisensalat und pickte ein Stück Gurke auf die Zinken, während ich Liinas kindlicher Erzählung folgte. Es war faszinierend, wie sie reden konnte, ohne zwischendurch Luft zu holen. Von wem sie das wohl hatte? Ganz sicher nicht von ihrem Vater. Soweit ich mich erinnerte, war mein Bruder schon immer, genauso wie ich selbst, eher ein großer Schweiger gewesen, was aber nicht schlimm war, da wir uns auch ohne Worte verstanden.

Eine Stück Gurke hüpfte von meinem Tellerrand auf die Tischdecke. Ich fluchte innerlich, versuchte mir jedoch nichts anmerken zu lassen. Warum musste mir immer irgendein Missgeschick passieren, wenn Sara dabei war? Ich hatte den Eindruck, dass sie mich nicht ganz ernst nahm, weil ich mein Ärztedasein aufgegeben hatte, um mitten in einem riesigen Hunderudel im Wald zu leben. Wahrscheinlich hielt die Schwedin mich für sonderbar und glaubte, dass sie selbst das einzig erstrebenswerte Leben führte. Sie hatte neben beruflichem Erfolg zwei wunderbare, gesunde Kinder von einem liebevollen, treusorgenden Ehemann und Vater zur Welt gebracht. Ich hingegen war lesbisch, Single, und meine biologische Uhr tickte unaufhaltsam. Ich hielt es für unwahrscheinlich, jemals Mutter zu werden.

Bemüht unauffällig legte ich das Stück Gurke wieder auf meinen Teller und war froh, dass niemand auf mich geachtet hatte. Fast niemand. Ein Augenpaar beobachtete mich aufmerksam vom Nachbartisch.

Als sich unsere Blicke trafen, wandte sich die Frau ertappt ihrer Begleitung zu, einem älteren Herrn mit ergrautem Haar und einem markanten Gesicht, und griff zugleich nach der Wasserkaraffe, um sich nachzuschenken. Mir fiel auf, dass ihr Glas noch halb gefüllt war.

»Tante Noora, was wünschst du dir vom Weihnachtsmann?« Liinas Stimme lenkte mich von der Frau ab.

»Nun, ist es nicht etwas zu früh, sich Gedanken um Geschenke zu machen?«, erwiderte ich mit einer Gegenfrage und musste über den naseweisen Gesichtsausdruck meiner Nichte lächeln.

»Nein, wenn ich ihm nachher meine Wünsche sage, muss ich vor Weihnachten keinen Brief mehr schreiben, und er erinnert sich noch besser an sie.«

Lachend musste ich zugeben, dass Liina äußerst praktisch veranlagt war. Jetzt griff ich meinerseits nach dem Wasser, das, typisch für Finnland, in einer großen Glaskanne kostenfrei zum Essen serviert wurde.

Wieder spürte ich den Blick heiß und kribbelnd auf mir ruhen und suchte bewusst den Augenkontakt mit der Unbekannten. Kaum merklich, beinahe fragend hob sie eine Braue und runzelte die Stirn. Ihre dunklen, nackenlangen Haare waren hinter die Ohren zurückgekämmt. Einige Momente hielt ich ihren Blick fest, bevor ich mich abwandte, weil Jari mich wiederholt beim Namen gerufen hatte.

»Erde an Noora! Erde an Noora!« Er vergewisserte sich, dass er wieder meine Aufmerksamkeit hatte. »Komm, wir läuten den Hauptgang ein.« Sein Ellbogen traf meine Schulter, als er mich liebevoll knuffte. Ich verspürte nicht wirklich Hunger. Zu reichhaltig hatte ich bereits meinen Vorspeisenteller gefüllt. Aber ich fügte mich.

Am Buffet konnte ich mich nicht entscheiden. Spaghetti mit schwarzen Trüffeln und frischem Parmesan oder Lachsauflauf? Oder sollte ich gleich zum Dessert übergehen, dem Vanilleeis mit frischen Erdbeeren? Kaffeegebäck wäre auch eine Option. Unschlüssig beobachtete ich meinen Bruder, der seinem gesunden Appetit frönend einige karelische Piroggen und ein Häuflein Eierbutter auf seinen Teller lud. Meine Hand griff blind nach dem Löffel, der im Auflauf steckte, als mich warme weiche Haut streifte. Hastig zog ich meine Finger zurück und starrte im Aufschauen überrascht in grau-grüne Augen.

»Noora Tamminen«, sprach sie mich direkt an. Ihr unergründlicher Blick verwirrte mich.

»Ebenfalls«, entgegnete ich zögernd, kaum zu einem klaren Gedanken fähig. Die ganze Situation überforderte mich.

Glänzend weiße Zähne blitzten auf, als sie schallend auflachte. Alle im Restaurant schienen ihre Aufmerksamkeit auf uns zu richten, was mir unter normalen Umständen sehr unangenehm gewesen wäre, doch ihr unbefangenes Lachen wirkte entspannend.

»Nein, ich meine natürlich dich. Du bist Noora Tamminen. Dein Gesicht kam mir so bekannt vor, und da fiel mir plötzlich die Sendung ein, die ich vorgestern gesehen habe.« Sie zwinkerte mir zu. »Ich bin Helena Järvinen. Es ist mir etwas peinlich, dass ich dich so angestarrt habe. Aber ich habe die ganze Zeit gegrübelt, woher ich dich kenne.« Während sie sprach, fiel ihr Blick auf ihren älteren Begleiter, der fragend zu uns herüberschaute. »Entschuldige, das ist so etwas wie ein Geschäftsessen. Ich hoffe, wir sehen uns wieder, und es wäre mir eine Freude, dich mal durch das Arktikum zu führen. Dort arbeite ich. Ruf mich an, dann machen wir einen Treffpunkt aus.« Bevor ich reagieren, geschweige denn etwas erwidern konnte, hatte sie einen Kugelschreiber hervorgeholt. Mit einem zauberhaften Lächeln reichte Helena mir eine Serviette. »Es würde mich wirklich freuen, dich näher kennenzulernen. Ich fand die Sendung mit dir wahnsinnig interessant.«

Wie um ihren Worten Nachdruck zu verleihen, strichen ihre Fingerspitzen über meinen Unterarm, bevor sie nach der Kelle im Lachsgratin griff und sich einen Löffel auf ihren Teller füllte. Jetzt erst wurde mir bewusst, dass wir während unserer kurzen Unterhaltung einen Stau am Buffet produziert hatten. Sie reichte mir den Löffel und wandte sich nach einem erneuten fröhlichen Zwinkern ihrem Begleiter zu.

»Wow, das ist mir ja auch noch nicht passiert, dass ich innerhalb einer Minute am Buffet von einer hübschen Fremden die Telefonnummer ergattere, ohne ein Wort mit ihr zu reden.« Jari blickte grinsend von der Serviette in meiner Hand zu meinem Gesicht, als ich mich mit meinem mit duftendem Auflauf gefüllten Teller wieder auf meinen Platz setzte.

»Das könnte daran liegen, dass ich im Gegensatz zu dir keinen Ehering am Finger trage.« Ich hatte mich wieder von der Überraschung erholt und meine Sicherheit wiedergefunden. Ohne einen Blick darauf zu werfen, schob ich die Serviette in meine Hosentasche.

»Noora, wenn wir morgen den Weihnachtsmann besuchen, kann ich dann neben dir sitzen?« Wir hatten uns am Aufzug von Jari, Sara und Kimi verabschiedet, und ich zog die Schlüsselkarte hervor. Meine Finger streiften die Serviette, die ich zuvor beim Essen eingesteckt hatte, und ich dachte kurz an die Frau, die mich so ungezwungen eingeladen hatte. Warum war ich nicht in der Lage, so auf andere Frauen zuzugehen?

»Darf ich die Tür aufmachen?« Die Stimme meiner Nichte holte mich aus meinen Gedanken. Ihre strahlend blauen Augen schauten mich fragend an. Ich hatte ihre vorausgegangene Frage nicht beantwortet, aber sie schien es nicht einmal bemerkt zu haben. Lächelnd reichte ich ihr die Schlüsselkarte. Liina kicherte, als sie die Karte durch das Schloss zog und ein rotes Licht aufblinkte, das uns den Zutritt verwehrte. Ich beobachtete, wie das Mädchen das Kärtchen erneut ansetzte. Höchste Konzentration zeigte sich auf ihrem Gesicht. Endlich zeigte ein grünes Licht, dass wir eintreten konnten, und Liina war verzückt, dass sie es geschafft hatte. Diese kindliche Freude an kleinen Dingen riss mich mit. Es war schön, ihren Stolz und ihre Neugierde zu sehen. Ich genoss es, Zeit mit meiner Nichte zu verbringen. Wenn ich ein Kind bekommen hätte, hätte ich mir gewünscht, es wäre wie sie.

Ich öffnete uns die Tür, und wir betraten zusammen das geräumige Hotelzimmer. Augenblicklich stutzte ich, und ein ungutes Gefühl breitete sich in meiner Magengegend aus. Meine geöffnete Reisetasche stand auf dem Bett. Ich stellte sie normalerweise nie auf das Bett. Im Kopf ging ich meine Erinnerung durch, wie wir unser Zimmer bezogen und uns umgezogen hatten, bevor wir zum Abendessen gegangen waren. Konnte es tatsächlich sein, dass ich selbst mein Gepäck dort hingestellt hatte, als ich mir meine Jeans herausgesucht hatte, die ganz unten verstaut gewesen war? Egal, wie oft ich es überdachte, es erschien mir unwahrscheinlich, dass ich das Zimmer so verlassen hatte. Die daraus resultierende Schlussfolgerung schnürte mir den Hals zu. War jemand in unserer Abwesenheit hier drin gewesen? War derjenige gestört worden und befand sich noch im Zimmer? War deshalb die Tasche auf dem Bett?

Leise schloss ich die Tür hinter uns, während mir Liina etwas vom Weihnachtsmanndorf erzählte, das ich jedoch kaum hörte. Vorsichtig und vorgeblich ungezwungen trat ich zur geschlossenen Badezimmertür. Hatten wir sie wirklich geschlossen? Das machte mich noch verrückt. Es würde sich schon niemand darin verstecken, redete ich mir ein, und doch hämmerte mir das Herz in der Brust, als ich die Tür ruckartig öffnete und in den leeren Raum starrte. Ich ließ meinen Blick prüfend über die Toilettenartikel wandern. Nichts schien sich in unserer Abwesenheit verändert zu haben. Nichts außer der Tasche, die nicht hätte da stehen dürfen, wo sie jetzt stand. Ich konnte nicht anders und überprüfte noch den Kleiderschrank, der natürlich genauso leer war wie das Badezimmer, bevor ich mich meinem Gepäck zuwandte. Ich wappnete mich dafür, erneut einen Umschlag mit Fotos zu finden, doch nichts Ungewöhnliches fand sich, und nichts schien zu fehlen. Sah ich jetzt schon Gespenster? Hatte vielleicht doch ich die Tasche aufs Bett gestellt, während Liina und ich uns zum Abendessen fertig gemacht hatten? Es wäre sehr ungewöhnlich für mich gewesen, aber ich konnte mich nicht mehr an den genauen Ablauf erinnern.

Ich versuchte, das ungute Gefühl abzustreifen. Die vage Furcht, dass jemand in das Zimmer eingedrungen sein musste. Versuchte, es damit zu erklären, dass es vielleicht der Zimmerservice gewesen war. Doch die Empfindung ließ sich nicht abschütteln. Noch beim Einschlafen musste ich daran denken.

Kapitel 24

Das Pochen in meiner Schläfe wurde intensiver. Ich legte unwillig meinen Kugelschreiber beiseite und blickte von der Monatsabrechnung auf, um meine Stirn zu massieren. Stunden waren vergangen. Draußen war es bereits dunkel. Nur die Schreibtischlampe spendete Licht.

Warme Hände legten sich auf meine Schultern, doch ich erschrak nicht. Sie begannen, meinen Nacken zu massieren.

Mit geschlossenen Augen genoss ich, spürte den Bewegungen nach, die langsam den Spannungsknoten abbauten, der bei der Büroarbeit entstanden war. Die Hände wanderten von meinem Nacken nach vorne und schoben sich vorwitzig in meinen Ausschnitt, ohne dass ich ihnen Einhalt gebot. Fingerspitzen berührten die weiche, empfindsame Haut an meinem Brustansatz, machten dort nicht Halt. Meine Brustwarzen richteten sich bei der Berührung auf, als die Finger begannen, sie zu umkreisen. Ich stöhnte auf. Mein Körper reagierte augenblicklich. Ich wollte, dass die Hände tiefer wanderten. Das intensive Gefühl, das sie in mir auflodern ließen, quälte mich. Ich sehnte mich nach mehr.

Plötzlich bohrte sich etwas Hartes schmerzhaft in meine Seite.

Ich schlug die Augen auf, und nur langsam wurde mir bewusst, dass ich mich in einem Hotelzimmer in Rovaniemi befand und dass das, was sich mir schmerzhaft in die Rippen drückte, Liinas Fuß war. Meine Nichte lag quer im Bett, und ihr Atem ging tief und gleichmäßig.

Ich war verschwitzt. In anonymen, weichen Hotelzimmerbetten hatte ich schon immer unruhig geschlafen. Oder lag es doch eher an meinem Traum? Mein Hals fühlte sich trocken und rau an.

Vorsichtig, um das Mädchen nicht zu wecken, schob ich die dicke Bettdecke zur Seite und stand auf. Vor der Badezimmertür tastete ich nach dem Lichtschalter. Helles Licht erfüllte den kleinen Raum, als ich vor das Waschbecken trat und kaltes Wasser in meine Hände laufen ließ, aus denen ich trank. Anschließend wusch ich mir das Gesicht.

Als ich mich aufrichtete, fiel mein Blick auf mein Spiegelbild. Leicht gebräunt von der vielen Arbeit im Freien. Eine feine Narbe zog sich knapp zwei Zentimeter lang über mein Kinn. Ich hatte sie mir im letzten Winter bei einem Sturz mit dem Hundeschlitten zugezogen, und sie hatte im Gesundheitszentrum genäht werden müssen.

»Du bist zweiunddreißig Jahre alt. Wann warst du das letzte Mal mit einer Frau intim?«, fragte ich mein Spiegelbild. »Noora Tamminen, du bist kein einfacher Partner fürs Leben. Deine Zeit ist ausgefüllt mit den Hunden, deiner Farm und den Touristen, die ihren Urlaub bei dir verbringen möchten. Du müsstest doch auch so glücklich sein.«

Und doch vermisste ich die Nähe einer Frau, sehnte mich nach der Liebe eines Menschen, wünschte mir eine Freundin an meiner Seite. Ich wandte mich von den mich kritisch musternden Augen ab und beendete das Zwiegespräch mit mir selbst.

Im Foyer des Hotels wartete ich auf Jari und seine Familie. Die Kinder hatten das ganze Frühstück nur über den Weihnachtsmann reden können. Sie waren so aufgeregt vor dem Besuch des Weihnachtsmanndorfs, einer Attraktion, für die Rovaniemi bekannt war. Schmunzelnd dachte ich daran, dass sie ihm gleich wahrhaftig begegnen würden, und freute mich darauf, dieses Erlebnis mit ihnen zu teilen, bevor wir uns würden verabschieden müssen. Die vierköpfige Familie würde in den Flieger nach Stockholm steigen, während mich die Heimfahrt erwartete. Heim auf die Lodge zu meinen Hunden.

Ich freute mich auf die Tiere. Auf die Arbeit, die vor der Wintersaison noch vor mir lag, und auf das Training mit Minnas Welpen.

Meine Hand fuhr in die Hosentasche, doch statt des Autoschlüssels ertasteten meine Finger die Serviette, die ich achtlos hineingeschoben hatte. Ich zog sie hervor und strich mit dem Daumen über die Telefonnummer, die Helena in einer sauberen, schnörkellosen Handschrift auf das weiche Tuch geschrieben hatte. Sollte ich sie noch treffen, bevor ich der Stadt den Rücken kehrte?

Im TV-Beitrag hatte ich nicht erwähnt, lesbisch zu sein. Und doch hatte ich den Eindruck, dass diese

Frau mehr von mir wollte als nur Reden. Was, wenn sie es danach öffentlich machen würde? Zu schnell verbreiteten sich solche Informationen. War ich bereit dafür? War es das, was Pia am Telefon gemeint hatte? Dass ich vorsichtig sein sollte, auf welche Frauen ich mich einließ?

Mein Handy vibrierte in meiner Hosentasche und schreckte mich aus den Gedanken.

»Noora, du musst sofort nach Hause kommen.« Oulis Stimme klang dringlich. »Es ist etwas mit Minna und den Welpen.«

»Was?« Entsetzen schnürte mir die Kehle zu. Unweigerlich schossen mir Bilder der blutigen toten Hunde durch den Kopf. Bilder, die mich immer wieder entsetzten. Erinnerungen, die plötzlich so klar vor meinen Augen waren, als seien sie gerade erst geschehen. »Aber es ging ihnen noch gut, als wir gestern nach Rovaniemi aufgebrochen sind.«

»Als ich vorhin nach ihnen sah, war Minna ganz unruhig und hechelte stark. Sie muss sich auch mehrfach erbrochen haben, und ihr läuft zähflüssiger Speichel aus dem Maul. Ich habe den Tierarzt informiert. Oskari sagt, die Symptome klingen nach einer Vergiftung. Er ist auf dem Weg raus zu uns. Aber es sieht ernst aus. Ich hoffe, er schafft es noch rechtzeitig.«

»O Gott!« Die Gedanken rasten mir durch den Schädel. »Hat er gesagt, was du in der Zwischenzeit tun sollst?«

»Ich habe Minna und den Welpen in Wasser aufgelöste Kohletabletten eingeflößt, die einen Teil der

Giftstoffe kurzfristig aufnehmen können. Aber es scheint nicht zu helfen.«

Ich hörte die Panik, auch wenn er sich die Mühe gab, es vor mir zu verbergen. »Ich komme. Ich muss noch Jari Bescheid geben und auschecken. Dann fahre ich los.«

Bitte nicht Minna und ihre Welpen. Nur das nicht. Das konnte ich nicht ertragen.

Ich fuhr schnell, viel zu schnell. Ich musste raus hier, zur Farm.

Zwei Stunden brauchte ich bis zum Tierarzt. Stunden, in denen ich mir Vorwürfe machte, weil ich die Farm verlassen hatte.

Als ich in Oskaris Tierarztpraxis ankam, war es zu spät. Die Welpen hatten es nicht geschafft. Sie waren auf der Farm gestorben. Und auch für Minna war die Hilfe zu spät gekommen. Das Schneckenkorn hatte den Hundekörper bereits zu massiv geschädigt, bevor Ouli die Vergiftung bemerkte. Und so blieb mir nur noch die Aufgabe, Minna zu halten, zu beruhigen, mit ihr zu sprechen und ihr beizustehen, bis sie endgültig den aussichtslosen Kampf verlor.

Vorsichtig legte ich ihren leblosen, in eine Decke gehüllten Körper auf die Rückbank meines Autos. Einen Moment krallte sich meine Hand in ihr weiches Fell. Mein Brustkorb zog sich schmerzhaft zusammen. Ich hatte Angst, keine Luft mehr zu bekommen. Wie in Trance setzte ich mich hinter das Steuer. Blind für alles, was um mich herum geschah.

Erst als ich den Ortsausgang passiert hatte, lockerte sich der Fuß, mit dem ich das Gaspedal durchgetreten hatte. Ich fühlte, wie die Spannung auf meinen Oberkörper überging. Mein Herz schlug hart, und ich atmete stoßweise. Endlich wurde ich mir der Gefahr bewusst, die ich in dieser Verfassung für den Straßenverkehr darstellte. Ich musste rechts an den Straßenrand fahren und stoppte meinen Pick-up abrupt. Meine Hände hielten das Lenkrad fest umklammert, während ein heftiges Zittern meinen Körper durchlief. Meine Lippen öffneten sich, erst stumm, doch dann in einem lauten, verzweifelten Schrei, der nach endlosen Sekunden in ein Schluchzen überging, das meinen ganzen Leib erfasste. Warum? Warum tat er mir das an?

Aku starrte auf das auseinandergefaltete Blatt Papier in seinen Händen, das in einer durchsichtigen Folie steckte. Dann wanderte sein nachdenklicher Blick auf die Karte, die zwischen den Fotografien von mir auf seinem Schreibtisch lag.

Das einzige Geräusch im Raum war ein leises Knarzen, das durch die Reibung meines Oberschenkels am Kunstleder des Bürostuhls entstand, während mein Bein nervös auf und ab wippte.

Ich hielt den Atem an. Wartete auf Akus Reaktion. Er blickte von der Karte auf und mir ins Gesicht.

»Du hast recht. Es ist dieselbe Schrift.«

Ich nickte. Damit hatte der Kommissar meine Befürchtungen bestätigt.

»Die Briefe sind von der Spurensicherung zurück. Es wurde zudem ein Handschriftengutachten erstellt, das bestätigt, dass es definitiv die gleiche Handschrift ist.« Er blickte mich ernst an, bevor er weitersprach. »Habe ich das richtig verstanden? Die Karte hast du mit roten Rosen in Helsinki bekommen? Sie wurden dir vor die Wohnungstür gelegt?«

Erneut nickte ich.

»Der Brief lag in deinem Schlafsack.« Es war eine Feststellung. Aku dachte laut nach. »Der Schlafsack war in deiner Wohnung. Es gab danach auf der Schlittentour keine Möglichkeit, dass jemand unbemerkt den Brief hätte hinterlassen können.«

»Nein, keine.« Ich hatte mir darüber bereits den Kopf zerbrochen, ohne zu einem anderen Ergebnis zu kommen. Meine Stimme klang belegt, kam beinahe einem Krächzen gleich. Ich versuchte, meine Fassung zu wahren. »Es ist wieder jemand in meine Räume eingedrungen. In mein Zuhause. Ein Zuhause, in dem ich mich bisher ganz sicher fühlte. Und jetzt hat er wieder gemordet.«

Aku hob beschwichtigend die Hände. »Das ist nicht ganz einfach. Wir müssen alle Eventualitäten betrachten. Gibt es eine Möglichkeit, dass der Brief vielleicht schon länger in diesem Schlafsack lag? Seit wann lag er in deiner Wohnung? Wo war er vorher? Wann hattest du ihn zuletzt kontrolliert?«

Mein Gehirn blockierte, sosehr ich mich bemühte, mich zu erinnern. Wann hatte ich den Schlafsack zuletzt benutzt, bevor ich ihn auf der Tour mitnahm?

Ich konnte es nicht sagen. Und ich konnte auch nicht mit Sicherheit ausschließen, dass der Schlafsack vorher unbeaufsichtigt irgendwo gelegen hatte.

»Vielleicht ist niemand eingebrochen. Vielleicht war der Brief schon viel länger da, bevor du ihn entdeckt hast. Der Verfasser hat kein Datum daraufgeschrieben. Und du hast ihn vor mehreren Monaten gefunden. Seitdem ist erst einmal nichts passiert …«

»Was heißt nichts passiert?« Ich unterbrach Akus Redefluss. »Nichts passiert? Er hat meine Hunde umgebracht!« Ich war laut geworden. Schritte vor der Bürotür hielten kurz inne. Sicher, um zu lauschen.

»Wir wissen nicht, wie den Tieren das Schneckenkorn verabreicht wurde.«

»Glaubst du etwa, dass bei mir ein solches Gift für Tiere zugänglich herumliegt?« Wütend funkelte ich den Kommissar an. Frustration nagte an mir. Mein Kiefer schmerzte, weil ich die Zähne so lange aufeinandergebissen hatte. Ich hatte auf Unterstützung gehofft, stattdessen war Aku bemüht, jeden Verdacht gegen den Stalker zu relativieren.

»In fast jedem Haushalt hier in der Gegend gibt es solche Mittel. Wir haben keine Beweise, dass der Mann, der dir die Briefe geschrieben hat, auch deine Hunde vergiftet hat. Und es ist keine Straftat, Briefe zu schrieben.« Er hob resigniert die Schultern.

»Aber es ist eine Straftat, in fremde Häuser einzudringen. Und es ist eine Straftat, Tiere zu quälen, zu töten.« Der Zorn in meiner Stimme war nicht zu überhören.

»Noora, denk jetzt nicht, dass ich dir nicht glaube. Aber ich sehe das als Polizist. Und im Moment sehe ich die Verbindung zwischen dem Brief, den du vor Monaten erhalten hast, und dem Tod deiner Hunde nicht. Ich werde den Brief und die Karte nach Fingerabdrücken und DNA-fähigem Material untersuchen. Vielleicht haben wir Glück und erfahren so, von wem sie stammen. Aber ich wüsste nicht, wie wir dieser Person den Tod der Hunde anlasten können.«

»Aber er hat schon einmal Hunde getötet. Er hat mir ein Foto eines der Kadaver in den Schuppen gehängt. Er …« Meine Stimme brach. Ruckartig schob ich den Stuhl zurück und erhob mich. »Danke für nichts.«

»Noora, jetzt warte doch …«

Doch ich hatte bereits die Tür erreicht und schlug sie im Gehen hinter mir zu. Die Polizei würde sicher erst tätig werden, wenn ein Mensch zu Schaden kam. Bisher war sie nicht in der Lage gewesen, dem Tiermörder auf die Spur zu kommen. Auf ihre Hilfe konnte ich mich nicht verlassen.

Teil 3

Kapitel 25

Die Qualifikationsrennen zum *Finnmarkslopet* und viele Stunden, in denen die Kamera auf mich gerichtet war und mein Leben begleitete, lagen hinter mir. Das Team war in sporadischen Abständen auf der Lodge gewesen, wenn größere Ereignisse anstanden oder besondere Momente zu erwarten waren. Das Jahr der Vorbereitung auf das große Rennen neigte sich dem Ende. Aber noch immer fühlte es sich sehr ungewohnt an, inmitten eines Teams aus Kameramann, Ton und Regie zu agieren. Mikko, der Regisseur, war mir inzwischen vertraut. Ich fand, dass ich authentisch dargestellt wurde, und das erleichterte mir die Arbeit. Und doch war ich froh, dass das lange Projekt nun bald abgeschlossen sein würde. Mein Hundeteam und ich hatten die Qualifikation für das *Finnmarkslopet* im März geschafft, und ich steckte mitten in den Vorbereitungen auf das finale Rennen, das in wenigen Tagen in Alta, einer Stadt in der Finnmark, dem norwegischen Lappland, starten würde.

Was für ein Bild ich wohl abgab zwischen den prall gefüllten Futtersäcken und -eimern, während ich auf Mikkos Regieanweisungen wartete.

Wir hatten Tische draußen im Schnee aufgestellt, und ich sollte darauf vor laufender Kamera das gefrorene Fleisch für die Reise vorbereiten. Unterwegs würden die Hunde eine riesige Portion Hochleistungstrockenfutter verzehren sowie zusätzlich tiefgekühltes Lamm- und Rentierfleisch, Pansen, Lachs und eine spezielle Mischung, die eigens auf die Bedürfnisse der Tiere ausgerichtet war. Ich hatte mit erfahrenen Mushern gesprochen, die schon mehrfach an diesem Rennen oder dem *Idarod* in Alaska teilgenommen hatten. Dank ihrer Tipps wusste ich, dass ich die Fleischblöcke in kleine, schokoriegelgroße Stücke hacken musste. Die Hunde fraßen während des Rennens ungern größere Stücke, denn bei Temperaturen unter dreißig Grad minus gefroren die Fleischbrocken so stark, dass sie mühsam zerbissen werden mussten. Die zerkleinerten Happen wollte ich portionsweise in Plastikbeutel packen. Ich wusste, dass die Ernährung eine wichtige Komponente für das erfolgreiche Abschneiden bei einem solchen Langstreckenrennen war. In diesem Bereich wollte ich keine Kompromisse eingehen.

Die Kameras waren auf mich gerichtet, und das Team baute noch einen Kälte- und Feuchtigkeitsschutz für die Elektronik und die Kabelstränge auf.

Jeden Moment würden sie vorbereitet sein und ihre Aufmerksamkeit vollständig auf mich richten. Wie immer kam ich mir unmittelbar vor dem Drehbeginn fehl am Platz vor, so im Mittelpunkt der Aufmerksamkeit abgestellt und doch unbeachtet. Wartend. Ausharrend.

Mein Handy vibrierte. Verstohlen blickte ich mich um. Noch achtete niemand auf mich. Alle gingen ihrer Arbeit nach. Mikko erklärte dem Kameramann seine Vorstellungen. Ich hörte mit einem halben Ohr zu und ging nochmals gedanklich durch, was ich gleich vor der Kamera tun würde, als mein Handy schon wieder vibrierte. Was war los? War etwas passiert?

Ich zog mir die Handschuhe aus und holte das Smartphone aus meiner Hosentasche. Sechs neue Nachrichten von Ouli. Ich bemerkte nicht, dass Mikko dem Kameramann ein Zeichen gab, als ich die erste Nachricht öffnete und las.

»Ich kann so nicht mehr weitermachen. Es zerfrisst mich innerlich. Ich habe Angst vor dem, was mit mir geschieht. Was mit dir geschieht. Noora, seit ich denken kann, verzehre ich mich nach dir und will dir nah sein.«

Ich versuchte, die Worte zu erfassen. Irgendetwas passte nicht zusammen. Das Bild, das Ouli in diesen Sätzen vermittelte, entsprach nicht dem Mann, den ich kannte.

»Ich habe dir so viele Schmerzen zugefügt. Du weißt nicht, dass ich es war. Es hat dich mir näher gebracht und doch nicht nah genug. Inzwischen weiß ich, dass ich es wohl nie schaffen kann, deine Liebe zu gewinnen. Ich will dir nicht mehr wehtun. Aber ich halte es ohne dich nicht aus.«

Meine Hand suchte Halt am Tisch. Ich schwankte. Meine Beine wollten mich plötzlich nicht mehr tragen. Ich konnte die Augen nicht vom Display abwenden, obwohl ich Angst vor den nächsten Sätzen hatte.

»Halt mit der Kamera drauf. Ich will die Emotionen auf ihrem Gesicht.« Die Regieanweisungen drangen nicht bis in mein Bewusstsein. Alles um mich herum verschwamm zu einer wabernden Masse. Nur das leuchtende Display war klar zu sehen. Nichts anderes existierte in diesem Moment.

»Es war so einfach. Jussi war alt. Er schöpfte keinen Verdacht, als er mich einließ. Und der Hund. Ein Schnitt. Er hat nicht leiden müssen.«

Blankes Entsetzen erschütterte mich. Presste meinen Brustkorb zusammen. Nahm mir die Luft zum Atmen. Meine Hand, die das Handy hielt, zitterte. Ich weigerte mich, den Sinn dieser Worte zu begreifen. Ich wollte nicht weiterlesen. Wollte nicht wissen, was jetzt kam. Worte, vor denen ich mich fürchtete. Aber ich musste. Mein Atem ging keuchend. Nichts existierte um mich herum außer der einen Nachricht, die sich vor meinen Augen öffnete.

»Deine Eltern waren im Wohnzimmer. Ich musste sie leider überwältigen. Ihre überraschten Gesichter. Die Angst deiner Mutter, der Zorn deines Vaters, als sie verstanden. Doch ihr Verstehen kam zu spät. Sie hatten keine Chance. Sie waren bewusstlos, als ich sie ins Schlafzimmer zog und das Feuer entzündete.«

Ich schrie. Qualvoll. Die Worte sickerten in mein Bewusstsein. Mein Herz schien in Stücke gerissen zu werden. Ein heftiges Zittern durchfuhr meinen Körper. Ich konnte mich nicht mehr halten, sackte auf die Knie. Die Kamera folgte mir. Gnadenlos.

»Ich wusste, du würdest zurückkehren, die Großstadt hinter dir lassen. Zurück hierher. Es brauchte nur den richtigen Auslöser. Ich kenne dich. Kenne dich besser als du dich selbst. Du konntest nicht ohne das raue Land hier leben. Endlich hatte ich dich wieder bei mir. Und du hast Kontakt zu mir gesucht. Du wolltest mich bei dir haben. Es war wie im Traum, und es hätte so weitergehen können. Aber du wolltest nicht mich, sondern nur meine Arbeitskraft. Das hat mich wütend gemacht. Du hast mich verletzt. Die Hunde waren dir wichtiger als alles andere. Nur durch sie konnte ich deine Aufmerksamkeit gewinnen. Die Hunde mussten weg.«

Das beklemmende Gefühl in meiner Brust wurde stärker. Mein Atem ging keuchend. Ich konnte kaum noch mein Handy mit der verkrampften Hand halten. Tränen liefen über mein Gesicht. Der Text verschwamm vor meinen Augen. Durch den Tränenschleier war das Display kaum noch zu erkennen. Doch die Qual hörte nicht auf. Erneut vibrierte das Gerät. Unerbittlich.

»Endlich durfte ich dir nah sein. Konnte mit dir arbeiten. Und doch blieb ich weiter Luft für dich. Du hast keine Nähe zugelassen.«

Wie hatte mir Oulis Werben so entgehen können? Warum war mir seine krankhafte Fixierung auf mich nicht aufgefallen? Ich las die Worte nochmals. Nein, das konnten doch nicht Oulis Worte sein. Das passte nicht zusammen. Mein Gehirn wehrte sich gegen die Bilder meiner Eltern, die ihrem Angreifer ahnungslos gegenüberstanden. Aber konnte es wirklich der Mann gewesen sein, der inzwischen mein Vertrauen genoss? Warum hatte ich ihn nicht durchschaut? Wie hatte er sich mir gegenüber so verstellen können? Und ich hatte seinen Bruder verdächtigt. Er wäre nie in Verdacht geraten. Was hatte ihn jetzt zur Umkehr bewogen? Warum gestand er mir diese furchtbaren Taten? Warum jetzt?

Die nächste Nachricht ging ein.

»Sicher willst du wissen, warum ich dir das alles erzähle. Weil ich Angst habe. Angst, als dein Dog-Handler mit dir nach Norwegen zu fahren. Angst davor, dass mich meine Gefühle überwältigen und ich dir noch mehr wehtue. Du wirst meine Liebe nie erwidern. Das weiß ich jetzt. Es ist hoffnungslos. Ich habe in dem Versuch, deine Aufmerksamkeit zu erringen, so viel Schuld auf mich geladen. Es erdrückt mich. Ich kann nicht mehr. Noora, ich liebe dich!«

»Er will sich umbringen«, entfuhr es mir im Moment der Erkenntnis. Kaltes Entsetzen packte mich. Ich schaute hoch, direkt in die Kamera. »O mein Gott, er wird sich umbringen«, wiederholte ich.

Hatte Ouli wirklich die Farm in Brand gesetzt, so wie er es mir über die Kurznachrichten gestanden hatte? Meine Hände zitterten, als ich die Telefonnummer der Lehtonen-Farm wählte. Ich konnte nur hoffen, dass jemand zu Hause war. Ein Klicken und ein undeutlich gemurmeltes »Lehtonen«.

»Tero, wo ist dein Bruder?«

Ich hatte ihm vertraut. Hatte ihm meine Rentiere, meine Hunde, meine Farm anvertraut und war im Begriff gewesen, ihm beim Schlittenhunderennen auch mich selbst anzuvertrauen. Er hatte geschrieben, dass er all diese furchtbaren Taten verübt hatte. Er hatte geschrieben, dass er Angst davor hatte, mir wehzutun. Warum? Das ergab keinen Sinn.

»Tero, verdammt, antworte mir, wo ist Ouli?« Meine Stimme klang schrill in meinen Ohren.

»Ich weiß nicht. Ich glaube, er ist in eurer Wildnishütte.« Er schien zu überlegen, bevor er weitersprach. »Er wollte noch nach den Rentieren sehen. Ihr fahrt …« Er verstummte. »Warum fragst du?« Plötzlich klang er besorgt.

»Ich glaube, er wird sich etwas antun. Ich werde zur Hütte fahren.«

Ohne mich zu verabschieden, legte ich auf und suchte in den Kontakten Akus Nummer. Nach endlosem Klingeln meldete er sich endlich.

»Ouli hat mir gerade mehrere SMS geschrieben. Darin hat er mir gestanden, meine Eltern umgebracht und die Hunde vergiftet zu haben. Ich verstehe das nicht.«

»Noora, was hast du gesagt? Ouli Lehtonen, Perttis Sohn, hat gestanden, deine Eltern ermordet zu haben?«

Der Kommissar benötigte einen Moment, um zu verstehen, was ich ihm mitzuteilen versuchte.

»Aku, ich habe jetzt keine Zeit, dir alles zu erklären. Ich glaube, Ouli könnte sich etwas antun. Sein Bruder sagt, er ist in unserer Hütte im Nationalpark. Du weißt schon, wo ich ganz zu Beginn meiner Rückkehr lebte. Ich fahre hin. Bitte schick einen Wagen. Ich weiß nicht, was wir dort vorfinden.«

»Noora, du wirst auf keinen Fall hinfahren. Wenn dein Nachbar der Stalker ist und er wirklich getan hat, was du gesagt hast, dann bist auch du in Gefahr.« Akus Stimme nahm einen scharfen Tonfall an.

»Ich glaube irgendwie nicht, dass er es getan hat. Vielleicht schwebt er auch in Gefahr. Ich könnte es mir nie verziehen.«

»Und wenn du es falsch einschätzt? Vielleicht will er dich einfach nur zur Hütte locken.«

»Aku, ich kann schneller dort sein als die Einsatzkräfte. Was ist, wenn ihr zu spät kommt?« Ich wartete seine Antwort nicht ab. Ich hatte mich entschieden.

Ohne auf das Kamerateam zu achten, rannte ich zum Haus, packte Helm und Schlüssel und fuhr mit dem Schneemobil vom Hof. Mikko und der Kameramann folgten mir mit dem Ski-Doo, das der TV-Sender ihnen zur Verfügung gestellt hatte, um hier im Wald beweglich zu sein. Ich ließ sie gewähren. Ich wusste nicht, was mich in der Hütte erwartete. Vielleicht konnten sie helfen. Ich legte ein halsbrecherisches Tempo vor, und sie hatten Mühe, hinterherzukommen. Ich hoffte, sie überschätzten sich nicht. Sie würden mich aufhalten, wenn ihnen etwas zustieß. So blickte ich vorsorglich nicht nach hinten und überließ sie sich selbst. Sie würden es schon schaffen. Ouli ging jetzt vor.

War es wirklich wahr, was er über meine Eltern gesagt hatte? Die ganze Zeit war ich von einem Unglück ausgegangen. Ich war nicht bereit, an diese neue Möglichkeit zu glauben. An die Möglichkeit, dass sie noch leben könnten. Dass jemand sie absichtlich umgebracht hatte. Aber er hatte Details gewusst, die nie an die Öffentlichkeit gelangt waren. Er wusste, dass Joke, der Hund, bei Jussi gewesen war. Wissen, das nur der Täter haben konnte.

Endlich kam die Hütte in Sicht. Alles schien friedlich. Vor dem Haus stand Oulis Ski-Doo.

Ohne einen Gedanken daran zu verschwenden, dass ich mich unter Umständen selbst in Gefahr begeben könnte, stürmte ich in die Hütte. Der Anblick ließ mich erstarren.

Zusammengesunken saß Ouli auf dem Holzstuhl in der Mitte des Raumes. Der Brustbereich blutüberströmt. Die leblose Hand, die die Schusswaffe hatte fallen lassen, hing neben seinem Körper herab.

Ich bemerkte erst, als ich nach Oulis Puls tastete und dabei in Richtung der Tür blickte, dass die Kamera auf mich gerichtet war.

»Verdammt noch mal, hört endlich auf zu filmen!« Wut über diese unverhohlene, voyeuristische Sensationsgier wallte in mir auf. »Er lebt noch. Wähl den Notruf und frag, wann die Rettungskräfte ankommen werden.« Meine Anweisungen zeigten Wirkung. Der Mann, der zuvor die Kamera auf mich gerichtet hatte, ließ sie nach einem Blick auf Mikko sinken und zog sein Handy hervor.

»Hilf mir, ihn vom Stuhl zu heben«, wandte ich mich dem Regisseur zu.

Wir legten Ouli vorsichtig auf den Boden, und ich befreite den Brustbereich von der Kleidung. Die Kugel hatte offensichtlich sein Herz verfehlt, aber stetig quoll Blut aus der Wunde. Sein Atem ging stoßweise. Unregelmäßig. Ich konnte nichts tun, außer meine Hand auf die Wunde zu pressen, um weiteren Blutverlust zu unterbinden, und auf die Rettungskräfte zu warten.

Tränen liefen mir übers Gesicht. Widersprüchliche Gefühle kämpften in mir. Hatte dieser Mann, um dessen Leben ich jetzt kämpfte, wirklich meine Eltern kaltblütig ermordet? Ich hatte ihm vertraut. Ihn in mein Leben gelassen. Warum sollte ich ihn jetzt retten? Ich konnte ihn sterben lassen. Konnte ich das wirklich?

Ich würde niemals Antworten auf die Fragen bekommen, die seit den Kurzmitteilungen in mir brannten, wenn ich Ouli jetzt gehen ließ. Und ich war Ärztin. Ich hatte Leben zu schützen. Ich würde den Mann nicht unter meinen Händen sterben lassen, wenn ich es verhindern konnte.

Neben ihm kniend ließ ich mir Decken und Felle bringen, die ihn warmhalten sollten, und hielt meine Hände auf seine Brust gepresst, bis endlich die Rettungsmannschaft eintraf und übernahm.

Erst dann ließ ich es zu, dass mich meine Gefühle überfluteten. Hilflosigkeit und Wut tobten in mir. Ich kniete auf dem Holzboden, während mein Körper von Weinkrämpfen geschüttelt wurde.

Eine Hand legte sich auf meine Schulter, und ich blickte auf. Aku hatte sich über mich gebeugt und sah mich verständnisvoll an.

»Komm mit mir nach draußen. Wir machen Platz, damit die Spurensicherung arbeiten kann.«

Er half mir auf, und ich ließ mich von ihm führen. Alle Kraft, die mich hier zur Hütte hinausgetrieben hatte, schien mich verlassen zu haben. Ich fühlte mich vollkommen leer.

Wieder saß ich mit Aku in seinem Auto, wie bereits zwei Winter zuvor, als jemand die Hunde im Auslauf getötet hatte und es nach einer Bärenattacke hatte aussehen lassen. Wieder war hier etwas Schreckliches passiert. Menschen und Tiere hatten wegen mir leiden und sterben müssen. Ouli, falls er überlebte, würde sich verantworten müssen. Hatten diese Gräueltaten nun endlich ein Ende?

Kapitel 26

Ich überprüfte meine Trainingsausrüstung, um kleinere Reparaturen durchzuführen. In gleichmäßigen Bewegungen zog ich mit einer scharfen Stahlklinge große Späne vom Kunststoffbelag der Schlittenkufen ab, um Rillen und Kerben zu beseitigen. Wurzelgehölz und Steine hatten in den vergangenen Tagen in den sonst glatten und gleitfähigen Kufen ihre Spuren hinterlassen.

Sanna beobachtete mich vom Kamin aus.

»Noora, ich weiß, was du durchmachen musst. Aber du kannst jetzt nicht aus der Sendung aussteigen. Wir sind fast am Ziel.«

»Woher willst du das wissen? Du hast nicht den leisesten Schimmer, wie es in mir aussieht.« Meine Hände arbeiteten weiter, wie von einer unsichtbaren Kraft geleitet.

Ich hatte den Dreh nach dem schrecklichen Vorfall abgebrochen, wollte nicht mehr vor die Kamera treten, und Mikko war nichts anderes übriggeblieben, als Juha zu informieren. Sanna war zu mir geflogen, um mich zur Vernunft zu bringen. Aber ich wollte mich nicht zur Vernunft bringen lassen. Zu sehr hatte mich das Ereignis erschüttert. Ohne mich würde die Show platzen. Dieser Verantwortung war ich mir bewusst, und doch konnte ich nicht mehr weitermachen. Ich wusste nicht, ob ich die Sendungen durchstehen würde.

»Du verstehst es nicht.« Ich widmete mich der zweiten Kufe mit der gleichen akribischen Verbissenheit.

»Dann sprich mit mir. Erkläre mir, was du empfindest.«

»Die Farm. Meine Eltern. All das hier existiert nur, weil ein kranker Mensch meine Eltern ermordet hat.« Ich hielt in der Bewegung inne. Tränen standen mir in den Augen. Wut, Verzweiflung, Trauer, alles stürmte seit Oulis Selbstmordversuch auf mich ein. Das war feige von ihm gewesen, mir die Nachrichten auf mein Handy zu schicken und dann zu gehen. Sich nicht zu verantworten für das, was er getan hatte.

»Das wissen wir noch nicht. Ouli hat bisher sein Bewusstsein nicht wiedererlangt.«

»Ja, wir wissen nicht, ob er es war«, bestätigte ich. »Aber wenn er es nicht war, läuft der Mörder noch frei herum. Wäre das die bessere Option?« Ich spürte, wie meine Hände zitterten, und zwang mich, ruhig zu atmen. »Ich kann einfach nicht da weitermachen, wo ich vor diesem Vorfall aufgehört habe. Und ich finde es nicht richtig, es im Fernsehen auszuschlachten.«

Sanna kam zu mir und blieb unmittelbar vor mir stehen. Ihre Nähe zwang mich, zu ihr aufzuschauen, ihr in die Augen zu sehen.

»Wir schlachten es nicht aus. Wir stellen dich dar, wie du wirklich bist. Die Emotionen, die sich auf deinem Gesicht spiegelten, während du die Kurzmitteilungen gelesen hast. Die waren echt. Das will der Zuschauer sehen. Dich als Mensch mit all den Gefühlen, den guten, den schlechten, den verzweifelten, den entschlossenen.« Sie legte ihre Hand auf meine. »Ich finde, du bist bemerkenswert. Bleibst auch in der Not und Bedrängnis deinen Prinzipien treu. Du rettest demjenigen das Leben, der dir das absolut Schrecklichste angetan hat, was man sich nur vorstellen kann.« Heiß spürte ich noch immer ihre Finger auf meiner Haut. Ich hatte in der Arbeit innegehalten. Ließ Sanna gewähren. »Glaubst du, dass Ouli ein Mörder ist?« Sie hielt meinen Blick gefangen.

Ich wusste nicht, wie oft ich mir diese Frage gestellt hatte. Wie oft ich die Kurznachrichten nochmals gelesen hatte.

»Ich weiß nicht, was ich glauben soll.«

»Die Zuschauer lieben dich. Seit Beginn der Ausstrahlungen sind die Einschaltquoten stetig gestiegen. Als du die Qualifikation zum *Finnmarkslopet* geschafft hast, gab es massenhaft Gratulationen in den sozialen Medien. Du hast Fans, die dir die Daumen drücken. Du kannst die Zuschauer nicht enttäuschen. Im Laufe des vergangenen Jahres, seit wir auf Sendung sind, ist deine Bekanntheit so viel größer geworden. Deine Huskytouren waren ausgebucht. Du wärst verrückt, wenn du das alles jetzt aufgeben würdest. Deine Eltern hätten das sicher auch nicht gewollt.« Sanna sah mir mit festem Blick ins Gesicht. »Noora, mach weiter. Wenn nicht für uns oder für dich, dann bitte für deine Fans. Für die Menschen, die hinter dir stehen. Lass nicht zu, dass er dir diesen Erfolg zunichtemacht. Es ist alles vorbereitet. Alles, was du jetzt noch brauchst, ist ein neuer Doghandler, der dich auf der Reise begleitet.«

Wir starrten einander an, bis ich langsam ergeben nickte.

Sanna atmete aus, und mir wurde bewusst, dass sie vor Anspannung die Luft angehalten hatte. Ein erleichterter Ausdruck lag in ihren Augen, als sie mich ansah.

»Sollen wir uns darum kümmern und uns nach einem geeigneten Doghandler umhören, der kurzfristig einspringen kann?«, fragte sie, doch ich schüttelte den Kopf.

»Nein, ich würde gerne jemanden mitnehmen, den ich bereits kenne. Wir werden schließlich viele Stunden teilweise auf engstem Raum miteinander verbringen.«

»Und hast du schon eine Idee?«

»Ich schätze, ich werde Lauri fragen, einen alten Schulfreund von mir. Er hat mir bei der Sicherung des Hundeauslaufs geholfen. Er ist sehr fleißig und handwerklich begabt, aber was noch viel wichtiger für mich ist, ich hatte ein gutes Gefühl dabei, ihn im Umgang mit den Hunden zu beobachten.«

Sie nahm meine Hände. »Ich bin froh, dass du dich so entschieden hast. Lass uns das finale Abenteuer beginnen. Tausend Kilometer durch die norwegische Finnmark. Nur du und deine Tiere.«

Das Mehrfamilienhaus, in dem Lauri eine kleine Wohnung bewohnte, war ein unattraktiver Plattenbau aus den fünfziger Jahren, wie es viele in Finnland gibt. Nach dem Zweiten Weltkrieg gab es hier eine starke Zuwanderungswelle aus dem Osten, was zur Verknappung des Wohnraums führte. Selbst der Norden des Landes konnte das Problem nur durch das Errichten von Plattenbauten lösen.

Nach mehrmaligem Klingeln öffnete Lauri mir die Tür. Überraschung stand in sein Gesicht geschrieben, als er beiseitetrat, um mich einzulassen.

»Ich habe nicht mit Besuch gerechnet.« Mit hektischen Bewegungen sammelte er einige Kleidungsstücke vom Stuhl. Ich sah mich in dem Ein-Zimmer-Appartement um. Ein Bett, in dem ein weiß-graues Rentierfell lag, diente zugleich als Schlafmöbel und Couch. An der Wand ein Holzschrank, dessen Türen beim Öffnen quietschten, als Lauri die aufgesammelte Kleidung darin verschwinden ließ. Ein heller Schreibtisch am Fenster, auf dem ein Computer stand, und ein Bücherregal. Dieses war mit DVDs und Computerspielehüllen vollgestopft. Eine typische Singlewohnung.

Ich blickte nach draußen, wo es begonnen hatte zu schneien. Dicke, watteweiche Flocken fielen in den Garten und auf das Vogelhäuschen, das auf einem Baumstumpf befestigt war. Eine Elster stolzierte königlich darunter umher und verscheuchte zwei kleinere Vögel.

»Ich habe mir gerade was gekocht. Willst du mitessen?« Lauri wandte seine Aufmerksamkeit nun mir zu.

»Es tut mir leid, ich komme wohl etwas ungelegen.«

»Nein, ganz und gar nicht.« Mein ehemaliger Klassenkamerad hob abwehrend die Hände. »Setz dich doch. Es ist genug für uns beide da, und ich würde mich über deine Gesellschaft freuen.«

Also ergab ich mich und setzte mich an den kleinen Holztisch. Lauri stellte zwei Schalen mit Rentiersuppe, Knäckebrot und eine angebrochene Packung gesalzener Butter auf den Tisch.

»Greif zu. Du hast bestimmt Hunger.«

Ich hatte kaum Hunger, aber ich wollte jetzt nicht unhöflich sein. Also schob ich mir einen Löffel der heißen Suppe in den Mund.

»Du hast bestimmt schon von Ouli gehört.«

Lauri nickte und biss in sein Knäckebrot, nachdem er es zuvor in die Suppe getunkt hatte.

»Die Nachricht machte gleich die Runde. Wer hätte das gedacht?«

»Ich fahre übermorgen zu einem großen Schlittenhunderennen in Norwegen. Ouli sollte eigentlich mitfahren. Daraus wird jetzt natürlich nichts. Und nun brauche ich einen neuen Doghandler.« Ich wartete auf irgendeine Reaktion, aber Lauri schien noch nicht zu begreifen, worauf ich hinauswollte. »Ich wollte dich fragen, ob du Lust und vor allem Zeit hättest, diese Reise mit mir zu machen und den Job zu übernehmen.«

Ich sah ihn an und hoffte auf seine Zustimmung. Lauri schien zu überlegen. Ich ließ ihm die Zeit.

»Was müsste ich denn machen?«, fragte er zögerlich.

»Also zum einen wärst du Fahrer. Du müsstest vor allem den Camper mit dem Hänger für die Hunde von Checkpoint zu Checkpoint fahren. Während des Rennens selbst bin ich allein für mich und die Hunde verantwortlich. Wenn aber Hunde ausfallen, dürfen sie nicht mehr teilnehmen. Du wärst für ihre Versorgung zuständig. Und natürlich gehört auch das unattraktive Säubern der Boxen dazu.«

Er musterte mich. »Und du willst mich wirklich dabeihaben?«

Nun war es an mir, kurz zu zögern, bevor ich antwortete: »Der TV-Sender wollte mir einen Ersatz-Doghandler organisieren. Ich habe abgelehnt. Ich wollte dich zuerst fragen.«

Ein zaghaftes Lächeln huschte über sein sonst so ernstes Gesicht. Ich erinnerte mich, dass er in der Schule nie gelächelt hatte.

»Mir steht noch Jahresurlaub zu, und ich habe bisher noch nichts geplant. Ich spreche gleich mal mit meinem Chef, aber ich denke, es lässt sich einrichten.« Lauri sah mich an und erwiderte mein Lächeln nun offener.

Ich schob meinen leeren Suppenteller beiseite. »Ich würde mich sehr freuen, wenn du mich in die Finnmark begleitest. Gib mir nur kurz Bescheid, wenn du mit deinem Chef gesprochen hast, damit ich dem Sender ein Okay geben kann. Wir werden ungefähr zwei Wochen unterwegs sein.«

Lauri nickte. »Magst du noch etwas?«, fragte er.

Ich schüttelte den Kopf. »Danke Lauri, es hat sehr gut geschmeckt, aber ich bin wirklich satt.«

Er sah verlegen aus. Wahrscheinlich hatte er in seiner spärlich eingerichteten Wohnung nicht oft Besucher, die zum Essen blieben.

»Das hoffe ich, dass es dir geschmeckt hat. Auf der Reise bin ich ja sicher nicht nur für die Versorgung der ausgeschiedenen Hunde zuständig, sondern auch für die der Fahrerin.«

Ich war erstaunt, dass es so leicht gewesen war, Lauri zu überreden. Und eigentlich hatte ich ihn auch gar nicht überreden müssen. Ich hatte ein gutes Gefühl. Er dachte mit. War sehr umsichtig. Wir kannten uns nun schon so lange, aber es hatte sich nie eine Gelegenheit ergeben, den Mann besser kennenzulernen. Näher als beim Rennen würden wir uns nie kommen. Vielleicht könnte eine Freundschaft daraus entstehen.

»Es war nett, mit dir zu essen und mich mit dir zu unterhalten. Und wenn du mitfährst, werden wir noch mehr solcher Gelegenheiten haben.«

Lauri verabschiedete mich unten an der Eingangstür und winkte mir, als ich vom Hof fuhr. Er hatte keine leichte Kindheit und Jugend gehabt und war heute zu einem hilfsbereiten und charmanten Mann herangereift.

Kapitel 27

Mein Ski-Doo brach zwischen den Bäumen hervor, und ich hielt überrascht schlingernd an. Vor mir erstreckte sich der See mit seiner geschlossenen Decke aus Eis und Schnee. Und in einiger Entfernung, in Sichtweite zur Lodge, die auf der anderen Seite lag, stand eine Arche, eine kleine Angelhütte auf Kufen.

Wo war sie so plötzlich hergekommen? Auf meinem Weg zu Lauri hatte sie nicht hier gestanden. Solche Hütten waren in der Regel rund vier Quadratmeter groß. Ich hatte noch nie in einer Arche geangelt, aber ich wusste, dass unter der Hütte ein Loch in das Eis gesägt war und dass der Boden eine Luke besaß. Ein Plastikrohr verband die Öffnung mit der Luke im Boden, sodass der eisige Wind nicht eindringen konnte. Und dann saß man in der Arche, in der ein Propanofen sauste und pfiff, um die Raumtemperatur warm zu halten, und angelte durch das Loch. Hier allerdings hockte ein einsamer Eislochangler neben seiner mobilen Behausung unweit des Ufers, an dem die alte Wildnishütte von Perttis Vater stand.

Warum angelte er neben seiner Hütte? Und was machte er überhaupt hier?

Der kräftige Mann winkte mir, als ich auf ihn zufuhr. Ich verlangsamte die Fahrt, um neben ihm zum Stillstand zu kommen.

»Hallo Nachbarin«, grüßte er, als ich den Helm absetzte.

Überrascht sah ich ihn an. »Wieso Nachbarin?« Das war doch Perttis Haus. Oder sprach der Fremde vom Standort seiner Arche? Woher kannte er mich?

»Na, ich habe das Ferienhaus von Pertti Lehtonen gekauft.« Er sprach in einem gebrochenen Finnisch.

Steckte Pertti finanziell in einem solchen Engpass, dass er verkaufen musste? Ouli hatte mir nichts davon erzählt. Aber er hatte mir anscheinend vieles nicht erzählt. Wie ich von Aku wusste, hatte er das Bewusstsein noch immer nicht wiedererlangt. Dennoch wurde er im Krankenhaus bewacht.

Zwei Jahre hatten wir nun schon sehr eng zusammengearbeitet, und ich hatte nicht bemerkt, was ihn umtrieb. Es fiel mir schwer, sein Verhalten mir gegenüber mit den Worten aus seinen Kurznachrichten in Einklang zu bringen. Es schmerzte mich, darüber nachzudenken.

»Ich bin Hans«, stellte der Mann sich vor und hielt mir seine Hand entgegen, untypisch für Finnen. Er schien meine Irritation nicht bemerkt zu haben.

»Noora. Ich führe die Husky-Lodge dort drüben.« Mit ausgestrecktem Arm deutete ich in Richtung des gegenüberliegenden Ufers.

»Ich weiß.« Er musterte mich interessiert. »Ich habe dich im Fernsehen gesehen.« Ich spürte, wie ich errötete. Es fühlte sich seltsam an, von fremden Menschen erkannt zu werden. Aber Hans achtete nicht darauf. Unbeirrt sprach er weiter. »Die Folge über deine

Qualifikation zum *Finnmarkslopet.* Ich fand die Sendung sehr gut. Und in Muonio sagte mir vor ein paar Tagen der junge Mann im Baumarkt, dass ich eine Berühmtheit als Nachbarin habe.« Er lachte dröhnend, als er wahrnahm, wie peinlich es mir war, so betitelt zu werden.

»Du kommst nicht von hier. Was hat dich hierher verschlagen?«, wechselte ich schnell das Thema.

Der kräftige Mann kontrollierte seinen Angelköder, bevor er antwortete. »Das ist eine lange Geschichte.« Er wartete einen Augenblick und fuhr fort, als ich keine Anstalten machte, ihn zu unterbrechen. »Vor acht Jahren bin ich zu Beginn meiner Rente mit meiner Frau und meinen Hunden aus Deutschland nach Finnland ausgewandert. In Kuusamo haben wir ein Haus gekauft.« Ein Fisch biss an, und er zog ihn aus dem Wasser, während er weitersprach. »Ich hatte auch Huskys, musst du wissen. Wunderbare Hunde. Und ihnen wollte ich hier ein Zuhause bieten, das sie in meiner alten Heimat niemals hätten haben können. Heute leben aber nur noch zwei von ihnen.« Vorsichtig löste er den Fisch vom Haken und legte ihn in einen Eimer, in dem bereits fünf Barsche schwammen.

»Und wolltest du nie zurück nach Deutschland?« Ich erinnerte mich noch gut, wie schwer es mir fiel, in Helsinki fern meiner Heimat zu leben.

»Doch natürlich. Ein Jahr nach der Auswanderung verlor ich meine Frau unerwartet an den Krebs. Und da spielte ich auch mit dem Gedanken, zurück nach Deutschland zu meinen Kindern und Enkelkindern zu gehen. Ich habe zwei Söhne und eine Tochter und insgesamt sieben Enkel, musst du wissen. Aber wo hätte ich in Deutschland mit den Hunden hinziehen sollen? Da gibt es nicht den Platz, den ein Mensch hier im Norden hat. Also bin ich einfach geblieben.«

Ich war fasziniert, dass er seinen Hunden zuliebe die Einsamkeit dem Gewohnten vorgezogen hatte. Ein neues Land, eine neue Sprache, die er lernen musste, und ein komplett neues Lebensgefühl.

»Lebst du noch in Kuusamo?«

»Nein, ich bin vor ein paar Monaten mit meiner Frau nach Muonio gezogen. Und wir haben uns diese Hütte am See gekauft, damit wir im Sommer hier saunieren und im Winter eisangeln können. Guten Fisch für die Hunde und uns.«

»Du hast hier eine neue Frau kennengelernt?«

Wieder lachte Hans sein dröhnendes, aber warmes Lachen.

»Ob du es glaubst oder nicht. Vor vier Jahren habe ich meiner Jugendliebe einen Brief geschrieben und sie eingeladen, mich eine Woche zu besuchen. Ich hatte sie bei Facebook gefunden und gelesen, dass sie Witwe war. Und sie kam tatsächlich nach Finnland und ist seitdem hier bei mir geblieben.«

Die Überraschung war in meinem Gesicht abzulesen.

»Doch wirklich. Sie kam hierher und verliebte sich in das einsame Land und mich. Noch nicht mal die lange Dunkelheit im Winter konnte sie schrecken.«

Ob Pia das auch könnte? Irritiert hing ich diesem Gedanken einen Moment nach. Wieso war Pia mir jetzt in den Sinn gekommen? Wieso nicht Lotta?

»Na dann wünsche ich dir noch viel Angelglück«, sagte ich, bevor ich den Helm wieder aufsetzte.

»Und ich wünsche dir viel Erfolg beim *Finnmarkslopet* und drücke dir die Daumen, dass du mit deinem Hundeteam gesund die tausend Kilometer überwindest. Das wird eine riesige Herausforderung.«

Kapitel 28

Die Zeit bis zur Abfahrt verging viel zu schnell. Jetzt in dieser Phase ständig vom Kamerateam umlagert zu sein, machte es nicht einfacher für mich. Hinzu kam, dass uns das Wetter nicht wohlgesinnt war. Tags zuvor war es noch sonnig und windstill gewesen. Aber hier im Tunturi konnte sich das Wetter zu jeder Zeit ändern.

Jetzt wütete ein heftiger Schneesturm und hatte das ganze Land im Griff. Das Heulen des Windes klang drohend und unheilverkündend. Die Hunde waren in ihren Hütten nicht mehr zu sehen, denn die dicht herumwirbelnden Schneeflocken verhinderten jeden Blick vom Fenster aus. Die Prognosen für die kommenden Tage sahen nicht rosiger aus. Tagelang sollte sich der Sturm nicht legen, aber es stand außer Frage: Lauri und ich mussten los, wenn wir rechtzeitig in Alta ankommen wollten.

Unter großer Mühe verluden wir, gegen den Sturm ankämpfend, die Hunde in den Anhänger, der den Tieren während der Fahrt als Zuhause diente. Insgesamt vierzehn meiner Alaskan Huskys, die ich sorgsam für dieses Rennen ausgewählt und trainiert hatte. Je zwei von ihnen teilten sich eine der geräumigen Boxen im Fahrzeug.

Der Sturm riss und zerrte an der Boxentür wie ein tollwütiger Hund. Ich musste sie mit beiden Händen packen, um sie schließen zu können. Der Wind brachte Schnee mit sich. Keinen weichen, feinen Pulverschnee, sondern scharfgeschliffene Diamanten.

Wie befürchtet war die dreihundertfünfzig Kilometer lange Autofahrt, die ein Stück weit an der finnisch-schwedischen Landesgrenze entlangführte, um weiter im Norden die Grenze zu Norwegen zu passieren, eine Katastrophe. Die Straßenverläufe waren zu erahnen, aber nicht definitiv zu bestimmen. Immer wieder hatte ich das Gefühl, in einen Graben zu rutschen. Mit einem Blick in den Rückspiegel versicherte ich mich, dass mir das Kamerateam, das ich nur noch anhand ihrer Scheinwerfer erkennen konnte, folgte.

»Hoffentlich legt sich der Sturm noch, bevor das Rennen anfängt«, unterbrach Lauri vom Beifahrersitz die Stille. Er starrte zwischen den Scheibenwischern, die mühsam ihrer Arbeit nachkamen, hindurch und versuchte, dem Straßenverlauf zu folgen.

Ich blickte erneut in den Rückspiegel und stellte erschrocken fest, dass die Scheinwerfer hinter mir verschwunden waren. Abrupt brachte ich mein Fahrzeug zum Stehen. Wir warteten, doch hinter uns kam niemand.

»Sie waren doch vorhin noch da«, sagte ich mehr zu mir selbst und blickte suchend in den Außenspiegel, der jetzt, während wir standen, immer dichter zugeschneit wurde. Es machte mich nervös, den Wagen des TV-Senders nicht auftauchen zu sehen. Vielleicht war ihnen etwas zugestoßen.

»Ich muss zurück«, entschied ich.

»Das wäre Wahnsinn, hier mit dem Gespann zu wenden«, gab mein Beifahrer zu bedenken.

»Das habe ich auch nicht vor«, winkte ich ungeduldig abwehrend ab. »Lass den Motor laufen«, wies ich Lauri an, während ich mir meine Sturmmaske über den Kopf zog und die dicke Mütze aufsetzte.

Ich zog meinen Parka zu, bevor ich die Tür öffnete und das warme Innere des Wohnmobils verließ. Mich gegen den kräftigen Wind stemmend lief ich auf der vereisten Straße zurück in die Richtung, aus der wir gekommen waren. Die Sicht betrug in den wirbelnden dicken Flocken keine fünf Meter. Der Wind fegte mir die eiskalten Kristalle ins Gesicht, und ich war froh, mich vor dem Aussteigen geschützt zu haben.

Wo war der Lastwagen mit dem Kamerateam? Sie hätten uns längst eingeholt haben müssen, selbst wenn sie langsamer geworden waren. Sie waren doch direkt hinter mir gefahren.

Ich blieb stehen und hielt nach dem großen Fahrzeug Ausschau. Der Schnee wurde mir in die Augen geweht. Ich konnte nichts sehen außer weißem Schnee.

Am Straßenrand regte sich plötzlich etwas. Eine menschliche Gestalt erhob sich aus dem Straßengraben, und ich rannte.

Blut rann Mikko aus einer Wunde an der Schläfe, mit der er vermutlich gegen die Scheibe der Tür geprallt war.

»Was ist passiert? Wo sind die anderen?« Die Wunde schien nicht tief zu sein, soweit ich das ohne

Untersuchung beurteilen konnte. Eine kleine Schnittverletzung, die nicht genäht werden musste. Aber um Gustav, den Kameramann, und Teemu, der für die Tonaufnahmen zuständig war, machte ich mir plötzlich Sorgen. »Mikko, wo sind die anderen?«, wiederholte ich meine Frage, als ich den Regisseur erreicht hatte, doch er stand augenscheinlich unter Schock und nahm mich kaum wahr. Ich ließ ihn stehen und lief weiter zu der Stelle, an der er am Straßenrand aufgetaucht war. Der Techniklastwagen des Senders lag weit abseits in der Böschung auf der Seite, bereits von einer dichten Schicht Schnee überzogen, sodass die Abblendlichter, von denen nur noch eines den Unfall überstanden hatte, kaum noch zu sehen waren.

Teemu stand neben dem Fahrzeug und diskutierte mit jemandem am Telefon, während Gustav auf mich zukam. Ich sah erleichtert, dass beide unverletzt waren.

»Gut, dass ihr angehalten habt«, sagte der Kameramann, als er bei mir ankam. Sein Bart war weiß von Eiskristallen.

»Was ist passiert?«

»Eine starke Windböe hat das Fahrzeug erfasst und einfach von der Fahrbahn geschoben. Ich habe noch versucht dagegenzulenken, aber die Kontrolle verloren. Wir sind von der Straße abgekommen und im Tiefschnee umgestürzt.«

»Ist mit dir ansonsten alles in Ordnung?« Ein Nicken war Antwort genug. »Ich kümmere mich jetzt um Mikkos Verletzung. Wir warten alle in unserem Camper auf Hilfe.«

Glücklicherweise mussten wir nicht allzu lange warten. Ich versorgte Mikkos Schnittwunde an der Schläfe und gönnte den Tieren trotz des Sturms in der Zwangspause etwas Auslauf. In bewährter Routine, die wir in den letzten Tagen ausgiebig trainiert hatten, hoben Lauri und ich die Hunde aus ihren warmen Strohboxen, führten sie einige Runden um das Gespann herum und hängten sie am Halsband mit der kurzen Kette an ihren angestammten Platz, bevor wir die Prozedur in umgekehrter Richtung wiederholten, bis alle Tiere ihre Plätze im Anhänger eingenommen hatten und wir die Fahrt ohne Mikko und sein Team, die wir in der Obhut der Polizei und des Abschleppdienstes zurückließen, fortsetzen konnten.

Am späten Nachmittag näherten wir uns Alta, der größten Stadt der nördlichsten Provinz Norwegens, bogen dem Navigationsgerät folgend von der Hauptstraße ab und steuerten unser Gespann auf einen Campingplatz direkt am Alta-River zu. Wir waren am Ziel unserer Anreise, an dem in Kürze alle Musher ihr Lager beziehen würden. Bereits bei unserer frühzeitigen Ankunft war die volksfestartige Stimmung in diesem Musherlager zu spüren, das aus einer stattlichen Anzahl aufgebauter Holzhütten in verschiedenen Größen bestand.

Nach der Anmeldung in dem kleinen Café auf dem Campingplatz, das während des Rennens auch gleichzeitig das Büro des *Finnmarkslopet* beherbergte, gingen mein Doghandler und ich gemeinsam an die

Versorgung der Tiere und die letzten Vorbereitungen vor dem großen Abenteuer.

Ich war froh zu sehen, dass Lauri so umsichtig und gewissenhaft mit den Huskys arbeitete. Ich war mit ihm die wichtigen und für ihn ganz neuen Handgriffe und Rituale mit den Hunden durchgegangen, und er hatte sich als ein gelehriger Schüler erwiesen. So fühlte ich jetzt eine große Erleichterung, wenn ich daran dachte, während des Rennens ausgeschiedene Tiere, die nicht mehr teilnehmen konnten, mit gutem Gewissen in seiner Obhut zurücklassen zu können.

Wir bauten unser kleines Lager auf und bereiteten die Depotsäcke für das Rennen vor, Versorgungssäcke, die auf mehreren Checkpoints verteilt wurden und den Nachschub an Futter und wichtiger Ausrüstung gewährleisteten. Alles, was ich bis zum Start des *Finnmarkslopet* nicht in den Schlitten oder die Depotsäcke gepackt hatte, durfte ich laut Reglement erst wieder bei meiner Ankunft in Alta einsetzen. Der Musher selbst hatte die Möglichkeit, Essen, trockene Kleidung oder Zubehör für die Kopflampen aus dem Begleitfahrzeug zu holen. Im Packen und Planen dieser wichtigen Versorgungssäcke hatte ich noch wenig Erfahrung. Als ich mir von einem befreundeten Musher die Tipps geben ließ, notierte ich einem unwissenden Schulkind gleich vieles von seinem langjährigen Wissen vor laufender Kamera in einem kleinen Buch. Das lag jetzt aufgeschlagen vor mir. Seine Erklärungen, welche Depots mit Fleischsnacks und Trockenfutter, Streichhölzern, Booties, Batterien und Ersatzkleidung sowie Ersatzbelägen für die Schlittenkufen ich an den einzelnen möglichen Checkpoints, die Depotplätze besaßen, verteilen sollte, klangen einleuchtend, und doch zweifelte ich an manchen meiner Entscheidungen, als ich meine sorgfältig markierten Säcke in die bereitstehenden Lastwagen mit den Gitterboxen stellte.

Aber die Gefahren des Abenteuers *Finnmarkslopet* lagen nicht nur in falsch gepackten Depotsäcken. Vielmehr forderten bei dem seit 1980 alljährlich traditionell am zweiten Samstag im März startenden Schlittenhunderennen die unendlich langen Strecken und die oft widrigen Wetterbedingungen bei allen Mushern ihren Tribut. Durch wilde Regionen, durch Wälder und über weite Bergplateaus, entlang an Flüssen und über Seen konnte ich nur auf meine Erfahrungen bei den fast täglichen Touren auf der Lodge zählen, die hoffentlich eine gute Voraussetzung waren, dieses Abenteuer erfolgreich zu bestehen und die Ziellinie zu überqueren. Das allein wäre schon ein großer Erfolg, denn erfahrungsgemäß schieden viele Teilnehmer im Laufe des Rennens aus. Die letzten Teilnehmer würden das Ziel erst Tage nach dem Sieger erreichen. Insgeheim hoffte ich, im guten Mittelfeld zu landen. Alle Plätze weiter vorne wären völlig illusorisch.

Spät abends saß ich mit Lauri, Mikko, Gustav und Teemu, die im Laufe des Mushermeetings zu uns gestoßen waren, in der kleinen beheizten Holzhütte, die der TV-Sender für die Mitarbeiter gemietet hatte, und ging die Informationen zur Rennstrecke nochmals akribisch durch. Der Streckenverlauf wurde jedes Jahr im Detail neu angepasst, sodass er auch für erfahrene Musher immer eine neue Herausforderung darstellte. Für einen Rookie, so nannte man die Musher, die zum ersten Mal teilnahmen, wie mich war es um ein Vielfaches schwerer. Im Gegensatz zu anderen Teilnehmern kannte ich die Tücken nicht, die mich auf den einzelnen Etappen erwarteten. Das barg die Gefahr, meine Hunde zu schnell auszupowern.

»Der größte Teil der Strecke folgt Schneemobilpfaden«, erklärte ich der Kamera, die auf mich gerichtet war, und fuhr die Route mit dem Finger auf der Karte nach.

»Wie orientiert man sich denn auf dem Trail?«, fragte Lauri, der Gefallen daran gefunden hatte, mir vor der Kamera den Ball zuzuspielen. Interessiert beugte er sich über die Karte. Im Gegensatz zu Ouli, der stets befangen reagierte, schien Lauri sich vor der Linse sichtlich wohl zu fühlen. Das hatte ich nicht erwartet. Wir hatten in der kurzen Zeit begonnen, uns zu einem funktionierenden Team zu entwickeln. Das war wichtig für das Abenteuer, das wir zu bestehen hatten.

»Der Streckenverlauf ist mit ein bis zwei Meter hohen Birkenästen gekennzeichnet. Allerdings werden dabei nur Stellen markiert, an denen es möglich ist, sich zu verfahren. Also vor allem an Kreuzungen vielbefahrener Ski-Doo-Trails. Die Organisatoren sind bemüht, gerade so viele Markierungen zu setzen, dass sich die Musher sicher sein können, auf dem richtigen Weg zu sein. Auf der restlichen Strecke müssen wir uns selbst orientieren.« Ich blickte auf. Versuchte, mit den Augen Kontakt zu den Zuschauern aufzunehmen. »Ein Musher muss in jedem Fall so souverän sein, dass er im schwierigen Terrain selber navigieren kann. Ein sicherer Umgang mit Karte und Kompass ist also unersetzlich. Es ist niemand da draußen und legt eine Spur, wenn Schneeverwehungen keinen Weg mehr erkennen lassen. Niemand, der dich durch einen Sturm lotst, dir über die Berge hilft, dich vor Overflows schützt oder gar aus dem Eisloch zieht, wenn du samt Schlitten und Hunden im eiskalten Wasser liegst. Keiner da, wenn du den Schlitten zu Schrott fährst und dir dabei ein Bein brichst.«

»Hast du Angst vor den kommenden Tagen?« Lauri sah mich an.

»Nein, ich würde es nicht Angst nennen. Eher eine gehörige Portion Respekt. Vor meinen Huskys und mir liegen tausend Kilometer pures Abenteuer bei bis zu minus fünfundvierzig Grad. Wir werden uns durch Stürme zu kämpfen haben, und ich werde glücklich sein, wenn ich es schaffe, in fünf bis sieben Tagen die Ziellinie zu überqueren. Ich denke, man muss schon ein klein wenig verrückt sein, wenn man hier teilnimmt. Das macht es einem dann ein bisschen leichter.«

Kapitel 29

Es war früh am Morgen, als ich im Alkoven des Wohnmobils die Augen aufschlug. Von unten hörte ich Lauris gleichmäßigen Atem. Ich mochte seine ruhige, aber sehr aufmerksame Art, die sich positiv auf meine Nervosität auswirkte. Irgendwie schaffte er es, dass ich mich etwas entspannte. Er hatte uns am Abend noch ein gutes, nahrhaftes Abendessen gekocht, bevor wir erschöpft in unsere Betten gekrochen waren. Endlich war die letzte Nacht vor dem Rennen vorüber. Schon bald würde ich Tag und Nacht hinter dem Schlitten herlaufen und erst im Ziel wieder in den Genuss kommen, länger als vier Stunden zu schlafen. Vorsichtig und leise schälte ich mich aus dem Schlafsack und zog mir den Overall an. Ich wollte meinen Doghandler nicht wecken. Um meine eigene Aufregung zu bändigen, sah ich nach den Hunden. Es waren nur noch sechs Stunden bis zum Start.

Ein Jahr war vergangen, seit ich mit Sanna und Juha in der kleinen Wildnishütte zusammengesessen und Kaffee getrunken hatte. Ein Jahr, in dem die Idee, an diesem Rennen teilzunehmen, Formen angenommen hatte. Ein verrücktes Jahr.

Intensiv hatte ich für dieses Rennen trainiert, und doch fühlte ich mich nicht auf das vorbereitet, was mich auf den kommenden tausend Kilometern erwarten würde. Würde ich es als Rookie schaffen, das Ziel zu erreichen? Die unendlich langen Strecken und oft widrigen Wetterbedingungen würden meinem Team und mir alles abverlangen. Ich musste nicht siegen. Es wurde nur erwartet, dass ich die Ziellinie überquerte, hatten Juha und Sanna mir eingeschärft. Aber das war es nicht, was mich bewegte. Ich wollte durchkommen für mich. Ich wollte das Glücksgefühl erleben, die Finish-Line in der Markedsgata in Alta, die zugleich Start- und Zielpunkt darstellte, zu passieren.

Die Gesellschaft meiner Hunde machte mich ruhiger. Es tat mir gut, leise mit ihnen zu sprechen, ihnen sanft über die Schnauzen zu streicheln, während sie entspannt ausgestreckt in ihren warmen Strohbetten dösten, als wäre es ein Morgen wie jeder andere. Dabei spürten sie meine Anspannung. Ich sah nach allen vierzehn Tieren, nahm mir Zeit für jeden meiner Freunde, streichelte sie ausgiebig und knetete ihre Pfoten, die ich bei dieser Gelegenheit mit der Schutzcreme einsalbte, damit ihre Fußballen weich und geschmeidig blieben. Es schützte sie vor Verletzungen, die uns schneller als erwartet ein Ende des Rennens bescheren konnten. Sie antworteten mir mit einem genüsslichen Grummeln.

»Da kommt ja meine Lieblingsmusherin«, begrüßte mich Lauri, als ich etwas später wieder ins Wohnmobil trat und mich an den winzigen Tisch setzte, den Lauri bereits für uns gedeckt hatte. Es hatte etwas Rührendes, wie er mich umsorgte. Seit ich von zu

Hause ausgezogen war, hatte sich niemand auf diese Weise um mich gekümmert.

»Wie fühlst du dich?«

»Ich kann es dir gar nicht genau sagen. Ich bin furchtbar nervös. Mein Mund ist vor Aufregung staubtrocken.«

Mein Schulkamerad kam zu mir und beugte sich über mich. Seine Hand streifte mein Schulterblatt, als er die dampfende Tasse vor mir absetzte. Ich zuckte unmerklich zusammen. Seine Berührung war einen Sekundenbruchteil zu lang, um unbeabsichtigt gewesen zu sein. Eine Geste, die in meine Intimsphäre eindrang und doch so schnell vorbei war, dass ich es nicht richtig deuten konnte.

»Jetzt trink erst einmal einen Kaffee und mach dir keine Sorgen. Ihr seid optimal vorbereitet. Du und deine Hunde da draußen, ihr werdet das schon schaffen.«

Vielleicht hatte ich es mir aber auch nur eingebildet. Ich war nervös vor dem Rennen. Befand mich in einem inneren Ausnahmezustand. Dankbar nahm ich die Tasse entgegen, doch der schale Geschmack in meinem Mund blieb auch noch nach den ersten Schlucken.

Als ich draußen bei den Tieren gewesen war, hatte Lauri uns ein reichhaltiges Frühstück vorbereitet. Aber ich brachte kaum einen Bissen herunter, während ich ihn beobachtete, wie er hungrig in sein herzhaftes Roggenbrot mit Rentierstreifen biss. Wieder nippte ich an meinem Kaffee. Ich schloss die Augen und genoss die letzten ruhigen Minuten vor dem Aufbruch.

Die Hektik im Musherlager war deutlich spürbar.

Es wurde Zeit, die Hunde anzuspannen. Ich hatte sie für den Aufbau des Energievorrats noch mit einer mit Mineralstoffen angereicherten Fleischbrühe und einem ordentlichen Stück Fett gefüttert.

Die ganze Prozedur vor einem Rennen war sehr ungewohnt für mich, und ich schaute das eine oder andere Mal auf meinen Spickzettel mit dem Ablaufplan und den wichtigen Tipps erfahrener Musher, um nichts Gravierendes zu vergessen. Und als wäre das nicht schon aufregend genug gewesen, stand mir noch der beim *Finnmarkslopet* traditionell vor dem richtigen Rennen durchgeführte Showstart bevor, der den Organisatoren zur Präsentation des Rennens in der Öffentlichkeit und den Medien diente. Jedes der achtunddreißig Teams startete in Alta zunächst mit einem Passagier im Schlittensack, der in der Regel für die Fahrt viel Geld bezahlt hatte, das der Organisation des Rennens zugutekam. Nach zwanzig Kilometern wurde der Passagierschlitten gegen den bepackten Rennschlitten getauscht, und es ging auf die Strecke zum nächsten Checkpoint. Das Organisationsteam hatte mir eine Frau als Passagier zugeteilt. Ich hoffte, dass sie sich pünktlich zur Abfahrt an meinem Schlitten, zu erkennen an der Startnummer, einfinden würde.

Alta bestand aus mehreren Ortsteilen. Gegen Ende des Zweiten Weltkrieges wurden nahezu alle Häuser und ein Großteil der riesigen Kiefernwälder um die Stadt herum zerstört. Nach dem Neuaufbau bot Alta nun das Bild einer modernen Siedlung mit einem überwältigenden Ausblick auf den Fjord, umgeben von weißen Bergen.

Entlang der Markedsgata, mitten in der größten Stadt der Finnmark, die den Startpunkt des Schlittenhunderennens darstellte, warteten jetzt über fünfhundert tobende Hunde darauf, endlich losgelassen zu werden. Die Atmosphäre glich einem wahren Tollhaus. Lampenfieber breitete sich unter allen Beteiligten aus.

Die Temperaturen an diesem Tag hätten zum Mushen nicht perfekter sein können. Bei minus zwanzig Grad schützte meine Kleidung mich noch angenehm vor der Kälte, und die Hunde waren zu Hochleistungen fähig. Der Schnee hatte eine Gleitfähigkeit, die den Tieren vor dem Schlitten nicht zu viel abverlangte. Wenn das Wetter so blieb, konnte es ein sehr schnelles Langstreckenrennen werden.

Langsam wurde es Zeit. Mikkos Kamerateam hatte sich aufgestellt, um mich beim Einspannen der Hunde zu filmen. Lauri half mir und hängte die Hunde an die Ketten am Anhänger, während ich einem Tier nach dem anderen gewissenhaft die Eiskristalle von den Pfoten strich, um wunde Stellen zu vermeiden, bevor ich sie in die Booties, die Hundeschuhe zum Schutz ihrer Pfoten, steckte.

Als ich meinen tierischen Teammitgliedern schließlich ihr Geschirr überstreifte und sie wussten, dass der Start näher rückte, waren sie vor Eifer und Aufregung kaum noch zu halten.

Es befreite meinen Kopf und beruhigte mich, der Kamera meine Hunde vorzustellen, während ich mit ihnen arbeitete.

Ich sprach kameradschaftlich auf Pyry ein, als ich die erfahrene Hündin als Erste ganz vorne an der etwa sechzehn Meter langen Gangline »in lead« einspannte. Trotz der immer größer werdenden Aufregung um sie herum blieb Pyry als eine der wenigen ruhig und gelassen. Ihr genügte das kurze Kommando »Line-out«, und schon straffte sich unter ihrem Zug die Leine und erleichterte mir die Arbeit mit den weiteren dreizehn Tieren.

Neben ihr würde die sandfarbene Pippuri laufen, die vor Erregung am ganzen Körper zitterte. Sie konnte es kaum noch erwarten, auf Tour zu gehen.

Hinter den beiden Führungshunden spannte ich zwei weitere Paar Leithunde, die ich benötigte, wenn Pyry mir während des Rennens ausfallen würde. Es waren alles Tiere, denen ich guten Gewissens die Führung übergeben konnte, die aber ebenso gut im Team arbeiten konnten. Den Leithunden folgten die Teamdogs. Alles fleißige Arbeiter und potenzielle Finisher, die über die lange Distanz von tausend Kilometern gehen konnten.

Die Brüder Paavo und Ville nahmen am Schluss ihre Plätze als Wheeldogs ein. Sie waren für diese Aufgabe gesetzt, seit ich dem Abenteuer zugestimmt und mir Gedanken über mein Team gemacht hatte. Ihre Teilnahme hatten sie durch konstante Leistungen im Training bestätigt. Die Position unmittelbar vor dem

Schlitten war nach der des Leithundes die schwierigste und anstrengendste. Wheeldogs mussten den Schlitten von vorn steuern. An schrägen Hanglagen sorgten sie dafür, dass der Bug des Schlittens nicht der Schwerkraft folgend den Abhang hinunterdriftete.

Ich richtete mich auf und sah mich um. Ich hatte beim Einspannen die Welt um mich herum vergessen. Ein vor Kraft strotzendes Hundeteam für den Start vorzubereiten war äußerst schweißtreibende Schwerstarbeit. Glücklicherweise blieben sie größtenteils ruhig und warteten auf mein erlösendes Kommando.

Wo blieb mein Passagier für den Start? Sie müsste doch schon hier sein.

»Noora, was für Gefühle hast du jetzt, so kurz, bevor du ins Rennen gehst?« Mikkos Stimme zog meine Aufmerksamkeit auf sich. Ich blickte in die Kamera und versuchte, meine Emotionen in Worte zu fassen.

»Ich bin aufgeregt. Es ist unglaublich berauschend, hier zu stehen und zu wissen, dass es gleich losgeht. So wie meine Hunde will ich jetzt endlich nach der langen Vorbereitung auf die Strecke gehen.« Dem in gleichmäßigen Abständen aufbrandenden Lärm am Startbereich nach zu urteilen, waren die ersten Musher bereits mit ihren Passagieren auf dem Weg nach Sorrisniva. Ich wandte meinen Kopf gedankenverloren in Richtung der Markedsgata, als erneut das ausgelassene Bellen einer Hundemeute ihre Abfahrt ankündigte. Eine Frau löste sich aus der dicht um den Startbereich zusammengedrängten Zuschauermenge und kam auf uns zu. Ihr unverwechselbarer Gang ließ mich in der Bewegung erstarren und zog meinen Blick auf sich, noch bevor ich ihr Gesicht erkannte. Ich schnappte überrascht nach Luft, während Pia sich mir mit einem Lächeln näherte. Ihre volle Aufmerksamkeit war auf mich gerichtet. Sie schien die Menschen um mich herum nicht wahrzunehmen.

»Hallo, TV-Star.« Ihre Stimme klang sanft, fast ein wenig scheu. Ungewohnt. Ich realisierte, dass wir im Fokus der Kamera waren, und hoffte, dass meine Ausstrahlung durch mein vor Überraschung erstarrtes Gesicht mit dem offen stehenden Mund nicht zu sehr gelitten hatte.

Ich hatte sie nicht erwartet und konnte ihre Anwesenheit nicht fassen. Ich konnte sie nur sprachlos anschauen. »Ich freue mich darauf, deinen Start ins Rennen hautnah mitzuerleben.« Mein irritierter Gesichtsausdruck zauberte ein Lächeln auf ihre Lippen. »Ich habe schließlich viel Geld dafür bezahlt, bei der Abfahrt in deinem Passagiersack Platz zu nehmen. Und auf dieses Erlebnis freue ich mich schon seit Wochen.« Sie zwinkerte mir vergnügt zu, hatte ihre Selbstsicherheit wiedergefunden, während ich meine noch suchte. Ihr Kommen hatte mich kurzzeitig aus meiner Konzentration und aus der Bahn geworfen.

»Noora, du musst dich für den Start fertig machen. Ihr seid gleich dran.« Der Mann vom Organisationsteam rief uns zurück in die Realität. Pia hauchte mir einen sanften Kuss auf die Lippen und stieg in einer geschmeidigen Bewegung in meinen Schlitten. Plötzlich empfand ich ein unangenehmes, eisiges Prickeln, als würde ich angestarrt. Ich sah mich suchend um. Als mein Blick Lauri erfasste, der vor meinem Gespann stand und Pyry den Kopf streichelte, trafen sich unsere Augen für einen Sekundenbruchteil, bevor er sich eilig abwandte. Seine Miene war unergründlich. Hatte der Kuss ihn irritiert? Die Berührung am Frühstückstisch, die ich als zu intim empfunden hatte, fiel mir wieder ein. Was empfand er für mich? Ich musste dringend mit ihm reden. Jetzt aber blieb mir keine Zeit, darüber nachzusinnen. Eben noch lagen meine Huskys zum größten Teil unbeeindruckt von der Hektik und dem Trubel um uns herum im Schnee. Jetzt sprangen sie wie auf ein lautloses Kommando jungen Rentierkälbern gleich auf und ab und zerrten an ihren Zugleinen. Die Starthelfer, allesamt gestandene Männer, hatten Mühe, die auf einmal wie verrückt bellende und hüpfende Meute zurückzuhalten. Ich hatte den Eindruck, meine Tiere könnten in diesem Moment nur zwischen Laufen und Warten unterscheiden. Sich gesittet über den Platz zum Start vorzuarbeiten, gehörte augenscheinlich nicht zu ihrem Repertoire.

Unter kreischenden Kratzgeräuschen rissen die Stahldornen der Bremse den gefrorenen Boden auf, während ich mit beiden Beinen auf der Krallenbremse stand und von den routinierten Starthelfern begleitet ins Startareal steuerte. Die Atmosphäre hatte meine Hunde gepackt und stachelte sie bis aufs Äußerste an. Ich konnte nur hoffen, dass wir das Rennen aufnehmen könnten, ohne uns durch einen ausbrechenden Schlitten oder gar einen Sturz zu blamieren.

In den letzten Sekunden vor dem Start war meine Konzentration auf die Hunde gerichtet. Jetzt, abfahrbereit, steigerte sich die Vorfreude meiner Tiere auf den bevorstehenden Lauf, und es wurde immer schwieriger für mich, ihre unbändige Kraft im Zaum zu halten.

Ein Jahr der Vorbereitung lag hinter meinem Team und mir. Mein Blick blieb kurz auf dem weißen Transparent haften, das über uns flatterte: »Start *Finnmarkslopet*«. Endlich.

Eine Mischung aus Entdeckerlust und Abenteuer, versetzt mit einer Prise Faszination und einem Hauch von Angst und Ehrfurcht sowie einer gehörigen Portion Freiheit erfasste mich, während die letzten Sekunden verrannen.

Mikko hielt mir sein Mikrofon vors Gesicht und stellte mir schnell noch einige Fragen, doch ich war so nervös, dass ich überhaupt nicht wahrnahm, was ich ihm antwortete, als sich mit einem lauten Klicken die automatische Startvorrichtung, in der ich meinen Schneeanker eingehakt hatte, öffnete und mein Team und mich ins Abenteuer entließ.

Wie von einer Bogensehne geschnellt, schossen meine Tiere auf das Kommando »Go!« durch das Startportal, und der Schnee stob auf. Eiskalte Schneekristalle fegten Pia und mir ins Gesicht. Ich hörte ihr befreites Lachen in den Ohren, während die dick vermummten Menschen links und rechts des Trails, die uns zuwinkten und alles Gute für die lange Reise wünschten, zu einer gleichmäßigen Masse verschwammen. Ich fühlte mich wie im Tunnel. Nur das Hier und Jetzt, mein Schlitten, Pia und ich zählten.

So lässig wie möglich stand ich auf den Schlittenkufen und versuchte, die Hunde durch die Zuschauerreihe zu lenken. Der spektakuläre Start war sicher einer der schönsten Augenblicke der Veranstaltung. Jetzt vor der laufenden Kamera aus Unachtsamkeit zu stürzen und das Team gleich am Start zu verlieren, wäre die peinlichste Situation, die ich mir vorstellen konnte.

Erst langsam nahm ich meine Umwelt wieder wahr. Die Hunde hechelten und ließen mich ihre ungestüme Kraft spüren. Der kalte Fahrwind fegte uns unerbittlich entgegen. Wir ließen den Ort und die Menschenansammlung hinter uns. Vor uns das offene Land, das uns mit Macht willkommen hieß. In der Ferne konnten wir zwei der vorausfahrenden Gespanne sehen. Pia saß reglos im Schlitten, eingehüllt in warme Rentierfelle. Ihre Augen glänzten, als sie den Kopf zu mir umwandte.

Ich beugte mich über den Handlebar, die Griffstange meines Schlittens, vor. »Alles in Ordnung?«

»Ja!« Ihr glückliches Gesicht, das sie mir über die Schulter zurückwarf, sprach Bände. »Das ist einfach überwältigend. Ich habe so etwas noch nie erlebt. Großartig. Das ist es also, was du so liebst, was dich ausmacht.«

Ich spürte mein Erröten und wandte doch den Blick nicht ab. Könnte es nicht unendlich so weitergehen?

Die Huskys rannten und rannten, als wollten sie nie mehr damit aufhören. Als würden sie nichts Schöneres kennen. Als wäre dies für sie der Inbegriff von Glück. In diesem Augenblick fühlte ich mich eins mit ihnen.

Kapitel 30

Es war klirrend kalt, als ich dem Zeitnehmer meine Abfahrbereitschaft signalisierte und in aller Frühe etwas zu hektisch den siebten Checkpoint verließ. Die Hälfte des Rennens lag hinter uns, aber ich hatte dem Team und mir nur eine viel zu kurze dreistündige Pause gegönnt, was dazu führte, dass ich nun überraschend als Vierte auf der Strecke war.

Die Bewegungen der Hunde waren noch steif, und wir quälten uns nur im Schritttempo den kurzen Anstieg hoch, der uns gleich zu Beginn der Etappe erwartete.

Hatte ich mich richtig entschieden, so früh loszufahren? Hätte es eine andere Lösung gegeben?

Die Huskys zogen kraftlos und unmotiviert, und auch mir selbst steckten die Strapazen der letzten hundertfünfzig Kilometer von Neiden nach Kirkenes in den Knochen, während der wir kaum Pausen gemacht hatten. Vielleicht hätte ich sie noch ein oder zwei Stunden auf ihrem Strohbett rasten lassen sollen, aber ich konnte es nicht eine Minute länger mit Lauri im Wohnmobil ertragen, sodass ich die Flucht nach vorne ergriffen hatte. Was war der Auslöser gewesen, dass die Stimmung zwischen uns von jetzt auf gleich so umgeschlagen war?

Lauris Verhalten hatte mir Angst eingejagt. Aber er war mein Doghandler, und ich konnte das Rennen nicht ohne einen Helfer, der den Camper von Checkpoint zu Checkpoint fuhr und die zurückbleibenden Hunde versorgte, zu Ende fahren. Und doch saß die Furcht, die Situation zwischen uns könnte komplett eskalieren, tief in mir und ließ sich nicht vertreiben. Er hatte etwas mit mir getan, das bisher niemand gewagt hatte. Ich war mir nicht sicher, ob ich Lauri wiedersehen wollte. Ein weiteres Zusammentreffen wie dieses konnte ich nicht ertragen.

Vielleicht sollte ich nach einigen Kilometern nochmals eine mehrstündige Rast einlegen, um den Hunden und mir erneut etwas Ruhe zu gönnen. Aber wie würde das Team darauf reagieren? So kurz nachdem wir den Checkpoint verlassen hatten, würden sie diese Pause nicht verstehen.

Also fuhren wir weiter, und ich war froh, dass es über leichtes, ebenes Gelände ging, das keine großen Ansprüche an meine Schlittenfahrkünste stellte. Ich musste erst einmal meinen Kopf frei bekommen.

Langsam fand mein Gespann in einen gleichmäßigen, geschmeidigen Lauf durch die weiße, nicht enden wollende Einöde. Ihr rhythmisches Hecheln und das Gleitgeräusch der Kufen verschmolzen zu einer eigentümlichen Melodie, die mich in einen tranceartigen Zustand versetzte und meine Gedanken zurückschickte zum vergangenen Abend.

Den ganzen Tag hatten wir uns bei starkem Schneefall durch tiefe, weiche Trails gekämpft, auf denen die Huskys an manchen Stellen bis zum Bauch im Schnee versunken waren und sich nur mit großen

Sätzen aus diesen tiefen Löchern befreien konnten. Besonders die kleineren Hündinnen in meinem Team hatten in diesem Tiefschnee schwer zu kämpfen. Und doch trieb es sie, wie von Jagdfieber gepackt, weiter. Als wir das am Wegesrand rastende Team passierten, das bisher mit mehreren Stunden Vorsprung vor uns gefahren war, wusste ich, dass es der Wille der Hunde gewesen war, das stetig langsamer werdende Gespann einzuholen und hinter uns zu lassen.

Das Rennen war aus unserer Sicht bisher überraschend gut verlaufen. Die Auslosung hatte uns einen Startplatz im vorderen Drittel beschert, und ich hatte den Platz nicht nur behaupten können, sondern auch mehrere Teams hinter mir gelassen. Ich war stolz auf meine Tiere, als wir Kirkenes trotz der furchtbaren Wetterbedingungen ohne große Zeitverluste auf die Spitzengruppe im Licht meiner Stirnlampe erreichten.

Dieser Kontrollpunkt stellte den Wendepunkt des *Finnmarkslopet* dar. Wer es bis hier geschafft hatte, der hatte die Hälfte der Strecke hinter sich gebracht und machte sich mit einer leicht abgewandelten Streckenführung auf den Rückweg nach Alta.

Meine tierischen Kameraden waren erschöpft, aber bei Weitem nicht am Ende ihrer Kräfte. Die eingeplante Pause von gut fünf Stunden würde sie wieder ausreichend erfrischt auf die nächste Etappe gehen lassen.

Mein eigener Zustand war deutlich bedenklicher. Ich fühlte mich so ausgelaugt, dass ich kaum einen Schritt tun konnte. Jeder Muskel in meinem Körper schmerzte.

An dem uns zugeteilten Rastplatz versorgte ich meine Tiere mit einem Leckerbissen aus Pansen, bevor ich zu dem Lastwagen schlurfte, in dem die vorbereiteten Depotsäcke gelagert waren, um Futter und Ausrüstung ergänzen zu können.

Erleichtert stellte ich fest, dass Mikko und sein TV-Team nicht zu sehen waren. Vermutlich hatten sie meine Ankunft noch nicht erwartet und schliefen. Das ersparte mir ein kraftraubendes Interview.

Nur Lauri stand an der Absperrung und hob die Hand zum Gruß.

Den Doghandlern war es verboten, diese Barriere zu übertreten, denn die Musher mussten alle Arbeiten an Schlitten und Hunden selbst erledigen und durften keine Hilfe annehmen.

Lauri winkte mich zu sich, als ich mit den Depotsäcken ausgerüstet auf dem Rückweg zum Rastplatz meiner Vierbeiner war.

»Noora, du bist ja schon da. Wahnsinn!« Er konnte seine Aufregung kaum unterdrücken. »Wir hatten noch gar nicht mit dir gerechnet. Du hast dir eine super Position erkämpft. Durch den starken Schneefall ist die Reihenfolge ganz schön durcheinandergeraten. Nur die führenden drei Teams sind schon vor Stunden weitergefahren. Das auf Platz vier liegende Team gilt als verschollen. Vielleicht ist der GPS-Sender an seinem Schlitten ausgefallen. Suchmannschaften wurden losgeschickt. Der Fünftplatzierte kam mit Hunden hier an, die sich völlig verausgabt hatten, und die Tierärztin hat ihm gleich drei Hunde aus dem Rennen genommen, weil sie sich die Fußballen aufgescheuert haben. Der hat doch keine Chance. Und der vor dir fahrende Norweger macht seit geraumer Zeit auf der Stecke eine Pause. Selbst wenn du ordentlich schläfst, wirst du vor ihm wieder auf die Strecke gehen.«

Meinem Gesichtsausdruck sah Lauri an, dass ich kaum ein Wort von dem, was er mir soeben erzählt hatte, wahrgenommen hatte.

»Noora, verstehst du, was ich gesagt habe? Du bist momentan auf einem guten fünften Platz.«

Ich nickte, während ich vorbeiging. Zu einer anderen Reaktion war ich einfach nicht fähig. Zu sehr lastete die Erschöpfung auf mir. Ich musste die Tiere versorgen, bevor ich mich der Müdigkeit überlassen konnte.

Aber so leicht wollte mein Doghandler mich nicht gehen lassen. »Sind die letzten zwei Etappen gut gelaufen? Du bist in Ellentjern ja sofort nach der Zeitnahme weitergefahren, sodass wir uns gar nicht sehen konnten.«

Ich hielt in der Bewegung inne. Müde. Leicht genervt, weil er mich bewusst von der notwendigen Arbeit abhielt. »Es waren lange, anstrengende hundertfünfzig Kilometer, aber wir sind trotz der furchtbaren Bedingungen gut durchgekommen. Deswegen hatte ich entschieden, in Ellentjern sofort weiterzufahren. Lass uns später reden, wenn ich die Hunde versorgt habe. Wir treffen uns im Wohnmobil.« Ohne eine Antwort zu erwarten, setzte ich meinen mühsamen Weg fort. Ich musste den Hunden Schlafplätze aus Stroh richten und ihnen mit dem Kocher eine warme Fleischmahlzeit servieren. Und dann brauchte ich selbst eine Pause, um meinen Energiehaushalt wieder auftanken zu können.

Lauri hatte den Camper angenehm geheizt und briet in Streifen geschnittenes Rentierfleisch, als ich mich, nachdem ich mehrere Lagen der Funktionskleidung zum Trocknen abgelegt hatte, in meiner langen Unterwäsche an den Tisch setzte. Es tat mir mit einem Mal leid, dass ich ihn zuvor verbal so angegangen war.

Obwohl mein Magen durch die extreme körperliche Belastung der letzten Tage wie zugeschnürt war, nahm ich den Teller mit Rentierstreifen, roh gerührten Preiselbeeren, Nudeln und Bratensoße entgegen, den er mir hinhielt. Es war wichtig, meinen Körper mit ausreichend Energie zu versorgen. Während der Fahrt hatte ich mich hauptsächlich mit Cola, Trockenfrüchten und Nüssen als Kraftspender über Wasser gehalten, aber jetzt musste ich mich zwingen, richtige Nahrung zu mir zu nehmen. Auf Dauer ging es nicht nur mit Zucker und Fett.

Ich zerdrückte in Gedanken mit den Fingernägeln ein paar Knäckebrotkrümel auf dem Tisch. Meine Augen drohten zuzufallen, doch ich zuckte zusammen, als Lauris Hände sich plötzlich auf meine Schultern legten.

»Entspann dich.« Seine Stimme war leise. »Lass mich deine verkrampften Schultern massieren. Dann fühlst du dich besser.«

Einen Moment wollte ich mich seinen Berührungen hingeben, mich einfach fallen lassen. Zugleich empfand ich es als falsch. Ich wollte so nicht von meinem Doghandler angefasst werden. Das war mir zu intim.

Jetzt nicht dagegen sperren, hämmerte mein Gehirn mir ein. Nur mühsam widerstand ich dem Drang aufzuspringen und seinen Angriff in meine Privatsphäre abzuwehren. Ich kämpfte gegen meine angespannten Muskeln an. Es hatte keinen Sinn, jetzt in dieser Phase des Rennens gegen Lauri zu kämpfen. Es musste eine vernünftige Lösung geben. Ich brauchte ihn als Doghandler. Sonst wäre ich gezwungen, das Rennen aufzugeben. Wo sollte ich jetzt so plötzlich Ersatz finden? Sannas Worte kehrten in mein Gedächtnis zurück. Das konnte ich meinen Fans nicht antun. Aber nicht nur das. Ich hatte es so weit geschafft. Ich konnte jetzt nicht einfach aufhören. Das konnte ich mir nicht antun. Ich wollte weitermachen. Ich wollte die Ziellinien überqueren. Aber konnten die Fans verlangen, mich zu verbiegen, wenn etwas völlig gegen mein Naturell lief? Vermutlich war ich bedingt durch die Müdigkeit zu kleinlich. Lauri wollte sicher nur, dass ich mich nach der anstrengenden Tour entspannte. Vielleicht übertrieb er es etwas mit seiner Fürsorge.

Sachlich, bewusst emotionslos wehrte ich seine Massage ab und bat stattdessen um einen Kaffee.

Lauri setzte sich mir gegenüber und schob mir eine Tasse dampfenden Kaffee über den Tisch zu, die ich mit den Händen umschloss. Ich hatte das Gefühl, die Kälte wollte nicht aus meinen Fingern weichen.

»Stehst du auf Frauen?«

Die unerwartete Frage überrumpelte mich, sodass ich keine Gelegenheit zum Nachdenken hatte. »Ja«, entgegnete ich. Zu müde zum Lügen. Ein Fehler, wusste ich in dem Moment, in dem ich es ausgesprochen hatte. Lauris Augen wurden schmal. Etwas Unberechenbares lag in ihnen, das ich nicht deuten konnte. Meine Antwort ärgerte mich. Wir taxierten uns schweigend.

Ruckartig stand er auf und räumte den Teller ab. Meine angespannten Muskeln lockerten sich. Ich war froh, einer Fortsetzung dieser Unterhaltung entkommen zu sein. Von der Spüle aus sprach er mit mir, aber ich verstand kein Wort. Ich konnte mich nicht mehr konzentrieren. Obwohl ich dagegen ankämpfte, fielen mir die Augenlider zu, ohne dass ich es verhindern konnte. Ich musste unbedingt ins Bett. Die letzte Etappe ohne Pause auf den Kufen forderte ihren Tribut.

Ich fuhr erschrocken auf, als Lauris Hände sich erneut auf meine Schultern legten. Wann war er unbemerkt hinter mich getreten? Er rührte sich nicht. Ich versuchte, sie durch eine leichte Körperdrehung abzuschütteln und mich zu erheben, doch sein unnachgiebiger Griff drückte mich auf den Stuhl. Der Drang aufzuspringen und ihn von mir zu stoßen, war kaum zu bändigen, doch konnte ich jetzt einen Streit mit ihm beginnen, ohne meine Mission »*Finnmarkslopet*« zu gefährden? Zorn flammte in mir auf. Ich fühlte mich von diesem Mann abhängig, was ein unangenehmes Gefühl von Hilflosigkeit in mir auslöste. Was bezweckte er damit? Wenn es seine Art war, fürsorglich zu sein, so ging diese mir viel zu weit.

Ich atmete durch und versuchte, mich zu entspannen. Wartete. Ohne Gegenwehr würde er seinen Griff vielleicht lockern.

Sein warmer Atem streifte meinen Hals, als er sich herunterbeugte. »Hast du schon mal mit einem Mann geschlafen?«

Mein Körper reagierte, indem sich meine Nackenhaare aufstellten. Ich schluckte. Mein Hals war trocken.

Welche Antwort erwartete er? Welche Antwort könnte die Situation beruhigen? Ich schüttelte den Kopf. Doch der Griff auf meinen Schultern blieb. Die Wut in mir verstärkte sich.

»Woher willst du dann wissen, dass du wirklich eine Lesbe bist?« Seine Stimme war leise. Lauernd. Was versprach Lauri sich davon? Er vergiftete die gute Stimmung, die bisher zwischen uns geherrscht hatte.

Ich wollte mit ihm nicht darüber diskutieren, dass ich mich zu Frauen hingezogen fühlte und dafür nicht mit einem Mann geschlafen haben musste. Hier war ganz sicher nicht der richtige Moment für ein solches Gespräch.

»Lass mich los. Sofort.« Ich sprach leise, doch ich legte mein ganzes Selbstbewusstsein in diese Worte.

Lauri zögerte kurz, bevor er mich freigab. »Okay, du willst wohl nicht darüber sprechen.« Mit einem Mal klang er unbeteiligt. Beinahe gelangweilt. Nicht mehr wie das Raubtier, das mich Sekunden zuvor am liebsten angefallen hätte. »Brauchst du noch etwas?« Fragend sah er mich an. Dieser Veränderung seiner Stimmung verwirrte mich, sodass ich nur den Kopf schüttelte. Ich wollte jetzt lieber allein sein, und Lauri schien es zu spüren. »Gut, ich wollte noch rüber in die Bar und mit ein paar anderen Doghandlern ein Bier trinken.« Ich nickte.

»Wir sehen uns morgen früh. Ich werde in knapp fünf Stunden aufstehen und den Aufbruch vorbereiten.«

Als die Tür hinter ihm ins Schloss fiel, atmete ich erleichtert auf. Ich hoffte, er würde meine Grenzen akzeptieren, denn so konnte es nicht weitergehen. Ich spürte, dass es die falsche Entscheidung gewesen war, Lauri auf diese Fahrt mitzunehmen. Doch jetzt musste ich es irgendwie überstehen. Zum Glück war ich die meiste Zeit auf der Strecke, sodass es nur wenige Gelegenheiten gab, in denen wir aufeinandertrafen.

Eine Berührung an meinem Busen riss mich aus dem traumlosen Schlaf. Ein unangenehmes Gefühl breitete sich in mir aus. Erschrocken schlug ich die Augen auf und starrte in Lauris Gesicht, der dicht über mich gebeugt neben dem Bett kniete.

»Was machst du da?« Mit der freien Hand wollte ich seine Hand, die noch immer auf meiner Brust lag, wegschieben, doch er fasste in einer blitzschnellen Reaktion mein Handgelenk. Ich wollte schreien, doch seine Finger pressten sich auf meine Lippen.

»Pst …« Seine geröteten, glänzenden Augen sahen mich an. Eine unbeschreibliche Kälte lag in seinem Blick und ließ mich frösteln.

Ich versuchte, meine andere Hand zu befreien, die unter meinem Körper im Schlafsack gefangen war. Doch je heftiger ich mich in einem stummen Kampf wand, desto stärker hielt er mich fest. Hart presste sich seine Handfläche auf meinen Mund und drückte zugleich gegen meine Nasenlöcher. Ich konnte nicht mehr atmen. Mein Herz hämmerte gegen meinen Brustkorb. Meine Lungen gierten danach, mit Luft gefüllt zu werden. Sah er meine Not nicht oder war es Lauri egal? Meine Augen weiteten sich.

Ich bäumte mich wild auf. Wand mich unter ihm. Panisch. Erleichterung durchströmte mich, als ich meinen Arm unter mir freibekam. In einer einzigen fließenden Bewegung schoss meine Hand nach oben in Richtung seines Gesichts, sodass er gezwungen war, meinen Mund loszulassen, um mich abzuwehren und festzuhalten.

»Lass mich sofort los!«, zischte ich erstickt. Gierig sog ich die dringend benötigte Luft ein.

Lauri drückte mich aufs Bett, hielt mich mit seinem Gewicht fest, während seine Hände, Schraubstöcken gleich, meine Handgelenke hielten. Ich war noch immer halb im Schlafsack gefangen.

»Noora, gib mir eine Chance, es dir zu erklären.«

Ich spürte seinen Atem auf meinem Gesicht. Roch jetzt, wo ich wieder atmen konnte, die Wolke von Alkohol, die mich dicht umhüllte.

»Lauri, du bist betrunken.« Ich versuchte, meine Stimme selbstbewusst klingen zu lassen, auch wenn ich mich in der gegenwärtigen Situation nicht so fühlte.

»Du willst es doch auch. Das spüre ich. Du hast mich in dein Haus eingeladen, mich hierher mitgenommen. Wir sind uns nah gekommen.«

»Lauri, bitte lass …«

»Nein, Noora, du hörst mir jetzt zu.« Die Härte in seiner Stimme ließ mich zusammenzucken. »Du warst so nett zu mir. Noch nie war eine Frau so nett zu mir. Wir sind beide sehr lange allein gewesen. Ich habe dich beobachtet. Du hast niemanden. Du bildest dir ein, lesbisch zu sein. Welcher Mann hat dich so verletzt? Ich kann dir beweisen, dass du auch einen Mann lieben kannst.«

Er stierte auf meine Lippen und beugte sich tiefer über mich. Ich konnte es nicht zulassen. Das durfte nicht passieren.

Ich lag ganz still. Sammelte mich. Bevor sich unsere Lippen berührten, fuhr ich mit dem Kopf ruckartig hoch und traf Lauri mit der Stirn an der Nase, die sofort zu bluten begann. Rote Spritzer trafen mein Gesicht. Lauri schrie schmerzerfüllt auf und ließ mich erschrocken los, um seine Nase zu halten.

Sofort fuhr ich aus dem Bett hoch, kämpfte mich aus dem Schlafsack und wich, soweit es möglich war, von ihm weg, während er sich über das kleine Küchenbecken beugte.

»Lauri, was verdammt ist in dich gefahren?«

»Du blöde Schlampe, du hast mir die Nase gebrochen!« Wütend funkelte er mich an, während er sich noch immer mit der Hand die blutende Nase hielt. Rot quoll es zwischen seinen Fingern hervor und lief sein Handgelenk herunter.

»Hör zu, du bist total betrunken. Das ist vielleicht das Einzige, was dein Handeln entschuldigen könnte und was mich dazu bewegt, dein Verhalten nicht sofort der Polizei zu melden.« Während ich sprach, griff ich nach meiner inzwischen trockenen Kleidung. »Ich werde jetzt wieder rausfahren. Den nächsten Checkpoint in Neiden werde ich nur zur Zeiterfassung aufsuchen. Erwarte mich nicht am Wohnmobil, außer, ich muss einen Hund aus dem Rennen nehmen. Wir sehen uns wenn möglich erst in Varangerbotn wieder.«

»Du hast mir die Nase gebrochen«, wiederholte Lauri. Seine Stimme hatte jetzt einen quengelnden Tonfall angenommen, doch ich achtete nicht darauf. Mein Körper war vollgepumpt mit Adrenalin. Mein Herz raste in einer bedrohlichen Schlagfrequenz. Ich hatte das Gefühl, in meinen Lungen wäre kein Platz mehr, um Sauerstoff zu tanken. Ich musste raus aus dem Wohnmobil. Weg von diesem Mann. Aber ich musste einen kühlen Kopf bewahren. Durfte nicht überhastet reagieren, um meine Tiere und mich keiner Gefahr auszusetzen.

»Bis Varangerbotn kannst du dir überlegen, ob du weiter als mein Doghandler dabei bist und auf Alkohol verzichtest, bis wir wieder zu Hause sind, oder ob ich dich gleich von deinen Aufgaben entbinden soll und mir einen anderen Helfer suche.«

Er starrte mich schweigend an, während ich hastig meine vielen Bekleidungsschichten anzog. Eine Mischung aus Wut, Verzweiflung und Hilflosigkeit stand in sein Gesicht geschrieben. Mit einem letzten Blick auf ihn verließ ich den Camper.

Jäh wurde ich in die Realität zurückgeholt, als ich spürte, dass die Kufen in der engen Kurve den Halt im tiefen, weichen Schnee verloren und der Schlitten langsam zur Seite kippte. Das war die Quittung für den kurzen Augenblick der Unaufmerksamkeit, den ich mir gestattet hatte, als ich daran zurückdachte, was mit Lauri im Wohnmobil passiert war.

Meine Bemühungen, das Gefährt während der Fahrt wieder aufzurichten, scheiterten kläglich.

In Seitenlage schlitterten wir durch die Kurve, und der Schneeanker löste sich aus der Halterung. Wie erhofft fand er Halt und krallte sich in den Schnee. Der inzwischen wieder kraftvolle Zug meiner Hunde wurde abrupt gestoppt, als wir in eine Schneewehe geschleudert wurden.

Über meine Unachtsamkeit fluchend zerrte ich den Schlitten am Brushbow, dem an der Vorderseite des Schlittens befestigten halbrunden Bogen, der dem Schutz der Hunde diente, falls der Schlitten auf sie auffahren sollte, aus dem Schneehaufen auf den befestigten Trail und war froh, dass die Hunde sich bei dieser ungeschickten Aktion nicht verletzten.

Erschöpft und mit weichen Knien stand ich schließlich wieder auf den Schlittenkufen. Dieses Missgeschick hatte mich viel Energie gekostet. Ich musste meine Konzentration beisammenhalten, wenn ich hier durchkommen wollte. Einen weiteren Unfall hier draußen durfte ich nicht riskieren. Zu leicht konnte der Schlitten Schaden nehmen. Und dann säße ich hier fest.

Kapitel 31

Wie angekündigt verließ ich den nächsten Checkpoint unmittelbar nach der Zeiterfassung und der tierärztlichen Kontrolle in Richtung Varangerbotn. Lauri hatte nicht an der Absperrung gewartet, und ich war froh darüber. Ich hoffte, dass er seinen Rausch ausgeschlafen hatte und ich am nächsten Kontrollpunkt wieder den höflichen, mitfühlenden Doghandler fand, der mich an den ersten Renntagen so ausgezeichnet betreut hatte. Mich beunruhigte, dass ich das Wohnmobil nicht zwischen den Fahrzeugen der anderen Teams erblickt hatte. Ich konnte nur hoffen, meine Unterkunft am nächsten Checkpoint wiederzufinden.

Und was, wenn der Bruch zwischen uns endgültig war? Konnte ich diesem Mann jemals wieder trauen? Was, wenn es zu einem neuen Versuch kam?

Was hatte Lauri dazu gebracht, mich auf diese Weise anzugreifen? Er hatte deutlich nach Alkohol gestunken. Konnte das ein Auslöser für sein extrem distanzloses, bedrängendes Verhalten sein?

Je länger ich darüber nachdachte, desto bewusster wurde mir, dass mein Doghandler wohl versucht hatte, mich im Wohnmobil zu vergewaltigen. Ich hätte den Vorfall sofort der Polizei melden müssen. Spätestens am nächsten Checkpoint müsste ich das tun. Auch auf die Gefahr hin, das Rennen beenden zu müssen. Das, was Lauri mir angetan hatte, hätte nicht passieren dürfen. Er hatte ganz deutlich die Grenze überschritten, und er würde es wieder tun.

Übelkeit stieg in mir auf, und ich spürte, wie meine Beine bei dieser Erkenntnis zitterten.

»Whoa!«, brachte ich den Schlitten zum Stehen und konnte gerade noch den Schneeanker in den Boden setzen, bevor ich meinen Griff an der Handlebar verlor und zwischen den Kufen zu Boden ging.

Warum fühlte ich mich mit einem Mal so ausgelaugt und leer, als hätte die Szene im Wohnmobil mich sämtlicher Kräfte beraubt? Ich konnte nicht verhindern, dass sich meine Augen mit Tränen füllten und ich mich, von einem heftigen Weinkrampf geschüttelt, hinter den Schlitten kauerte.

Die mühsame Arbeit der letzten Jahre, der Stress der Vorbereitungen auf das Rennen, die körperliche Anstrengung der vergangenen Renntage und die psychische Belastung der Verluste und der Angriffe auf mich zerrten mit unbeschreiblicher Macht an mir und ließen mich hilflos zitternd zu Boden gehen.

Welchen Sinn hatte das Ganze noch? Die Tränen gefroren im beißenden Wind auf meinen Wangen. Mit einem Mal fühlte ich eine Hilflosigkeit, die mich eng umklammerte und mir den Mut zu rauben drohte, ohne dass ich mich dagegen wehren konnte.

Ich wusste nicht, wie lange ich einfach nur dagesessen hatte, unfähig, mich zu bewegen, als die Hunde begannen, wild an ihren Leinen zu zerren, sodass der Schlitten ruckartig durch den Schnee rutschte.

Der kräftige Ruck holte mich mit einem Mal zurück in die Realität. Die Hunde verstanden die Rast nicht. Sie wurden langsam ungeduldig und stemmten sich ins Geschirr, um weiterzulaufen. Ich blinzelte. Wie lange hatte ich hier verharrt? Ich konnte es nicht sagen.

»Konzentrier dich!«, ermahnte ich mich. »Steh wieder auf!« Meine Stimme klang ungewohnt in meinen Ohren. »Los, rühr dich, bevor die Kälte dir in die Knochen kriecht.«

Meine Bewegungen waren langsam und ungelenk, als ich mich aufrichtete und den Schnee von meinem Schneeanzug klopfte, bevor ich die Leinen der Hunde vor der Fahrt kontrollierte.

»Wir müssen weiter.« Die Huskys spürten, dass ich wieder zum Aufbruch drängte, und reagierten freudig bellend.

Der Wille, so schnell wie möglich den nächsten Checkpoint zu erreichen, trieb mich jetzt vorwärts. Ich würde Lauri anzeigen. Ich hatte das dringende Bedürfnis, mit meinem Bruder zu sprechen. Es war verboten, das Handy auf der Strecke mitzuführen. Ich hoffte, mein Wohnmobil am nächsten Kontrollpunkt wiederzufinden.

Ich schaffte es, neue Kräfte zu sammeln. Es war befreiend gewesen, alles, was sich in mir angestaut hatte, endlich rauszulassen. Seit ich aus Kirkenes geflüchtet war, spürte ich endlich wieder, wie ich eins mit meinem Team wurde. Eins mit der schneebedeckten Landschaft um mich herum. Und auch meine

Tiere schienen bemerkt zu haben, dass ich wieder mit dem Herzen bei ihnen war. Ein Ruck war durch das Team gegangen, und sie drängten kraftvoll vorwärts. Ich fühlte den Stolz in mir aufwallen. Den Stolz auf diese wunderbaren Hunde.

Nachdem wir die ersten Kilometer auf einem hart präparierten und leicht zu befahrenden Pfad zurücklegen durften, wurde der Trail teilweise sehr tief und weich. Immer wieder waren kurze, aber sehr steile Anstiege zu überwinden. Zur Entlastung der Hunde lief ich oft neben dem Schlitten oder schob die schwere Last auf Kufen vor mir her. Und doch zwang der tiefe, lockere Schnee uns an den Steigungen nahezu zum Stillstand.

Endlich erreichten wir das Hochplateau, auf dem uns ein eisig beißender Wind unaufhörlich entgegenblies. Kalter Schweiß rann mir nach der kraftraubenden Auffahrt den Rücken herab und ließ mich nun im heftigen Wind frösteln. Ich suchte die Strecke nach Markierungen ab, um den verwehten Trail zu finden.

Während beim Rennen der überwiegende Teil der Strecken den offiziellen Schneemobiltracks folgte, wurden in den unwegsamen Bergen und auf den Flüssen Wege für die Musher präpariert. Dabei fuhr ein Ski-Doo voraus und kennzeichnete den Trail mit zwei Meter hohen Markierungsstangen, die mit Leuchtreflektoren versehen waren.

Zu Beginn des Rennens waren die Gespanne noch in größeren Gruppen und immer auf Sichtweite gelaufen, sodass sie in engen Passagen ohne eine Überholmöglichkeit einer Perlenkette glichen. Inzwischen aber hatte sich das Teilnehmerfeld weit auseinandergezogen, dass man ein nahezu einsames Rennen fuhr und sich, wenn überhaupt, nur an den Kontrollpunkten zu Gesicht bekam. Immer wieder erstaunte es mich, was für ein rasantes Tempo die drei Spitzenteams vorlegten. Ich hatte nicht das Gefühl, auf der Strecke getrödelt zu haben, und war nach der Hälfte der Strecke mit meinem vierten Platz überraschend gut im Rennen, während andere Teilnehmer bereits einen Rückstand von über vierundzwanzig Stunden hatten. Ich durfte nur mein Team nicht überfordern. Mit gleichmäßigem Tempo konnte ich es schaffen, meine Verfolger auf Distanz zu halten. Mir folgte ein weiterer Rookie. Ein junger, ungestümer Norweger, der aus Alta stammte und sich für sein Heimrennen viel vorgenommen hatte. Vielleicht zu viel, wenn man die Art bedachte, wie er seine Tiere vorwärtstrieb. Ich hatte ihn am letzten Kontrollpunkt kurz gesehen, als ich diesen verließ. Seine Huskys sahen mitgenommen aus. Ich hoffte für seine Hunde, dass er ihnen eine ausreichende Pause gegönnt hatte. Platz vier wäre für mich selbst mehr als eine Sensation, doch damit konnte ich in diesem Stadium des *Finnmarkslopet* noch nicht rechnen. Einige extrem anstrengende Etappen und Tage lagen noch vor uns. Vielleicht konnte ich es unter die Top Ten schaffen, wenn es uns gelang, diese Geschwindigkeit auch auf anspruchsvollen Etappen beizubehalten. Das wäre ein sehr guter Erfolg, den niemand bei diesem Langstreckenrennen in der Finnmark von einem Rookie erwartete. Doch dazu musste ich bald die nächste Markierung finden und durfte in den schwierigen Passagen nicht vom Trail abkommen.

Mittlerweile war die Nacht über uns hereingebrochen. Im breiten Licht meiner Stirnlampe blitzten die Schneekristalle auf. Mein Zeitplan sah die nächste Rast in einigen Stunden vor. Wenn ich doch nur die nächste Markierung sehen könnte. Die Schlittenspuren der mir vorausfahrenden Gespanne waren nicht mehr auszumachen. Der fortwährend blasende Wind hatte ihre Spuren komplett fortgeweht. Seit Stunden nur unberührte weiße Fläche. Ich spürte Zweifel in mir aufkeimen. Waren hier überhaupt andere Gespanne gefahren? Befand ich mich noch auf dem gesteckten Trail? Aber ich war am letzten Wegweiser in die richtige Richtung gefahren. Dessen war ich mir sicher.

Endlich erreichten wir das Ende des zuvor endlos erscheinenden Hochplateaus. Der Trail begann, sich ins Tal zu schlängeln. Die sanften Hügel schützten uns vor dem eiskalten Wind, der mein Team und mich die letzten Stunden so gepeinigt hatte. Nun sah ich auch wieder Schneemobilspuren auf dem Weg. Wir waren trotz zwischenzeitlicher Zweifel doch richtig gefahren. Erleichtert ließ ich die Hunde ihr Tempo finden. Auch sie zog es inzwischen zum nächsten Checkpoint. Die Fahrbedingungen wurden besser. Der Zug der Huskys fühlte sich trotz des langen Tages wieder kraftvoller an. Bis Varangerbotn konnte es nicht mehr weit sein.

Der Trail herab wurde zu einem schmalen, gewundenen Pfad. Während der Schlitten durch enge Kurven glitt, wich ich mich duckend Ästen aus, die ich erst sehr spät im Kegel meiner Kopflampe sah. Dunkelheit und der kaum einsehbare Streckenverlauf mit Bäumen und Sträuchern, die ein ums andere Mal die Sicht auf meine Leithunde und die Hälfte meines Teams verdeckten, forderten meine gesamte Konzentration und mein Vertrauen in die Tiere. Ich war gezwungen, mich blind auf meine Leader Pyry und Pippuri zu verlassen. Ich fühlte, sie würden mich nicht enttäuschen. Sie waren beide erfahren genug, einen solchen Nachtlauf in unbekanntem Gelände zu absolvieren.

Plötzlich stoppte das Gespann vor mir abrupt. Geistesgegenwärtig trat ich auf die Bremse, doch ich wusste, dass es nicht reichen würde, ein Auffahren zu verhindern. Ich stemmte mich mit meinem ganzen Gewicht zur Seite und sah wie in Zeitlupe zu, wie der Schlitten um Haaresbreite die Hinterläufe meiner Wheeldogs Paavo und Ville verfehlte, bevor er in der Schneewehe am Wegrand zum Stehen kam.

Mir lief es heiß und kalt durch den Körper, als mich intensive Erleichterung durchströmte. Das hätte das Ende für diese beiden Hunde bedeuten können. Ich spürte mein Zittern und wartete, bis sich mein Herzschlag etwas normalisiert hatte. Das Team verharrte auf der Stelle.

Was war da vorne los? Ich konnte nichts sehen, weil die ersten drei Huskypaarungen durch den Felsvorsprung und das Gebüsch in der Kurve verdeckt waren. Mir blieb nichts anderes übrig, als nachzusehen, warum das Gespann zum Stehen gekommen war. Nachdem ich sorgfältig den Schneeanker gesetzt hatte, zwängte ich mich an den Tieren vorbei nach vorne und versank bei jedem Schritt bis über die Knie im Schnee. Ich fluchte innerlich, dass ich mir die Schneeschuhe nicht übergezogen hatte. Bei diesem Tiefschnee war die kürzeste Strecke bereits eine Strapaze. Doch ich kehrte nicht mehr um. Es würde auch ohne gehen. Nur etwas mühsamer.

Mein Lichtstrahl beleuchtete einen Hund nach dem anderen, bis er unmittelbar vor Pyry und Pippuri auf ein herrenloses Schneemobil traf, das den ohnehin engen Trail blockierte. War es mit einem Defekt liegen geblieben? Wie waren die vorausfahrenden Hundegespanne am Ski-Doo vorbeigekommen? Und wo war der Fahrer? Ich sah mich um. Suchte nach einem Ausweg.

Noch blieb das Team ruhig und nutzte diese unfreiwillige Pause zum Verschnaufen. Aber schon in wenigen Sekunden konnten sie tobend und vorwärtsdrängend an den Leinen zerren. Ich musste eine Lösung finden, bevor es zu einem Tumult kam, der zu Verletzungen führen konnte.

An ein Umdrehen war nicht zu denken. Ich sah nur eine einzige Möglichkeit. Ich musste den Schlitten zur Seite kippen, um auf einer Kufe fahrend die Spurbreite zu verringern und langsam am Hindernis vorbeizusteuern. Es war riskant, aber machbar. Ich konnte es schaffen.

In einem weiteren Kraftakt stampfte ich einen Trampelpfad am Ski-Doo vorbei durch den tiefen Schnee am Wegrand, kehrte zum Schlitten zurück und gab, wieder auf den Kufen stehend, Pyry ein akustisches Kommando, ihr Team vorbeizuleiten.

Das Team setzte sich langsam wieder in Bewegung, als die Leader uns an der Engstelle vorbeilotsten. Gleich musste das verlassene Gefährt in Sicht kommen. Ich spannte die Muskeln an und bereitete mich darauf vor, den schweren Schlitten zur Seite zu neigen. Ich war so konzentriert auf mein Vorhaben, dass ich erst spät die dunkel gekleidete Person wahrnahm, die mit ausgestreckten Armen aus der Dunkelheit auf meine Leithunde zustürzte.

»Whoa«, schrie ich, doch es war zu spät. Meine schlimmsten Befürchtungen bewahrheiteten sich Sekundenbruchteile später. Erschreckt durch das unerwartete Erscheinen des Mannes wichen die Huskys verängstigt zurück. Bevor ich sie aufhalten konnte, drehte sich das Team und versuchte, über das Schneemobil auszuweichen. Ich musste hilflos mit ansehen, wie die Zugleine am Lenker hängen blieb und sich die panischen Tiere heillos in ihren Leinen verhedderten. Ihre verzweifelten Versuche, sich zu befreien, machten die Situation noch schlimmer.

Geistesgegenwärtig setzte ich erneut den Schneeanker und rannte nach vorne.

»Hej, was machst du da?«, schrie ich die Person an, die unmittelbar vor dem Schneemobil zum Stehen gekommen war. Wut über so viel Unfähigkeit wallte in mir auf. Erst im Licht meiner Lampe erkannte ich schockiert Lauris blasses, zu einer Fratze verzerrtes Gesicht und erstarrte augenblicklich in der Bewegung.

»Du hast alles kaputt gemacht.«

Lauri machte einen Schritt auf mich zu, während ich selbst einen zurückwich, ohne ihn aus den Augen zu lassen. Seine Anwesenheit hier konnte nichts Gutes bedeuten. Ich konnte nur hoffen, dass bald ein nachfolgendes Schlittenhundeteam aufschließen würde. Ich musste ihn hinhalten. Musste ihn dazu bewegen, mich gehen zu lassen.

»Lauri, ich weiß nicht, was du meinst.« Wir starrten einander an.

»Noora, merkst du denn nicht, dass ich dich liebe? Du könntest mich auch lieben.«

Ich keuchte. Hatte ich das nicht schon einmal gelesen? In Oulis Kurznachrichten?

»Nein, ich kann dich nicht lieben.« Langsam wich ich weiter zurück in Richtung Schlitten. Weg von meinem Gespann.

Die Hunde jaulten und bellten, versuchten, sich zu befreien, doch sie waren in ihren Zuggeschirren und Leinen gefangen wie Fische im Netz. Je mehr sie zerrten, desto schlimmer wurde ihre Lage. Es tat mir weh, sie so zu sehen. Was konnte ich tun? Ich musste Lauri von ihnen weglocken. Die Huskys waren meine einzige Chance, von hier wegzukommen. Ich musste Zeit gewinnen.

»Aber du könntest mir eine Chance geben. Gefühle können entstehen.«

»Nicht nach allem, was du getan hast. Du hast meine Tiere ermordet und versucht, Ouli umzubringen.« So musste es gewesen sein. Ich wollte sehen, wie Lauri auf die Anschuldigungen reagierte.

Er lachte auf. Es klang schrill. »Das traust du mir zu?« Er kicherte und schritt auf mich zu.

Traute ich es ihm wirklich zu? Ouli hatte ich es nicht zugetraut. Es hatte so viel dafür gesprochen. Er kannte die Hütte und die Hunde. Er hatte kein Alibi gehabt. Dann sein Geständnis und der Selbstmordversuch. Und dennoch hatte ich nicht glauben können, dass Ouli es getan hatte. Ja, Lauri traute ich es zu. Und wenn er das getan hatte, dann war er auch schuld am Tod meiner Eltern. Ich spürte, wie das Entsetzen über diese Erkenntnis mich packte, umschlungen hielt und erstarren ließ.

Denk jetzt nicht darüber nach. Bleib ruhig. Kämpfe, sonst hast du verloren, hämmerte eine innere Stimme auf mich ein. Ich zwang mich, in Bewegung zu bleiben, und wich weiter zurück.

»Du hast mir die Blumen geschickt. Und die Bilder. Du hast mir all diese schrecklichen Dinge angetan.«

»Und es brachte dich zu mir.« Lauri lächelte. Ein krankes Lächeln.

»Ich kann dich nicht lieben, Lauri. Ich kann keinen Mann lieben.«

Im Licht meiner Lampe sah ich die widersprüchlichen Gefühle in seinem Gesicht, bis es zu einer undurchsichtigen Maske gefror.

»Diese Frau am Start. Du liebst sie.« Ein Ruck ging durch seinen Körper. Mit einem Mal funkelte blanke Wut in seinen Augen auf. »Sie wird dich niemals bekommen. Niemand wird dich jemals bekommen.«

Geh weiter, trieb ich mich an. Nicht stehenbleiben. Endlich hatte ich das Ende meines Schlittens erreicht und fand den festen Boden der Schneemobilspuren unter meinen Füßen. Ich fuhr herum, drehte mich um meine eigene Achse und rannte los, als Lauri einen Satz vorwärts machte. Einen Sekundenbruchteil zu spät hatte ich reagiert. Stählerne Finger schlossen sich wie Klauen um meinen Nacken. Lauri war stark. Mit einer Hand hielt er meinen Nacken gepackt, mit der anderen meine Haare. Er schlug meinen Kopf gegen den nächsten Baum. Ein heftiger Schmerz durchbohrte meinen Schädel. Abwehrend hob ich die Hände, aber ehe ich mein Gesicht erreicht hatte, wurde ich ein weiteres Mal gegen den harten Stamm geknallt. Ich sah, wie die Dunkelheit sich von der Seite vor meine Augen schob, und bekam das Gefühl, durch ein Schlüsselloch zu sehen. Ich kämpfte dagegen an, das Bewusstsein zu verlieren. Mein Körper wollte dem Schmerz entkommen und der Bewusstlosigkeit nachgeben. Das durfte nicht passieren. Ich wäre ihm hilflos ausgeliefert. Mit eisernem Willen hielt ich mich in der Realität fest und wehrte den dritten Angriff mit einer ruckartigen Körperdrehung ab.

Keuchend rangen wir miteinander. Irgendwie schaffte ich es, mein Messer aus der Scheide am Gürtel zu ziehen. Diesmal war es Lauri, der zu spät reagierte. Als er nach meinem Handgelenk griff, schnitt ihm das Messer in den Arm, und er ließ mich los, als wäre er gebissen worden. Blut tropfte in den weißen Schnee. Er brüllte und schlug wütend nach mir. Das Messer entglitt meiner Hand, als er sie hart traf.

Der Mann schrie, und ich rannte. Rannte in die rettende Dunkelheit, die mich schluckte, bevor er mir nachsetzen konnte. Vor meinen Augen flimmerte es. Besonders mit dem rechten Auge konnte ich nicht richtig sehen. Ich trat versehentlich neben die tragende Schneemobilspur und stolperte in den Tiefschnee. Sackte bis über die Knie ein.

Auf die Beine, los! Ich trieb mich an. Wenn ich zum Schlitten zurückkehrte, lief ich Lauri in die Arme. Dorthin wagte ich mich nicht. Ich konnte nur hoffen, dass er in seiner Wut den Hunden nichts tat und stattdessen mir hinterherlief. Bald würde ein nachfolgendes Gespann kommen und uns finden. Uns helfen.

Es war dunkel, aber alles andere als pechschwarz. Der Mond leuchtete zu hell. Mir war unbehaglich. Man konnte viel zu weit sehen. Es war nur eine Frage von wenigen Minuten, bis Lauri mich verfolgen würde. Mich einholen würde.

Wenn ich auf dem Weg blieb, käme ich sicher nicht weit. Ich konnte nicht endlos weiterlaufen. Und wenn ich vom Weg abbog, wäre es leicht, meinen Spuren zu folgen. Ich musste zurück auf das Hochplateau mit seinen Schneeverwehungen. Das war meine einzige Chance. Das Laufen fiel mir schwer. Meine Muskeln brannten, und meine Beine zitterten. In meinem Kopf hämmerte es schmerzhaft. Keuchend holte ich Luft, quälte mich den steilen, gewundenen Anstieg hinauf, wagte nicht zurückzuschauen.

Endlich war ich oben angelangt. Ich spähte zurück zum Trail. Dort, nur fünfzig Meter hinter mir, sah ich das Licht einer Taschenlampe flackern.

Er hatte mich bald erreicht. Suchend schweifte mein Blick umher. Ich musste zu den Bäumen. Sie waren geradezu kümmerlich kleingewachsen, aber sie könnten mich wenigstens etwas verbergen. Haken schlagend und teilweise im Kreis und rückwärts laufend suchte ich Schutz in den dunklen Schatten der Fichten. Ich kauerte mich tief zwischen die schneebedeckten Bäume, deren Äste sich unter der Last nach unten bogen.

Ruhig, mahnte ich mich selbst. Ich hörte nichts, aber ich konnte erkennen, wie das Licht der Taschenlampe jetzt ebenfalls die Kante des Hochplateaus erreichte und in alle Richtungen geschwenkt wurde. Ich musste tiefer in den Wald. Weiter, bevor Lauri mich entdeckte. Ich suchte nach möglichen Verstecken. Der Lichtstrahl irrte jetzt nicht mehr an derselben Stelle herum, sondern kam näher. Wahrscheinlich hatte er trotz der Schneeverwehung meine Spuren entdeckt. So würde es leicht sein, mir zu folgen. Immer schneller kam der Schein näher. Ich sank auf die Knie. Mit einem Mal schienen mich die letzten Kräfte zu verlassen. Mein Herz raste. Ich konnte es nicht schaffen.

Und doch wehrte sich etwas in mir dagegen, einfach aufzugeben. Ich musste versuchen zu denken.

Nicht weit entfernt kreiste das Licht der Taschenlampe über den Schnee und suchte den Boden ab. Lauri war nah bei mir, hatte aber wohl die Fährte verloren. War durch meine Täuschung in die Irre geleitet worden. Hoffnung keimte in mir auf. Ich zog meine Kapuze tiefer in die Stirn und hoffte, dass ich mit dem Schatten verschmolz, als ich seine Stimme hörte.

»Noora!« Der Lichtkegel huschte hin und her. »Du kannst mir nicht entkommen!«

Ich spürte, dass der Strahl mich für einen winzigen Augenblick erfasste, und wagte kaum zu atmen. Im Mondschein erschien seine Silhouette wie ein Gespenst.

»Noora!« Blinde Wut schwang in seiner Stimme mit.

Mein Herz hämmerte mir in der Brust. Die Lampe lief jetzt im Kreis und leuchtete hinter die schneebedeckten Felsen und unter die Bäume. Er verlor die Geduld.

Meine Hand tastete nach der leeren Messerscheide. In der Bewegung fiel mir ein, dass ich das Messer am Schlitten hatte fallen lassen, als ich Lauri geschnitten hatte. In Gedanken verfluchte ich mich, dass ich es nicht hatte festhalten können. Meine Hand tastete um mich herum, bis meine Finger unter dem Schnee einen massiven Ast zu greifen bekamen.

»Wenn du glaubst, jemand könnte dir hier helfen, dann täuschst du dich!« Er war stehen geblieben.

Wartete. »Ich habe den GPS-Sender an deinem Schlitten ausgeschaltet. Und die Trailmarkierung geändert. Du bist verschollen. Sie suchen nach dir, aber bis sie dich finden, wird es zu spät sein.«

Niemand würde kommen. Angst schnürte mir die Kehle zu. Ich saß in der Falle.

»Komm raus!« Er wusste, dass ich ihn hören konnte. »Komm, sonst werde ich zu den Hunden zurückkehren und einen nach dem anderen töten. Mal sehen, wie viele deiner Tiere du diesmal sterben lässt.« Er lachte heiser.

Meine Hand umklammerte den Ast wie einen Baseballschläger. Er würde es tun. Da war ich mir sicher. Das durfte ich nicht geschehen lassen. Nicht noch einmal.

»Lauri!« Meine Stimme schnitt durch die eisige Nachtluft. Ich erhob mich und trat in den Mondschein hinaus. Der Strahl der Taschenlampe fuhr herum und blendete mich. Ich hoffte, er würde den Ast hinter meinem Bein nicht erkennen.

»Die Hunde werden noch dein Verderben sein.« Wieder lachte der Mann. »Du wirst nur mir gehören. Ich werde dich töten. Und ich werde dir dabei in die Augen sehen. Den Moment auskosten, in dem du erkennst, dass es vorbei ist. Ich kann mich noch gut daran erinnern, wie mein Vater erst hämisch, dann ungläubig zu mir aufsah, als ich seinen versoffenen Körper unter Wasser drückte. Ich erinnere mich an sein lächerliches Flehen, als ihm bewusst wurde, dass ich ihn sterben lassen würde.«

Langsam ging ich ihm entgegen. Versuchte, mich von dem abscheulichen Geständnis nicht aufhalten zu lassen. Ich konnte es schaffen, ihn zu überwältigen, ihm zu entkommen. Ich musste. Mein Körper spannte sich. Ich musste alle Kraft in den Schlag setzen. Ich hatte nur diese eine Chance. Ich starrte sein siegessicheres Lächeln an, während ich die richtige Reichweite einschätzte. Blitzschnell drehte ich mich und traf Lauri mit dem dicken Ende des Astes an der Schläfe. Überrascht sah er aus, bevor seine Augen flackerten und er vor mir zu Boden fiel. Dunkelheit hüllte uns ein. Einen Moment betrachtete ich sein bewusstloses Gesicht im Schein des Mondes. Blut lief von seiner Schläfe herab, wo ihn mein Schlag getroffen hatte, und färbte den weiß überzogenen Boden unter ihm dunkel. Er rührte sich nicht. Wo war die Taschenlampe? Er musste sie fallengelassen haben, als er zu Boden ging. Ich hatte es nicht gesehen. Es war alles zu schnell gegangen. Ob sie in der Schneewehe steckte oder unter ihm lag? Mit den Augen suchte ich den Boden ab und meinte, einen schwachen Lichtstrahl unter seinem leblosen Körper wahrzunehmen. Ich müsste nach seinem Puls tasten. Ich konnte ihn doch nicht so hier liegen lassen? Aber er hatte versucht, mich umzubringen. Ich musste mich selbst in Sicherheit bringen. Dann könnte ich ihm Hilfe schicken. Ich musste zurück zu meinen Tieren, die ich weit unterhalb des Hochplateaus unermüdlich bellen hörte. Ich konnte nur hoffen, dass sie sich bei ihren Befreiungsversuchen nicht verletzt hatten. Meine Gedanken rasten sprunghaft. Sollte ich es wagen, nach der Taschenlampe zu greifen? Sie würde mir den Rückweg erleichtern.

Ich trat näher an Lauri heran. Langsam beugte ich mich zu ihm hinunter. Ich wusste, ich musste mich beeilen. Ich hatte die Lampe erreicht und zog sie vorsichtig unter seinem Körper hervor, als plötzlich seine Hand nach mir griff und seine Finger mein Handgelenk umschlossen. Erschrocken keuchte ich auf und versuchte, mich aus seinem Griff zu befreien. Er war noch nicht bei vollem Bewusstsein, und doch hielt er mein Gelenk umklammert. Es war die Hand, die ich mit meinem Messer getroffen hatte.

Lauri versuchte sich an mir hochzuziehen. Sein Gewicht zerrte an mir. Ich stemmte mich dagegen, richtete mich auf und trat zu. Mein Fuß traf ihn ungezielt in der Magengegend, sodass er sich schmerzhaft zusammenkrümmte. Seine Finger lockerten sich, sodass ich mich losreißen konnte. Ich war so plötzlich frei, dass ich mein Gleichgewicht verlor und nach hinten taumelte, bis ich mich fangen konnte. In der Hand hielt ich tatsächlich die noch brennende Taschenlampe. Ihr Schein traf Lauris Gesicht. Er wirkte von dem Schlag gegen den Kopf noch benebelt. Ich wusste, ich müsste ihn hier zurücklassen. Ich musste mich selbst retten. Abrupt drehte ich mich um und begann meinen Rückweg. Mein Herz hämmerte in meiner Brust. Ich bemühte mich, nicht zu weit in den Tiefschnee zu geraten. Ohne meine Schneeschuhe sank ich bei jedem Fehltritt bis zu den Oberschenkeln ein, und es war anstrengend, sich herauszukämpfen.

»Noora, du kannst mich hier nicht zurücklassen!« Lauris Stimme in meinem Rücken klang laut, doch ihn selbst hatte die Dunkelheit bereits verschluckt. »Ich werde hier sterben, wenn du mich liegen lässt!«

Das ist ein Trick, dachte ich und trieb mich unnachgiebig die Schneemobilspur entlang immer weiter. Zurück zu meinem Schlitten. Zurück zu den Tieren.

Zwischen den Kufen fand ich meine Stirnlampe und schaltete sie ein. Sie brannte noch, und ich atmete erleichtert aus. Ich musste mich beeilen. Ich wusste nicht, wann Lauri erwachte. Ob er überhaupt das Bewusstsein wiedererlangte. Mir wurde übel. Ob ich ihn umgebracht hatte?

Ich zog mir die dicken Handschuhe von den Händen. Sie zitterten, und ich brauchte lange, bis ich die Hunde aus ihrer Gefangenschaft befreit hatte. Von Lauri fehlte jede Spur. Ich musste den Trail wiederfinden, um den nächsten Checkpoint zu erreichen und Hilfe zu schicken.

Die Hunde schienen den Ort ebenso schnell hinter sich lassen zu wollen wie ich. Ich trieb sie mit scharfen Kommandos vorwärts, und sie gehorchten. Jeder Einzelne gab sein Bestes, und wir nahmen im Schein meiner Kopflampe Fahrt auf.

Es schien eine Ewigkeit zu dauern, bis wir mit Hilfe der Umgebungskarte und Kompass einen mit Markierungen versehenen zugefrorenen Bachlauf erreichten. Erleichterung überkam mich. Endlich waren wir wieder auf Kurs Richtung Varangerbotn. In der Ferne erkannte ich die beleuchteten Häuser der Siedlung. Durch einen Tränenschleier hindurch registrierte ich den erschrockenen Blick des Zeitnehmers, als er mein zerschundenes Gesicht sah. Er winkte Helfer herbei, die mein Gespann zu einem Rastplatz leiteten. Ich nahm kaum die Menschen wahr, die auf mich zuströmten. Helfer, Mikko und das Kamerateam, ein Polizist in Uniform, der eilig herbeigerufen wurde, die Sanitäter.

Alles wird gut, dachte ich, während alle auf mich einredeten. Endlich wird alles gut.

Kapitel 32

Ich schreckte aus einem Alptraum hoch, und ein bohrender Schmerz fuhr durch meinen Schädel, so heftig, dass ich aufstöhnte. Ich versuchte, die Augen zu öffnen, doch das rechte schien mir nicht gehorchen zu wollen. Die Gesichtshälfte brannte. Erst jetzt wurde mir das Erlebte, das ich für einen schlechten Traum gehalten hatte, wieder bewusst.

Wo war ich? Ruckartige, schmerzhafte Bewegungen vermeidend blickte ich mich vorsichtig um und erkannte das vertraute Innere des Wohnmobils.

Beim letzten Mal, als ich hier auf dem Bett erwacht war, hatte Lauri mich sexuell bedrängt. Ekel wallte in mir auf. Ich richtete mich auf und nahm eine Bewegung am Tisch wahr. Ich verharrte und wartete, bis mein Blick klar wurde. Erstaunt sah ich meinen Bruder an.

»Noora.« Jari erhob sich und kam zu mir. »Es ist alles gut. Du bist jetzt in Sicherheit.«

Seine Hand wischte die Träne weg, die mir, ohne dass ich es verhindern konnte, über die Wange lief. Ich fühlte mich unglaublich hilflos und schwach.

Er sprach nicht, sondern schloss mich einfach schützend in seine Arme und hielt mich, während mein Körper vom Weinkrampf geschüttelt wurde. Nur langsam war es mir möglich, mich wieder zu beruhigen. Ich genoss Jaris Hand, die in einem gleichmäßigen Rhythmus über meinen Rücken fuhr.

»Lebt er noch?« Hatte ich einen Menschen getötet?

»Wer?« Jaris Körper versteifte sich kaum wahrnehmbar.

»Lauri.« Meine Stimme kam mir so hohl und emotionslos vor. Tränenerstickt. Ich hatte Angst vor seiner Antwort.

»Man hat ihn nicht gefunden. Der Suchtrupp ist noch immer draußen und hat die Suche ausgeweitet. Den ganzen Morgen waren sie da unterwegs, wo du es ihnen beschrieben hast, konnten aber keine Spur von ihm entdecken.«

Widersprüchliche Gefühle kämpften in mir. Konnte ich mich freuen, dass er überlebt hatte? Musste ich jetzt ständig in Angst leben und damit rechnen, dass er mir wieder auflauerte?

»Wie hast du davon erfahren?« Ich sah zu meinem Bruder hoch.

»Das war eher unabhängig von den Geschehnissen hier in Norwegen. Aku von der Polizei in Kittilä hat mich angerufen, weil er dich nicht erreichen konnte. Oulis vermeintlicher Selbstmord wird dort untersucht. Und Aku wollte wissen, ob ich Kontakt zu dir habe.« Erstaunt horchte ich auf.

»Warum wollte er das wissen?«

»Wenn ich es richtig verstanden habe, wurde die Waffe untersucht, mit der Ouli auf sich geschossen hat. Selbstverständlich waren seine Fingerabdrücke drauf. Aber die serologische Untersuchung hat wohl etwas Unerwartetes ergeben.« Aufmerksam hörte ich meinem Bruder zu. »Die DNA-Untersuchung ergab, dass ein sogenanntes Mischprofil von zwei männlichen Personen festgestellt wurde. Laut der Vergleichsproben stammte eine der Spuren von Ouli. Die andere stimmte zu 89 Prozent mit einem in der polizeilichen Datenbank gespeicherten Profil überein. Mit dem von Lauris Vater.« Ich hatte es ja schon von Lauri selbst gehört, das Ouli keinen Selbstmord begangen hatte, aber jetzt zu erfahren, dass die Polizei anhand der Ermittlungsergebnisse auch daran zweifelte, bestätigte es nochmals. Es tat mir furchtbar leid. Was mit Ouli passiert war, war nur meinetwegen geschehen. Er hätte wirklich sterben können, wenn ich ihn nicht rechtzeitig gefunden hätte. Ich fühlte mich entsetzlich.

»Aku hat von Lauris Arbeitgeber erfahren, dass er mit dir nach Norwegen gereist ist. Er rief mich an. Als er die örtliche Polizei hier informierte, erfuhr er, dass du verschollen bist und dein Doghandler ebenfalls verschwunden war. Da du während des Rennens ja kein Handy bei dir haben darfst und dein GPS ausgefallen war, konnte niemand dich erreichen oder warnen.« Jari sah mich ernst an. »Ich hatte so furchtbare Angst um dich, als Aku mir das alles erzählt hat. Ich weiß gar nicht, was ich getan hätte, wenn ich dich auch noch verloren hätte.« Er zog mich enger an seine Brust, und ich spürte, dass er zitterte. »Das hätte ich nicht verkraftet.«

Wir hielten einander und schienen beide Trost und Kraft zu suchen, bis es an der Wohnmobiltür klopfte und Mikko seinen zerzausten Blondschopf durch die Türöffnung schob. Mir fiel sein erschrockener Blick auf, als er mich ansah, doch er hatte sich schnell wieder gefangen.

»Hej Noora, gut, dass du schon wach bist. Hier draußen ist ein Polizist, der dich vernehmen möchte, und das Organisationsteam will wissen, ob du abbrichst.« Er sah von mir zu meinem Bruder und wieder zurück, als wäre es ihm unangenehm, uns gestört zu haben.

»Natürlich beendet sie hier das Rennen«, erwiderte Jari, bevor ich überhaupt überlegen konnte. »Ihr könnt doch nicht erwarten, dass sie unter diesen Umständen weitermacht.«

Ich spürte, wie ich mich versteifte. »Nein«, widersprach ich. »Das werde ich nicht.«

Mein Bruder suchte meinen Blick. »Bist du jetzt von allen guten Geistern verlassen? Noora, du bist gestern auf der Strecke fast umgekommen. Es gibt jemanden, der trachtet nach deinem Leben. Ganz zu schweigen von deinen Blessuren. Es wäre unverantwortlich, dich wieder ins Rennen zu schicken.«

»Jari, ich kann jetzt nicht abbrechen. Für mein Team nicht und für mich noch viel weniger. Ich lasse nicht zu, dass der Terror dieses Mannes mein Leben bestimmt.«

»Jetzt sei nicht verrückt und hör mit dem Unsinn auf.« Mein Bruder klang zornig. Ich begriff, dass er Angst um mich hatte und mich um jeden Preis beschützen wollte. Aber ich konnte nicht von dieser Entscheidung abweichen. Ich hielt seinem Blick stand, und wir starrten einander an. »Wenn ich den *Finnmarkslopet* nicht weiterfahre, dann hat er gewonnen. Dann weiß er, dass ich Angst vor ihm habe, Gefühle für ihn habe, ihn wichtig nehme. Und diese Genugtuung will ich Lauri nicht gönnen. Wenn ich jetzt aus Furcht aufgebe, muss ich auch daheim täglich in Angst davor leben, dass er mir irgendwo auflauert, wenn ich am wenigsten darauf vorbereitet bin. Das will ich nicht zulassen. Das würde ich nicht verkraften.«

Resigniert zuckte Jari mit den Schultern. Wenn ich mir etwas in den Kopf gesetzt hatte, war ich davon nicht abzubringen. Das wusste er. Dafür kannte er mich zu gut.

»Wie lange habe ich geschlafen?«, wollte ich an Mikko gewandt wissen. Die Diskussion um meine weitere Teilnahme war für mich beendet.

»Sechs Stunden«, entgegnete er, nachdem er auf seine Armbanduhr geschaut hatte.

»Wie viele Plätze habe ich verloren?«

»Vier. Aber der hinter dir liegende Musher wird bald aufbrechen, um vor dir auf die Strecke zu kommen. Du wärst dann gerade noch in den Top Ten.«

In meinem Kopf ratterte es, so gut meine Kopfschmerzen es zuließen.

»Ich werde hier meine zwölfstündige Pflichtpause nehmen. Sie war zwar für später geplant, aber ich muss den Hunden jetzt nach der scharfen Fahrt gestern die Rast gönnen und werde sicher noch einige Stunden der Polizei zur Verfügung stehen müssen.« Ich strich mir vorsichtig über die rechte, schmerzende Gesichtshälfte, mit der Lauri mich gegen den Baum gedonnert hatte. Sie fühlte sich heiß und angeschwollen an. Ich hatte bisher nicht gewagt, in einen Spiegel zu sehen. Ich konnte mir vorstellen, was mich dort erwartete.

»Wollt ihr mich wirklich so vor der Kamera sehen?«

Mikko zwinkerte mir zu und verließ den Truck.

»Jari?«

»Was?«

Ich wusste, er war enttäuscht. »Würdest du das Wohnmobil zu den restlichen Checkpoints fahren? Es würde mir ein besseres Gefühl geben, wenn ich die Hunde und die Ausrüstung in deiner Obhut wüsste.«

Die Kälte war schneidend, als ich am sechsten Tag des Rennens am späten Abend nach nur vier Stunden Schlaf im warmen Wohnmobil Karasjok, den vorletzten Checkpoint, verließ.

Nachdem wir die Hauptstraße zweimal überquert hatten, dirigierte ich meine Hunde auf der Dorfstraße zwischen den Häusern hindurch auf den Fluss zu.

Das Gespann vor meinem Schlitten war seit dem Vorfall mit Lauri deutlich kleiner geworden. Trotz der zwölfstündigen Pause hatte ich mich dafür entschieden, drei meiner vierbeinigen Gefährten aus dem Rennen zu nehmen. Die Strapazen waren zu groß gewesen, und die Tiere hatten sich nicht ausreichend regenerieren können.

Und in Karasjok hatte ich in Absprache mit der Tierärztin, die für die Kontrolle der Teilnehmer zuständig war, noch zwei weitere bei Jari lassen müssen. Es schmerzte mich, dass diese Helden nicht mit durchs Ziel laufen würden. Um Mustikka tat es mir besonders leid, weil ich mir sicher war, dass die junge Hündin viel lieber bei ihrem Rudel geblieben wäre. Aber ich durfte das Tier nicht überfordern. Sie hätte sogar humpelnd und stolpernd versucht, mit den anderen mitzuhalten, und all ihre Kräfte zusammengenommen, um mir die Treue zu beweisen. Es wäre verwerflich gewesen, diese grenzenlose Ergebenheit auszunutzen und sie weiterlaufen zu lassen.

Es war seit dem schrecklichen Zwischenfall im engen Hohlweg und der anschließenden Flucht zum Kontrollpunkt die erste Nachtfahrt, die jetzt vor uns lag. Von Lauri fehlte seither jede Spur, obwohl die Polizei mit sämtlichen ihr in diesem abgelegenen Teil des Landes verfügbaren Kräften nach ihm fahndete. Die Furcht, wieder auf ihn zu stoßen, konnte ich nicht abwerfen. Diese Ungewissheit, was mich in der Nacht dort draußen erwartete, ließ mich unsicher werden. Auch wenn ich versuchte, es zu verbergen, übertrugen sich meine Empfindungen unweigerlich auf mein Team. Sie liefen langsam und schwerfällig durch den Flusslauf. Ich musste darum kämpfen, meine Gefühle in den Griff zu bekommen. Ich musste den Hunden meine Zuversicht zeigen, wenn ich nicht wollte, dass sie weiter in diesem Schneckentempo dahintrotteten. Lauri war nicht hier. Man hatte ihn nicht gefunden, hatte die Gegend, wo der Vorfall passiert war, gründlich abgesucht. Hatte die Wärmebildkamera eingesetzt. Aber was, wenn ich es falsch beschrieben hatte? Ich war angegriffen und massiv verletzt worden. Ich kannte die Gegend nicht. Vielleicht hatten die Teams auf dem falschen Hochplateau gesucht und Lauri lag erstarrt unter einer dicken Decke aus Neuschnee. Was, wenn ich ihn getötet hatte und man seine Leiche erst fand, wenn die Temperaturen wärmer wurden? Nein, das konnte ich nicht glauben. Sie hätten ihn sicher gefunden. Er hielt sich versteckt, weil seine Taten nun aufgedeckt waren und die Polizei nach ihm fahndete. Ich hatte mich entschieden, den *Finnmarkslopet* fortzusetzen. Jetzt musste ich mich zusammenreißen. Mit kräftigen Pedalstößen versuchte ich, unser Tempo zu erhöhen in der Hoffnung, den Hunden dadurch zu einem besseren Laufrhythmus zu verhelfen, doch diese Anstrengungen, die Geschwindigkeit zu erhöhen, trafen bei meinem Gespann auf wenig Verständnis, bis wir endlich den Fluss für ein kurzes Stück verließen und der kurze Anstieg vom Flussbett auf den Damm und einige Kurven landschaftliche Veränderungen mit sich brachten. Die Hunde empfanden sichtlich Spaß an der Abwechslung, als wir dem Trail in ein leicht hügeliges Gelände folgten. Wir gewannen wieder an Geschwindigkeit.

Im Schein meiner Stirnlampe tauchte das Gespann in weiches, mystisches Licht. Der Atem der Hunde in dieser eisigen Nacht zog in kleinen Nebelschwaden über die Tiere hinweg. Nur ihr rhythmisches Hecheln und das gleichmäßige Gleitgeräusch der Kufen durchdrangen die stille Dunkelheit. Es war einer dieser faszinierenden Augenblicke, die alle Strapazen der vergangenen Tage vergessen machten. Kilometer um Kilometer brachten wir hinter uns. Der gleichmäßige Lauf entspannte mich. Endlich fand ich die Ruhe, die ich dringend benötigte. Meine Gedanken schweiften ab. Weit zurück in die Zeit, als Lotta und ich noch die Schule besuchten.

Damals lag strahlender Sonnenschein über dem verschneiten See. Schüler, Lehrer und Eltern hatten sich auf dem Eis versammelt, um dem finalen Rennen der Schul-Langlaufmeisterschaften beizuwohnen. Die Stimmung glich einem Jahrmarkt. Holzbuden waren auf dem Eis aufgebaut, in denen Schüler für die Klassenkasse selbstgebastelte Kunstwerke, Kaffee und Kuchen sowie Rentierwürstchen verkauften.

Fünfzehn Kilometer Langlauf lagen vor mir und meinen Mitstreiterinnen. Im letzten Jahr meiner Schulzeit galt ich als große Favoritin für diese Disziplin, hatte ich den Lauf doch bereits im Vorjahr gewonnen.

Mein Vater hatte meine Skier gewachst. Ich war optimal vorbereitet. Die Bedingungen waren gut, und es versprach ein schnelles Rennen zu werden.

Ich lief ein einsames Rennen vom Start weg auf das Ziel zu. Mein Herz schlug mir in der Brust, und meine Lunge drohte zu platzen. Aber das Wissen, dass Lotta mich im Ziel erwartete, trieb mich immer weiter und ließ mich ihr entgegenfliegen.

Hinter der Ziellinie sah ich sie stehen. Mein Fokus lag allein auf ihr. Der Jubel der Zuschauer um mich herum brandete auf, als ich näherkam, und doch nahm ich nur das strahlende Lächeln meiner Liebsten wahr, das mich Meter für Meter zu ihr ins Ziel rief. Glücklich lachend war ich ihr in die Arme gefallen. Ungeachtet der Menschen um uns herum. Und der innige Kuss, in dem wir später heimlich hinter einer der Verkaufshütten verschmolzen, stellte die Goldmedaille, die mir der Schuldirektor um den Hals gehängt hatte, weit in den Schatten.

Heute würde Lotta mich nicht erwarten. Stattdessen wären da Mikko und sein Team und natürlich mein Bruder, wenn ich in Alta die Ziellinie passierte. Natürlich bedeutete es mir sehr viel, dass Jari für mich da war und mich hier unterstützte. Und doch war es nicht vergleichbar mit dem Gefühl, das Lotta am Tag des Skirennens in mir entfacht hatte.

Was war nur mit meinem Leben los? Ich sehnte mich nach einer Beziehung, einer ernsthaften Partnerschaft. Wieso trauerte ich meiner Jugendliebe Lotta nach, die unerreichbar für mich war, und widersetzte mich den Empfindungen, die Pia in mir auslöste. Pia, die extra nach Alta gereist war, um mit mir dieses Rennen zu beginnen. Pia, die mich in die Arme geschlossen hatte.

»Wenn kein dringender Termin dazwischenkommt, werde ich auf dich warten«, hatte sie mir ins Ohr geflüstert. Beinahe gab ich der Versuchung nach zu glauben, sie könne mich im Ziel empfangen. Doch die Angst, enttäuscht zu werden, war mächtiger. Warum sollte die Frau, die ich in Helsinki verlassen hatte, in Alta auf mich warten? Lotta war auch nicht mehr da gewesen, als ich zum Studium in die Großstadt gezogen war. Wieso war ich seit meiner Trennung von Lotta nicht in der Lage, mich wirklich auf eine Frau einzulassen? Wieso verschloss ich mich immer wieder? Wovor hatte ich Angst? Wann hatte ich zuletzt das Gefühl gehabt, wirklich zu lieben? Vorbehaltlos zu lieben? Lotta? Ich hatte sie geliebt, wie keine Frau jemals danach. Und doch, hatte nicht auch sie mich verletzt? Eine vage Erinnerung an einen heftigen Schmerz der Enttäuschung kam in mir hoch. Nein, daran wollte ich jetzt nicht denken. Es war vorbei. Lotta hatte ihren Jonas. Sie würden heiraten. Energisch schob ich die Gedanken beiseite. Ich musste mich auf mein Rennen konzentrieren. Mein Gespann zog mich unaufhaltsam durch die Nacht.

Am Fuße eines Berges gönnte ich den Tieren eine kurze Pause und verteilte energiespendende Snacks. Noch diesen steilen Anstieg mussten wir erklimmen. Der letzte Berg vor dem nächsten und letzten Checkpoint auf der Strecke.

Wir wappneten uns für die anstrengende Fahrt und mobilisierten noch einmal alle unsere Kräfte. Der Trail war morastig und ließ die Huskys schnell ermüden, da sie immer wieder bis zum Bauch in tiefe Löcher einbrachen. Ich hatte das Gefühl, seit Stunden neben dem Schlitten herzulaufen, um mein Team zu entlasten. Noch nie hatten sich meine Beine so ausgepumpt angefühlt. Stetig führte der Weg nach oben. Jeder Kilometer war die reinste Folter.

Das Gespann erreichte vor dem schwer beladenen Schlitten die lang ersehnte Bergkuppe und zog erleichtert das Tempo an. Es gab einen Ruck. In dem Augenblick, als ich das krachende Geräusch wahrnahm, wusste ich, dass die hölzerne Verbindung zwischen den Hunden und dem Schlitten gebrochen war. Geistesgegenwertig sicherte ich den Schlitten vor dem Zurückrutschen, indem ich ihn mit enormer Anstrengung zur Seite kippte, während mein Team, von nichts mehr zurückgehalten, in der Dunkelheit verschwand und mich allein auf dem Berggipfel zurückließ.

»Hier!«, schrie ich. »Pyry!« Panik erfüllte mich, meinem führerlosen Team könnte etwas zustoßen. »Pippuri! Pyry, hier!« Eiskalter Wind blies über das Hochplateau. Die Kälte fühlte sich beißend an. Mein Atem bildete kleine Reifwolken, die über mich hinwegwaberten und meine Wimpern und Augenbrauen mit einer weißen Schicht überzogen.

Ich lauschte, doch das Geräusch der Hunde war schön längst von der nächtlichen Stille verschluckt.

Die nächste Siedlung war fünfundzwanzig Kilometer entfernt. In meinem Schlitten befand sich die überlebenswichtige Pflichtausrüstung, die es jedem Musher ermöglichte, hier draußen zu campieren. Die Nacht war noch lang. Meine Stirnlampe würde nicht unendlich lang leuchten. Mein Traum vom erfolgreichen Abschluss des Rennens war plötzlich, fünfundsiebzig

Kilometer vor dem Ziel, in unerreichbare Ferne gerückt. Aber nicht die Aussicht, ab jetzt zu Fuß laufen zu müssen, sondern die Enttäuschung, den *Finnmarkslopet* aufgeben zu müssen, trieb mir Tränen in die Augen.

Hoffnungslos brüllte ich die Namen meiner beiden Leithunde in die Dunkelheit. Ein überwältigendes Gefühl von Verzweiflung überkam mich. Ich widerstand dem Drang, mich mutlos auf den verwaisten Schlitten sinken zu lassen. Ich musste mich beeilen und mich zum Schutz vor der Kälte im Schnee eingraben. So konnte ich die Nacht hier draußen durchstehen. Hilfe war in naher Zukunft nicht zu erwarten. Den letzten Checkpoint hatte ich Stunden vor dem nächsten Musher verlassen.

Bereits jetzt waren meine Finger eisig und starr, sodass ich meine Arme kreisen ließ. Mit den Händen schlug ich mir gegen die ermüdeten Oberschenkel, um meine Blutzirkulation anzuregen. Vor der quälenden Kälte gab es kein Entkommen, das hatte ich bereits als Kind gelernt. Man musste sie aushalten, sie ertragen und sich ihr ergeben.

Ich zog meine Schaufel hervor, die weit unten in meinem Schlitten verstaut war, da ich nicht damit gerechnet hatte, diesen Ausrüstungsgegenstand auf den letzten Streckenabschnitten zu benötigen. Die Arbeit in der klirrenden Kälte fiel mir schwer. Ich musste meinen Energiehaushalt durch Nahrung erhöhen und zwang mich dazu, einige Streifen halbgefrorenes, gepökeltes Rentierfleisch zu mir zu nehmen, als ein Geräusch mich aufhorchen ließ.

Das Röhren eines Ski-Doos. Noch war es nur leise, kaum zu erahnen. Es musste noch ein gutes Stück entfernt sein, doch es schien unaufhaltsam näher zu kommen.

Ich wagte nicht zu atmen und lauschte angestrengt in die Dunkelheit. Instinktiv hatte ich meine Stirnlampe ausgeschaltet. Folgte das Geräusch meinen Spuren?

Wer war hier nachts auf dem Trail unterwegs? Ein unangenehmes Gefühl kroch mein Rückgrat herauf. Augenblicklich richteten sich meine Nackenhaare auf.

»Nein«, keuchte ich, als mich eine schreckliche Ahnung erfasste. Ich trat vor den Schlitten und schaltete das Licht wieder ein. Der Strahl, der deutlich an Intensität verloren hatte, glitt langsam das Gestänge des Schlittens entlang und blieb auf dem gebrochenen Ende hängen. War da hineingesägt worden? Ich fuhr mit dem Finger über die Bruchstelle und erkannte eindeutig die Spuren des Sägeblatts im Holz. Jemand hatte ihn manipuliert. Es war kein Unfall gewesen. Es war nur eine Frage der Zeit gewesen, bis das Holz unter dem Zug der Tiere nachgegeben hatte.

Mein Gespann war weg. Irgendjemand näherte sich mit einem Schneemobil. Ich saß in der Falle. Ich konnte hier ein Lager aufbauen, um die Nacht zu überstehen, oder weglaufen.

Mein Herz hämmerte gegen meinen Brustkorb. Das Geräusch des Schneemobils kam immer näher. Ich versuchte, die Entfernung einzuschätzen. Noch blieb mir Zeit. Ich musste lebensnotwendige Ausrüstungsgegenstände mitnehmen. Gedanklich ging ich durch, was ich mitnehmen konnte. Was ich zu tragen imstande war. In diesem Moment schreckte mich ein zweites Geräusch, viel näher als das erste, auf und ließ mich herumfahren.

War es das, was ich annahm? Mein Herz klopfte. Da kam ein Hundeschlittengespann direkt auf mich zu. Ich konnte bitten, mir Hilfe vom Checkpoint aus zu senden. Ein Zittern durchfuhr mich, als plötzlich Pyry und Pippuri mit der kompletten Mannschaft im Schlepptau wieder auftauchten. Wie hatten es diese Leader geschafft, das gesamte Team unversehrt wieder zu mir zurückzuführen? Pyry blieb vor mir stehen und sah mich herausfordernd an. Mein Herz schien vor Erleichterung und Stolz auf diese Huskys überzulaufen.

Das Dröhnen des Ski-Doo näherte sich. Ich musste mich beeilen. Mein Verfolger durfte nicht in Sichtweite kommen. Er musste glauben, der Schlitten habe gehalten, um ihn nicht zu einer schnelleren Fahrt zu verleiten, die meine Hunde nicht mitmachen konnten. Hastig rammte ich den Ersatzanker in den Schnee und band meine Huskys daran, um zu verhindern, dass sie erneut in der Nacht verschwanden.

»Ich muss den Schlitten reparieren«, murmelte ich. Im Licht meiner Stirnlampe stieg mein Atem sichtbar empor, während ich sprach. Fieberhaft zerbrach ich mir den Kopf, wie das abgebrochene Stück des Schlittengestänges ersetzt werden könnte.

Das Schneemobil musste inzwischen den Fuß der Steigung erreicht haben, denn das Dröhnen erklang mit einem Mal lauter, schien sich jedoch langsamer vorwärts zu arbeiten. Mir blieb kaum noch Zeit. Bald würde mein Verfolger die Anhöhe erreichen.

Ich zerrte die Axt aus dem Schlittensack, trat an die höchste der knorrigen Fichten, die unter der Schneemasse zusammenzubrechen schienen, und jagte mit Wucht die Klinge der Axt ins Holz. Die Erschütterung ließ Schnee von den Ästen herabfallen. Meine kalten Hände waren kaum fähig, die Axt zu halten, was es schwierig machte, die geschlagene Kerbe zu treffen. Ich atmete durch, als ich das letzte Stück des Stammes durchbrach und der Baum quer über die Fahrspur fiel. Bevor ich mich zu meinem Schlitten begab, schlug ich einen stabilen Ast ab. Ich zog die Überziehhandschuhe aus, als ich begann, das Holzstück am Schlittengestell zu befestigen. Ich mühte mich, das Lederseil festzuziehen. Ich konnte nur hoffen, dass mein Werk dem kräftigen Zug des Hundegespanns standhielt.

Jeden Moment konnte das Ski-Doo hinter mir in Sicht kommen. Meine Huskys bellten, als ich sie vor den Schlitten spannte. Ich löste die Bremse. Augenblicklich schoss mein Team vorwärts. Der Ast krachte bedenklich, aber er hielt, und wir setzten uns ruckartig in Bewegung.

Jetzt erst realisierte ich, dass ich am ganzen Körper zitterte.

»Konzentrier dich«, sprach ich mit mir selbst. »Wenn du stürzt, wird er dich kriegen.«

Wir hatten die Biegung erreicht, und ich blickte nach hinten. In diesem Moment stahl sich der erste

Strahl des Schneemobil-Scheinwerfers über den Rand der Bergkuppe. Ohne einen Laut spornte ich meine Hunde an, schneller zu laufen, als plötzlich das Motorengeräusch verstummte. Hatte Lauri damit gerechnet, mich auf dem Berg anzutreffen? Ich konnte nur hoffen, dass er das Baumhindernis nicht zu schnell überwinden konnte.

Mit dem notdürftig geflickten Schlitten erreichte ich schließlich nach einer scharfen Fahrt den nächsten Checkpoint. Es war das letzte Mal auf unserer Reise, dass wir dem Zeitnehmer unsere Ankunftszeit quittierten. Ich fühlte mich unendlich erschöpft, aber an Schlaf war noch nicht zu denken. Ich informierte die Polizei über den Vorfall. Natürlich konnte ich nicht mit Sicherheit sagen, dass es Lauri gewesen war, aber ich konnte mir auch niemanden vorstellen, der sonst einen Grund gehabt hätte, meinen Schlitten zu sabotieren. Würde er jemals aufhören, mich zu verfolgen?

Kapitel 33

Unser letzter Renntag war angebrochen. Ein erhebendes Gefühl, trotz aller Widrigkeiten so weit gekommen zu sein.

Eine Traumpiste lag vor uns, als wir im ersten Licht des Tages Jotka verließen und uns auf die letzten fünfzig Kilometer ins Ziel begaben. Bäume und Sträucher waren mit Raureif überzogen. Eine verschneite Märchenlandschaft zog an uns vorbei. In den ersten Sonnenstrahlen funkelten die Eiskristalle wie ein Meer von Edelsteinen. Ein Anblick, in den ich immer und immer wieder versinken konnte. Nach dem tiefen Schlaf in der Nacht fühlte ich mich ausgeruht. Mein Bruder hatte bei der Reparatur des Schlittens ganze Arbeit geleistet, sodass ich zeitig den Checkpoint verlassen konnte. Die Polizei hatte die Stelle gefunden, an der ich den Baum gefällt hatte. Jemand musste ihn durchgesägt haben, um die Strecke wieder passierbar zu machen. War es tatsächlich Lauri gewesen? Ich durfte jetzt nicht daran denken, was in der Nacht dort draußen hätte passieren können. Ich hatte die letzte Etappe vor mir und wollte mich nicht ablenken lassen von meinen unguten Gefühlen, die Lauri in mir aufsteigen ließ.

Wir hatten das Ziel der Reise vor Augen. Die Hunde machten nach all den Strapazen einen erstaunlich erholten und zufriedenen Eindruck und zogen motiviert den Schlitten, als wäre ihnen bewusst, dass dieses Rennen bald zu Ende war. Ganz langsam fiel die Anspannung auch von mir ab, und ich genoss die unbeschreibliche Landschaft, die sich uns von der Anhöhe aus auf Alta und seinen Fjord eröffnete.

Wir erreichten die lange, steile Abfahrt zum Alta River, der uns die letzten fünfzehn Kilometer ins Ziel führen sollte. Müde und mit inzwischen tausend Kilometern Strecke in den Knochen war ich erstaunt, wie mein Team die heikle Abfahrt ins Tal mit Bravour meisterte. Obwohl uns in den engen Kehren die Bäume und Büsche einige Male bedrohlich nahe gekommen waren, hielten Ville und Paavo, meine Wheeldogs, mit stoischer Ruhe und einem bewundernswerten Kraftakt das schwere Gefährt in der Spur, sodass wir alle unversehrt den Fluss erreichten.

In der Ferne erblickte ich ein Hundegespann auf dem Eis. Und als ich ihm näher kam, erkannte ich, dass sich der Schlitten nicht vorwärtsbewegte. Hatte der Fahrer zehn Kilometer vor dem Ziel noch eine Rast eingelegt?

Ungläubig wurde mir anhand der Startnummer bewusst, dass es Petter Hansen war, der junge norwegische Musher, der den letzten Checkpoint als Zeit-Sechster bereits acht Stunden vor uns verlassen hatte. Er war inzwischen von drei weiteren Gespannen überholt worden. Es überraschte mich, dass er überhaupt bis hierhergekommen war, so wie er seine Hunde angetrieben hatte. Dennoch war es befremdlich, dass er jetzt so kurz vor dem Ziel von allen überholt wurde. Da musste etwas passiert sein. Ich hielt neben ihm an. Seine Hunde lagen zusammengerollt im Schnee und machten keine Anstalten weiterzulaufen.

Dieser Musher schien ernsthaft in Schwierigkeiten zu sein. Anders konnte ich mir nicht erklären, warum er seit Stunden so kurz vor dem Ziel lagerte.

Petter hob grüßend die Hand. Eine resignierte Handbewegung, wie mir schien. Eine Spur von Verzweiflung auf seinem jugendlichen Gesicht.

»Alles in Ordnung bei euch?«, fragte ich auf Englisch. Das Verhalten der Hunde kam mir merkwürdig vor, zumal die zarte Schneedecke auf ihnen darauf hindeutete, dass sie bereits eine längere Zeit rasteten.

»Sie wollen einfach nicht mehr weiterlaufen.« Er deutete auf seine Hunde. »Das gleiche Problem hatte ich bereits auf der letzten Etappe. Ich habe alles versucht. Bin sogar vor dem Schlitten hergelaufen. Ich habe schon überlegt, ob sie vielleicht irgendeinen Infekt haben. Aber im Checkpoint ging es ihnen wieder ganz gut.«

Ich konnte weiterfahren und ihn seinem Schicksal überlassen, so wie die anderen drei Musher zuvor, nur um eine Platzierung weiter vorne zu stehen. Doch ich entschied mich dagegen und setzte meinen Schneeanker. Auf die unfreiwillige Pause reagierten meine Tiere sehr unterschiedlich. Während die einen sich genüsslich im Schnee wälzten und die Rast willkommen hießen, protestierten die anderen lautstark. Zu stark war der Drang, das Rennen jetzt zu Ende zu fahren.

Ich trat zu Petters Hunden und begann routiniert, ihre Vitalfunktionen zu checken. Die Huskys kamen mir stark dehydriert vor.

»Wann hast du ihnen zuletzt was zu trinken gegeben?«

Der Norweger zuckte mit den Schultern. »Im Checkpoint, bevor ich auf die fünfzig Kilometer lange Strecke gegangen bin. Im Normalfall brauchen sie bei einer solchen Strecke nichts zu trinken.«

Entgeistert sah ich ihn an. »Du musst ihnen Schnee abkochen. Noch besser wäre eine kräftige Fischsuppe, um sie wieder auf die Beine zu bringen.«

»Das geht nicht.«

Ich starrte ihn fassungslos an. »Warum geht das nicht?«

Wieder zuckte er mit den Schultern. Eine deutliche Geste der Verlegenheit. »Um Ballast zu sparen auf den letzten Kilometern, habe ich das Kochgeschirr zurückgelassen. Und auch das restliche Futter bis auf die Notration, die zur Pflichtausrüstung gehört. Aber die habe ich schon längst verfüttert.«

Petter Hansen war zwar wie ich selbst als Rookie ins Rennen gestartet, aber wie konnte jemand, der sich mit Hunden auskannte, einen solch gravierenden Fehler begehen? So war es kein Wunder, dass die Hunde nicht die notwendige Energie hatten, den schweren Schlitten weiterzuziehen. Am liebsten hätte ich ihn in seinem Schlamassel, den er ganz offensichtlich sich selbst zuzuschreiben hatte, zurückgelassen, aber das konnte ich den Tieren nicht antun. Sie konnten durch den Leichtsinn ihres Mushers ernsthaft in Gefahr geraten.

Ich entzündete so zügig ich konnte ein Feuer und kochte einen Topf Fischsuppe, die ich zuerst an Petters und dann an meine eigenen Tiere verfütterte, um den Flüssigkeitshaushalt wieder aufzufüllen. Auch überließ ich dem Norweger einige meiner Fleischsnacks, die gierig von seinen hungrigen Huskys verschlungen wurden. Ich hoffte, die mit der Nahrung zugeführte Energie würde das Team bis nach Alta bringen.

»Danke.«

Er klang ehrlich und demütig. Ein Lächeln huschte über mein Gesicht. Wenigstens hatte der Musher erkannt, dass er falsch gehandelt hatte.

»Du bist ein tolles Rennen gelaufen.« Er sah mir zu, während ich das Lagerfeuer austrat und Topf, Futterschüsseln und Schöpfkelle verstaute. »Ich kannte dich nur aus einer Reportage. Erfolgreiche Ärztin geht in die Wildnis und will mit einem Kamerateam im Schlepp am härtesten Schlittenhunderennen Skandinaviens teilnehmen. Du hast zuvor außer der Qualifikation keine Rennen bestritten. Ein völlig unbeschriebenes Blatt vor dem Start. Aber ich muss zugeben, wir haben dich alle völlig unterschätzt. Für einen Rookie, also nicht, dass ich selber keiner wäre, hast du deine Sache mehr als gut gemacht. Und für das nächste Jahr muss ich dich als Konkurrenz betrachten, denn ich rechne dir gute Chancen für einen Spitzenplatz ganz vorne ein.«

Anerkennung schwang in seiner Stimme mit, als er mir kameradschaftlich die Hand reichte und ich sie entgegennahm. Ein unerwartetes Glücksgefühl durchströmte mich. Ich fühlte mich angekommen in den Riegen der Musher.

Nachdem der Norweger zwei seiner Hunde im Schlittensack verstaute hatte, setzten wir gemeinsam die Fahrt fort. Ich fuhr vorneweg, und Petters Gespann trottete hinter mir her. Erleichtert stellte ich fest, dass der vorausfahrende Schlitten sie zum Laufen motivierte. Immer wieder hielt ich meine Hunde zurück, damit die sechs Huskys von Petter mit uns Schritt halten konnten. So näherten wir uns Kilometer um Kilometer dem Ziel und hielten erst an, als die Stadt Alta in Sicht kam.

Die beiden Hunde drängten aus dem Schlittensack und durften ihre Plätze in Petters Gespann einnehmen. Die Freude des Einlaufens wollte keiner von uns seinen Tieren nehmen.

Ich zog meinen Huskys das Zuggeschirr zurecht und nahm ihnen die steifgefrorenen Booties von den Pfoten. Zum letzten Mal verteilte ich ein Belohnungslachssteak an meine und Petters Hunde.

»Fahr, Noora, lass deine Hunde laufen, so schnell sie können, und genieß die letzten Meter in vollen Zügen. Ich komme auf der restlichen Strecke allein zurecht.« Petter klopfte mir freundschaftlich auf die Schulter, bevor sich mein Gespann mit einem Ruck in Bewegung setzte. Schnell vergrößerte sich die Distanz zwischen unseren Teams. Die letzten Kilometer liefen die Hunde in einem schnellen Trab, die Köpfe siegesgewiss erhoben. Stolz und selbstbewusst strebten wir auf die Ziellinie zu. Mein Herz schlug heftig. Begeisterte Zuschauer säumten jubelnd die letzten Meter unserer langen Reise durch Eis, Schnee, Kälte und Sturm, als wir in den letzten Sonnenstrahlen des Tages nach über tausend zurückgelegten Kilometern über die Ziellinie liefen.

Ich strahlte. Wir hatten es geschafft. Angekommen. Top Ten. Ein enormes Glücksgefühl verdrängte meine Erschöpfung. Menschen strömten auf mich zu. Gustav hielt seine Kamera auf mich gerichtet. Mein Bruder fiel mir in die Arme und drückte mich lachend fest an sich. In der Ferne sah ich Petter auf das Ziel zukommen. Ich ließ meine Hunde den Schlitten aus der Zielzone ziehen, um ihm Platz für sein Finish zu machen. Er hatte seinen Zieleinlauf ebenso verdient wie ich. Schlagartig wurde es ruhiger um mich herum. Die Zuschauer wandten sich jetzt dem jungen Norweger zu, der in Alta heimisch war, um ihn gebührend zu empfangen. Ich genoss es, dass die Aufmerksamkeit nicht mehr auf mich gerichtet war. Es wurde Zeit, mich um mein Team zu kümmern, das eine übergroße Streicheleinheit und Ruhe verdient hatte. Die Tierärztin kam und kontrollierte kurz die Chips der Hunde und ihren Allgemeinzustand und nickte mir bestätigend zu.

»Herzlichen Glückwunsch zu dem tollen Rennen.«

Ich nickte dankend. Unfähig, etwas zu erwidern.

»Deine Tiere sind in einem guten Zustand, was von deiner umsichtigen Fahrweise zeugt.« Dann ging sie weiter zu Petters Team, der sich feiern ließ wie ein Sieger.

»Wie fühlst du dich?« Mikkos Stimme ließ mich herumfahren, und ich blickte wieder in die Kamera. Natürlich war klar, dass sie ein Statement von mir wollten, aber so kurz nach dem Zieleinlauf fühlte ich mich noch nicht bereit. Meine Tiere benötigten mich jetzt dringender und gingen vor.

»Mikko, hör zu. Ich beantworte dir nachher alle Fragen. Aber erst sind meine Hunde dran. Sie haben eine lange Reise hinter sich.«

»Juha wartet im Sender auf die Aufnahmen.«

»Dann muss er einen Moment warten. Bitte.«

Ich nahm mir die Zeit, mich bei diesen Helden zu bedanken. Mit Tränen der Rührung in den Augen kniete ich mich zwischen Pyry und Pippuri und drückte mein Gesicht in ihr weiches Fell. »Ihr seid die Besten! Ihr seid die Sieger!« Die ganze Strecke waren sie als Leader durchgelaufen, hatten eine grandiose Leistung vollbracht. Jedem meiner Tiere ließ ich die Aufmerksamkeit zuteilwerden, gab ihnen meinen Dank, meinen Stolz, und sie genossen es sichtlich.

Als ich gerade neben Ville kniete, legte sich eine Hand auf meine Schulter und ließ mich zusammenzucken. Ich drehte den Kopf und sah in Pias strahlende Augen. Mein Herz hüpfte. Sie war noch hier in Alta.

Pia hielt mir die Hand hin und zog mich auf die Beine. Ein entsetzter Ausdruck flackerte über ihr Gesicht, als sie meine noch immer stark zerschundene rechte Gesichtshälfte betrachtete.

»So furchtbar?«, fragte ich. »Einen Schönheitswettbewerb werde ich momentan wohl nicht gewinnen, was?«

»Das sieht ja noch viel schlimmer aus, als es im Fernsehen rüberkam.« Sie stand jetzt unmittelbar vor mir und strich sachte über meine Wange. Ich zuckte zusammen, doch nicht vor Schmerz. Ihre Berührung schien auf meiner Haut zu brennen. »Wie konnte er dir so etwas antun?« Pias Stimme klang bitter.

Bevor ich mich wehren konnte, umschloss sie mein Gesicht mit ihren Händen und zog mich zu sich heran. Unsere Lippen trafen sich flüchtig. Ich zog mich sofort zurück, aus Angst, die Kamera könnte diesen intimen Moment aufgezeichnet haben. Ich wollte Pia nicht in die Bedrängnis bringen, sich vor ihren Kollegen im Krankenhaus und insbesondere vor ihrem Vater für diesen Kuss rechtfertigen zu müssen. Pia spürte, wie ich mich verkrampfte, und zog sich ihrerseits zurück, als sie die Kamera wahrnahm. Wollte sie mich oder sich selbst schützen?

»Danke, dass du noch hier bist.« Ich sehnte mich nach ihrer Nähe, auch wenn ich wusste, dass die Trennung danach noch schmerzhafter werden würde. »Das bedeutet mir sehr viel.«

Ihr verlegenes Lächeln berührte mich. Sie war nicht nur hier, um den Zieleinlauf einer Freundin zu verfolgen, sondern um bei mir zu sein.

Alles in mir sehnte sich nach weiteren Berührungen. Ich zitterte. Ob aus purer Erschöpfung oder wegen der in mir aufwallenden Gefühle konnte ich nicht unterscheiden. Ich spürte, dass sie noch etwas sagen wollte, doch sie sah mich nur schweigend an.

»Ich muss jetzt die Hunde versorgen.« Fast hastig trat ich noch einen weiteren Schritt zurück. Die widersprüchlichen Gefühle in mir schienen mich zerreißen zu wollen. Ich war übermüdet. Aufgewühlt. Ich musste jetzt etwas tun, das mir zur Routine geworden war. Und die Tiere durften jetzt endlich Feierabend machen. Ich wollte sie selbst aus ihrem Geschirr lassen, sie füttern und tränken. Das hatten sie sich verdient. Meine wahren Helden.

Mit der Entschuldigung flüchtete ich überfordert vor dem Gefühlssturm, der in mir tobte, vor Pias fragenden Blicken. So sehr ich es mir in den einsamen Stunden gewünscht hatte, im Ziel von den Armen einer geliebten Person empfangen zu werden, so schwer fiel es mir jetzt, auf diese Frau zuzugehen.

Kapitel 34

Ich fuhr mir mit der Hand über die Augen. Ich war unendlich müde. Für die letzte Nacht in Alta hatten Jari und ich das Scandic Hotel unserem engen Wohnmobil vorgezogen. Aber an Schlaf war zunächst nicht zu denken. Ich musste mich für die Musher-Feier frisch machen, die im Hotel stattfand.

Es erschien mir falsch, die Sieger zu feiern, während ein Drittel der Teams noch auf der Strecke war. Wir alle, die wir die tausend Kilometer hinter uns gebracht hatten, waren Sieger. Aber so sah es traditionell die Organisation des *Finnmarkslopet* vor.

So führte mich der erste Weg ins kleine Bad unseres Zimmers, und ich stellte erfreut fest, dass es über eine Badewanne verfügte. Ausgiebig betrachtete ich mein Spiegelbild, während ich heißes Wasser in die Wanne laufen ließ. Nach den tagelangen Strapazen, der auf der Strecke unzureichenden Ernährung, körperlicher Extrembelastung und mangelnder Hygiene gab ich das Bild eines hartgesottenen Haudegens ab. Komplettiert wurde es durch meine Wange und Schläfe, die in Blau- und Lilatönen leuchteten. Nach den Tagen und Nächten in der Kälte streckte ich mich behaglich im heißen, mich umhüllenden Wasser aus und seufzte genießerisch, als die Hitze meinen Körper durchströmte. Mit geschlossenen Augen lag ich da, fuhr gedanklich nochmals im Ziel ein. Spürte noch einmal Pias Kuss auf den Lippen. Sanft, weich und doch voller Begierde. Ich erinnerte mich an unseren ersten Kuss. Pia hatte mich nach der Frauenparty nach Hause gefahren und in meine Wohnung begleitet.

Weich waren ihre Lippen. So weich. Ich schloss die Augen und gab mich ihren Berührungen hin. Ich überließ mich völlig ihrer Führung, als sie mir noch im Flur die Bluse öffnete, die von meinen Schultern auf den Boden glitt. »Zeig mir dein Schlafzimmer.« Ihre Stimme war mehr ein heiseres Raunen an meinem Ohr und jagte mir Schauer durch den ganzen Körper. Mein Kopf versuchte zu widerstehen, aber alles in meinem Körper schrie »Ja!«. Ich hatte so lange keinen Sex mehr gehabt. Hatte mich so lange nicht mehr hingegeben. Ich wollte es. Wollte nicht dagegen ankämpfen. Ich ließ die Alarmglocken in meinem Kopf verstummen, griff nach Pias Hand und zog sie mit in mein Schlafzimmer, das ich bisher nie mit einer Frau geteilt hatte.

Ich ließ mich fallen in Pias Kuss. Vorwitzig spielte die Spitze ihrer Zunge mit meiner. Hitze breitete sich in meinem Körper aus. Wir sanken aufs Bett hinab. Pias Hände öffneten ungeduldig meine Jeans, zogen sie herunter. Nackt lag ich auf der Decke. Wartete jetzt ebenso sehnsüchtig, bis sie sich entkleidet hatte und über mich beugte.

Ich hatte nicht mit Besuch gerechnet. Im Schlafzimmer war es kalt. Pias Körper strahlte so viel Hitze ab, dass ich nicht fror.

Leise stöhnte ich auf, als ihre Zunge eine feuchte Spur auf meiner Haut hinterließ, während sie von meiner Halsbeuge aus tiefer wanderte und schließlich mit ihren Lippen meine Brustwarze umschloss, die sich erregt aufrichtete. Mein Becken hob sich der Hand entgegen, die sich zwischen meine Schenkel schob. Mein Atem kam mir so laut vor. Was sollte Pia von mir denken, dass ich mich ihr so anbot, meine Lust über meinen Körper herrschte. Mein Stöhnen wurde durch ihren Kuss gedämpft, während ihre Finger den Rhythmus erhöhten und mich dem Höhepunkt immer weiter entgegentrieben.

Das Klingeln meines Mobiltelefons am Waschbeckenrand schreckte mich auf. Ich wartete. Vielleicht legte der Anrufer auf. Doch das Klingeln blieb beharrlich, bis ich den Anruf in der Erwartung annahm, dass es Lasse war, der mir berichten wollte, wie es auf der Farm lief.

»Herzlichen Glückwunsch zum grandiosen neunten Platz beim *Finnmarkslopet*«, tönte stattdessen Sannas warme Stimme durch meinen Head-Set-Lautsprecher. »Wir haben mit Spannung deine GPS-Daten und Etappenzeiten mitverfolgt. Als du am Ende auch noch Petter Hansen überholt hast …« Sie ließ mich nicht zu Wort kommen und sprach weiter. »Einen solchen Erfolg hatten wir vorher gar nicht zu erhoffen gewagt.

Kein Rookie kommt normalerweise auf Anhieb in die Top Ten der Finisher. Juha hatte in den letzten Tagen traumhafte Einschaltquoten. Unsere Outdoor-Marke ist in aller Munde. Noora, du hast großen Anteil an diesem Erfolg. Du warst ein absoluter Glücksgriff. Ich kann dir gar nicht genug danken.« Ich hörte ihr kaum noch zu, bis sie Pia erwähnte. »Mikko hat Juha das neue Material geschickt. Die Frau, die dich geküsst hat und die auch schon beim Start dabei war, seid ihr eigentlich ein Paar?«

Erschrocken rutschte ich in der Badewanne herum und starrte auf das in Wallung geratene Wasser, das über den Rand zu laufen drohte und erst im letzten Augenblick zurückschwappte.

»Nein, sind wir nicht«, entgegnete ich etwas zu energisch. »Ich meine, wir waren, als ich noch in Helsinki lebte, für eine kurze Zeit ein Paar, aber es hat nicht funktioniert zwischen uns. Wir sind einfach zu unterschiedlich. Sie wird nicht zu mir in den einsamen Norden ziehen.« Erst jetzt wurde mir bewusst, was ich getan hatte. Ohne darüber nachzudenken hatte ich Pia und mich quasi vor den Medien geoutet. »Sanna, bitte, das muss unter uns bleiben.«

»Wie meinst du das?«, fragte sie zögernd. Sicher witterte sie schon eine große Story für ihren Mann. Oder aber sie wollte keine lesbische Frau als Werbeträgerin ihrer Firma. Die Gedanken stürzten auf mich ein und ließen sich nur schwer einfangen. Warum hatte ich immer das Gefühl, meine Liebe verstecken zu müssen? Warum musste ich immer mit der Angst vor

Entdeckung leben. In der Schulzeit hatte ich mich für Lotta versteckt. Hatte unsere Liebe im Verborgenen gelebt. Hatte erkennen müssen, dass sie nie zu mir stehen würde. Es hatte mich so sehr verletzt, wie sie über uns dachte. Und war es bei Pia nicht ähnlich? Sie war so eine starke Frau, und doch wussten ihre Eltern nicht, dass sie lesbisch war. Konnte diese Tatsache wirklich eine Karriere als Ärztin gefährden? Würde ich je eine Partnerin finden, die offen dazu steht? Ich schüttelte den Kopf, um diese Gedanken abzuwehren. Ich hatte Sanna als eine sehr aufgeschlossene Person kennengelernt. Ich konnte mir nicht vorstellen, dass sie mich dafür verurteilen würde, weil ich Frauen liebte.

»Die Beziehung zu Pia. Sie dauerte wie gesagt nur eine kurze Zeit. Und Pia ist nicht geoutet und hat einiges zu verlieren. Und nichts lag mir ferner, als sie in die Öffentlichkeit zu zerren. Es ist mir nur so rausgerutscht, weil ich dich eher als eine Freundin und nicht als Geschäftspartnerin betrachte.« Ich konnte selbst hören, wie ich stammelte. »Wenn es nur mich selbst beträfe, wäre es mir egal. Ich will mich nicht mehr verstecken. Aber für Pia ist es mir nicht egal. Und es ist ja auch nichts zwischen uns …«

»Noora«, unterbrach Sanna mich laut. Jetzt hatte ich ohne Pause gesprochen, ohne sie zu Wort kommen zu lassen. »Noora, beruhige dich. Und vertrau uns. Wir werden deinem Wunsch entsprechend das Thema aus der Sendung lassen. Aber eins will ich dir noch mit auf den Weg geben. Als Freundin. Diese Frau liebt dich. Ich habe gesehen, wie sie dich ansieht.«

Kaum, dass wir aufgelegt hatten, klingelte das Telefon erneut. »Sanna, hast du noch was vergessen?«

»Hej Noora.«

Wenn ich kein Head-Set getragen hätte, hätte ich sicher in diesem Moment das Smartphone in die Wanne fallen lassen. »Lotta.« Es klang mehr wie ein Krächzen. Meine Stimme wollte mir nicht gehorchen. Ich hatte ein beschwerliches Rennen auf dem Schlitten hinter mich gebracht, hatte Wind und Wetter getrotzt, war nur knapp Lauris furchtbarer Attacke entronnen, hatte, ich wusste selbst noch nicht, wie, die Kraft gefunden weiterzumachen, aber sobald ich diese Stimme hörte, fühlte ich mich mit einem Mal unendlich schwach und verletzlich.

»Du weißt gar nicht, wie viel Überredungskunst ich anwenden musste, um von Lasse deine Handynummer zu bekommen. Er lässt dir übrigens ausrichten, dass auf der Farm alles in Ordnung ist.«

»Woher hast du Lasses Nummer?« Ich war zu irritiert, um klar zu denken.

»Nein.« Sie lachte. »Nein, ich bin bei meiner Mutter. Ich habe ihn hier getroffen.«

»Bist du mit Jonas dort, um Hochzeitspläne zu schmieden?« Die gekränkten Worte waren einfach so aus mir herausgekommen, bevor ich es verhindern konnte. »Lotta, entschuldige, das war nicht so gemeint, und es geht mich auch nichts an.«

Wir schwiegen uns einen Augenblick an.

»Als ich dich im Fernsehen sah. Und was Lauri dir angetan hat. Ich hatte furchtbare Angst um dich.«

Lauri. Ich hatte es auf der letzten Etappe erfolgreich geschafft, das Erlebnis zu verdrängen und mich auf das Rennen zu konzentrieren. Ich wollte nicht an ihn denken. Ich wollte keine Angst mehr haben.

»Seit wir uns in Oulu getroffen haben, spielt alles in mir verrückt. Ich vermisse dich. Und Jonas, ich konnte ihm nicht sagen, was uns verband. Ich traute mich nicht, mit ihm darüber zu reden. Und nun ist es aus. Ich habe mir eine Auszeit genommen und bin zu meinen Eltern gefahren, um mir über meine Gefühle, meine Zukunft klar zu werden. Ich muss mir den Moment nehmen, sonst mache ich, glaube ich, einen furchtbaren Fehler. Ich muss so oft daran denken, was du empfunden haben musst. Das war nicht fair von mir, und ich weiß, ich habe dich sehr verletzt.«

Ich lag ganz still. Versuchte zu erfassen, was Lotta mir gerade gestanden hatte. Sie sehnte sich nach mir. Sie wollte mich wiedersehen. Mich fröstelte. Die Wassertemperatur war inzwischen stark gesunken.

»Lotta, ich weiß gar nicht, was ich sagen soll. Ich … darauf war ich nicht vorbereitet.«

»Ich hoffe, wir können uns treffen, wenn du wieder zurück bist. Wir sollten darüber sprechen. Mir ist in Oulu nicht entgangen, dass du nach all den Jahren noch Gefühle für mich hast. Irgendwie hoffe ich, dass wir zusammen einen Weg finden, uns diesen Empfindungen zu stellen.«

Noch lange lag ich reglos in der Wanne, bis Jari an die Tür klopfte.

»Noora, bist du eingeschlafen?«

Erschrocken fuhr ich auf. Diesmal konnte ich nicht verhindern, dass das Wasser über den Wannenrand schwappte. Ich hatte völlig die Zeit vergessen. Ich musste mich fertig machen für die Musher-Feier.

»Ich bin gleich so weit«, rief ich durch die geschlossene Tür und erhob mich aus dem Wasser, das durch den Schmutz der vergangenen Woche eine undefinierbare Farbe angekommen hatte.

Die Jeans und die karierte Bluse, die ich mir überzog, saßen locker an meinem Körper. Ich hatte sicherlich etliche Kilos verloren auf der anstrengenden Reise durch die Finnmark. Das Make-up, das ich aufgelegt hatte, kaschierte nur dürftig die dunklen Hämatome in meinem Gesicht.

»Alles okay bei dir?«, fragte mich mein Bruder, als ich schließlich aus dem Bad trat. »Du siehst aus, als hättest du einen Geist gesehen.«

»Lotta hat mich gerade angerufen. Sie sagt, sie hat sich von Jonas getrennt. Scheinbar hat unsere Begegnung etwas in ihr ausgelöst, und sie muss für sich herausfinden, was ihre Gefühle bedeuten. Sie ist jetzt bei ihrer Mutter. Wir werden uns treffen, wenn ich wieder nach Hause komme.« Jari war der einzige Mensch, der die einzigartige Verbindung zwischen meiner Jugendliebe und mir miterlebt hatte. Vor allen anderen hatten wir es völlig geheim gehalten. Ihm gegenüber hatte ich es damals nicht geschafft, es zu verheimlichen. Und auch jetzt konnte ich meine Gefühle nicht vor ihm verbergen.

Aus den Augenwinkeln nahm ich eine Bewegung am Fenster wahr. Erschrocken fuhr ich zu Pia um. Ich hatte nicht bemerkt, dass sie im Zimmer war. Sie musste gekommen sein, während ich ein Bad genommen hatte. Wir starrten einander an. Ein trauriger, enttäuschter Ausdruck lag um ihre Augen.

»Ich werde jetzt schon mal auf das Fest gehen. Und lasse euch allein.« Mein Bruder strich mir sachte über den Rücken, bevor er Pia zunickte und das Zimmer verließ. Er hatte schon immer gewusst, wann es Zeit wurde, sich zurückzuziehen.

»Pia, ich …«, begann ich, ohne dass ich wirklich wusste, was ich sagen wollte. »Ich möchte nicht, dass du denkst, ich hätte keine Gefühle für dich. Im Gegenteil, du bedeutest mir sehr viel. Ich sehne mich nach deiner Nähe. Aber ich habe große Angst davor, diese Empfindungen zuzulassen. Angst, dich zu verletzen. Mich zu verletzen. Du in Helsinki. Ich in Lappland …«

»Und nun ist Lotta wieder da.« Ihre Stimme klang resigniert, als sie mich unterbrach. Sie stand noch immer am Fenster. Ihre Hände steckten in den Hosentaschen, als fürchtete sie sich davor, sich mir zu öffnen.

»Sie ist bei ihrer Mutter in der Nähe von Kittilä. Vielleicht braucht es diesen Abschluss. Oder vielleicht wird es ein Beginn. Ich weiß nicht, was passieren wird.«

»Und ich weiß gerade nicht genau, was ich empfinden soll. Ich fühle mich zu dir hingezogen, Noora. Ich könnte sogar sagen, dass ich in dich verliebt bin.

Meine Gedanken sind ständig bei dir. Und einen Augenblick hatte ich den Eindruck, du könntest ebensolche Gefühle für mich haben. Aber jetzt ist Lotta zurückgekehrt. Die Frau, nach deren Liebe du dich all die Jahre gesehnt hast. Und ich weiß nicht, ob ich die Kraft finde, um dich zu kämpfen, denn dein Herz hat schon immer ihr gehört.«

Sie sah aus dem Fenster. Beobachtete das Schneetreiben. Dicke Flocken wirbelten herum.

»Ich werde morgen nach Hause fahren. Und du kehrst auf deine Lodge zurück. Ich bin traurig, dass es so endet. Ich hatte gehofft …«

Sie versuchte, die Tränen zu verbergen. Noch nie hatte ich diese starke Frau so empfindsam erlebt. Ich fühlte mich schuldig. Es tat mir weh, sie zu verletzen. Ich war nicht gut darin, meine Gefühle auszudrücken oder sie zu zeigen. Also schwieg ich. Ich fühlte mich hilflos, während ich einfach nur dastand und ihren Rücken betrachtete. Sekunden verstrichen, bis Pia plötzlich ihre Schultern straffte und sich mir wieder zuwandte. Mit dem Handrücken wischte sie eine einzelne Träne unter ihrem Auge weg.

»Wir sind ein hoffnungsloser Fall, was? Wer weiß, ob es überhaupt funktionieren würde mit uns beiden. Ich bin doch sowieso ein Stadtmensch, obwohl mich nach der Schlittenfahrt und den Tagen hier ein wenig Abenteuer nun doch sehr gereizt hätte.« Versuchte sie jetzt, mir die Situation zu erleichtern? Ich bekam einfach kein Wort heraus. »Und jetzt gehen wir auf die Feier.« Sie kam zu mir und nahm mich an der Hand.

»Vielleicht ist es auch besser so. Ich weiß nicht, was mich geritten hat, mir vorzustellen, ich könnte im Norden leben. Mein Vater hätte mich sicher enterbt, wenn ich ihm diese Entscheidung kundgetan hätte.« Sie lächelte jetzt. Ein etwas schief geratenes, tapferes Lächeln. »Aber vielleicht wäre es das wert gewesen, mal sein entsetztes Gesicht zu sehen.«

Und auch ich musste lächeln, als ich mir das Gesicht von Professor Söderholm vorstellte.

Kapitel 35

Kilometer um Kilometer näherte ich mich meinem Zuhause am Pallas-Ylläs-Nationalpark im Norden von Finnland. Die Fahrt über verschneite Straßen war einsam, aber die Stille tat mir gut nach dem Trubel der Musher-Feier in der Hotelbar, bei der die Sieger gebührend geehrt und die Sponsoren erwähnt wurden, die Medienvertreter Interviews geführt hatten und ich vor diversen Kameras posieren musste. Unzählige Male musste ich erzählen, wie ich den schrecklichen Vorfall mit Lauri erlebt hatte und es als Rookie unter die Top Ten geschafft hatte.

Immer wieder hatte ich zu Pia gesehen, die mich beobachtete. Unsere Augen schienen einen stummen Dialog zu führen, doch immer wieder unterbrach ich den Blickkontakt, weil ich ihre Enttäuschung nicht ertrug. Warum musste das Leben immer so kompliziert sein?

Ich war froh, den Fragen der vielen interessierten Medienvertreter zwischendurch für einige Minuten entkommen zu können, und suchte den Raum nach Jari oder Pia ab, als mein Blick auf eine hagere Gestalt in einer Nische der Bar traf. Ich sog erschrocken Luft ein und erstarrte in der Bewegung. Ich konnte mich nicht rühren, und meine Hände verkrampften sich zu Fäusten. Als sich eine Hand auf meine Schulter legte, fuhr ich erschrocken zusammen.

»Du zitterst ja am ganzen Körper«, sagte mein Bruder besorgt.

»Lauri«, keuchte ich. »Er ist hier.« Ich deutete auf die Person im Hintergrund, die mit dem Rücken zu uns stand.

Der Blick meines Bruders folgte meiner Hand, als sich in diesem Moment ein mir völlig unbekannter Mann mit einem struppigen Vollbart zu uns umdrehte.

»O Gott, ich dachte, er ist es.«

»Noora, ich glaube, wir haben genug für heute Abend. Du bist erst vor wenigen Stunden zurückgekehrt und total übermüdet. Du bist in einer physischen und psychischen Ausnahmesituation. Wir sollten jetzt zu Bett gehen. Du hast morgen noch eine anstrengende Fahrt vor dir.« Mein Bruder, der Vernünftige, gab Pia Bescheid und dirigierte mich zum Hotelzimmer zurück.

Ich drosselte das Tempo, als ich an eine Gruppe von Rentieren heranfuhr, die in gleichmäßigem Trab auf der Fahrbahn liefen und keine Anstalten machten, die Spur zu räumen. Welch wunderbare Tiere, dachte ich und fuhr in gebührendem Abstand hinter der Gruppe her, bis sie schließlich die Richtung änderten und im verschneiten Wald verschwanden.

Lasse hatte in meiner Abwesenheit die Zufütterung der Rentierherde übernommen. Wie Ouli war er inzwischen zu einem unentbehrlichen Teil der Tammi-Poro-Lodge geworden. Der stille, oft in sich gekehrte Mann versorgte mit Hingabe die Hunde, half bei den Rentieren aus, führte Gäste auf Schneeschuhwanderungen und zeigte ihnen die Spuren der Wildtiere, verbunden mit lehrreichen Erzählungen und spannenden Jagdgeschichten. Ich hatte die Farm guten Gewissens in seiner Obhut lassen können.

Als ich am Nachmittag auf das Gelände der Lodge fuhr, wurde ich von fast ohrenbetäubendem Bellen der Hunde in den Ausläufen begrüßt. Es schien, als wäre ich eine Ewigkeit fort gewesen.

»Da ist ja das erfolgreichste finnische Schlittenhundeteam.« Lasse kam aus einem der Gehege zu mir herüber und nickte mir grüßend zu. »Ich bin froh, dass es dir gutgeht.«

»Und ich freue mich, wieder hier zu sein.«

Gemeinsam begannen wir, die Huskys aus dem Anhänger zu holen und zu ihren Hundegruppen zu bringen, wo sie mit viel Gejaule begrüßt wurden, wie lange verschollene Familienmitglieder.

»Ich habe gestern Tero getroffen. Ouli wird wahrscheinlich diese Woche aus dem Krankenhaus entlassen. Er macht sich große Vorwürfe.«

Ich hielt einen Moment in der Bewegung inne. Langsam, mit schmerzendem Bedauern, schüttelte ich den Kopf. »Das muss er nicht. Er konnte nichts dafür. Wenn, dann müsste ich mir Vorwürfe machen.« Das hatte ich auch. Immer wieder war ich das Geschehene in Gedanken durchgegangen. Hätte ich es irgendwie verhindern können? Hätte ich Lauri aufhalten müssen? Aber wie? Ich hatte es nicht geahnt. Niemand hatte damit rechnen können.

»Du konntest auch nichts dafür. Lauri ist krank.« Lasse setzte seine Arbeit fort und führte Mustikka zu ihrem Rudel. Liebevoll streichelte er sie einen Moment gedankenversunken, wie es typisch für ihn war. Manchmal erschien es mir, als befände er sich zeitweise in einer eigenen Welt.

Wo mochte Lauri stecken? Aku hatte mir versprochen, mir Bescheid zu sagen, sobald die Polizei neue Hinweise hatte. Aber sie vermuteten, dass er sich in Richtung Schweden abgesetzt hatte, weil er vor einigen Jahren dort beim Bau gearbeitet hatte.

»Ein Vielfraß hat in der Rentierherde große Schäden angerichtet. Mindestens zehn Tiere sind ihm zum Opfer gefallen. Wir müssen etwas dagegen tun.« Lasses ernste, bedächtige Stimme riss mich aus meinen Gedanken.

Ein Vielfraß konnte im Winter zu einer echten Bedrohung werden. In der warmen Jahreszeit waren seine Bewegungen schwerfällig und geräuschvoll, sodass er auf Aas und verletzte Tiere angewiesen war, aber im Schnee wurde er zum geborenen Jäger, und weder Ren noch der viel größere Elch waren vor ihm sicher. Schnell und fast lautlos waren seine Bewegungen, und er konnte über Tiefschnee laufen, ohne einzubrechen. Schon oft hatten hungrige Vielfraße zu großen Verlusten in unserer Herde geführt. Ich weiß nicht, warum mir in diesem Moment meine Eltern einfielen, wie sie darüber sprachen, dass die natürlichen Feinde der Rentiere nie so großen Schaden anrichten konnten wie der Mensch. Beide standen mir jetzt so lebendig vor Augen, als stünden sie direkt vor mir. Mein Vater war der Ansicht, der Mensch sei der größte Tiermörder mit seinen Kernkraftwerken, dem zunehmenden Verkehr und der stetig steigenden Umweltverschmutzung. Nach dem Reaktorunglück von Tschernobyl hatte man unbeschreiblich viele Tiere töten müssen, und selbst heute noch war die radioaktive Belastung der Wälder so hoch, dass die Rentiere, die sich von den Pflanzen ernährten, vor dem Verkauf geprüft werden mussten.

»Ich wollte die Farm nachts nicht allein lassen. Aber jetzt könnte ich ihm nachsetzen.« Etwas unsicher blickte Lasse mich an.

»Schon gut, ich komme hier zurecht. Wir müssen ihn kriegen. Ich will nicht, dass wir noch mehr Tiere verlieren.«

»Bist du dir sicher? Ich meine, ich kann auch hierbleiben, wenn du nicht alleine sein möchtest.«

»Ja, geh nur. Ich bin mir sicher. Aku kommt nachher noch vorbei. Und ich will mich nicht vor Angst verkriechen. Das ist doch genau das, was Lauri erreichen wollte. Ich will nicht zulassen, dass er eine solche Macht über mich hat.« Irgendwie erinnerte mich das Gespräch an eines, das ich nach dem Zwischenfall auf der Strecke mit meinem Bruder geführt hatte, und ich schmunzelte. »Danke, dass du dir Sorgen um mich machst. Ich weiß das sehr zu schätzen.«

Ich holte den Kaffeekessel aus dem Küchenschrank und schüttete einige Löffel Pulver in die Kanne. Anschließend goss ich kaltes Wasser darüber und stellte die Kanne auf den Holzofen, in dem das Feuer prasselte. Meine Mutter hatte Kaffee immer auf diese Weise gekocht, und ich hatte es beibehalten. Nur für die großen Mengen Kaffee, die wir für die Gäste benötigten, nutzte ich eine der Maschinen. Als er fertig war, setzte ich mich zu Aku an den Tisch. Der Kommissar hob die dampfende Tasse an die Lippen und pustete, bevor er einen Schluck nahm.

Obwohl ich mich beim Gespräch mit Lasse so stark gefühlt hatte, war ich jetzt doch froh, dass Aku bei mir in der Küche saß.

»Was war der Auslöser, der Lauri dazu brachte, dich in der Wildnis zu attackieren? Alles, was er dir über Oulis Handy gebeichtet hat, hatte in seiner kranken Fantasie das Ziel, dass du ihm näher kommst, oder mehr noch, dass du mit ihm zusammenkommst. Ich glaube nicht, dass er von Anfang an vorhatte, dich zu töten. Sei es der Mord an deinen Eltern, der Brand auf der Farm, die Hunde, der Mordversuch an Ouli. Er wollte dich für sich gewinnen. Warum auf einmal der direkte Angriff auf dich?«

Übelkeit überkam mich, während er diese Gräueltaten aufzählte. »Er hatte sich nicht mehr unter Kontrolle und hat mich sexuell genötigt, als ich beim Checkpoint eine Schlafpause eingelegt habe. Vielleicht wäre es sogar zu einer Vergewaltigung gekommen, wenn ich ihn nicht sofort abgewehrt hätte. Ich hätte das gleich dem Organisator melden und eine Anzeige bei der Polizei machen müssen. Aber er war betrunken, und ich dachte, wenn er wieder nüchtern ist, dann wäre er wieder normal. Ich habe nicht gedacht, dass er so reagiert, nur weil ich ihn abgewiesen habe. Zu dem Zeitpunkt wusste ich ja auch gar nicht, dass alle diese schrecklichen Taten auf sein Konto gingen.«

Aku sah mich ernst an. »Du darfst dir aber jetzt nicht einreden, dass du schuld daran bist, was er dir angetan hat. Lauri ist ganz allein für seine Taten verantwortlich.«

Ich verbrannte mir die Lippe, als ich zu früh am Kaffee nippte.

»Wir haben inzwischen ermittelt, dass Lauri in der Zeit nach der Beerdigung deiner Eltern, als du nach Helsinki zurückgekehrt bist, Urlaub hatte. Sein Fahrzeug wurde mit ihm als Fahrer am Tag, nachdem der Stalker dir die Blumen hinterließ, von einer Geschwindigkeitsüberwachungsanlage im Stadtgebiet von Helsinki erfasst. Er war definitiv dort. Es ist seine Handschrift auf den Nachrichten, die du mit den Blumen und in deinem Rucksack gefunden hast.«

Ich nickte. Diese Auskunft überraschte mich nicht. Ich hatte damit gerechnet. Aku ebenfalls. Es war nur eine logische Schlussfolgerung.

»Weißt du, dass er seinen Vater umgebracht hat?«

Der Kommissar sah mich überrascht an. »Wir waren ja damals alle zusammen in der Schule. Aber hieß es nicht immer, dass es ein Suff-Unfall war?«

Wieder nickte ich. »Lauri hat es mir gesagt. Er hat mir erzählt, wie er es genossen hat, seinen gewalttätigen Vater unter Wasser zu drücken.«

Wir tranken beide einen weiteren Schluck Kaffee. Die Stille nahm Raum zwischen uns ein.

»Was wird jetzt passieren?«

»Die Ermittlungen zu den Vorfällen laufen noch. Wir arbeiten auch in enger Zusammenarbeit mit der Polizei in der Finnmark. Lauri ist seither spurlos verschwunden. Die Staatsanwaltschaft hat einen Haftbefehl erlassen. Bisher ist er aber nirgendwo kontrolliert worden. Über kurz oder lang werden wir ihn kriegen. Da bin ich mir sicher. Er wird sich nicht für immer verstecken können. Aber bis dahin sei bitte vorsichtig, es kann durchaus sein, dass er hierher zurückzukommen versucht, um dich weiter zu bedrohen.«

Aku zog ein Notizheft aus seiner Jackentasche, riss eine Seite heraus und schrieb mir eine Telefonnummer auf. »Das ist die Direktwahl zu den Kollegen von der Notrufzentrale. Die sind über den Sachverhalt informiert. Du kannst mich jederzeit anrufen. Auch wenn es Fehlalarm ist. Lieber einmal zu viel als zu wenig. Und wir werden eine Polizeistreife ständig auf der nächstgelegenen Hauptstraße postieren, um schnellstmöglich hier zu sein. Es ist nicht auszuschließen, dass Lauri sich bis hierher durchschlägt.« Er blickte mich ernst an. »Wenn ich dich nicht so gut kennen würde, würde ich dir empfehlen, eine Zeit lang von hier wegzugehen, bis er verhaftet ist. Aber diesbezüglich treffe ich sicher auf taube Ohren. Noora, nimm das bitte nicht auf die leichte Schulter. Lauri ist krank, unberechenbar und extrem gefährlich.«

Von der beleuchteten Veranda sah ich zu, wie Aku mit seinem Wagen vom Hof fuhr. Ich tastete in meiner Hosentasche nach dem Stück Papier mit seiner Telefonnummer. Es war beruhigend zu wissen, dass er für mich da war. Ich hoffte, diese Hilfe nicht zu benötigen.

Kapitel 36

Ich kam mir wie ein aufgeregter Teenager vor, als ich auf mein Schneemobil stieg und vom Hof fuhr. Den Vormittag hatte ich die Tiere versorgt und dann viel Mühe darauf verwendet, meine Blessuren im Gesicht bestmöglich abzudecken. Ich wollte nicht, dass die braun-gelben Hämatome in meinem Gesicht zu deutlich im Vordergrund standen, wenn ich Lotta wiedersah. Das, was Lauri mir angetan hatte, sollte an diesem Tag keinen Raum in meinem Leben bekommen. Noch viel zu oft würde mich dieses Thema beschäftigen, als dass ich es an diesem Tag zulassen wollte.

In der Nacht hatte es geschneit, aber jetzt strahlte die Sonne vom wolkenlosen blauen Himmel und ließ Milliarden von Eiskristallen glitzern.

Ich lenkte den Ski-Doo auf den See hinaus, um die Abkürzung über die gefrorene Eisfläche zu nehmen, und winkte Hans, meinem neuen Nachbarn, der vor seiner mobilen Anglerhütte stand, im Vorbeifahren zum Gruß zu.

Lotta hatte mich zum Abendessen eingeladen. Sie war allein im Haus, soviel ich wusste. Ich fühlte mich in die Vergangenheit zurückversetzt. Wir hatten uns als verliebtes Teenagerpaar oft bei ihr getroffen, weil ihre Eltern bis in die Abendstunden hinein arbeiten mussten.

Lotta hatte sicher bewusst diesen Rahmen für unsere Verabredung gewählt, damit wir ungestört sein konnten.

Ich war so in meine Gedanken vertieft, dass ich meine Umgebung kaum wahrnahm, bis ich aus dem Wald herausfuhr und in den goldenen Strahlen der späten Nachmittagssonne vor dem Haus stehen blieb, in dem ich in meiner Kindheit und Jugend so oft als Gast heimisch gewesen war und das ich nicht mehr betreten hatte, seit ich in Helsinki mein Studium aufgenommen hatte.

Das Haus lag am Ende der Straße am Waldrand gelegen. Lottas Großvater hatte es seinerzeit gebaut, und jetzt lebte Lottas Mutter allein in dem kleinen Holzhaus. Die früher so leuchtend gelbe Farbe der Außenverkleidung war verblasst und splitterte an mehreren Stellen ab. Einige der Latten hatten sich gelockert, und auch die Regenrinne hing an einer Seite lose herab.

Sträucher, bei denen ich auf Johannisbeeren tippte, wuchsen an der Seite des Hauses. Die Äste streckten sich kahl der Wintersonne entgegen. Es war offensichtlich, dass Lottas Mutter es seit dem Tod ihres Mannes vor einigen Jahren nicht geschafft hatte, sich um die dringend benötigte Renovierung zu kümmern.

Aus der Wohnstube und Küche drang Licht nach draußen, und ich nahm eine schattenhafte Bewegung hinter einem der Vorhänge wahr. Noch bevor ich die Veranda erreichte, öffnete sich die Haustür. Lotta stand lächelnd im Türrahmen und erwartete mich.

Sie sah gut aus in ihrer Bluejeans und der seidigen Bluse, die wegen ihrer Eleganz nicht recht zur einsamen nordischen Gegend zu passen schien. Die obersten Knöpfe waren geöffnet und ließen einen Blick auf ihr Dekolleté zu. Die goldene Kette mit dem kleinen Anhänger glitzerte auf ihrer Haut.

Mein Herz klopfte aufgeregt, als ich die wenigen Stufen hochstieg und vor ihr stehen blieb. Gerne wäre ich meinem Gefühl gefolgt und hätte sie in die Arme geschlossen und nicht mehr losgelassen, aber etwas in ihrem Blick, ihrer steifen Körperhaltung ließ mich Distanz wahren. Ich wollte sie nicht bedrängen trotz der Hoffnungen, die sie mir am Telefon gemacht hatte, als sie von ihren Gefühlen zu mir sprach. Ich befürchtete, sie missverstanden zu haben. Was wenn sie doch nur über damals reden wollte? Was, wenn es gar nicht um ihre plötzlich aufwallenden Gefühle ging?

Im Vorraum zog ich meinen Overall und die Winterboots aus, bevor ich Lotta in die wohlig warm beheizte Stube folgte, die mir auch nach der langen Zeit sehr vertraut war. An den Fenstern hingen noch immer die gemusterten Vorhänge von Marimekko, mit ihren riesigen roten Mohnblumen auf weißem Grund, die aus finnischen Haushalten seit Jahrzehnten nicht wegzudenken waren. *Unikko*, die Mohnblume, verkörpert das Design der in den fünfziger Jahren gegründeten Firma, die ihren Durchbruch zwischen 1960 und 1970 feierte. Jede Finnin, die etwas auf sich hielt, trug an Feiertagen eine der Blumenblusen, und die Läden waren voll mit Einrichtungsgegenständen in dem heute nicht mehr nur rot-weißen Look.

Mein Blick fiel auf den gedeckten Esstisch. Lotta hatte sich Mühe gegeben, alles akkurat zu positionieren. Elegant und kühl, dachte ich, während ich einen Augenblick die tanzende Flamme der Kerze beobachtete, die sich im Weinglas spiegelte.

»Das Essen ist gleich fertig«, zog Lotta meine Aufmerksamkeit auf sich. Ihr Tonfall kam mir eine Nuance zu distanziert vor. Aber sie war bestimmt ebenso aufgeregt wie ich und überspielte es. Ich betrachtete die hellblaue stoffbezogene Couch mit Blümchenaufdruck. Sie hatte die Jahre ebenfalls überdauert, auch wenn der Rest der Einrichtung sicher schon erneuert worden war.

»Weißt du noch, als wir für deine Eltern gekocht hatten und Stina das Abendessen vom Tisch stibitzte, während wir küssend auf der Couch lagen?« Lotta lachte auf, und ich wusste, dass auch sie sich an die peinliche Situation erinnern konnte, als ihre Eltern nach Hause kamen und Stina das gute Essen, das sie verschlungen hatte, vor ihren Füßen erbrach.

Ich sah Lotta an und hatte den Eindruck, die durchsichtige Mauer zwischen uns etwas eingerissen zu haben, indem ich sie zum Lachen brachte. Das wollte ich immer tun. Sie lächelte. Ich konnte ihre Zunge sehen. Lottas Lippen waren rot. Sie hatte sich geschminkt. Früher hatte sie das nie getan und über die Mädchen gelacht, die in den Farbeimer gefallen waren, wie sie es genannt hatte.

Ich konnte meine Augen nicht von ihrer Zungenspitze lösen, die schnell über die roten Lippen fuhr. Ohne Vorwarnung hatte ich solche Bilder im Kopf, dass ich mich zum Tisch abwenden musste. Ich griff nach der Lehne und zog einen der Stühle zurück, um mich zu setzen. Musste Lotta sich die ganze Zeit bewegen? Den Kopf schütteln, wie sie es früher schon immer gemacht hatte? Die Schultern heben, sodass sich ihre Brüste unter dem dünnen feinen Stoff der Bluse bewegten?

Das sanfte Licht der Abendsonne fiel seitlich in die Küche. Das Essen duftete köstlich, während ich darauf wartete, dass Lotta uns eingeschenkt hatte.

»Wie fühlst du dich?«, fragte sie, und ich wusste nicht, was ich darauf erwidern sollte. Also sagte ich nichts und drehte mein Glas in den Händen. Ich spürte, dass Lotta mich ansah.

Sie hatte uns Wein eingeschenkt. Sie wusste nicht, dass ich keinen Wein mochte. Ich hatte ihn noch nie gemocht. Trotzdem nahm ich einen Schluck. Nur, um ihr zu gefallen.

»Gut«, entgegnete ich. Ich wollte höflich sein. Aber es stimmte nicht. Etwas Unausgesprochenes lag zwischen uns. Die ganze Situation, wie wir hier saßen, kam mir mit einem Mal irreal vor. Lotta, die Frau, nach der ich mich so viele Jahre gesehnt hatte, saß hier mit mir am Tisch. Ich hätte jetzt glücklich sein müssen. Aber war ich das?

Sie hatte mich eingelassen wie eine Fremde, hatte mich nicht in die Arme geschlossen. Tief in mir suchte ich nach meinen Empfindungen. Nichts war mehr wie früher. Und ein neuer Gedanke nistete sich mit einem Mal in meinem Kopf ein und ließ sich auch durch Lottas Anwesenheit nicht vertreiben. Als ich vor Lauri durch den Schnee flüchtete, um mein Leben bangte, hatte ich nicht einmal an sie gedacht. Ein anderes Gesicht war mir erschienen. Pia.

Pia, die Gefühle in mir wachgerufen hatte, die ich lange verschollen glaubte. Der Ausdruck in ihren Augen fiel mir ein, als ich ihr eröffnet hatte, dass Lotta mich treffen wollte. Ich musste sie zutiefst verletzt haben. Als wir zusammen waren, hatte ich sie von mir gestoßen. Und jetzt, weit weg von Helsinki, sehnte ich mich nach ihr. Wieso war das immer so bei mir? Ich wollte nicht abweisend sein, und doch passierte es mir immer wieder, dass ich die Menschen von mir stieß, als würde etwas Fremdes mich steuern. Lotta war die Einzige, bei der es nicht so gewesen war, damals, in unserer Schulzeit.

»Hallo! Hörst du mir zu?«

»Sicher.« Ich bemerkte selbst, wie abwesend es klang. In Lottas Blick tauchte eine Spur Irritation auf, doch mir fehlte mit einem Mal die Kraft, auf sie zuzugehen. »Was wolltest du mit mir besprechen?«

»Du hast dich verändert, Noora.« Lotta blieb mir bewusst eine Antwort schuldig. Sie schien Zeit gewinnen zu wollen.

Mit einem Mal bröckelte das Bild der perfekten Beziehung, die ich mir nur mit Lotta hatte vorstellen können. Warum hatte ich nie einer anderen Frau die

Chance gegeben, mir näher zu kommen? Warum hatte ich nie seit der Trennung von meiner ersten großen Liebe eine Beziehung eingehen können? Plötzlich sah ich alles klar vor mir. Sah, wie das letzte Puzzlestück das Bild vervollständigte.

»Ich habe mich verändert. Aber nicht nach meinem Umzug nach Helsinki«, begann ich. »Ich habe mich bereits vorher verändert. Ich erinnere mich an den Abend, als deine Mutter arbeiten war. Wir hatten uns geliebt. Du drehtest dich plötzlich zu mir um. Tränen standen dir in den Augen, als du mir sagtest, dass du die Beziehung zu mir beenden wolltest. Du sagtest, du sähest, wie sehr ich darunter leide, dass du nicht zu unserer Liebe stehen könntest. Es tat mir furchtbar weh. Deine Worte taten mir weh, als du mir erklärtest, dass du Angst hast, was man über dich denkt. Was man über uns denkt. Und dass wir damit aufhören müssten, weil es unnormal sei. Ich bin gegangen, ohne ein Wort zu sagen. Ich bin einfach weggelaufen.« Lottas Blick ruhte auf mir. Ich sah ihr an, dass sie nicht genau wusste, worauf ich hinauswollte. »Tags darauf bin ich zurückgekehrt, weil ich noch mal mit dir darüber reden wollte. Ich wollte dir Mut machen, zu unserer Liebe zu stehen. Ich wollte, dass wir weiter ein Paar bleiben. Dir sagen, dass wir nichts Unnormales getan hatten. Ich bin den ganzen Weg zu euch rausgekommen.« Ich schluckte. Wie hatte ich diese Situation so lange verdrängt? Ich konnte es selbst nicht begreifen. Irgendwas in mir hatte mich diesen Schmerz vergessen lassen.

Langsam schien Lotta zu begreifen, worauf ich hinauswollte.

»Noora, lass es mich erklären.«

Ich schüttelte energisch den Kopf.

»Lass mich bitte erst ausreden.« Ich wartete, ob sie widersprach, doch sie entgegnete nichts. »Ich habe euch gesehen. Ich habe gesehen, wie du diesen Jungen aus der Stufe über uns geküsst hast in deinem Zimmer. Du hast ihn auf das Bett gezogen. Das Bett, in dem wir uns erst am Tag zuvor geliebt hatten.« Jetzt sah ich den Moment ganz klar vor mir, wie ich die Szene durch das Fenster betrachtet hatte. Mir waren Tränen in die Augen geschossen. Die Verletzung war so tief gewesen. Wie hatte Lotta vorher mit mir Sex haben können, nur um dann diesen Jungen in ihr Bett zu ziehen? Ich hatte mein Herz vor dem Schmerz verschlossen und war in die Hauptstadt geflüchtet, um die Enttäuschung tief in mir zu begraben. Ich konnte sie doch nicht ganz vergessen haben? Und doch war sie mir bis heute nicht mehr präsent gewesen. Hatte ich deshalb unbewusst immer abgeblockt, wenn sich eine Frau für mich interessierte? Hatte ich deshalb niemanden so nah an mich herangelassen, immer darauf bedacht, den Abstand zu wahren? Hatte sich tief in mir die Angst festgesetzt, dass, wenn ich mich öffnete, ich wieder so furchtbar enttäuscht werden würde?

Wir sahen uns einen Moment schweigend an.

»Es tut mir leid«, setzte Lotta an. »Das muss dich schrecklich verletzt haben.«

Ich nickte. Es hatte mein ganzes Leben beeinflusst.

»Warum?«, wollte ich wissen.

»Weil ich nicht lesbisch sein wollte. Ich wollte normal sein. Zumindest, was andere für normal hielten. Ich hatte Angst, dass das zwischen dir und mir irgendwann rauskommt. Dass alle mich meiden. Du hattest den Plan, nach Helsinki zu gehen. Ich musste hier zurückbleiben. Ich wollte nicht, dass mich alle für ekelig halten, weil ich ein Mädchen liebe.« Sie atmete hörbar aus. »Nur hätte ich es dir sagen müssen. Ich hätte dir sagen müssen, dass ich seit ein paar Wochen mit einem Jungen ausging. Du bist weggezogen. Wir haben uns noch ein paar Mal verabredet. Dann war es mit dem Jungen vorbei. Es tut mir leid, dass du das auf diese Weise erfahren musstest. Ich wusste nicht, dass du uns gesehen hattest. Ich habe die letzten Monate lange mein Leben reflektiert. Inzwischen sehe ich alles ganz anders …« Sie unterbrach sich und schwieg. Was wollte sie mir damit sagen? Akzeptierte sie inzwischen, lesbisch zu sein? Aber dann wäre sie nicht mit Jonas zusammen gewesen. Hatte sie die Beziehung zu Jonas beendet, weil sie eine Zukunft für uns sah?

Schließlich unterbrach ich selbst die Stille.

»Lotta, ich verstehe nicht genau, warum du mich heute eingeladen hast. Aber ich muss dir sagen, dass ich mich verliebt habe.« Es fiel mir schwer, die richtigen Worte zu finden. »Die ganzen Jahre bin ich nicht richtig über uns hinweggekommen. Habe mich nach dir gesehnt. Und nun, wenn mein Traum in Erfüllung gehen könnte, stelle ich fest, dass diese Sehnsucht nicht mehr da ist. Stattdessen liebe ich eine Frau, mit der ich nicht zusammen sein kann. Die in Helsinki lebt. Die aufgrund der Entfernung unerreichbar für mich bleiben wird.«

Ich schob mein Weinglas zur Seite und hielt Lotta meine Hände entgegen, die sie ergriff. Lange sahen wir uns schweigend in die Augen. Sie schien etwas sagen zu wollen. Mir war, als zeigte sich Erleichterung in ihrem Blick. Sie schien aufzuatmen. Sie sagte: »Ich habe gestern mit Jonas telefoniert. Wir haben sehr lange miteinander gesprochen. Über mich. Über ihn. Auch über das, was ich für dich empfinde. Zum ersten Mal in meinem Leben habe ich mit jemandem darüber geredet.« Lotta schien nach Worten zu suchen. Ihr Blick senkte sich auf unsere Hände herab. Die gefüllten Teller waren vergessen, standen unbeachtet neben unseren Unterarmen. »Noora, ich bin froh, dass wir so ehrlich zueinander sein können. Bevor du heute hierhergekommen bist, hatte ich große Angst davor, dich zu verletzen und dir vielleicht falsche Hoffnungen gemacht zu haben, die ich nicht erfüllen kann. In Oulu spürte ich ein wahnsinniges Begehren, das von dir ausging. So wie früher. Und du wirktest so verletzlich mit Jonas und mir am Tisch, dass es mir einen Stich versetzte. Ich musste jetzt einfach wissen, ob meine Entscheidung, mich von dir zu entfernen, richtig war.« Sie sah mich wieder direkt an. »Inzwischen weiß ich, dass sie richtig war.« Lotta drückte meine Hand fester. Sie starrte unsere ineinander verschlungenen Hände an. »Ich glaube inzwischen nicht, dass ich wirklich auf Frauen stehe. Ich war in dich nicht als Mädchen oder Frau verliebt, sondern als Mensch. Jonas begehre ich als Mann. Ich möchte mit ihm zusammen sein.«

Ich schwieg.

»Jonas und ich, wir wollen zusammenbleiben. Er gibt mir das Gefühl, dass er mich versteht. Er liebt mich.«

Jetzt hob Lotta den Kopf und sah mich an. Wartete auf meine Reaktion. Und auch ich horchte in mich hinein. Forschte nach den Gefühlen, die ihre Worte in mir hinterlassen hatten. Doch ich empfand keinen Schmerz, keine Enttäuschung. Es fühlte sich richtig an. Richtig, weil wir uns endlich nach all den Jahren freilassen konnten. Richtig, weil ich auf meine Gefühle gehört und mich für Pia entschieden hatte, auch wenn es nur ein Traum bleiben konnte, mit dieser Frau zusammen zu sein. Endlich hatte ich selbst hinter die Mauer sehen können, hinter der ich diesen schrecklichen Moment vor Lottas Haus und den damit verbundenen Schmerz hatte begraben können. Vielleicht würde mir dieses Wissen in Zukunft helfen, keine Angst mehr vor einer solchen Enttäuschung zu haben.

Kapitel 37

Es war dunkel, als ich mein Schneemobil wieder auf den Hof lenkte. Die Fahrt durch die Abenddämmerung war anstrengend gewesen. Ich schaute zum Saunagebäude, sehnte mich mit einem Mal nach der Hitze, die meinen durchgefrorenen Körper aufwärmen würde. Die Saunagänge würden mir guttun und meine noch immer von der Anstrengung des Rennens schmerzenden Glieder entspannen. Und im Anschluss hoffte ich auf eine bleierne Müdigkeit, die mich in den tiefen Schlaf sinken ließ, den ich noch immer dringend nötig hatte.

Eine gute Stunde später legte ich im Vorraum meine Kleidung zusammen, bevor ich die Sauna betrat. Wohlige Hitze umfing mich, und ich zog mich auf die oberste Bank zurück, nachdem ich nochmals Holz ins Feuer gelegt hatte.

Dampf füllte den Raum, als ich eine Kelle Wasser über die heißen Steine goss, und trieb mir den Schweiß auf die Haut. Ich schloss die Augen und wartete, bis sich die Dampfschwaden legten, um die Prozedur zu wiederholen. Ich sann über das Gespräch mit Lotta nach. War froh, dass wir es geführt hatten, obwohl aus einer Beziehung nichts werden würde.

Die gefühlte Temperatur stieg. Bald musste ich raus, um mich abzukühlen. Durch die Müdigkeit hielt ich es nicht so lange aus, wie ich es sonst gewohnt war.

Ein lautes, zuerst nicht definierbares Geräusch an der Tür ließ mich erschrocken zusammenfahren. Es klang, als rammte jemand mit einem Akkuschrauber Schrauben in die Tür. Aber das konnte dieses Geräusch nicht wirklich bedeuten, oder doch? Ruckartig fuhr ich auf und stieg hastig von der obersten Bank. Was geschah da vor der Sauna?

»Hej!«, rief ich laut und drückte gegen die Tür, doch wider Erwarten schwang sie nicht auf. Ich schob fester, doch sie rührte sich nicht. »Aufmachen!« Jetzt hämmerte ich mit den Fäusten gegen das Holz. »Sofort aufmachen!«

Ich war gefangen. Mein Kopf schmerzte plötzlich heftig. Die Panik schnürte mir die Kehle zu. Ich brauchte Luft. Die Hitze brannte mir mit einem Mal auf der Haut. Lange würde ich es nicht mehr aushalten können.

Das Fenster, dachte ich. Ich musste das Fenster öffnen. Ich musste hier kalte Luft reinlassen. Das Saunafenster war klein und saß hoch oben an der Wand. Ich stieg auf das Fußbänkchen, um den Fensterhaken zu lösen. In diesem Moment tauchte Lauris Gesicht auf der anderen Seite des Glases auf. Wut loderte in seinen Augen, als er mich ansah. Erschrocken fuhr ich vom Fenster zurück. Der Hocker wackelte bedrohlich, aber ich konnte verhindern, dass er durch meine hastige Bewegung kippte. Ich bedeckte meine Blöße mit den Händen, als Lauri den Lauf eines Revolvers auf mich richtete. Doch dann erkannte ich den Irrtum. Das, was ich für den Lauf einer Waffe gehalten hatte, war sein Akkuschrauber, mit dem er begann, das Fenster von außen vor dem Öffnen zu sichern.

»Lauri, lass mich sofort raus hier!«

Er jagte eine weitere Schraube ins Holz. Mir blieb nicht mehr viel Zeit.

»Lauri, bitte!«

Doch er reagierte nicht.

»Lass mich raus, bitte, und wir reden darüber.« Flehend.

Schweiß rann in Bächen an meinem Körper herab. Meine Haut brannte. Wenn ich nicht bald der Hitze entkam, würde ich ernsthafte Kreislaufprobleme bekommen. Bewusstlosigkeit. Hautverbrennungen.

Das Feuer. Ich musste das Feuer löschen. Warum war ich nicht eher darauf gekommen? Ich schöpfte kaltes Wasser aus dem Fass und schüttete es in die Glut des Holzfeuers.

»Du Hure!«, schrie Lauri plötzlich und presste sein Gesicht von außen gegen die Scheibe, um mich durch den aufsteigenden Rauch zu erkennen. »Du Hure!«

Erneut schöpfte ich Wasser in die sterbenden Flammen. Dichter Qualm stieg in den Raum, drohte mich einen Moment zu ersticken.

Ich zog mich zur Tür zurück und kniete mich ganz tief über den Boden. Kühle Luft drang unter der Tür durch.

»Du solltest mir gehören!« Lauri hatte aufgehört, Schrauben in den Fensterrahmen zu bohren. »So lange habe ich mich danach gesehnt, mit dir zusammen zu sein. Du hast mich betrogen! Mit dieser Frau. Und mit Lotta!«

Meine Gedanken überschlugen sich. Seit wann war er hier? War er bereits in meinem Haus gewesen, als Aku mich aufgesucht hatte? Woher wusste er von meiner Beziehung mit Lotta? War er mir zu ihrem Haus gefolgt? Hatte er uns beobachtet? Waren Lotta und Pia in Gefahr? Ich musste hier raus.

»Sie werden dafür bezahlen müssen! Aber erst bist du dran.«

Langsam atmen, mahnte ich mich. Gierig sog ich die kalte Luft durch den Türspalt ein, froh darüber, dass das Saunafenster so hoch war, dass Lauri mich so nicht von draußen sehen konnte. Nackt und hilflos auf dem Boden kniend.

Er schien auf eine Antwort, auf eine Reaktion zu warten. Auf einmal hörte ich seine Schritte im Schnee. Er fluchte, als er in den Tiefschnee einsank. Die Schritte, seine Stimme entfernten sich. Wohin war er gegangen? Zum Haupthaus?

Ich musste mich beeilen. Ich wusste nicht, wie viel Zeit mir blieb, bis er zurückkehrte. Wieder stieg ich auf das Fußbänkchen und löste den Fensterhaken. Mit beiden Händen packte ich zu, um das Fenster aufzustoßen, doch es bewegte sich nicht. Mehrfach drückte und stieß ich, ohne eine Wirkung zu erzielen.

Ich muss es einschlagen, dachte ich und griff nach einem dicken Stück Feuerholz.

Das Glas zerbarst, als das Holzscheit die Scheibe traf. Kalte Winterluft traf mein glühendes Gesicht und erzeugte einen Hauch von Erleichterung. In Eile entfernte ich notdürftig die Glasscherben und schob sie in den Schnee nach draußen. Dann lauschte ich. War das Geräusch bis zum Haupthaus zu hören gewesen? Draußen war es dunkel. Nichts war zu hören außer dem Schlagen meines Herzens.

Um Schnittverletzungen zu vermeiden, hängte ich ein Handtuch ins Fenster und packte die Fensterbank. Die Öffnung war eng, aber ich würde hindurchpassen.

Ich hievte mich auf die Ellbogen hoch und hing zur Hälfte aus dem Fenster. Mir fielen die neuen, glänzenden Schrauben auf, die im Fensterrahmen steckten, um ein Öffnen zu verhindern. Lauri wollte mich tatsächlich in der Sauna kollabieren lassen.

Vorsichtig schlängelte ich mich mit dem Kopf voran durch die Öffnung, bis ich mit den Hüften auf dem Handtuch lag. Es war tiefer bis zum Boden, als ich erwartet hatte. Aber ich hatte keine andere Möglichkeit, meinem heißen Gefängnis zu entkommen. Ich konnte nur versuchen, mir im Fallen nicht den Hals zu brechen. Wenn wenigstens das Fenster groß genug wäre, die Füße zuerst nach außen schieben zu können. Doch das war es nicht. Mir blieb keine andere Wahl.

Ein Geräusch im Hof schreckte mich auf. Ein Lichtkegel blitzte auf. Kam er schon zurück?

Ich hatte keine Zeit mehr zu überlegen, hielt den Atem an, legte mein Kinn an die Brust und kippte kopfüber aus dem kleinen Saunafenster. Ich wappnete mich für die Kälte, die mich treffen würde. Das Handtuch, das mich vor Verletzungen schützen sollte, rutschte mit mir in den Schnee. Ich schaffte es, den Schrei zu unterdrücken, als die Haut an meinem linken Oberschenkel durch die Kanten der Scheibenreste aufgeschnitten wurde. Verzweifelt kämpfte ich darum, mich umzudrehen. Der kalte Schnee kniff brutal von allen Seiten meinen nackten Körper.

Endlich gelang es mir, mich im Tiefschnee vorwärts zu bewegen, doch es war mühsam, da ich bei jedem Schritt fast bis zu den Hüften versank. Ich hinterließ eine blutige Spur, während ich mich an der Wand entlang vorwärts kämpfte. Ich musste die Tür erreichen, bevor ich entdeckt wurde. Kleidung und mein Handy lagen im Vorraum der Sauna. Und Akus Telefonnummer. Ich musste Hilfe rufen. An der Wand hing ein Messer, fiel mir ein. Mit einer Waffe würde ich mich etwas wehrhafter fühlen.

Als ich endlich die Treppe erreichte, duckte ich mich tief über dem Boden und versuchte, zügig und unbeobachtet die beleuchtete Veranda zu überwinden. Ich betrat das Innere des Gebäudes und fand meine Jeans und meinen Wollpullover, wie ich sie auf die Bank gelegt hatte.

»Gott sei Dank!« Ich zog mir, so schnell ich es mit meinen zitternden Händen vermochte, die Kleidung über und tastete in der Tasche nach meinem Handy. Es war nicht mehr da. Meine Finger fanden nur noch den Zettel mit der Telefonnummer. Lauri musste mein Telefon und auch das Messer aus dem Vorraum entfernt haben, als er mich in der Sauna eingeschlossen hatte. Ich wog die Möglichkeiten ab, die mir blieben. Sollte ich versuchen, zum Haupthaus zu gelangen? Von dort könnte ich Hilfe rufen. Aber was wäre, wenn ich Lauri genau in die Arme lief? Hans fiel mir ein. Vorhin, als ich zur Sauna gegangen war, hatte ich Licht brennen sehen. Das bedeutete, dass Hans dort am gegenüberliegenden Ufer war. Er hatte sicher ein Handy, um die Polizei zu informieren. Er würde mir helfen.

Suchend sah ich mich um. Auch meine Schuhe waren weg. Mein Angreifer schien mit der Möglichkeit gerechnet zu haben, ich könnte aus der Sauna entkommen. Ich würde den Weg barfuß zurücklegen müssen. Aber mir blieb nichts anderes übrig.

Vorsichtig trat ich wieder vor die Tür und lauschte. Als ich kein Geräusch wahrnahm, flüchtete ich in die Dunkelheit. Der See, der sonst immer so nahe zu liegen schien, kam mir jetzt unendlich weit entfernt vor. Ich kämpfte mich vorwärts, versuchte, in der Spur zu bleiben, die ich den Winter über von der Sauna zum See getreten hatte, und sank dennoch bei jedem Schritt tief in den Neuschnee ein. Meine nackten Füße froren stechend, während sie im Eis steckten. Die Muskeln begannen vor Anstrengung zu zittern. Schweiß rann mir den Rücken hinab und ließ mich frösteln. Wenn ich Glück hatte, fand ich meine Schneemobilspur über den See. Sie wäre unten vereist, und ich käme etwas schneller voran. Aber vermutlich war sie von Neuschnee bedeckt.

»Du wirst mir nicht entkommen!« Lauris Stimme durchschnitt die Stille hinter mir. Eine Taschenlampe blitzte zwischen den Gebäuden auf. Er hatte meine Flucht entdeckt. Er kam.

Plötzlich hörte ich einen Motor aufbrüllen. Der Scheinwerfer des Schneemobils leuchtete in meine Richtung. War das von Beginn an seine Idee gewesen, mich durch den Schnee zu jagen? Ich versuchte, diesen Gedanken auszublenden. Ich blieb nicht stehen, sondern rannte weiter mit zitternden Beinen auf die offene Fläche des Sees hinaus. Meine Glieder waren von den vielen Stürzen in den tiefen Schnee total erschöpft. Mein Puls hämmerte in meiner Schläfe. Das Motorengeräusch kam näher. Bald hätte er mich.

Ich schaffe es nicht, dachte ich. Werde ich hier auf dem See sterben? Jetzt war er nur noch einige hundert Meter von mir entfernt. Ein kurzer Blick nach hinten sagte mir, dass der Lichtkegel mich in Kürze erreichen würde.

Aber noch gab ich nicht auf. Rannte, wie ich noch nie gerannt war, obwohl ich den Eindruck hatte, immer langsamer zu werden. Dann erahnte ich endlich das gegenüberliegende Ufer in der Dunkelheit. Gleich würde ich die mobile Anglerhütte erreichen, die Hans auf dem See aufgestellt hatte. Sie könnte mir etwas Schutz bieten. Das Brüllen des Motors überdeckte jedes andere Geräusch. Zu spät bemerkte ich, dass das Eis vor mir nur noch als eine dünne Schicht auf dem Wasser lag. Es knirschte unter meinen bloßen Füßen und brach, bevor es mir möglich war zu reagieren.

Schnell reichte mir das Wasser über die Knöchel, dann über die Hüften.

Ich hörte, dass ich schrie.

Der Motor verstummte in dem Augenblick, in dem ich schreiend ins Wasser sank. Kurz darauf schloss sich das kalte Wasser um mich. Schnee und Eis brachen über mir herein. Der Kälteschock ließ mich die Augen öffnen, noch während ich unter Wasser war. Mit einer verzweifelten Kraftanstrengung brachte ich meinen Kopf aus dem Wasser.

Ich hörte Lauri meinen Namen rufen, während ich versuchte, die Eiskante zu fassen. Sie brach in großen Brocken ab.

Ich hörte ihn nun zu Fuß näherkommen. Er war vorsichtig. Wollte nicht ebenfalls ins Eis brechen. Das Loch, in dem ich steckte, war rechteckig. Hier hatte die mobile Angelhütte gestanden. Nun war sie weg. Warum hatte Hans die Hütte entfernt? Wer hatte das Loch ins Eis gesägt? War es sogar Lauri gewesen? War das sein perfider Plan, mich hier ertrinken zu lassen? Ich blickte in Richtung des Hauses. Im Inneren brannte Licht. Hans war doch vor Ort. Warum hatte er nicht bemerkt, was hier draußen geschah?

»Noora, hörst du mich? Du wirst aus diesem Loch nicht mehr rauskommen. Ein kaltes Grab für dein kaltes Herz.«

Wie lange konnte ich im Eiswasser überleben? Bei unter sechs Grad Celsius nur wenige Minuten. Das wusste ich bereits aus dem Biologieunterricht. Ein lebenswichtiges Wissen in dieser Gegend, in der die

Seen einen großen Teil des Jahres zugefroren waren. Es gab nicht wenige, die das Eis zu früh betraten, einbrachen und nicht wieder zum Vorschein kamen, bis der Sommer kam.

Die Zahl der Minuten hängt vom Trainingszustand der Person ab. Ich versuchte, mich zu erinnern. Das Denken fiel mir schwer. Mir blieben vielleicht ein bis zwei Minuten länger. Kein tröstlicher Gedanke. Ich musste hier raus.

Ich schwamm fast aufrecht, sodass nur die Lippen frei waren. Das Problem waren die Schwere in dem Teil des Körpers, der über Wasser war, und das Zittern, das nach einigen Sekunden kam, während die Temperatur im Körper um weitere zwei Grad sank.

In meinem Kopf ratterte medizinisches Wissen, während ich das Gehirn für eine Lösung benötigt hätte. Ich konnte nichts dagegen tun.

Dreißig Grad Körpertemperatur sind kritisch. Das Zittern verschwindet, doch es beginnt die Gleichgültigkeit, und schließlich erfriert man.

Ich wollte nicht aufgeben. Musste hier raus. Lauri war jetzt so nah, dass ich ihn fast sehen musste. Bis zum Ufer bei der Hütte des Deutschen war es nicht mehr weit. Es musste dort ein Eisloch geben. Groß genug, um Trinkwasser mit einem Eimer zu schöpfen.

Er ist gleich bei mir, dachte ich. Mir blieb keine Zeit. Ich konnte die Arme kaum noch strecken. Ich muss unter dem Eis durch. Jetzt. Oder ich gab auf.

Ich zwang mich, unter das Eis zu tauchen. Meine letzte Chance. Um mich herum nur eiskalte Dunkelheit.

Ich erinnerte mich, dass jemand versucht hatte, mich umzubringen. Dass er jetzt vielleicht schon am Eisloch stand und sich selbst zum Erfolg gratulierte im Glauben, ich sei ertrunken. Dieser Gedanke trieb mich vorwärts. Ich griff nach oben und ertastete die Kante, die in einen Styropordeckel auf dem Eis überging. Ein Funke von Hoffnung durchdrang die Gleichgültigkeit, die mich zu überschwemmen drohte. Mit den Händen drückte ich den Deckel auf und tauchte mit dem Kopf aus dem Wasser. Ich spürte, dass mir nur noch wenige Sekunden Bewusstsein blieben. Ich versuchte, mich aus dem Wasser hinaufzuschreien. Es kam kein Ton, aber ich fand festen Boden unter den Füßen und stemmte mich aus dem Wasser. Mechanisch stand ich auf. Meine Glieder waren kaum in der Lage, meinem Geist zu folgen. Ich zwang sie, mir zu gehorchen.

Ich muss aus den Sachen raus und rennen. Der Gedanke, der mich in Bewegung setzte. Ich ging langsam. Nur vom Willen zu überleben getrieben. Bis ich die Tür der Hütte erreichte.

Innen brannte Licht. Im Gebäude war ich jetzt zwar vor dem Wind geschützt, aber trotzdem war es drinnen eiskalt. Wo war das wärmende Feuer, das ich erwartet hatte? Wo war Hans? Wo die Hilfe?

Ich musste mich ausziehen, aber meine Hände gehorchten mir nicht, sodass ich den Reißverschluss nicht aufbekam. Ich steckte die Finger in den Mund, um sie zu wärmen. Mein Körper wollte nur noch zittern und beben. Noch nie im Leben hatte ich dermaßen gefroren. Eiskalt bis auf die Knochen. Die

Bewegungen waren langsam, aber ich schaffte es irgendwie, die Kleidung auszuziehen.

Das Licht brannte. Es musste doch jemand hier gewesen sein. Ich brauchte etwas Warmes zum Anziehen.

Wenn ich doch nur das Zittern abstellen könnte. Jede Bewegung fiel mir so unsagbar schwer. Suchend sah ich mich um.

Die Hütte bestand aus nur einem einzigen Raum, den ich mit einem Blick erfassen konnte. Der gusseiserne Kaminofen in der Ecke war kalt. Ich musste etwas Wärmendes finden. Über einem der Stühle am Esstisch hing eine olivgrüne Daunenjacke, die mir viel zu groß war und vermutlich Hans gehörte. Ich zog sie mir über. Weiter hinten im Zimmer fand ich eine Kommode. Ich zog die Schubfächer auf und fand Unterwäsche. Die beiden langen Unterhosen konnten meine Beine etwas wärmen. Auf der Kommode lag eine Wintermütze mit Pelzohren, die ich mir über den Kopf zog, bevor ich meine Füße in die mir viel zu großen Winterstiefel des Mannes schob. Endlich kam das Gefühl langsam wieder in meine Glieder, und es begann zu prickeln und zu brennen. Es schmerzte. Aber in der linken Wange und dem Ohr spürte ich nichts.

Ich habe überlebt, dachte ich. Was spielt es da für eine Rolle, ob mein Ohr taub ist?

Aber hatte ich überlebt? War es denn schon überstanden? Lauri war noch immer da draußen. Glaubte er, dass ich ertrunken war?

Im hinteren Teil des Raumes, weniger vom Lampenlicht erfasst, stand eine gepolsterte Bank. Darauf mehrere große Rentierfelle. Ich riss das Fell hoch, um es mir zusätzlich um meinen Körper zu schlingen. Darunter lag Hans. Seine Augen waren offen und starr. Sie waren ganz weiß wie mattes Glas. Etwas, das aussah wie Erbrochenes, klebte an seinem Kinn. Er trug einen grauen Pullover aus dicker Wolle, der im Brustbereich einen roten Fleck aufwies.

Ich schrie nicht. Vielleicht war ich nicht einmal überrascht. Mein Empfindungsvermögen war nach allem, was ich soeben durchgemacht hatte, einfach erschöpft.

Ich unterdrückte den Impuls, das Rentierfell zurückzulegen und Hans zu vergessen. Meine Finger berührten ihn. Er war so kalt wie das Zimmer. Ich konnte keinen Puls fühlen.

Wie lange war er schon tot?

Das Fell fiel auf den Boden, als meine noch zitternden Hände über Hans' Taschen tasteten. Er hatte doch sicher ein Handy gehabt. Es hätte keinen Sinn, einem Toten das Smartphone abzunehmen. Aber wo zum Teufel war das Telefon?

Meine Hände stießen in der rechten Hosentasche gegen etwas schmales Festes. Erleichterung durchflutete mich, als ich das Gerät zum Vorschein zog.

Ein Balken Akku und äußerst schwaches Netz. Aber ich hatte eine Chance. Ich musste mich nur konzentrieren, um mit meinen zitternden Fingern die Nummern zu wählen.

»Notruf Kittilä, guten Abend.« Die Frau am anderen Ende der Leitung klang jung.

»Noora Tamminen«, teilte ich ihr mit. Ich nannte ihr meine Adresse und meinen Aufenthaltsort. Jeden Moment konnte Lauri hier sein. Hatte er bereits bemerkt, dass ich aus dem Eisloch entkommen war? »Ich werde bedroht. Lauri Määttä hat gerade versucht, mich umzubringen. Und er hat wahrscheinlich meinen Nachbarn Hans getötet.« In schnellen Worten erklärte ich der Frau, wo sie mich finden konnten und was geschehen war. Sie versprach, Hilfe zu schicken, und sagte, ich müsse mich verstecken.

In der Ferne hörte ich das Dröhnen eines Motorschlittens. Ich versuchte zu schätzen, wie weit er noch entfernt war.

In diesem Moment flog die Tür auf, und Lauri stürzte sich auf mich wie ein wildes Tier. Meine Beine, steif von der Kälte, gehorchten mir nicht. Die Kraft hatte mich vollständig verlassen. Ich ließ es geschehen, dass er mich packte und mich durch den Raum schleuderte. Ich stolperte und fiel. Im Fallen traf mein Kopf die Tischkante und schlug hart auf dem Boden auf, doch den Aufprall spürte ich nicht mehr. Lasses Gestalt erschien im Türrahmen, als sich die Schwärze über mich senkte und ich das Bewusstsein verlor.

Kapitel 38

Grell flackernde blaue Lichter drangen in mein Bewusstsein. Schemenhafte, hektische Menschen. Ich versuchte, mich auf sie zu konzentrieren, kämpfte gegen die Dunkelheit an, doch vergebens. Lange Zeit sah ich nichts. Hörte ich nichts. Dann ein strahlendes Licht. War ich tot?

Eine Stimme. So vertraut. Pias Stimme. Sie drang in mich ein. Wärmte mich. Wollte, dass ich meine Augen öffnete, dass ich sie ansah, bei ihr blieb. Ich wollte gehorchen, konnte es aber nicht.

Jemand beugte sich über mich. Öffnete gewaltsam meine Augen. Leuchtete hinein, bis die Lider wieder freigegeben wurden. Sie fielen zu, und die Schwärze umhüllte mich erneut wie ein schützender Panzer, aus dem ich mich nie wieder befreien wollte. Es war so friedlich. Ich spürte keine Schmerzen.

Nach einer Ewigkeit drangen leise Geräusche an mein Ohr, reizten mein Gehirn, zerrten an meinem Bewusstsein, bis ich aufgab, mich dagegen zu wehren. Eine Zeitlang trieb ich an der Oberfläche meiner Besinnung. Der Schmerz war zurück. Der Schädel wollte mir zerspringen. Ganz ruhig liegen bleiben. Atmen. Ich rührte mich nicht. Blieb ganz still. Ließ eine Woge der Übelkeit nach der anderen über mich fluten. Durch den Nebel stieg mir ein vertrauter Geruch in die Nase, und die Erkenntnis sickerte langsam in mein Bewusstsein. Ich war in einem Krankenhaus. Ich war nicht tot. Mit einem Ruck schlug ich die Augen auf und starrte an die Decke. Das Zimmer war in ein Dämmerlicht gehüllt. War es früher Morgen oder später Abend? Ich hatte mein Zeitgefühl verloren. Wie lange war ich weg gewesen?

Die Schmerzen gingen von meinem Gesicht, meinem Kopf aus. Vorsichtig testete ich meine einzelnen Gliedmaßen. Alles schien normal zu funktionieren. Auf irgendeine Weise beruhigend. Ich spürte ein Stechen im Arm, als ich ihn bewegte. Meine Hand berührte weiche Haare, und ich zuckte erschrocken zusammen. Langsam, ohne ein Geräusch zu verursachen, wandte ich den Kopf meinen Fingern zu. Mein Blick fuhr über die Kanüle in meinem Arm zu der Gestalt, die auf einem Stuhl neben meinem Bett schlief und mit dem Kopf an meiner Hand lag. Ich erkannte sie sofort, und doch benötigte ich einige Zeit, es zu erfassen. Meine Hand strich über die samtigen Haare. Mit einem Ruck fuhr Pias Kopf hoch. Wir starrten einander überrascht an. Es dauerte einen Augenblick, bis sie begriff, dass ich das Bewusstsein wiedererlangt hatte, und ebenso lange, bis ich verstand, dass Pia real war.

»Hej«, sagte sie vorsichtig. Ihre Erleichterung war unüberhörbar. Sie griff nach meiner Hand, und ihre Finger schlossen sich einige Sekunden um meine, während sie forschend mein Gesicht betrachtete.

»Was ist passiert?« Was ist mit Lauri? Doch diese letzte Frage wagte ich nicht auszusprechen.

»Du bist im Krankenhaus.« Pia sah, dass ich versuchte, diese Information zu verarbeiten, ging aber nicht weiter darauf ein. »Soviel ich weiß ... mir wurde gesagt, dass ein Freund von dir, Lasse, von der Jagd zurückkehrte und sah, wie du über den See gelaufen und ins Eis eingebrochen bist. Als er die Stelle erreichte, konnte er sehen, wie dein Angreifer in das Haus am Ufer stürmte. Er rannte ihm nach und bewahrte dich sicher vor Schlimmerem. Mit seinem Jagdgewehr konnte er ihn so lange in Schach halten, bis die Polizei da war und ihn festnehmen konnte.« Lasse. Ich stand tief in seiner Schuld. Wenn er nicht gekommen wäre, hätte Lauri mich mit Sicherheit umgebracht. »Kannst du deine Arme und Beine bewegen?«

Ich nickte, und sie wirkte erleichtert.

»Du scheinst nur eine leichte Gehirnerschütterung zu haben.«

Ich war unfähig zu sprechen. Mein Hals war trocken. Meine Zunge klebte mir am Gaumen. Ich brachte nur ein Krächzen zustande.

Pia stand auf und holte einen weißen Plastikbecher mit Wasser. Jetzt erst wurde mir bewusst, was mich die ganze Zeit über irritiert hatte. Sie trug ihre Berufskleidung aus weißem T-Shirt und Kittel. Wo war ich?

Sie setzte sich auf meine Bettkante und hielt mir vorsichtig den Becher an die Lippen.

»Kannst du sprechen?«, fragte sie. Nach dem Schluck Wasser fühlte sich meine Zunge etwas weniger pelzig an.

»Was machst du hier?« Meine Stimme war kaum mehr als ein Flüstern.

»Ich arbeite.«

Das sah ich, aber warum war ich nach Helsinki in die Universitätsklinik gebracht worden? Waren meine Verletzungen schwerer, als ich annahm? Aber hatte Pia nicht vorhin gesagt, dass ich nur eine leichte Gehirnerschütterung erlitten hatte?

»Wieso bin ich hier?«

»Du warst …«, sie hielt inne und verstand mit einem Mal, was mich irritierte. »Was denkst du denn, wo wir sind?«

Ihre Frage verwirrte mich noch mehr.

»Helsinki?« Noch bevor ich es ausgesprochen hatte, sah ich, wie Pia den Kopf schüttelte und ein zaghaftes Lächeln auf ihren Lippen erschien.

»Du bist im Krankenhaus in Rovaniemi.« Noch immer sah ich Pia verständnislos an, versuchte ihre Arbeitskleidung mit dieser Information logisch zu verknüpfen. Ohne Erfolg.

»Eigentlich wollte ich nicht, dass du es auf diese Weise erfährst. Es sollte romantischer passieren.« Sie strich mir eine Haarsträhne aus dem Gesicht. »Weißt du noch unser Gespräch in Alta, als ich dir sagte, das Gesicht meines Vaters zu sehen, wäre den Schritt wert?« Ich nickte. Das Gespräch war mir nur zu gut in Erinnerung. Die Trauer und Enttäuschung, die ich in ihren Augen gelesen hatte, die sie erfolglos zu überspielen versuchte. Und ich erinnerte mich, dass sie mir etwas sagen wollte, das am Schluss doch unausgesprochen blieb.

»Zu diesem Zeitpunkt hatte ich dieses Gesicht bereits gesehen. Als ich ihm erzählte, dass ich mich am

Krankenhaus in Rovaniemi beworben und die Stelle bekommen habe, ist er furchtbar wütend geworden. Enttäuscht, weil ich seine beruflichen Wünsche und Pläne, die er für mich hatte, mit Füßen trat. Aber als ich ihm eröffnete, dass ich der Liebe zu dir wegen hier in den Norden ziehen wollte, erklärte er mich für komplett übergeschnappt.« Sie zuckte mit den Schultern. »Seitdem haben wir noch kein Wort miteinander gesprochen.«

Ich versuchte zu begreifen, was sie gesagt hatte, die Bedeutung ihrer Worte zu verstehen.

»Ich wollte es dir nach dem Rennen in Alta sagen.«

»Warum hast du es nicht getan?«

»Weil Lotta plötzlich wieder in dein Leben getreten ist und du dich nicht auf mich eingelassen hättest. Sie hätte immer zwischen uns gestanden, und ich hatte Angst, den Kampf zu verlieren.«

»Pia, das ist doch verrückt! Du hättest es mir sagen müssen. Dann …«

»Was dann?«

»… dann hätte ich zumindest die Chance gehabt, mich sofort für dich zu entscheiden.« Und in dem Moment, in dem ich es aussprach, wusste ich, dass Pia wahrscheinlich recht damit hatte, dass Lotta weiterhin zwischen uns gestanden hätte. »Pia, ich …« Erneut versuchte ich, meinen Oberkörper aufzurichten. Wieder drückte sie mich zurück. Ihr Gesicht nah an meinem. »Das mit Lotta ist endgültig vorbei. Wir haben uns getroffen. Und ich habe ihr gesagt, dass ich mich in dich verliebt habe. Wir haben einen Schlussstrich gezogen. Ich habe mir Vorwürfe gemacht, weil ich dich in Alta gehen ließ.« Meine Stimme war ein Flüstern. In ihren Augen erschien ein Strahlen, als sie meine Worte begriff.

Für einen Augenblick war das Dröhnen in meinem Schädel verschwunden. Es gab nur Pia und mich. Ihre Augen schlossen sich, kurz bevor sich unsere Lippen zu einem Kuss trafen, von dem ich mir wünschte, er möge nie enden.

Alle Gefühle, die ich für sie empfand und in Alta aus Vernunftgründen nicht zugelassen hatte, strömten mit einem Mal auf mich ein. Tränen stiegen in meine Augen. Ich hielt sie nicht zurück, ließ mich von meinen Empfindungen überfluten.

Ein durchdringendes Piepen ließ uns beide zusammenzucken.

Pia zog ihren Piepser aus der Tasche ihres weißen Kittels und rollte mit den Augen. »Ich werde auf der Station gebraucht.« Bedauern, dass sie mich jetzt allein lassen musste. Sie erhob sich. »Du musst jetzt schlafen.« Sie prüfte meine Infusion. »Schlaf. Morgen machen wir noch einige Tests, und wenn sie gut verlaufen, fahre ich dich nach Hause.«

Sie küsste ihren Zeigefinger und fuhr mir über meine trockenen Lippen, aber da waren meine Augenlider bereits zugefallen, sodass ich nicht mehr mitbekam, wie sie mir einen letzten liebevollen Blick zuwarf und das Zimmer verließ.

Kapitel 39

Das ruckartige Abbremsen des Wagens weckte mich, sodass es einen Augenblick dauerte, bis ich realisierte, wo ich mich befand. Pia hatte die Einfahrt zum Waldweg, der von der Hauptstraße über mehrere Kilometer durch den Wald auf die Lodge zuführte, verpasst und setzte zurück. Der Wegweiser war schneebedeckt, sodass sie die Abzweigung nicht rechtzeitig erkannt hatte. Pia fuhr langsam, bemüht, den Schlaglöchern und vereisten Stellen auf der ihr unbekannten Straße auszuweichen. Im Sommer würde ich den Weg ebnen lassen. Winter und das Tauwetter der letzten Woche hatten tiefe Spurrillen hinterlassen. Aber damit wollte ich mich jetzt nicht beschäftigen. Nach den letzten Untersuchungen im Krankenhaus hatte meine Ärztin, Pia Söderholm, erleichtert meine Entlassungspapiere unterschrieben und fuhr mich zur Farm.

Ich wandte mich zu meiner Fahrerin um, die mich für einen Moment ansah, bevor sie ihren Blick wieder dem engen Straßenverlauf zuwandte. Meine Hand gab dem Verlangen nach, sie zu berühren, und legte sich auf ihren Oberschenkel. Ich sah, dass sie lächelte, und fühlte mich wohl in ihrer Nähe. Doch je näher wir der Lodge kamen, desto unruhiger wurde ich. Ich hatte Angst, dass mich das Haus, die Sauna, der See, in dem ich beinahe ertrunken wäre, zu sehr an meinen Peiniger erinnern würden. Wäre es mir jemals möglich, die Räume wieder zu betreten, ohne das Gefühl zu haben, Lauri könnte mir jeden Augenblick auflauern?

Meine Hände verkrampften sich ineinander, und ich begann unbewusst, nervös in meine Unterlippe zu beißen.

»Ich bin bei dir«, sagte Pia und umschloss meine Hände mit ihrer. »Er sitzt in einer Gefängniszelle und kann dir nichts mehr tun.«

Ich bemühte mich, ruhig zu atmen.

Hinter der Wegbiegung kam das Haupthaus in Sicht, und wir hielten im Innenhof. Fast augenblicklich wurde die Haustür geöffnet, und Ouli und Lasse traten auf die Veranda. Der Blick in ihre erleichterten Gesichter, als ich aus dem Fahrzeug stieg, tat mir gut und beruhigte mich.

Ouli schloss mich, obwohl diese Art der Distanzlosigkeit sonst nicht seine Art war, in seine Arme und drückte mich an sich.

»Ich hatte noch keine Gelegenheit, mich bei dir zu bedanken, dass du mich in der Hütte gefunden hast. Du hast mein Leben gerettet.«

»Es tut mir leid, was Lauri dir angetan hat.«

»Du musst dich dafür nicht entschuldigen. Er allein ist für seine Taten verantwortlich.«

In seinen blassblauen Augen erkannte ich die Aufrichtigkeit seiner Worte. Seine kräftigen Arme ließen mich los, und Ouli trat zur Seite. Lasse stand unmittelbar hinter ihm. Still, beinahe verlegen, schaute er mich an. Lang und schlaksig, die Hände in den Hosentaschen vergraben. Ich konnte es nicht verhindern, dass meine Augen sich mit Tränen füllten. Ich hatte diesem Mann so viel zu verdanken. Er schüttelte leicht den Kopf und lächelte zaghaft.

»Wir machen jetzt kein Danke-dass-du-mein-Leben-gerettet-hast-Drama daraus. Ich war zur richtigen Zeit am richtigen Ort. Und fertig«, sagte er mit leiser Stimme.

Er zuckte zusammen, als ich die unsichtbare Mauer, die er um sich trug, durchschritt, um ihn in die Arme zu nehmen. Nur Sekunden hielt ich ihn fest, bevor ich ihn wieder freiließ. Sekunden, in die ich all meine Dankbarkeit legte.

Pia hatte das Wiedersehen aus der Entfernung beobachtet und wartete.

»Ouli, Lasse«, begann ich und griff nach ihrer Hand. »Ich möchte euch meine Partnerin vorstellen. Sie wird jetzt öfter bei uns auf der Farm sein, da sie seit Kurzem in Rovaniemi im Krankenhaus arbeitet.«

Nur kurz flackerte eine leichte Verwirrung in Oulis Augen auf, bevor ein herzliches Lächeln auf sein Gesicht trat. »Ich wusste doch, dass ich sie kenne. Sie war in Alta am Start und beim Zieleinlauf des *Finnmarkslopet* zu sehen. Ich hatte mich schon gefragt, wer die Frau ist, die dich küsst. In der Sendung wurde das ja leider nie aufgeklärt.« Er zwinkerte mir zu.

Für einen Moment wanderten meine Gedanken zurück. Ich erinnerte mich, mit welch widersprüchlichen Gefühlen ich die Wiederholung der Folge mit meinem Zieleinlauf geschaut hatte. Ich hatte Angst gehabt vor der Szene mit dem Kuss. War er zu eindeutig gewesen? Würde man daraus Rückschlüsse ziehen können auf unsere Beziehung? Sanna hatte versprochen, dass sie nicht in der Sendung preisgegeben werde, aber der Kuss war noch zu sehen. Heute hätte ich es mit einem guten Gefühl angeschaut. Heute, obwohl es noch nicht so lange her war, war alles anders. Damals, unmittelbar nach dem Rennen, hatte ich mit einer großen Anspannung die Szene betrachtet und war unendlich erleichtert gewesen, dass der Kuss auf Außenstehende äußerst unbedeutend gewirkt hatte. Wie die Gratulation einer guten Freundin und nicht die einer Geliebten.

Oulis Lachen zog mich aus diesen Gedanken. Sein unbeschwertes Lachen, das mir so gut an ihm gefiel. »Lasst uns reingehen. Es gibt frischen Kaffee, und Riita hat uns einen ihrer fantastischen Kuchen gebacken.«

Es dauerte einen Moment, bis ich mich regte. Ich hatte mich vor den Reaktionen meiner Freunde gefürchtet. Vor der Reaktion der Menschen, die mir in den letzten zwei Jahren sehr ans Herz gewachsen waren. Und nun war alles, wovor ich tief in mir so lange Angst gehabt hatte, mit einem Mal so einfach gewesen. Ich sah mich um und schaute in Pias lächelnde Augen. Sie drückte meine Hand, die ich noch immer hielt, und wir folgten den beiden Männern ins Haus.

Es war ruhig geworden auf dem Hof, nachdem die beiden Männer nach Hause gefahren waren. Pia und ich würden den kommenden Tag allein auf der Farm verbringen, bevor wieder Gäste auf der Lodge erwartet wurden.

In warme Rentierfelle gehüllt saßen wir zusammen auf der Veranda. Über uns das Schauspiel der Nordlichter.

»Noch nie habe ich Polarlichter in dieser Intensität gesehen.« Pias Tonfall war schwärmerisch.

Ich beobachtete ihr Gesicht, während sie fasziniert dem Naturschauspiel am Nachthimmel zusah. Es lieferte mir genügend Licht, ihr bewegtes Mienenspiel zu betrachten.

»Hier sehen wir oft Nordlichter. Sie sehen immer anders aus. Es ist jedes Mal aufs Neue faszinierend.« Meine Finger schoben sich unter ihre Felldecke und schlangen sich um ihre Hände. »Viele Legenden ranken sich um diese bunten Lichter. Sind es Geister der Toten, die den Lebenden bei der winterlichen Jagd helfen wollen, sind es unheilverkündende Zeichen, oder sind es Tiergeister, die über den Himmel tanzen? Ich mag die Geschichte vom Fuchs. Laut einer uralten Legende entstehen die Nordlichter, wenn er an den Fjälls entlangläuft und mit seinem Schwanz eine funkensprühende Furche in den Schnee schlägt.«

»Was auch immer es ist, es ist wunderschön. So wunderschön wie du.« Pia wandte sich mir zu. Ihr Blick ruhte auf mir. Ich fühlte mich nackt und schutzlos, aber es war keine unangenehme Empfindung. In

Helsinki hätte ich eine solche Nähe nie zugelassen. In Helsinki war ich nicht ich selbst gewesen. Allein mit Pia hier zu sitzen, umhüllt vom magischen Schauspiel des Polarlichtes, war ein beruhigendes, Kraft spendendes Gefühl.

»Das sind die Momente, in denen ich deutlich spüre, dass ich lebe.«

Pia hob die Hand, streifte meine Wange. Ich spürte ihre Finger im Nacken, bevor sie mich zu sich heranzog und meine Lippen küsste. Ich schloss die Augen, überließ mich den Empfindungen, die meinen Körper durchströmten.

»Ich hoffe, dass wir noch ganz viele solcher Momente erleben«, entgegnete Pia, als sie mich wieder freiließ.

Kleiner Reiseführer zu den Schauplätzen

FINNLAND

Finnland ist das Land der tausend Seen. Ganz genau sind es sogar 188.000, so dass ein beträchtlicher Teil des Landes von Wasser bedeckt ist. Weiter findet man zahlreiche Wälder und unberührte Natur. Erst 1917 erlangte Finnland seine Unabhängigkeit. Der Staat in Nordeuropa grenzt an Schweden, Norwegen und Russland und gehört mit seinen 5,4 Millionen Einwohnern neben Norwegen zu den am dünnsten besiedelten Ländern Europas.
Der Großteil der Bevölkerung findet sich im Süden des Landes mit der Hauptstadt Helsinki.

NORWEGEN

Norwegen ist bekannt durch zahlreiche Fjorde und ein einmaliges Landschaftsbild. Das Land der Trolle fasziniert mit einzigartigen Variationen von Felsen, die als Fjorde enden, mit blühenden Hochmoorlandschaften und einem Wasserlauf, der seinen Weg durch das zähe Schiefergestein nach einem freien Fall aus 200 Metern Höhe fortsetzt. Norwegen erstreckt sich von Südwesten nach Nordosten und ist umgeben von Skaggerak, Nordsee sowie dem Nordmeer. Das Königreich grenzt an Schweden, Finnland und Russland.

Pallas-Yllästunturi Nationalpark

Der Pallas-Yllästunturi ist ein Nationalpark im finnischen Teil von Lappland, der ein Gebiet von 1.020 Quadratkilometern umfasst. Der drittgrößte Park Finnlands entstand 2005 durch den Anschluss des Naturschutzgebietes Ylläs-Aakenus an den damaligen Nationalpark Pallas-Ounastunturi und liegt im Gebiet der Gemeinden Enentekiö, Kittilä, Kolari und Muonio. Die höchste Erhebung ist der Taivaskero-Gipfel des Pallastunturi mit einer Höhe von 806 Metern. Der Park bezaubert durch seine vielfältige Natur. Auf den Fjälls und in den Wäldern treffen die Natur des Südens und des Nordens aufeinander. Er kann auf einem 350 Kilometer langen Wanderwegenetz erkundet werden.

Finnmark

Die Finnmark ist mit einer Fläche von 48.618 Quadratkilometern Norwegens größter und mit nur 1,5 Einwohnern pro Quadratkilometer zugleich am dünnsten besiedelter Verwaltungsbezirk im äußersten Nordosten des Landes. Die Provinz Finnmark gilt als Ursprungsort der Volksgruppe der Samen, die bereits vor 10.000 Jahren dort lebten. Heute wohnt etwa die Hälfte der norwegischen Ureinwohner in der Region Finnmark. Weitere Siedlungsgebiete liegen in Lappland, das sich über die nördlichen Gebiete von Finnland, Schweden und Russland erstreckt. Der nördlichste Punkt der Provinz ist das Nordkap, welches zugleich der nördlichste Teil auf dem europäischen Festland ist.

KIRKENES
8
6
ALTA
7
KARASJOK
MUONIO
5
4
KITTILA
3
ROVANIEMI
2
OULU
FINNLAND
HELSINKI
1
NORWEGEN
SCHWEDEN

Die wichtigsten Städte des Romans

❶ HELSINKI

Direkt am Wasser liegt Helsinki, die Hauptstadt Finnlands, mit ihren Hunderten vorgelagerter Inseln und Schären. Die 1550 vom schwedischen König Gustav I. Wasa gegründete Stadt wurde während des Russisch-Schwedischen Krieges 1808 in großen Teilen durch Feuer zerstört. Unter Zar Alexander I. löste sie 1820 Turku als Hauptstadt ab. Heute zeigt sich die mit gut 600.000 Einwohnern größte Stadt des Landes als junge, lebendige und weltoffene Metropole. Trotz des rasanten Wandels ist es den Stadtvätern jedoch gelungen, den Bewohnern die Nähe zur Natur zu erhalten. Die weitläufige Stadt am Finnischen Meerbusen bietet mit ihren großen Grünflächen und Seen, durch die die städtische Bebauung immer wieder aufgelockert wird, ein modernes Leben, das zahlreiche Outdooraktivitäten und zugleich die urbanen Annehmlichkeiten vereint.

❷ OULU

Die Provinzhauptstadt Oulu ist die „weiße Stadt des Nordens" und liegt an der Mündung des Oulujoki am oberen Ende des Bottnischen Meerbusens. Sie ist das Tor zu Lappland und bietet vor der Fahrt in die lappländische Einsamkeit die letzte Möglichkeit, so etwas wie Großstadtatmosphäre zu schnuppern. Die Provinzhauptstadt, die mit knapp 200.000 Einwohnern die fünftgrößte Stadt des Landes ist, wurde im Jahr 1605 gegründet. Bei einem Großbrand 1822 wurde ein Großteil der Stadt zerstört und so zeigt sich Oulu heute weitgehend modern.

❸ ROVANIEMI

Rovaniemi, die Hauptstadt von Lappland, präsentiert sich als eine städtische Oase inmitten arktischer Wildnis, wo Kultur, Aktivitäten in ursprünglicher Natur und Märchenzauber aufeinander treffen. Die Stadt mit ihren 62.000 Einwohnern gilt als das „Tor zum Norden". Sie vereint faszinierende Natur und Naturerscheinungen, samische Traditionen und Kultur, urbanes Leben und Outdooraktivitäten. Zudem gilt, obwohl der Weihnachtsmann eigentlich in Korvatunturi lebt, Rovaniemi als seine offizielle Heimatstadt, in der er das ganze Jahr über in seiner Stube Gäste aus aller Welt begrüßt und so in seinem Weihnachtsmanndorf am Polarkreis selbst im Sommer einen Hauch von Winterzauber verbreitet.

4 KITTILÄ

Die Gemeinde Kittilä liegt in Nordlappland, etwa 200 Kilometer nördlich des Polarkreises. Die Region gilt als beliebtes Touristenziel Finnlands. Vor allem locken im Winter die berühmten Wintersportzentren Levi und Ylläs Gäste aus aller Welt an. Eines der architektonisch interessantesten Gebäude der Region ist die Kirche von Kittilä. Das Gebäude wurde von dem finnisch-deutschen Architekten Carl Ludwig Engel entworfen und ist das einzige Bauwerk, das während des Lapplandkrieges nicht zerstört wurde.

5 MUONIO

Muonio ist ein langgezogenes Städtchen, das an den reißenden Stromschnellen des Muoniojoki gelegen ist. An der Straße der vier Winde stellt es einen Verkehrsknotenpunkt in alle Himmelsrichtungen dar und gilt als das wirtschaftliche Zentrum des gesamten Tals und gleichsam als Vorposten der Zivilisation. So besticht Muonio weniger durch eine städtebauliche Schönheit als durch die phantastische Einsamkeit der hügeligen Fjällgebiete des Pallas-Ylläs-tunturi-Nationalparks, die es umgeben.

6 ALTA

Die für die Sichtung von Nordlichtern bekannte Stadt mit knapp 20.600 Einwohnern liegt an der Nordküste Norwegens am Ende des Altafjords in der Provinz Finnmark. Die heutige Stadt wurde 1704 von eingewanderten Finnen begründet und während des Zweiten Weltkrieges beinahe komplett zerstört. Lediglich die Altakirke, die Kirche, blieb erhalten, so dass sich das heutige Stadtbild seit dem Wiederaufbau eher modern zeigt.
Jährlich ist Alta Start und Ziel des längsten Schlittenhunderennens Europas, dem Finnmarkslopet, und beherbergt zu dieser Zeit Touristen aus aller Welt. Neben dem Tourismus spielen Fischfang sowie die fischverarbeitende Industrie und der Kupferbergbau die größte wirtschaftliche Rolle.

7 KARASJOK

Karasjok ist eine Kommune in der norwegischen Provinz Finnmark. Die Häuser dieser Kleinstadt verteilen sich am Ufer des Flusses Karasjohka ohne einen erkennbaren Ortskern. Mit seinen knapp 2.700 Einwohnern ist die Stadt das zweite Zentrum der norwegischen Samen und Sitz des „Sametinget", des autonomen Parlaments der samischen Bevölkerung. In Karasjok wurde am 1. Januar 1886 mit -51,4 °C die tiefste jemals in Norwegen gemessene Temperatur registriert.

8 KIRKENES

Die kleine Stadt Kirkenes zeigt sich mit einem kompakten, lebendigen Zentrum in farbenfrohem Wiederaufbaustil. Die Stadt mit 3.400 Einwohnern liegt in der Barentsee, 10 Kilometer entfernt von Russland im Osten und 35 Kilometer von Finnland im Süden. Etwa 15 % der Einwohner kommen aus dem Ausland, was sich auch an den in drei Sprachen (norwegisch, finnisch und kyrillisch) bedruckten Straßenschildern zeigt.

PF 1621, D – 72006 Tübingen, Telefon: 0049 (0) 7071 66551
0049 (0) 172 7233958, office@konkursbuch.com
www.konkursbuch.de   Facebook: konkursbuch.verlag
Lektorat: Regina Nössler. Coverfoto, S. 1/2 und Reiseführer: ksdesign,
Fotos auf S. 451/452: Mona Schmidhuber.
Gerne schicken wir Ihnen auch unser gedrucktes Gesamtverzeichnis.
ISBN-Buch: 978-3-88769-563-7 E-Book: 978-3-88769-564-4